© 2024 Katja A. Sakher

Verlag: BoD · Books on Demand GmbH,

In de Tarpen 42, 22848 Norderstedt

Druck: Libri Plureos GmbH,

Friedensallee 273, 22763 Hamburg

ISBN: 978-3-7693-0759-7

Triggerwarnings

Erwachsenensprache

Sexuelle Inhalte

Drohungen

Erpressung

Emotionale Gewalt

Körperliche Gewalt

Sexuelle Gewalt

Erniedrigung

Mobbing

Psychische Störungen

Drogen/ Alkoholkonsum

BDSM

Tease and Denial

Breathplay

Voyeurismus

Bitte nicht lesen, wenn du leicht anfällig für Panikattacken bist, beziehungsweise unter einer Angststörung leidest.
Und auch hier gilt: Moral? Was ist das?

Playlist

Beautifully- FAVE

My House- Flo Rida

Game Time- Flo Rida

I Hate U- SZA

Play with Fire- Sam Tinnesz

Villain Era- Bryce Savage

Prom Queen- Molly Kate Kestner

Boss Bitch- Doja Cat

True Friends- Bring Me The Horizon

Do It For Me- Rosenfeld

Sucker- Jonas Brothers

F U Anthem- Leah Kate

We Will Rise- Sam Tinnesz& UNSECRET

Chills (Dark Version)- Mickey Vallen& Joey Myron

Hurrican- I Prevail

Paralyzed- NF

Traitor- Daughtry

Outta My Head- Omide, Ricke Jansen& Ordell

...Fuck- Johnny Rain

Hopelessly Devoted To You- Olivia Newton-John

Take a Bow- Rihanna

Yeah, I Said it- Rihanna

Popular Monster- Falling In Reverse

Tonight Is Th[...]ie- Palaye Royale

T[...] Feet

Love m[...] Nikki Idol

Aphrodite- RINI

Wo Do You Want- Ex Habit

Easy to Love- Bryce Savage

Shameless- Camila Cabello

Bust Your Windows- Jazmine Sullivan

Breakfast- Dove Cameron

My Way Up- Molly Kate Kestner

(oder schaut über https://linktr.ee/katjasakher)

Prolog- Catherine

Daniel küsste mich noch zum Abschied und lief dann zu seinem über alles geliebten Auto. Ich wartete noch, bis er aus unserer Einfahrt rausfuhr und schloss die Tür. Schwer atmend lehnte ich mich dagegen und ließ meinen Kopf sinken. Nächsten Monat würden wir beide schon auf unterschiedliche

Universitäten gehen- an zwei unterschiedlichen

Enden des Landes. Er sprach so oft von einer Fernbeziehung und dass wir das schaffen würden, doch ich blieb immer skeptisch. Wie sollte so etwas denn funktionieren? Klar, wir teilten uns drei gemeinsame Jahre, doch es wurde nun Zeit, getrennte Wege zu gehen. Ich empfand schon länger nichts mehr für ihn, aber was soll ich sagen? Menschen sind Gewohnheitstiere und ich hatte es bisher einfach noch nicht übers Herz gebracht, ihn zu verletzen. Doch bald, BALD würde ich es tun! Bald würde ich mich trennen und ein neues Leben beginnen. *Hätte ich damals nur geahnt, wie unterschiedlich mein Leben sein würde...*

Kapitel 1- Catherine

„Ein Abschied schmerzt immer, auch wenn man sich schon lange darauf freut" - Arthur Schnitzler

Morgen war es endlich so weit. Ich würde Florida verlassen. Nachdenklich saß ich am Strand und beobachtete die untergehende Sonne. Unter mir war der warme, weiche Sand, über den ich mich sonst immer so aufgeregt hatte, weil er einfach überall war. Doch jetzt fuhr ich mit meinen Händen hindurch und genoss das Gefühl jedes einzelnen Sandkorns. Gierig sog ich die Meeresluft ein. Das Klima hier würde mir fehlen. Wegen meiner Familie würde sich nicht besonders viel ändern. Sie waren andauernd auf Reisen und ich zog bereits vor zwei Jahren in unser Strandhaus. Geschwister hatte ich keine, weswegen man mich gerne als verwöhntes, reiches Einzelkind ansah. Ich atmete noch ein paar Mal ein und aus und wollte gerade nach Hause, um meine letzten Sachen zu packen, als plötzlich jemand hinter mir stand. Ich sah nur den Schatten und drehte mich geschockt um. Es war Daniel. Ich Trottel hatte beinahe vergessen, dass ich ihn hierher bestellt hatte.

Nun war es so weit. Ich musste unsere Beziehung ein für alle Mal beenden. „Hallo mein Engel!", sagte er glücklich lächelnd, setzte sich neben mich, legte den Arm um mich und zog mich zu sich heran. Ich sah in seine klaren blauen Augen und prägte mir sein Gesicht genau ein. Es war das letzte Mal, dass ich ihn für eine lange Zeit sehen werde. Er war in den letzten Jahren so erwachsen geworden. Vom Milchbubi zum Mann. Anstelle des runden Gesichtes war es nun kantig und mit hervorstehenden Wangenknochen. Seine blonden Locken hingen ihm immer aber noch in die Augen- eine Sache, die sich wohl niemals ändern würde. Ein wahrer Sunny- Surferboy aus Florida. Er selbst fliegt heute Nacht schon los nach L.A., da er auf die Stanford University gehen wird.

Ich presse ein Lächeln hervor. „Hey Dan." „Was gibt's meine Süße, dass du mich so spät noch hierher bestellst?", fragte er mich grinsend. Ich atmete tief ein und sagte schließlich: „Ich wollte mit dir reden, Daniel." „Das klingt ja gar nicht gut. Was ist los?", fragte er mich besorgt. Shit, warum musste er aber auch so fürsorglich sein. Nachdem ich noch einmal Luft holte, sprudelte es aus mir raus: „Ich kann das nicht mehr länger. Ich kann nicht mehr mit dir zusammen sein. Und es liegt nicht nur daran, dass du und ich bald an ganz unterschiedlichen Enden des Landes studieren werden. Es liegt daran, dass ich dich einfach nicht mehr liebe. Es tut mir leid, dir das so sagen zu müssen. Ich empfinde länger schon so, aber ich konnte es bisher noch nie wirklich in Worte zusammenfassen. Aber es muss raus.

7

Daniel, wir sind jung. Du hast niemals ein anderes Mädchen als mich gehabt und ich hatte sonst auch niemanden. Aber denkst du ernsthaft, dass du dich so lange zurückhalten kannst, ohne einen Fehler zu begehen? Ich weiß, du wirst gleich anfangen, dass wir es schaffen könnten unsere Beziehung zu retten, aber wie willst du das denn bitte machen, wenn du in L.A. bist und ich in Massachusetts? Und noch dazu, wenn ich einfach selber nicht mehr gewillt bin, die Beziehung aufrecht zu erhalten, da ich dich nur weiter verletzen würde. Du musst mich gehen lassen." Er sah mich geschockt an, mehrmals öffnete er den Mund, schloss ihn aber kurz darauf wieder. Plötzlich stand er auf, aber nicht, ohne mich vorher nochmal zu küssen. Aus Gewohnheit küsste ich ihn zurück. Irgendwann löste er sich und meinte: „Wir werden uns noch sehen Catie." Dann verschwand er. Wow, das war eine echt merkwürdige Reaktion. Ich hatte mit viel mehr Gegenwehr gerechnet. Ich hatte wirklich gedacht, er würde kämpfen. Aber wer weiß? Vielleicht war er einfach derselben Meinung? Verwirrt stand ich auf und ging nach Hause, weit hatte ich es jedenfalls nicht.

Es dämmerte bereits, als ich die Tür aufschloss und das Licht anmachte. Das Strandhaus war sehr modern eingerichtet, obwohl es bereits sehr alt ist. Es galt als das „Sommerdomizil" für meine Familie... nun ja, bis ich es für mich beansprucht hatte. Ich zog meine Schlappen aus und spürte den weichen Teppich unter meinen Füßen. Als ich mich umsah, bemerkte ich, wie leer das Haus wieder geworden war. Meine Fotos aus Argentinien und von Daniel standen vorher auf dem Flügel. Auf dem Bücherregal waren davor Bilder meiner Familie und meiner Kindheit. Jetzt stand da nichts mehr, abgesehen von ein paar Kerzen und sonstiger Dekoration. Und leider auch meine Bücher. Ich hätte sie niemals alle wegbekommen. Alles im Haus sah so ordentlich, aufgeräumt und... kalt aus. So, wie vorher. Als ob hier keiner wohnen würde. *Und das wird auch lange keiner...*

Ich holte aus meinen Schubladen noch die restlichen Sachen raus, packte den Großteil ein, den Rest: ein Slip, ein BH und ein T-Shirt ließ ich auf meinem Bett liegen.

Schnell schlüpfte ich unter meine Regendusche und kam in einem Handtuch gewickelt wieder raus. In

meinem Zimmer zog ich mich noch um, legte mich ins Bett und schaute noch ein wenig fern, bis ich dann irgendwann zu müde war, um mich weiter darauf konzentrieren zu können. Ich schaltete den Fernseher aus und ließ mich in einen tiefen Schlaf fallen.

Ich träumte in dieser Nacht von Argentinien. *Gleich, nachdem ich den Abschluss in der Tasche hatte, fuhr ich mit Daniel nach Argentinien für ein Auslandsjahr.*

9

Wir halfen kleinen Dörfern und Slums beim
Wiederaufbau, unterrichteten in der Schule, sprangen im
Krankenhaus ein, oder unterhielten ganz einfach Kinder im
Waisenhaus.

Ich träumte von dem Tag, an dem Daniel krank im Bett
lag und ich alleine los ging, um die Gegend zu erkunden.
Da ich fließend Spanisch sprach, hatte ich auch keine
Probleme dabei, mich zurechtzufinden. Die Sonne hatte
allmählich begonnen runterzugehen und hüllte die Gegend
in ein warmes Orange. Ich lief vorbei am Rio Chico, wir
waren zu der Zeit in Puerto Santa Cruz, als ich plötzlich
von jemandem angesprochen wurde: „Hola," sagte er und
grinste. Er war groß und wirkte ein wenig unbeholfen. Er
hatte bernsteinfarbene Augen und dunkle Haare. Ich
begrüßte ihn dann ebenfalls grinsend. Daraufhin fragte er:
„¿Cómo te llamas?"(wie heißt du?) "Me llamó Katarina ¿y
tú?"(ich bin Katharina und du?). Er wollte gerade zu einer
Antwort ansetzen, doch er wurde von seinem klingelnden
Handy unterbrochen. Er deutete mir, kurz zu warten und
ging ran. „¿Si? Vale, voy", (Ja? Ok, ich komme) er legte auf,
„Lo siento, pero tengo que irse. Adiós belleza!"
(Entschuldige, aber ich muss los. Auf Wiedersehen
Schönheit). Und schon war er weg, ohne, dass ich je seinen
Namen erfuhr.

Mein Wecker klingelte. Ich wachte mit einem mulmigen Gefühl im Bauch auf. Kein Wunder! Heute ging es für mich nach Harvard. Ich blieb noch etwas liegen und probierte mich irgendwie wach zu kriegen. Mit einem Blick auf die Uhr, bemerkte ich, dass es schon kurz nach 4 war. Ich musste echt langsam aufstehen, wenn ich meinen Flieger kriegen wollte. Ich schwang mich aus dem Bett und lief komplett verschlafen in die Küche. Dort stockte ich kurz. Auf der Kücheninsel stand ein Teller mit Frühstück, sowie eine Tasse Kaffee. Daneben lagen eine Karte und ein Kuscheltier. Verwirrt lief ich drauf zu. Ich öffnete die Karte und musste kurz Lächeln.

„Guten Morgen mi hija. Heute ist dein großer Tag. Mein kleines Mädchen geht endlich zur Uni. Deine Mutter und ich sind sehr stolz auf dich, egal was passiert. Wir sind nicht immer da Prinzessin, aber trotzdem kannst du jederzeit mit deinen Problemen zu uns kommen. Wir lieben dich von ganzem Herzen. -Dein dich über alles liebender Papa."

Der Kaffee dampfte noch und das Essen war auch noch warm und superlecker. Schien so, als ob Gabrielle, unsere Haushälterin, heute Morgen schon eine Frühschicht eingelegt hatte.

Ich hätte mir wirklich gewünscht, meine Eltern vor der Abreise zu sehen, aber ich wusste auch, wie beschäftigt sie waren.

Nachdem ich mein Frühstück beendet hatte, wusch ich
das Geschirr ab und stellte es zum Abtropfen.

Ich wusste, dass Gabi später noch einmal wiederkommen
würde.

Schnell legte ich den Teddy ins Handgepäck, packte die
Karte in eine Seitentasche und ging fix ins Bad.

Dort putze ich meine Zähne und wusch mein Gesicht.

Dann zog ich mich noch um, nahm meine Taschen und
ging raus. Eine milde Brise kam mir entgegen und ich
bekam leicht Gänsehaut. Ich legte mein ganzes Zeug auf die
Rückbank meines Wagens und setzte mich dann rein und
startete den Motor. Während der Fahrt zum Flughafen,
wehte mir die Luft entgegen und ich bereitete mich mental
schon darauf vor, für einige Stunden, zehn Kilometer über
der Erde zu meinem neuen Wohnort zu fliegen. Ich mochte
es zu fliegen, auch wenn ich den Druck auf den Ohren
hasste. Klar hätte ich mit dem Auto ganz einfach zur
Harvard fahren können, aber ich traute mir solche Strecken
einfach nicht zu, wenn es so früh am Morgen war und ich
keinen Beifahrer hatte. Ich würde meinen Wagen am
Flughafen abstellen und meine Eltern würden veranlassen,
dass er mir zur Uni gebracht wird.

„Miss, Miss wir sind gelandet", wurde ich von der

Stewardess geweckt. Verwirrt schaute ich aus dem Fenster. Es war schon hell und das Flugzeug war schon halb leer. Ich bedankte mich, stand auf, nahm mein Handgepäck und ging zum Ausgang. Die Stewardessen verabschiedeten sich noch nett und ich stieg aus. Oh man, so ein Job musste wirklich ermüdend sein. Den ganzen Tag lächeln... sowas konnte ich nicht.

Eine Stunde später war ich endlich draußen. Vor dem Flughafen wartete schon mein Fahrer, der das riesige Schild „Catherine Martínez" in die Luft hielt. Wow, alles super organisiert von meinen Eltern.

Der Weg zur Uni war ruhig, der Fahrer versuchte anfangs eine Konversation aufzubauen, jedoch war ich viel zu sehr damit beschäftigt, die neue Umgebung mit meinen Augen aufzusaugen, weswegen er es nach kurzer Zeit auch wieder aufgab.

Die Zeit verging, wie im Flug und schon stand ich vor Harvard. Mit großen Augen betrachtete ich die Umgebung. Ich war schon öfter hier gewesen, um mir den Campus und das Leben hier anzuschauen und war jedes Mal aufs Neue überwältigt. Die imposanten Gebäude erzählten die Geschichten der ehemaligen Studenten und versprachen eine gute, bildungsreiche Zeit.

Es war Mittag und für die Uhrzeit recht leer. Klar, ich war auch einen Tag früher angereist, aber ich hatte es als stressfreier empfunden, da ich dadurch mehr Zeit hatte, das Gelände genauer zu erkunden.

Mit meiner Immatrikulationsbescheinigung kam auch ein Lageplan der Uni mit, damit ich wusste, wo was war und wo ich hinmusste. Ich lief schnurstracks in das Studentenwohnheim und zur Betreuerin. Nach einigen organisatorischen Sachen überreichte sie mir meine Schlüssel.

Ich erfuhr, dass ich eines der Einzelzimmer in der ersten Etage erhalten hatte war meinen Eltern einerseits sehr dankbar dafür, da ich meine Ruhe sehr schätzte. Andererseits hasste ich es, ‚extra' zu sein.

Als ich die Tür zu meinem Zimmmer öffnete, staunte ich nicht schlecht. Meine ganzen Sachen, die vorher schon rübergeschickt wurden, standen schon in der kleinen „Wohnung". Wow, wie viel Geld meine Eltern dafür wohl hingeblättert hatten? Meine Kleidung war ordentlich im offenen Schrank einsortiert, das Bett war gedeckt und meine Pflichtlektüre stand ordentlich und sortiert im Bücherregal. Eigentlich war alles da. Nur die Kiste mit meinen Fotos stand noch im Flur rum. Doch das störte mich nicht, denn somit hatte ich die Möglichkeit, sie selber so aufzustellen, wie ich es wollte.

Doch ich konnte jetzt nicht ans Dekorieren denken, ich wollte mehr vom Campus sehen. Also verließ ich die

Wohnung, schloss ab und ging die weiten Flure entlang, bis ich auf dem Campus stand.

Von weitem sah ich einige Leute auf einer Bank sitzen und sich lautstark unterhalten. Darunter war auch ein Junge. Ich beobachtete ihn von Weitem. Er saß lässig da, in einer beigen Chino und einem weiten Harvard- Pullover und einem nach hinten gedrehten Cap. Ich konnte schon von weitem seine

eisblauen Augen erkennen. Seine dunklen Haare fielen ihm leicht ins Gesicht.

Er spürte wohl, dass er beobachtet wurde und sah auf. Als dieser mich erblickte, lächelte er. Dabei konnte ich seine Grübchen sehen. Immer noch den Blick haltend, stand er auf und kam auf mich zu. „Hey, ich habe dich noch nie zuvor hier gesehen, bist du ein Freshman? Ich bin übrigens Alexander", fragte er mich mit einem leichten Akzent. Ich ordnete es einer slawischen Sprache zu, vielleicht ja Russisch. „Ich bin Catherine. Und du hast es richtig erraten, ich bin ganz neu hier", antwortete ich lächelnd. „Catherine. Das ist wirklich ein schöner Name", er ließ sich meinen Namen genüsslich auf der Zunge zergehen und blickte mich dann, „da du neu bist, wie wär's? Möchtest du eine kleine Tour? Ich weiß, wo es den besten Kaffee hier gibt." Bei seinem letzten Satz zwinkerte er. Spätestens ab Kaffee war ich dabei. „Ja natürlich", antwortete ich enthusiastisch und spürte gleichzeitig meinen Magen grummeln. „Wie wäre es, wenn wir unsere Tour jetzt beginnen? Wir können dir auch erst einmal etwas zu Essen suchen", sagte er lachend. Oh oh er hatte wohl meinen Bauch knurren hören. „Ja gerne!" Ich erkannte, wie ein Mädchen aus seiner Gruppe mir andauernd giftige Blicke zuwarf, bevor sie sich zu ihrer Freundin umdrehte und ihr etwas zuflüsterte. Sie selbst hatte lange, blonde Haare. Sie fielen ihr sanft und glatt über die Schultern. Auch sie hatte wunderschöne Augen und sah aus, als sei sie frisch vom Mailänder Laufsteg nach Harvard geflogen. Plötzlich sahen sie beide zu mir und brachen in Gelächter aus. Direkt fühlte ich mich zurück in die

High School versetzt. Ich mein, klar. Ich war sehr beliebt auf der High School, war Cheerleader Captain und Ballkönigin, aber ich bekam oft mit, wie einige Mitschüler, Andere aufgrund von Äußerlichkeiten gemobbt und verspottet hatten. Leider konnte ich nicht immer etwas dagegen tun.

Wir liefen nicht lange, bis wir was Essbares für mich fanden. Es gab frische Wraps. Bei der riesigen Auswahl brauchte ich erst einmal eine Weile, um mich zu entscheiden, bis dann meine Wahl auf ein Cesars Wrap fiel. Gerade, als ich bezahlen wollte, schritt Alexander dazwischen und hielt dem Verkäufer einen Schein hin. „Den Rest können Sie behalten", sagte er zum Verkäufer. „Das wäre doch echt nicht nötig gewesen", sagte ich mit leicht geröteten Wangen. „Sowas macht mir nichts aus, Geld spielt in meiner Familie keine Rolle. Außerdem wurde ich zu einem Gentleman erzogen", antwortete er schulterzuckend und schenkte mir ein strahlendes Lächeln. Ich erwiderte sein Lächeln und beschloss, dass ich es vorerst dabei belassen sollte. Es würde sich noch eine Gelegenheit finden, mich zu revanchieren.

Wir liefen nebeneinanderher und während ich gierig meinen Wrap verschlang, erzählte er mir ein wenig über sich. Er war wirklich sehr locker und charmant. Ich erfuhr, dass er erst vor zwei Jahren nach New York gekommen war.

Seine Eltern waren beide aus Russland, genauer gesagt Sibirien. Sie waren im Ölgeschäft und somit stinkreich. Ich war selber mal in Sibirien, weil wir dort Verwandtschaft hatten, aber ich war jedes Mal froh, wenn ich wieder zu Hause war. Ich war wirklich gar kein Wintermensch. Das Einzige, was mir in den USA fehlte, war die russische Mentalität. Die meisten Russen waren noch vom kommunistischen Denken geprägt, was sich aber auch immer in ihren Verhaltensweisen spiegelte. Ich hatte noch nie herzlichere Menschen getroffen.

Er war auch extrem zielstrebig und outete sich als kompletten Streber, was ich sehr attraktiv fand.

Wir besorgten uns noch einen Kaffee und setzten uns dann an einen Teich.

Ich bemerkte gar nicht, wie schnell die Zeit verging, doch als es anfing, kälter zu werden, bereute ich es, meine Jacke nicht mitgenommen zu haben. Als Alex mein Zittern bemerkte, zog er sich seinen Hoodie über den Kopf und reichte ihn mir. Bei dem Anblick wäre mir fast mein Kinn auf den Boden gefallen. Er trug darunter ein schwarzes, enganliegendes T-Shirt, unter dem sich sein definierter Oberkörper abzeichnete. Holy Shit sah er gut aus. „Wird dir denn nicht kalt?", fragte ich ihn schüchtern, nachdem ich es geschafft hatte, meinen Blick von ihm wegzureißen. Er lachte kurz und antwortete grinsend „Ich komme aus Sibirien, schon vergessen?". „*Wie könnte ich das vergessen?*", antwortete ich in meinem Kopf. Ich nickte nur und griff dankbar nach dem Hoodie.

Allmählich wurde es spät und ich bemerkte, wie die Müdigkeit Oberhand gewann. Ich war so früh aufgestanden und bei all den neuen Eindrücken und der frischen Luft, würde schließlich jeder müde werden. Als ich ihm sagte, dass ich auf mein Zimmer wolle, beschloss er mich zu begleiten. Im

Zimmer angekommen, zog er mich in eine Umarmung und sagte: „Danke Catherine, es war sehr schön." „Ich muss mich bei dir bedanken, Alex. Ohne dich wäre ich wohl verhungert", erwiderte ich grinsend und umarmte ihn zurück. Er verließ den Raum und ich war wieder allein.

Ich beschloss, es mir noch gemütlich zu machen und ging somit zu meiner Kiste, packte alles aus und stellte die Fotos so auf, damit es hier zumindest halbwegs, wie ein zu Hause wirkte.

Danach machte ich mich bettfertig, holte den Teddy raus und schon schlief ich ein.

Kapitel 2- Alexander

Wow.

Das war das Erste, was mir in den Sinn kam, als ich dich sah. Deine langen, welligen Haare, deine smaragdgrünen Augen und dein hübsches Kleidchen, welches sich so sanft um deine Kurven schmiegte. All das führt dazu, dass ich dich ansprach.

Normalerweise interessierten Frauen mich nicht. Klar hatte ich ab und an mal Spaß. Aber das war es auch. Ich habe nie versucht selbst auf eine Frau zuzugehen. Normalerweise sprangen sie mir immer in die Arme und wer wäre ich, wenn ich nein sagen würde. Aber irgendetwas an dir ist anders, ich kann nur nicht sagen, was es war. Vielleicht war es die Mischung zwischen dem Feuer und der Angst vor dem Unbekannten in deinen Augen. Auf der einen Seite siehst du so niedlich aus, wie eine kleine Maus, die schnell zertreten werden kann. Und auf der anderen Seite ist da dieser Kampfgeist und die Offenheit, die du ausstrahlst. Es macht mich an.

Du magst zwar lieb und süß sein, aber ich habe deinen Blick gesehen, als ich mich meines Pullovers entledigte. Dir hatte gefallen, was du gesehen hattest.

Du wolltest mehr sehen.

Gedankenverloren ging ich zum Verbindungshaus. Es dämmerte schon und im Haus brannte Licht. Ich frage mich, ob Romeo oder Zac schon angekommen seien. Wir fuhren sonst immer gemeinsam zur Uni, aber diesmal war Zac den halben Sommer irgendwo in Europa unterwegs gewesen und Romeo hatte die letzten Tage bei seiner Mutter verbracht, weswegen ich alleine angereist war. Ich hatte es nicht für notwendig empfunden, meine Eltern zu besuchen. Sie hatten ohnehin nie Zeit und ich war zu beschäftigt mit meinen Kämpfen.

Ich öffnete die Haustür und mir dröhnte schon die Musik entgegen.

Lebt mal zu zehnt in einem Haus. Ruhe wird es da nie geben.

Als ich mich auf den Weg in mein Zimmer machte, traf ich auf Zac. „Jo Alex, weißt du, wann Romeo ankommt?", fragte er mich. „Keine Ahnung, ist er noch nicht da?", antwortete ich. „Ne, dachte eigentlich, er würde dieses Jahr auch wieder früher kommen, aber wer weiß. Vielleicht muss er noch was erledigen. Sag mal, warum rennst du bei den frischen Temperaturen in einem T-Shirt rum? Ist es nicht ein bisschen kalt? Verstehe mich nicht falsch, ich weiß ja, Sibirien und so, aber echt man, du erkältest dich noch", hielt er mir vor. „Echt jetzt Zac? Du klingst ja wie meine

Mutter", gab ich spöttisch zurück und verzog angewidert das Gesicht. „Ich habe meinen Pullover verliehen." „Verliehen? Sag bloß, der eiskalte Russe hat irgendeiner Tusse seinen Pullover gegeben? Den siehst du nie wieder Bruder. So, wie die Mädels sich um dich streiten." „Ach sei ruhig Zac. Aber mal im Ernst, die Kleine könnte dir auch gefallen. Sie hat irgendwas Besonderes an sich. Nach außen hin wirkt sie sehr ruhig und schüchtern, beinahe unscheinbar- wäre da ihr Aussehen nicht. Aber ich wette mit dir, dass da mehr dahintersteckt. Alter, du hättest mal ihr Gesicht sehen müssen, als ich meinen Pullover ausgezogen hatte. Da war so ein Glimmern in ihren Augen... als würde dahinter ein Feuer brennen, welches noch befreit werden muss." „Erzähl mir mehr", forderte Zac mich auf, während er die Arme verschränkte und sich gegen das Treppengeländer lehnte. „Ich habe da eher an was anderes gedacht. Wie wär's, wenn wir wieder eine schöne Party schmeißen, vor Semesterbeginn. Da kannst du mit eigenen Augen sehen, was ich meine."

Wissend grinste er mich an. „Einverstanden."

Kapitel 3- Catherine/ Romeo

Ich wurde von Sonnenstrahlen auf meinem Gesicht geweckt. Genervt versuchte ich mich auf die andere Seite zu drehen und das Kissen auf meinen Kopf zu pressen, aber ich war wach, viel zu wach. Jetzt wusste ich, was mir fehlte. Gardinen. *Scheiße*.

Da an Schlaf sowieso nicht mehr zu denken war, checkte ich meine Nachrichten auf dem Handy, aber es gab nichts Neues. Weder haben mir meine Eltern geschrieben noch Daniel. Zum Glück. Das letzte, worauf ich jetzt Lust hatte, war es, mir anhören oder lesen zu müssen, wie sehr er mich vermisste. Ich war zwar nach wie vor überrascht darüber, wie leicht er es hingenommen hatte, aber es war besser so. Es zeugte von Reife, dass er unsere Trennung so gut akzeptierte.

Ich hatte dafür aber eine neue Freundschaftsanfrage auf Facebook von Alexander Andreew. Ich lächelte und bestätigte. Er war echt nett und ich war sehr glücklich darüber, zumindest eine Person hier zu kennen. Es ist bestimmt vom Vorteil jemanden hier zu haben, der die Abläufe bereits kannte, denn er war bereits im fünften Semester.

Verzweifelt schaute ich auf die Uhrzeit: kurz nach sechs. Widerwillig beschloss ich, aufzustehen und mich fertig zu machen. Als ich mich zum Spiegel schleppte, erschrak ich und dankte meinen Eltern im Stillen, dass ich ein Einzelzimmer hatte. Meine langen braunen Haare waren zerzaust und unter meinen strahlend grünen Augen zeichneten sich riesige Augenringe ab.

Nachdem ich unter der Dusche war, fühlte ich mich gleich viel besser und fitter. Erst überlegte ich, mich zu schminken, aber ich verwarf den Gedanken auch gleich wieder. Dazu fehlte mir ganz einfach die Lust. Ich zog mir in meinem Zimmer eine schwarze Jeans an, welche ich mit einem grauen Top und einer grauen Strickjacke kombinierte. Meine Haare ließ ich offen.

Da ich nicht wusste, was ich jetzt machen sollte, entschied ich mich dazu, frühstücken zu gehen. Ich schnappte mir noch schnell ein kleines Täschchen und meine Schlüssel und verließ das Zimmer. Heute sah es hier schon deutlich voller aus als gestern. Kein Wunder, heute war der offizielle Anreisetag. Ich ging durch die Flure und erreichte, nachdem ich dreimal falsch abgebogen war, endlich die Mensa. Meine Augen schossen direkt zum riesigen Buffet. Ich lief hin, nahm mir eine Schale und befüllte diese mit Joghurt. Darüber kamen Haferflocken und Obst und da ich kein Unmensch war, noch paar

Schokostreusel und schon war mein Frühstück fertig.
Wobei, nicht ganz, eine Sache fehlte noch. Schnell
schnappte ich mir ein Tablett, stellte meine Schale drauf und
lief los zum Kaffeeautomaten. Zum Glück war da sonst
keiner. Ich holte mir einen normalen schwarzen Kaffee und
setzte mich auf den erstbesten Platz. Die Mensa war fast
leer. Ich hielt kurz Ausschau nach Alexander, stellte aber
schnell fest, dass er nicht da war. War wohl doch noch zu
früh für die meisten.

Als ich fertig war, lief ich wieder auf mein Zimmer, wo
ich mir mein Buch aus dem Handgepäck kramte und damit
die Wohnung auch wieder verließ. Ich suchte mir ein
ruhiges Plätzchen und fand es auch schnell. Es war unter
einem Baum auf einer Bank im Campuspark. Ich begann zu
lesen und wurde sofort ins alte Großbritannien eingesogen,
wo Mr. Darcy verzweifelt um Mrs. Elizabeth Bennetts Hand
anhielt.

Romeo

Endlich kam ich nach paar Stunden Fahrt wieder hier an.
Harvard. Mittlerweile mein zweites zu Hause. Wer hätte
gedacht, dass ausgerechnet ICH, ein Typ aus der Bronx, es
jemals hierherschaffen würde? Und es auch schaffen würde,

hier zu bleiben. Ich stieg von meinem Motorrad und warf mir meine Tasche über die Schulter.

Ich spürte viele Blicke auf mir, aber ignorierte diese. Ich war es gewohnt, von Mädchen angestarrt zu werden. Außerdem würde ich später noch genug Zeit haben, um mir eine davon rauszusuchen.

Ich hatte mir über die Jahre einen gewissen Ruf hier aufgebaut- vor allem unter den Mädels. Sie alle sahen mich mit hungrigen Augen an und wünschten sich, sie seien die Nächsten, die in meiner Gunst stünden. Aber ich behielt nie eine länger als für eine Nacht. Na gut, außer Jenny vielleicht. Aber auch nicht, weil ich sie besonders gut fand, sondern weil sie halbwegs fickbar war und leicht zu manipulieren. Eine kleine willige Schlampe halt.

Es gab viele Gerüchte, über meine Qualifikationen im Bett, aber auch ohne die Gerüchte, stach ich ganz schön hervor. Meine Tattoos reichten bis zu meinem Hals und auch mein Stil sah mehr nach Gangster und weniger nach „mir wurde der Arsch bis zur Oberstufe abgewischt aus". In Gedanken hörte ich die Stimme meiner Mutter, die sich über mich aufregte: *„Romeo Antonio*

Vasquez!! Zu so einem Menschen habe ich dich nicht erzogen! ¡Las mujeres no son putas! (Diese Frauen sind keine Huren!) Hör auf mit ihnen zu spielen! ¡Casanova!" Ich lächelte bei dem Gedanken an meine Mutter. Sie kam ursprünglich aus Cuba, mein Vater aus Argentinien. Wir zogen von Cuba nach New York, als ich zehn war. Neun Jahre später verstarb mein Vater. Ich vermisste die Heimat. In New York hatten wir es verdammt schwer und ich hätte es niemals hierhergeschafft, wir wären niemals über die Runden gekommen, hätte ich damals nicht Rodrigo getroffen. Fünf Jahre nachdem wir nach

New York gezogen sind, und ich nach einem

Nebeneinkommen gesucht hatte, um was fürs College zurückzulegen und meinen Eltern finanziell unter die Arme zu greifen, traf ich ihn. Ich erinnere mich noch genau an den Tag.

Alles an ihm schrie nach Autorität und Macht. Ich bettelte ihn geradezu nach einem Job an. Er war erst dagegen, aber meine Hartnäckigkeit zahlte sich aus. Erst habe ich nur den Laufburschen für Rodrigo gespielt, doch ich stieg schnell auf und wurde bald ein enger Vertrauter Rodrigos. Ich wollte raus aus den Geschäften, sobald ich erfuhr, dass ich auf die Harvard kommen würde. Rodrigo wollte auch nicht, dass ich mich weiter damit befasste, er wollte mich auf die richtige Schiene bringen.

Doch so, wie es in den Geschäften nun mal war, kam keiner so schnell wieder raus, wenn man einmal drin steckte. Irgendwie musste ich ja meine Studiengebühren weiterhin bezahlen. Und im Ernst? Wer zahlt besser für ein paar bunte Pillen, als eine Horde von Rich Kids, die keine Ahnung davon haben, wie es im realen Leben aussieht, da sie ihr Leben lang nur in einem Kokon lebten, abgeschottet von der Dunkelheit. Die jetzt auf dem College einen Kick verspüren wollen, damit sie später ihren aufgeblasenen Kindern und Enkeln davon erzählen können, wie gewagt sie damals unterwegs waren.

Gedankenverloren schlenderte ich weiter über den Campus und schien mich wohl verlaufen zu haben, da ich plötzlich in dem kleinen Park ankam, in dem meistens so gut, wie nie etwas los war. Es standen einige Bäume und Bänke da und nicht weit war ein kleiner See. Ich blickte mich um und erkannte jemanden auf einer der Bänke sitzen. Es war ein Mädchen. Sie saß mit einem Buch auf einer Bank und schien sehr vertieft darin zu sein. Ich kniff meine Augen zusammen, um mehr zu erkennen. Sie hatte braune, wellige Haare und einen verdammt heißen Körper. Ich beschloss, dass ich mehr von ihr sehen musste, also ging ich näher an sie ran. Ich erkannte den Buchdeckel, sie las „Stolz und Vorurteil". Verdammt eine Romantikerin. Direkt war mein Interesse weg. Sowas brauchte ich nun wirklich nicht. Die sind wie Kletten, da sie in ihren Büchern andauernd lasen, wie die guten Mädchen, die bösen Jungs veränderten, „VERBESSERTEN" und die dann dachten, sie könnten dasselbe schaffen. Ich wollte bereits kehrt machen, als sie aufblickte und mich ansah. Ihre grünen Augen trafen auf meine. Erst schien sie unbeeindruckt, dann weiteten sie sich und ich verstand auch warum. Ich kannte sie und sie mich. SIE war das Mädchen aus Argentinien. Wie hieß sie nochmal? Ich wusste, es war irgendwas mit „K".

Meine Tante schickte mich los mit einem riesigen Einkaufszettel. Ich half ihr gerne, denn ich wusste, wie gestresst sie wegen meiner Cousins war und ich wusste auch, wie stark sie unter dem Verlust meines Vaters litt. Mein Vater wurde gestern hier eingeflogen, oder besser gesagt sein Leichnam. Er hatte immer gesagt, dass er in seiner Heimat, Argentinien, vergraben werden wollte. Auch er war einst in einer Gang und genau DAS wurde ihm zum Verhängnis. Meine Mutter wollte nie, dass ich genauso wurde, wie er, also log ich immer und sagte ihr, ich würde irgendwo als Kellner an der Upper East Side arbeiten. Sie glaubte es mir.

Ich sollte Fisch für meine Tante holen, also lief ich am Fluss vorbei, um zum Fischer zu kommen und dann sah ich sie. Ein wunderschönes Mädchen mit braunen Haaren und großen, grünen unschuldigen Augen. Und der Körper... Ich beschloss sie anzusprechen, selbst, wenn es nur zu einem Sommerflirt werden könnte. „Hola," sagte ich und grinste. Sie sah mich an und begrüßte mich ebenfalls grinsend „¿Cómo te llamas?", (wie heißt du?) fragte ich sie. "Me

llamó Katarina ¿y tú?"(ich bin Katharina und du?).
Katarina, ungewöhnlich, aber sie sprach fließend und
akzentfrei, deshalb war ich der Annahme, dass sie
einheimisch sei. Ich wollte gerade zu einer Antwort
ansetzen, da vibrierte mein Handy plötzlich. Ich warf einen
Blick aufs Display- es war meine Mutter. Ich ging ran und
sie meinte, ich solle mich beeilen, da sie noch meine Hilfe
bräuchten. Ich sagte, dass ich komme und legte, auf. „Lo
siento, pero tengo que irse. Adiós belleza!" (Entschuldige,
aber ich muss los. Auf Wiedersehen Schönheit). Ich drehte
mich um und ging, ohne ihr eine Antwort auf ihre Frage zu
meinem Namen zu schenken.

Nun, zwei Jahre später sah ich sie wieder. Sie war noch
schöner als vorher. Eine perfekte neue Trophäe für mein
Regal der Eroberungen. Ich grinste und ging auf sie zu, sie
lächelte nur zurück

und legte ihr Buch beiseite. „Hola", begrüßte ich sie,
genau wie damals.

Kapitel 4- Catherine

Während ich las, bemerkte ich, wie ich beobachtet wurde, also beschloss ich meinen Blick nach oben streifen zu lassen. Da stand er. Oder war er das wirklich? Damals hatte er noch längere Haare, wirkte schmaler und weniger männlich. Jetzt hatte er eine ganz andere Frisur, seine Haare waren deutlich kürzer und er war nun komplett mit Tattoos überzogen. Seine Gesichtszüge waren männlicher, erwachsener und sein Körper... oh je. Er trug eine dunkle Jeans, ein graues Shirt und eine Lederjacke. Seine schwarzen Haare waren nach hinten gekämmt. Er sah geradezu aus, als sei er Grease entsprungen. Er grinste mich an und kam auf mich zu. „Hola", sagte er und ich erkannte auch, dass seine Stimme sich ein wenig verändert hatte, sie hatte jetzt eine dunklere, rauchige Note. Ich grinste „Hola", antwortete ich. „Man, ich hatte damals echt gedacht, du wärst eine Einheimische", meinte er. „Dasselbe dachte ich auch von dir", bemerkte ich und lächelte ihn kokett an. „Ich dachte wirklich, ich würde dich nie wieder sehen belleza." Ich errötete bei dem Spitznamen, den er auch schon damals für mich genutzt hatte. „Ich hätte auch nicht erwartet, dich je wieder zu sehen", antwortete ich lächelnd. „Tja, ich schätze, wir werden uns jetzt wohl häufiger über den Weg laufen."

Die Aussage klang weniger, wie ein Versprechen, sondern mehr wie eine Drohung. Er lächelte auch nicht mehr, sondern sah mich mit einem abschätzenden Blick an. Die Stimmung war von freundlich auf etwas anderes umgeschwungen, etwas, was mir eine ordentliche Gänsehaut verpasste. Ich bekam direkt das Bedürfnis, mich dieser Situation zu entziehen, weswegen ich schließlich unsicher: „Ich ähm... ich müsste glaube ich wieder auf mein Zimmer", murmelte. „Ich begleite dich", antwortete er. Ich sah ihn abschätzig an, nickte dann aber. Wenn er meine Eskorte spielen wollte, meinetwegen.

Ich stand auf, nahm mein Buch und deutete ihm, mir zu folgen. Er trottete schweigend neben mir her und ich war nur noch verwirrter. War der Typ bipolar oder so? Erst grinste er mich an und im nächsten Moment wirkte er wie Marmor, glatt und kalt. Als ich ihn damals traf, war er noch so freundlich...

Im Wohnheim angekommen, schaute er mich erwartungsvoll an. „Wo ist dein Zimmer?" „In der ersten Etage, erste Tür links", antwortete ich und konnte beobachten, wie seine Miene sich verfinsterte. Gut, das war dann wirklich der Moment, an dem ich ihn hinter mir lassen und hocheilen sollte. Ich wollte gerade in die Richtung meines Zimmers laufen, als er mich am Handgelenk packte. Es tat nicht weh, aber trotzdem drehte

32

ich mich um und schenkte ihm einen Blick, um ihm zu verstehen zu geben, dass er mich loslassen solle. Doch er schaute mich einfach nur ausdruckslos an, ich konnte sehen, wie er mich von oben bis unten abcheckte, bis sein Blick auf meinen Lippen landete. Mir wurde gleichzeitig heiß und kalt. Plötzlich ließ er mich einfach los, als hätte er sich an mir verbrannt und stiefelte lässig auf die Treppe zu. „Kommst du?", fragte er mich beinahe gelangweilt. Baff stand ich da, komplett unfähig mich zu bewegen. Endlich schaffte ich es, mich zu fassen und eilte ihm hinterher. „Was denkst du eigentlich, was du hier machst?", fragte ich nach Atem schnappend, während wir die Treppen hochliefen. Man man man, ich musste echt an meiner Kondition arbeiten, das war ja peinlich. Er antwortete nicht und lief einfach stur weiter. An meiner Tür angekommen, drehte er sich um und meinte trocken: „Mein Name ist übrigens Romeo Antonio Vasquez." Okay und nun? „Ich bin Catherine, falls du es vergessen haben solltest." „Catherine... hm... ich glaube, ich nenne dich lieber weiter belleza, ist nicht ganz so lang", ich wusste nicht, was ich darauf antworten sollte, also tanzte ich von einem Bein, zum anderen, bis er plötzlich sagte: „Jetzt, wo wir die Namensfrage gelöst haben, willst du weiter hier stehen bleiben, oder lässt du mich rein, damit du meinen Namen schreien kannst?" Mir klappte vor Schock die Kinnlade runter. Hat er gerade im Ernst implementiert, dass er mich direkt am ersten Tag vögeln wollte? Wut staute sich langsam in mir auf, bis ich zu platzen drohte. Als er dann auch noch erwartungsvoll die Augenbraue hob, als sei es selbstverständlich, direkt mit ihm in die Kiste zu springen, konnte ich nicht anders. Ich holte bereits zum Schlag aus, doch er fing mich noch im rechten Moment am Handgelenk. Ich entdeckte ein Flackern in seinen Augen, als er sich runterbeugte und mich zur selben Zeit am Handgelenk an sich zog. Sein heißer Atem traf auf meine Haut, während er mir ins Ohr flüsterte: „Wie ich sehe, hat das Kätzchen Krallen. Vielleicht sollte ich dich ja besser Cat nennen. Aber mach dir nichts vor, lange wirst du mich nicht abweisen. Ich bekomme immer alles, was ich will und du meine Schöne stehst jetzt ganz oben auf der Liste."

Daraufhin ließ er mein Handgelenk los und rammte mich mit der Schulter, als er an mir vorbeistiefelte, als sei gerade nichts gewesen. Im Laufen rief er mir noch: „Wir sehen uns Kätzchen", zu. Wie erstarrt stand ich im Flur und ließ noch einmal die gesamte Situation Revue passieren. Was zur Hölle war das?

Frustriert öffnete ich meine Zimmertür und beschloss mich auf die Couch zu setzen und noch ein wenig in den sozialen Netzwerken zu scrollen. Die Neugier überkam mich und so erwischte ich mich dabei, wie ich Romeos

Social Media stalkte. Dabei fand ich viele Videos von irgendwelchen Partys, wo er oberkörperfrei willkürlich mit zig Mädels rumknutschte. Widerlich.

Ich wusste nicht, wie lange ich in mein Handy vertieft war, doch als mein Bauch sich zu Wort meldete, machte ich mich auf den Weg in die Mensa. Es war nun deutlich voller.

Ich stapfte auf das Buffet zu, doch so richtig was gefallen tat mir nicht, also stellte ich mir einen einfachen Salat zusammen.

Nach einem Platz suchend, blickte mich um und direkt sah ich, wie mir zugewunken wurde. Es war Alex. Lächelnd ging ich auf seine Bank zu und setzte mich neben ihn. Am Tisch saßen noch andere. Die Mädels von gestern waren jedoch nicht dabei. Alle blickten mich gespannt an, bis eine wunderschöne Blondine das Eis brach. „Hey, ich bin Nicole, aber nenne mich Nickie. Die anderen sind Thomas, Sebastian, Lukas, Tary und Claire. Und wie heißt du?", neugierig musterte sie mich.

„Ich bin Catherine, aber nennt mich gerne Catie." „Schön dich kennenzulernen!", meinte Nickie aufrichtig. Während wir uns über einige balnglose Sachen unterhielten, stocherte in meinem Salat rum.

Ich hörte, wie sich die Tür zur Mensa wieder öffnete und starrte zum Eingang. Es war er, Romeo. Er schaute sich um. Erst blieb sein Blick an mir hängen, dann wanderte dieser weiter zu Alex und schließlich landete sein Blick auf dem Tisch neben uns, an dem sämtliche Sportler und Cheerleader saßen. Er lief zum Buffet, legte sich was auf den Teller und gesellte sich dann zu den Sportlern. Diese machten noch Platz für ihn und er ergatterte sogar einen Platz zwischen zwei Cheerleadern, wie widerlich.

Ich erkannte sofort die Mädels von gestern, die mich mit ihren Blicken verspottet hatten. Jetzt aber hatten beide nur noch Augen für ihn. Ich erkannte, wie die Brünette versuchte, ihn mit Worten für sich zu vereinnahmen, während die Blondine ihre Hand auf seinen Oberschenkel legte und immer wieder auf und ab fuhr. Bei dem Anblick drehte sich mir der Magen um. Schlimmer aber war, dass seine Augen währenddessen nur auf mir lagen, als würde er auf eine Reaktion zu mir warten. Als er aber keine erhielt, löste er seinen Blick wieder von mir, packte das Gesicht der Blondine und zog sie zu sich heran. Sofort knutschten die beiden wild miteinander rum. Japp, jetzt kam ich wirklich an dem Punkt an, an dem ich auf der Stelle loskotzen könnte. Nicole folgte meinem Blick und verzog angewidert das Gesicht. Spöttisch stieß sie aus „Romeo und Flittchen wieder vereint", und machte dabei ein Würgegeräusch. Ich musste direkt lachen. „Nickie, vergiss nicht, dass er mein bester Freund ist. Aber was Jenny angeht, gebe ich dir recht. Die ist wirklich ein Flittchen", schaltete sich Alexander ein.

36

„Ich verstehe überhaupt nicht, wie du mit so einem befreundet sein kannst", antwortet Nicole augenrollend. Überrascht von der Offenbarung, sah ich Alex an. Mir brannten direkt einige Fragen auf den Lippen, wie zum Beispiel: wie konnte ein so netter Kerl wie Alex, der beste Freund von so einem Arschloch sein? „Woher kennst du Romeo?", fragte ich Alexander stattdessen. Er schaute mich an und sein Gesicht trug einen gedankenverlorenen Ausdruck. „Aus New York", antwortete er nur. Er schien nicht so als ob er dies weiter erläutern wollen würde, also nickte ich nur und beschloss, es dabei beruhen zu lassen. Fertig mit meinem Mittag, stand ich auf, verabschiedete mich von meinen neu gewonnenen Freunden und ging aufs Zimmer. Nicole war echt verdammt witzig und irgendwas sagte mir, dass sie komplett einen an der Klatsche hatte.

Am Ende des Ganges, vor meinem Zimmer angekommen, suchte ich in meiner kleinen Tasche nach meinem Schlüssel. Plötzlich ging hinter mir die Tür auf. „Na wen haben wir denn hier? Stalkst du mich? Wobei, verständlich wärs, wenn ich ein Mädchen wäre, würde ich mir auch hinterherlaufen", geschockt drehte ich mich um und dort stand er: fucking Romeo, der mich dreckig abcheckte. „Bilde dir mal nichts ein, ich wohne hier und außerdem ist das hier das Mädchenwohnheim. Du hast hier nichts zu suchen", zischte ich, nahm den Schlüssel, öffnete die Tür und knallte diese dann laut hinter mir zu. *Arschloch*. Damals war er noch deutlich freundlicher, jetzt zeigte er aber wohl sein richtiges Gesicht. Aufgeregt legte ich meine Tasche auf den

Sessel und lief zur Minibar, aus der ich mir kaltes Wasser holte. Damit setzte ich mich auf Sofa und ließ meinen Blick übers Zimmer gleiten. Es war eigentlich mehr eine Wohnung als ein Zimmer. Ich hatte ein eigenes Bad und musste deshalb keine öffentliche Dusche oder dergleichen verwenden. Das

Bad war vollständig ausgestattet, selbst eine Waschmaschine stand da. Ich hatte ein kleines Wohnzimmer, oder besser gesagt, eine Wohnküche, da ich einen kleinen Kühlschrank für Essen, einen für Getränke hatte und sogar sowas, wie eine Spüle und einen Herd mit Ofen. Also verhungern musste ich schonmal nicht, wenn ich mal in der Mensa nichts Essbares fände.

Ich stand auf und ging zum Regal mit meiner Pflichtlektüre und nahm mir ein Buch raus, welches eigentlich ganz interessant klang. „Die Grundlagen der Anatomie." Nächste Woche würde mein Studium beginnen und ich war verdammt aufgeregt.

Ich wusste nicht, wie lange ich im Buch vertieft war, doch irgendwann klingelte mein Handy. Es war

Papa. Ein Lächeln schlich sich auf mein Gesicht. Gerade, als ich rangehen wollte, hörte mein Handy auf zu klingeln. Ich versuchte Papa nochmal zurückzurufen, aber diesmal ging er nicht ran. Was hat er denn innerhalb von dieser einen Sekunde mit seinem Handy gemacht? Hatte er sein Handy aus dem Fenster geworfen? Ein wenig enttäuscht blickte ich auf mein Handy, aber sah dann auch, dass ich eine neue Nachricht auf Facebook hatte. Von Alexander. Ich lächelte und öffnete diese. **„Hey, ich hoffe, ich wirke nicht aufdringlich, aber du sahst heute wirklich wunderschön aus"**, las ich. Wie süß. Ich antwortete ihm noch fix und beschloss, mich jetzt bettfertig zu machen. Gerade, als ich mich umgezogen und die Zähne geputzt hatte, klopfte es an meiner Tür. Ich runzelte die Stirn. Wer das wohl sein mochte? Ich ging hin und öffnete diese, was ich aber gleich im nächsten Moment bereute. Es war Romeo. Er scannte mich mit seinen Blicken und fing dann an zu lachen. „Hahahaha, ist das im Ernst eine Snoopy-Hotpants?", fragte er, weiterhin lachend. Ich wollte ihm gerade wieder die Tür vor der Nase zuschlagen, doch er stellte sein Fuß noch rechtzeitig davor. „Na na, nicht so schnell Süße."

Kapitel 5- Romeo

Wer hätte gedacht, dass ich dich ein Jahr später an meiner Uni wieder sehe?

Eines muss man dir lassen Kätzchen, ich bewundere dich.

Die Art, wie du mich angesehen hast und mir dennoch widerstehen konntest, ist bezaubernd. Eine gute Abwechslung zum Alltag.

Aber glaube nicht, dass du lange vor mir sicher bist. Ich werde dich noch kriegen und dann wirst du um meinen Schwanz betteln, du wirst mich anflehen, dich zu erlösen und dann? Dann werde ich dich so lange ficken, bis du nicht mehr richtig gehen kannst. Doch bis dahin, bis dahin werde ich dich quälen. Keine Frau weist mich ab, ohne die Konsequenzen spüren zu müssen. Du kleine privilegierte Bitch denkst, du seist was Besonderes? Falsch gedacht. Du bist genauso wertlos, wie der ganze Rest. Ein Spielzeug. Leicht zu manipulieren.

Früher oder später gebt ihr euch immer hin. Und du kleines Kitten wirst am meisten um meine Aufmerksamkeit winseln.

Denk bloß nicht, dass ich es dir hier einfach mache.

Wenn ich mit dir fertig bin, wirst du mich auf Knien anbetteln, dich wieder und wieder und wieder zu nehmen.

Du wirst dich mir zu Füßen werfen.

Du wirst dich UNS zu Füßen werfen.

Kapitel 6- Catherine

„Was willst du?", motzte ich ihn an. „Wow, ruhig Tiger", grinste er schelmisch und nahm eine abwehrende Haltung an, in dem er einen Schritt zurücktrat und die Hände hochhielt. „Ich wollte dich eigentlich nur fragen, ob du mit auf die Party meiner Studentenverbindung kommst?", er wackelte mit den Augenbrauen. „Sag mal, sehe ich so aus, als ob ich so auf eine Party gehe?", fragte ich ihn genervt, zeigte an mir runter und ehe er darauf antworten konnte, schlug ich ihm die Tür vor der Nase zu. „Arschloch", murmelte ich und legte mich ins Bett.

Von draußen hörte ich grölende und feierwütige Studenten und verdammt laute Musik. Also schlafen konnte ich jedenfalls nicht mehr. Ich stand auf und überlegte, was ich jetzt machen sollte, also nahm ich mein Handy und schrieb Nickie mit der ich zum Mittagessen noch fix Nummern getauscht hatte.

Ich: **Heyyyyy Nickiieeee, was geht?**

Während ich auf Ihre Antwort wartete, checkte ich noch meine Mails, aber es gab nichts Neues. Auch in den Nachrichten las ich nichts besonders. Gerade, als ich beschlossen hatte, es einfach aufzugeben und zumindest versuchen zu schlafen, leuchtete mein Handybildschirm auf.

Nickie: **Wollte jetzt zur Party, kommst du mit?**

Shit. Verzweifelt kaute ich an meiner Unterlippe. Sollte ich ihr zusagen? Oder sollte ich lieber versuchen zu schlafen? Mir fehlte sämtliche Motivation. Aber so hätte ich die Möglichkeit, mehr über das Campusleben zu erfahren. Das Studium hatte ja schließlich noch nicht begonnen, also konnte ich ja mal eine Ausnahme machen, oder? Also beschloss ich dann letztendlich Nickie mit einem „**Ja**" zu antworten und sie in mein Zimmer zu holen, weil ich echt keine Ahnung hatte, was ich anziehen sollte. Ich war mir sicher, dass sie da mehr Ahnung von hatte, was man bei Studentenpartys anziehen sollte. Keine fünf Minuten später klopfte es an der Tür und Nickie kam total aufgeregt ins Zimmer gestöckelt und erzählte sehr euphorisch, wie bedeutend diese Party war, vor allem mich als Freshman. Sie sah so schön aus, dass man neidisch werden könnte. Ihre Haare schien sie geglättet zu haben und sie trug ein wunderschönes blau-schwarzes Kleid. Sie sah mir meine Verzweiflung an und beugte sich zu mir runter. Ich lauerte verzweifelt vor dem Schrank, unwissend, was ich anziehen sollte.

„Ach komm schon Catie, du kannst mir nicht sagen, dass ein Florida- Girl wie du, keine Klamotten zum Feiern hat!", schrie sie halb mit entsetzter Stimme.

43

„Naja, doch schon, aber die meisten sind noch in Florida...", gab ich kleinlaut wieder. „Na dann, schauen wir mal, was wir machen können..." Sie deutete mir, dass ich ihr Platz machen soll und selber machte sie sich auf die Suche. Und sie fand sogar sehr schnell ein Outfit. Es bestand aus einem weißen, lockeren Hemd, einem grünen Minirock im Lederlook und zu dem Rock passenden, grünen Highheels, welche man leicht hochbinden konnte.

Das Make-up hielt ich dezent. Meine Haare stecke ich in einen ordentlichen Dutt, wobei ich vorne zwei Strähnen frei ließ.

Nickie lächelte zufrieden und zog mich aus dem Zimmer raus. Vorher griff ich mir nur schnell meine weiße Clutch und versteckte meine Schlüssel darin. Wir liefen durch den Campus, bis wir auf einer anderen Seite der Uni endeten. Dort standen vereinzelt Häuser, Verbindungshäuser, um genau zu sein und man sah auch direkt, wo die Party stieg.

$\Sigma\Phi$.

Sigma Phi. Mir wurde etwas mulmig zumute. Ich war mir plötzlich nicht mehr so sicher, ob ich wirklich noch auf diese Party wollte. „Komm Catie, du bist ja langsamer als eine Schnecke", rief Nickie und zog mich unruhig und komplett aufgedreht bei der Hand mit sich mit. Wir betraten das Haus und es spielte gerade „My House" von Flo Rida.

Es roch nach Gras, Zigaretten und einer Menge Alkohol. Angewidert rümpfte ich meine Nase und sah mich genauer um. Überall hingen irgendwelche Sportposter, auf den Regalen standen Trophäen und es sah aus, als würde dort an der Wand ein Stammbaum gemalt sein, mit allen vorherigen und gegenwärtigen Verbindungsbrüdern. Verrückt.

Erst als ich mich zu Nickie drehen wollte, bemerkte ich, dass sie gar nicht mehr da war. „Verdammt", fluchte ich. „Wo ist denn Snoopy geblieben?", hörte ich eine Stimme hinter mir. Genervt rollte ich mit meinen Augen, drehte mich dann aber mit einem zuckersüßen Lächeln um. „Wartet auf mich in meinem Bett", antwortete ich und ging los, um mir was zu trinken zu suchen. Es dauerte nicht lange, da hatte ich die Küche auch schon gefunden. Auf der Kücheninsel standen zig Flaschen mit starkem Alkohol und zu beiden Seiten der Kücheninsel standen Bierfässer. Ich nahm mir ein Shotglas, füllte es bis oben mit Tequila und kippte ihn runter. Es brannte sofort, so dass ich kurz mein Gesicht verzog. Ich stellte die Flasche ab und nahm mir jetzt ein Becher und die Energy Flasche, die aber mehr nach Vodka roch, als nach Energy und kippte mir das in den Becher. Damit lief ich dann rum und suchte verzweifelt nach bekannten Gesichtern. Und dann erkannte ich die verrückte Blondine, mit der ich herkam. Sie tanzte leicht alkoholisiert vor einem kleinen „DJ-Pult" mit einem Jungen.

Beim genaueren Betrachten erkannte ich Alex. Ich wollte die beiden nicht stören, also machte ich kehrt, doch dann schrie jemand ins Mikrofon „TRINKSPIELE LEUTEEEEEEE!", und im nächsten Moment befand ich mich, durch das ganze Gedrängel, im Garten. Ich muss sagen, die Gastgeber hatten sich wirklich Mühe beim Aufbau gegeben. In der Mitte des Gartens stand eine Tischtennisplatte mit je sechs roten Bechern auf jeder Seite, die in einem Dreieck angerichtet waren und um die Tischtennisplatte herum, waren Bänke aufgebaut, wo sich Zuschauer draufsetzen konnten. Als Spieler gesucht wurden, beschloss ich über meinen Schatten zu springen und mich zu melden. Ich fühlte mich beinahe wie Katniss, die sich freiwillig als Tribut meldete. In Florida war Bier Pong sowas wie unser Heiligtum, ein Ritual, welches bei keiner Party ausgelassen wurde. Sofort kam ich auf die eine Seite und bekam noch ein Teammitglied dazu. Er war groß, dunkelblond und gut gebaut. Grinsend stellte er sich als „Zac" vor. Er trug ein Muskelshirt. Dadurch hatte ich direkt einen perfekten Blick auf seine muskulösen Arme... Ach was soll's. Allgemein auf seinen extrem durchtrainierten Körper. Ich erkannte, dass es einer der Sportler von heute Mittag war und erinnerte mich an den Stammbaum im Wohnzimmer, da klebte auch ein Bild von ihm dran.

Ich starrte rüber zu unseren Gegnern. Ein rothaariges Mädchen mit schönen vollen Lippen stand gegenüber von uns mit- och nö. Romeo. Er sah mich an, zwinkerte und zog dann das Mädchen an sich ran, um sie zu küssen. Er grabschte ihr an den Arsch und zog sie so nah an sich ran, dass sie beinahe miteinander verschmolzen. Angewidert sah ich mir das Spektakel an und linste dann zu Zac rüber, welcher belustigt die Vorstellung vor uns beobachtete. Als ihm mein Blick auffiel, rief er lauthals: „Alter, sucht euch ein Zimmer, ist ja widerlich euch zuzusehen!" Ich lachte auf. Die beiden lösten sich voneinander und Romeo rollte mit den Augen „Vielleicht machen wir das auch, aber erst machen wir euch fertig." Die Rothaarige hob ihre Hand für ein High Five, er aber haute auf ihren Arsch. So ein Widerling... Ich hatte aber keine Zeit mehr, um mich darüber zu echauffieren, da der Startpfiff fiel.

Eine halbe Stunde später und Zac und ich lagen uns in den Armen. Er hob mich hoch und wirbelte mich rum. Wir hatten sie fertig gemacht. Eigentlich war es ein ziemlich knappes Spiel, aber plötzlich wurde der Rothaarigen schlecht und das entschied am Ende das Spiel.

Romeo schaute angepisst, er hatte das Spiel verloren und sein Spielzeug würde heute garantiert nichts anderes mehr machen wollen, als die Kloschüssel zu umarmen.

Zac legte einen Arm um mich und lief mit mir rein. „Du hast mir immer noch nicht gesagt, wie du heißt", bemerkte er. „Ich bin Catherine Maria Martínez, aber nenn mich Catie." „Nun Catie, es ist mir wirklich eine Freude dich kennenzulernen. Ich habe noch nie jemanden erlebt, der so sehr darauf bedacht war, dieses Spiel zu gewinnen", sagte er staunend und lächelte. Ja, da hatte er recht. Ich hasste es, zu verlieren und noch mehr hätte ich es gehasst, wenn ich gegen Roemo verloren hätte.

Wir unterhielten uns noch eine ganze Weile und lachten sehr viel. Das war, wie auch bei Alexander schon sein fünftes Semester hier und er war im Schwimmteam und wie ich mir schon denken konnte, war er einer der Bewohner dieses Hauses.

Er fragte mich nach meiner Nummer und ich gab sie ihm auch sofort. Irgendwann kamen eine komplett betrunkene Nicole und ein grinsender Alex auf mich zu. Ihre geglätteten Haare waren verwuschelt und nicht mehr ganz so glatt, Alexanders sonst perfekten Haare standen auch in alle Richtungen. Ich lachte innerlich, das war so offensichtlich, was sie dort angestellt haben. „Catie, wia müssn wiedr zrück, es is spt", lallte sie. Ich sah Zac entschuldigend an, dieser wiederum lächelte nur, zog mich in eine Umarmung und schon machte ich mich mit Nicole auf den Weg zum Wohnheim.

48

Ich beschloss, Nickie mit zu mir zu nehmen. Sie war ziemlich betrunken und um ehrlich zu sein, stieg mir der Alkohol allmählich auch zu Kopf. Ich wollte sie eigentlich fragen, was das mit Alexander auf sich hatte, denn innerlich wurmte es mich doch ein wenig. Ich verstand mich mit beiden prima und es war offensichtlich, dass die beiden auch sehr gute Freunde waren, jedoch hatte ich nicht geahnt, wie nahe die beiden sich standen. *„Stopp Catie"*, sagte ich mir innerlich, *„du kannst nicht direkt auf die Eifersuchtsschiene gehen. Du kennst ihn gerade mal einen Tag. Du solltest dich für die beiden freuen."* Ich entschied, dass es besser sei, die Frage einfach runterzuschlucken. In meinem Zimmer angekommen, setzte ich Nickie auf meinem Bett ab, die aber direkt nach hinten fiel und sofort einschlief. Ich zog ihr noch die Schuhe aus und zog sie so auf das Bett, dass sie nun gerade im Bett lag. Ich war zu müde und zu betrunken, um mich abzuschminken und umzuziehen, also zog ich meine Schuhe aus und warf mich neben sie ins Bett. Direkt driftete ich in meine Traumwelt ab.

Kapitel 7- Catherine

Ich wachte vom Klingeln meines Weckers auf und bemerkte zuallererst, wie stark mein Kopf dröhnte. *„Ich trinke nie wieder"*, sagte ich zu mir selbst- *wer's glaubt.*

Ich sah an mir runter. Murrend drehte ich mich im Bett um und entdeckte einen blonden Haarschopf. „Nickie", sagte ich leise und stupste sie an. „Hmmpf", kam nur als Antwort. „Du kannst gerne weiterschlafen, ich muss aber aufstehen und zur Willkommensveranstaltung", flüsterte ich. „Jaja Mama, mach das", murrte sie und schlief direkt weiter. Ich beeilte mich, schlüpfte schnell unter die Dusche und zog mich an. Da ich so fertig war, gab ich mir auch keine besonders große Mühe bezüglich meines Outfits und Make-ups, sondern stiefelte einfach los. Als ich in der Mensa ankam, merkte ich, dass ich nicht die Einzige war, die komplett fertig war. Die Hälfte der Anwesenden sah aus, als hätten sie drei Nächte durchgefeiert.

Ich bediente mich erstmal großzügig am Essensstand: Orangensaft, Kaffee, Rühreier, Bacon und einen Apfel. Als ich mich umdrehte, sah ich eine Hand, die mir zuwinkte. Ich erkannte Zac und setzte mich mit zu ihm und seinen Freunden an den Tisch. „Hey", sagte er, schob einen Stuhl neben sich und deutete mir, mich dort hinzusetzen.

Dankend setzte ich mich auf den Platz. Wir unterhielten uns über die Freizeitangebote an der Uni und ich erfuhr, dass es hier auch ein Mädchen- Schwimmteam gab und sie noch Schwimmerinnen suchten. Dadurch, dass ich in Florida Rettungsschwimmerin war und Jüngeren, Schwimmunterricht gab, war ich eigentlich sehr gut, also dachte ich darüber nach, vielleicht mal vorbeizuschauen und vor zuschwimmen.

Ich aß mein Essen auf, verabschiedete mich von allen und lief auf das Universitätsgebäude zu. Harvard ist einfach der beeindruckendste Ort, den ich jemals gesehen hatte!

Ich lief in den Hörsaal, in dem die Auftaktveranstaltung für die Medizinstudenten stattfinden sollte. Zum Glück ging diese drei Stunden lang, denn so konnte ich wenigstens noch ein kleines Nickerchen dazwischenschieben. Sollte ich irgendetwas verpassen, würde ich einfach James fragen. James Bricks war der Direktor der Harvard und ein guter Freund meines Vaters. So gut sogar, dass ich ihn „Onkel" nannte. Ich betrat den Saal und bemerkte, dass abgesehen von mir noch keiner da war. Aber hey, lieber zu früh als zu spät. Somit hatte ich die Gelegenheit, mir einfach einen Platz rauszusuchen und entschied mich, mich ganz hinten in einer Ecke zu platzieren. „*Verdammt Catie, wieso bist du so blöd und trinkst, obwohl am nächsten Tag die*

Einführungsveranstaltung ist?", schimpfte mein Gewissen mit mir. Ich ignorierte die Gedanken und das mulmige Gefühl in meinem Magen und steckte mir meine Kopfhörer in die Ohren.

Langsam füllte sich der Saal. Einige hingen genauso da, wie ich, andere unterhielten sich aufgeregt über etwas und andere pennten direkt ein, sobald sie sich setzten. Das nenne ich Medizin- Ersties des Wintersemesters 2018.

James betrat den Saal und auf einmal wurde es mucksmäuschenstill im Raum. Ich nahm meine Kopfhörer raus und tat interessiert. Als die Uhr neun zeigte, begann er zu reden. „Liebe Erstsemester des Humanmedizinischen Studiengangs im Wintersemester 2018. Ich heiße euch herzlich willkommen..." Ab diesem Moment schaltete mein Kopf in den Standby- Modus.

Der Tag zog sich verdammt in die Länge, weshalb ich glücklich war, wieder auf meinem Zimmer zu sein. Nickie hatte mir zwischendrin eine Nachricht geschrieben, dass sie mir sehr dankbar war, dass ich sie bei mir hatte schlafen lassen und sie sich bei mir für die Unannehmlichkeit entschuldige. Und dass sie heute Abend gerne zu einem Mädchenabend vorbeikommen wollen würde.

Wir waren für zwanzig Uhr verabredet und ich erhoffte mir, Details zu ihr und Alex, zu bekommen.

Ich sah auf die Uhr, es war mittlerweile siebzehn Uhr. Ich beschloss, mir ein Taxi zu bestellen und mich in die Stadt zum Einkaufen fahren zu lassen- auf den Bus hatte ich nämlich keine Lust. Als ich aber bemerkte, dass ich in meinem Zimmer keinen Empfang hatte, stellte ich mich auf den Gang, aber auch dort hatte ich keinen Erfolg. Gerade, als ich in mein Zimmer wollte, um meine Tasche zu holen, weil ich nun doch zum Bus tendierte, stellte sich mir plötzlich jemand in den Weg, sodass ich vor Schreck mein Gleichgewicht verlor. Er hielt mich sofort an der Hüfte fest, damit ich nicht umfiel. Seine

Finger verteilten Funken auf meiner Haut. „Pass auf Kätzchen, sonst verletzt du dich noch, beziehungsweise jemand anderen." Ich erkannte sofort die Stimme. „Ich habe gerade echt keine Lust auf deine dämlichen Sprüche, Romeo!", antwortete ich und wollte mich aus seinem Griff befreien. Doch es klappte nicht. Ohne auf meine Aussage einzugehen, setzte er noch eine Schippe obendrauf „So, wie du hier rumzappelst, machst du dich echt noch zum Affen, bevor die Einführungswoche angefangen hat." Ich wollte ihn am liebsten das fette Grinsen aus seinem Gesicht schlagen. Stattdessen schlug ich seine Hände weg, die sich immer noch auf meiner Hüfte befanden und drehte ich mich um, doch gerade, als ich meine Tür öffnen wollte, kam von ihm: „Ja ok sorry." Überrascht drehte ich meinen Kopf in seine

Richtung. Er sah aus, als ob er das wirklich ernst meinen würde. "Wen hast du denn gerade versucht zu erreichen?" „Ich will in die Stadt und wollte mir ein Taxi rufen, aber mein Empfang ist weg, also fahre ich einfach mit dem Bus." „Viel Erfolg dabei. Da kannst du bis Montag warten. Der fährt nur zwei Mal täglich und den letzten hast du um eine Stunde verpasst. Ich würde dir ja vorschlagen, dich mitzunehmen, aber nur wenn du versprichst, mir unterwegs nicht auf den Sack zu gehen." Shit! Warum fährt der Bus aber auch so beschissen? Ich schaute ihn nur skeptisch an, aber mein Hirn überlegte angestrengt, ob ich sein Angebot ernst nehmen sollte. Er erschien mir nicht gerade wie ein gutherziger Kerl. „Was willst du wirklich dafür?", fragte ich... man sollte ja besser erstmal auf Nummer sicher gehen. „Nichts, komm runter, ich habe sowieso noch etwas in der Stadt zu erledigen und meine Mitbewohner nerven." Ich runzelte die Stirn, aber dann fiel mir wieder ein, dass er der Studentenverbindung angehörte, welche gestern die riesige Party geschmissen hatte. Ich seufzte und willigte ein.

Paar Minuten später standen wir schon vor seinem Auto. Ich staunte nicht schlecht. Es war ein Chevrolet Impala 1967. Ich konnte mir mein Lachen nicht verkneifen. Romeo zog die Augenbrauen zusammen und sah mich an, als sei ich aus einer Klapse ausgebrochen. „Was gibt es da zu lachen?", fragte er mich beinahe wütend. Ich hob abwehrend meine Hände. „Nichts, hätte nur nicht gedacht, dass du ein Fan von Supernatural bist", antwortete ich. Doch er schaute mich nur verwirrt an. „Sag mal, wie viel hast du gestern gesoffen?" Genervt rollte ich mit den Augen. „Als ob du die Serie nicht kennst?", fragte ich, „du weißt schon, Supernatural. Dean fährt genau dasselbe Auto", versuchte ich ihm zu erklären, doch er schien die Serie wirklich nicht zu kennen. Er schwieg und sah mich weiterhin an, als hätte ich den Verstand verloren. Ich beschloss, einfach nichts mehr dazu zu sagen und stieg in den Wagen.

Während der Fahrt beobachtete ich ihn. Er konzentrierte sich auf die Straße und dabei traten seine Wangenknochen vor, was echt heiß aussah. Noch bevor er eine Andeutung machen konnte, weil ich ihn angestarrt hatte, wandte ich meinen Kopf zur Seite und sah mir die Landschaft an. Nach einer Weile räusperte er sich und fing an zu sprechen: „Was studierst du eigentlich?" „Was denkst du?", fragte ich ihn zurück. Er lachte. „Bestimmt Lehramt, oder ne, wie alle reichen Tussen, BWL und bleibst nur für ein Semester hier, probierst dich halbwegs durchzumogeln, nur damit die Ehre deiner Familie nicht beschmutzt wird und du sagen kannst ‚ich war in Harvard'." Den letzten Satz sprach er mit einer extra hohen Stimme. „Also Nummer eins, kein Mädchen redet so, Numero dos, rede ordentlich mit mir cabrón y número tres, ich studiere kein Lehramt und ich bin auch nicht zur „Aufrechterhaltung der Familienehre" hier, ich studiere Medizin", antwortete ich zickig. Er zog eine Augenbraue hoch und prustete los. „Mensch, fahr deine Krallen wieder ein. Es passiert nur nicht oft, dass ein reiches verwöhntes und hübsches Mädchen auch klug ist", sagte er dann mit ruhiger Miene. „Ich bin also hübsch?", fragte ich und klimperte übertrieben mit den Wimpern. Er schaute mich abschätzig an. „Bilde dir nichts darauf ein", knurrte er dann und wandte seinen Kopf wieder von mir ab. Zicke. „Und was studierst du?", fragte ich ihn. „Was denkst du?", äffte er mich nach. Augenrollend seufzte ich. Man war der anstrengend. „So, wie du aussiehst bestimmt Sportwissenschaften, oder irgendwas in der Art", meinte ich dann. „Ach sehe ich für dich aus, wie irgendein dummer Sportler, der nur durch ein Sportstipendium hierherkommen konnte?", fragte er kalt und mir gefror das Blut in den Adern. Er wirkte beleidigt. Ich überlegte, was ich jetzt schon wieder gesagt haben könnte, kam aber zu keinem plausiblen Schuss. Hauptsache austeilen und dann nicht einstecken können. Ich hatte keine Lust mehr mit ihm zu reden, also schnaubte ich nur und drehte mein Gesicht wieder in Richtung Landschaft. Als wir endlich ankamen, teilten wir uns auf und beschlossen, dass wir uns neunzehn Uhr wieder treffen würden. Also ging ich los, um meine Einkäufe zu erledigen und er machte, ja. Was auch immer.

Als ich so durch die Stadt spazierte, sah ich viele junge Leute in Parkanlagen, oder Cafés sitzen. Eigentlich suchte ich einen Lebensmittelmarkt, blieb aber an einem Bücherladen stehen. Er sah sehr antik aus und in den Schaufenstern standen Originalausgaben vieler bekannter Schriftsteller. Diese Bücher waren eine MENGE wert.

Ich riss mich aus meiner Faszination und konzentrierte mich auf mein eigentliches Ziel: die Einkäufe für den Mädelsabend. Dennoch schwor ich mir, diesen Laden in einer ruhigen Minute mal aufzusuchen. Ich war gespannt, welche Schätze sich dort finden ließen.

Pünktlich neunzehn Uhr kam ich wieder am Auto an. Romeo war bereits da. Er lehnte an der Beifahrertür seines Autos und schaute gelangweilt auf sein Handy, während er an einer Zigarette zog. Als hätte er gespürt, dass ich da war, sah er auf und öffnete die Beifahrertür für mich. *Wow, der Junge besitzt ja doch so etwas wie Manieren.* Doch kurz darauf, musste ich meine Aussage revidieren. Ich saß noch nicht einmal mit einer Arschbacke im Auto, da ging er bereits ums Auto, um sich auf den Fahrerplatz zu setzen. Augenrollend schlug ich die Autotür selber zu. Er hatte stark angefangen und noch stärker nachgelassen.

Die Fahrt über verlor keiner von uns auch nur ein Wort. Die Stimmung war extrem angespannt. Ich sah es aber auch nicht ein, mich für etwas zu entschuldigen, wovon ich nicht

mal wusste, dass ich mich dafür entschuldigen müsste.
Verdammt, ich wusste nicht mal, WOFÜR ich mich
entschuldigen sollte. Er hatte doch mit der Diskriminierung
angefangen! Wir waren bereits auf halbem Wege zurück, als
ich das Radio einschaltete, um auf andere Gedanken zu
kommen. Direkt wurden wir mit "I Hate U" von SZA
beschallt. *Oh ja, und wie ich ihn hasste.* Ich ließ die Musik
so lange auf mich einprasseln, bis ich die Anspannung nicht
mehr aushielt und das Radio leise drehte. Genervt stöhnte
ich auf und traf den Entschluss, nun doch etwas zu äußern.
„Ich halte dich nicht für einen dummen Sportler, solange du
mich nicht für eine dumme, verwöhnte Göre hältst."

Stille, also gab ich es auf. Naja, wenigstens kann mir
keiner sagen, dass ich es nicht versucht hätte. Wieder am
Wohnheim angekommen, wollte ich gerade aussteigen, als
er mich am Arm packte und mich somit davon abhielt.
„Was soll das Romeo? Was willst du mir diesmal an den
Kopf knallen, hm?", fuhr ich ihn wütend an. Er schüttelte
den Kopf. „Sorry. Ich hatte da wohl etwas falsch aufgefasst.
Ich studiere Jura", sagte er und ließ mich los. Überrumpelt
stieg ich aus und ging mit meinen Einkäufen auf mein
Zimmer. Man hatte der Stimmungsschwankungen!

Kapitel 8- Catherine

In meiner Unterkunft angekommen, packte ich meine Einkäufe aus, nahm zwei Schälchen, eine für die Chips und die andere für Gummischlangen, hervor und befüllte diese. Dann steckte ich noch schnell die Pizza in den Ofen und stellte den Sekt zum Kühlen in die Minibar. Jaja ich wollte eigentlich nicht trinken, aber andererseits war es ja *nur* Sekt.

Während ich auf Nickie wartete, steckte ich meine Haare zu 'nem Dutt zusammen, zog mir eine schwarze Leggins und meinen eigenen Harvard Pullover an und wartete nun auf Nickie. Ich hatte kurz überlegt, den Pullover von Alex anzuziehen, jedoch wäre das Nickie gegenüber nicht fair gewesen. Ich war noch immer der festen Überzeugung, dass die Beiden, was am Laufen hatten. Circa zehn Minuten später kam sie ins Zimmer und fing wieder an zu reden. Sie redete ECHT viel. Sie redete von der Party und regte sich über das Wetter und den Einfluss des Wetters auf ihre Haare auf. Sie verlor aber kein einziges Wort wegen Alex, also ergriff ich nach einer Weile die Initiative, weil ich die Ungewissheit einfach nicht mehr ertrug. „Alsoooo Nickie, erzähl mal, was läuft da eigentlich zwischen Alex und dir?", fragte ich und ließ dabei meine Augenbrauen auf und ab hüpfen. Nickie sah mich erst entsetzt an und dann prustete

sie los. „Wow, ich glaube, du hast da gestern Abend etwas
ganz falsch verstanden. Er und ich sind nur Freunde,
Homies, um das so auszudrücken. Ich würde eher dich
abknutschen, als auch nur einen Finger an einen von den
Jungs zu legen", sagte sie lachend und hielt sich dabei den
Bauch. Ich verstand erst nicht, was sie mir damit sagen
wollte, doch dann machte es klick. „Oh du stehst gar nicht
auf Männer?", fragte ich in der Hoffnung, dass sie mich
nicht falsch verstand. „Nein, echt nicht, du kannst sie alle
für dich haben..." Aber das erklärt dann trotzdem nicht,
warum sie dann so ausgesehen hatten, als wären sie
übereinander hergefallen. Nickie erkannte meinen
skeptischen Blick und sah sich wohl in Erklärungsnot. „Wir
haben Wahrheit, oder Pflicht gespielt, da habe ich mit
Claire rumgemacht und er hatte sieben Minuten im Himmel
mit Flittchen Nummer eins, Jenny... Er kam bestimmt auf
seine Kosten", berichtete sie nonchalant. Ich weiß nicht
warum, aber es versetzte mir einen kleinen Stich, als ich
daran denken musste, was sie wohl im Schrank getrieben
hatten. „Das erklärt dann wohl auch sein Grinsen", gab ich
zurück, nicht mehr ganz so fröhlich. „Ne, er war einfach nur
high, er raucht manchmal zu viel", meinte sie und
konzentrierte sich zum ersten Mal an diesem Abend auf den
Film, der die ganze Zeit im Hintergrund lief. Ich war
erleichtert, dass sie nichts mit Alex hatte, aber aus

irgendeinem Grund ärgerte es mich, dass er mit dieser Jenny rumgeknutscht hatte, auch wenn es wirklich nur wegen dieses dummen Spiels war. Verwirrt über meine eifersüchtigen Gedanken, versuchte ich, mich auf den Film zu konzentrieren, jedoch schweiften meine Gedanken immer wieder ab.

Es lief ein Teenie Film nach dem anderen, die Pizza war alle, die Schüsseln halb voll und es stand bereits eine weitere Flasche Sekt auf dem Tisch. Um genau zu sein, Flasche Nummer drei. Irgendwann sprang Nickie aufgeregt auf. „Lass uns Wahrheit oder Pflicht spielen", rief sie aus. Oh oh. „Ich weiß echt nicht...", sagte ich unsicher. Ich war noch nie wirklich von diesem Spiel begeistert gewesen. Nicht, weil ich mich vor den Pflichtaufgaben drücken wollte, sondern, weil mir nie etwas Gutes einfiel. „Ach komm schon Catie, das wird bestimmt lustig!", probierte die Blondine mich zu überzeugen. Ich schaute sie skeptisch an und dachte mir dann einfach *„was soll's"*, weshalb ich dann schlussendlich einwilligte. „Prima!", rief sie und klatschte in die Hände. „Also Catie. Wahrheit oder Pflicht?", fragte sie mich dann enthusiastisch. Ich zögerte: „Ähm... Wahrheit." Man sollte ja klein anfangen. „Mensch bist du langweilig. Aber okay, hattest du schon Sex?", fragte sie mich neugierig. „Ja mit meinem Fr... EXfreund", berichtete ich mich selber.

„Exfreund?", fragte sie mich nochmal und zog ihre
Augenbraue hoch. „Ja genau, Exfreund. Ich habe mich kurz,
bevor ich hier her kam von ihm getrennt. Es hatte ganz
einfach nicht mehr funktioniert", antwortete ich ihr. „Oh ja,
das stimmt. Außerdem bist du jung, du kannst dich nicht
schon jetzt dein Leben lang an jemanden klammern, das ist
ungesund. Wie lange wart ihr denn zusammen?" „Drei
Jahre...", antwortete ich zögernd. „Oh mein Gott, hattest du
dann überhaupt was vom Leben?", fragte sie mich
schockiert. Man sie tat ja so, als hätte ich die letzten Jahre in
Gefangenschaft gelebt. „Natürlich hatte ich was vom Leben,
aber keine anderen Jungs, nein. Wollen wir nicht
weiterspielen?" Ich wollte dringend von diesem Thema weg.
„Ach so ja natürlich. Ich nehme Pflicht!", sagte sie, noch
bevor ich sie fragen konnte. Ok nun war es an mir, eine
angemessene Aufgabe für sie zu finden. Aber da mir sonst
nichts einfiel, verpflichtete ich sie die restliche Flasche Sekt
auf ex zu trinken. Unbeeindruckt griff sie zur Flasche und
kippte die kühle Flüssigkeit mir einem Mal runter. „So
Catie, Wahrheit oder Pflicht?" Sie hatte bereits glasige
Augen. Dieses Mal entschied ich mich für Pflicht. Daraufhin
grinste sie nur schelmisch. „Wir gehen nochmal auf eine
Party", gluckste sie. „Wann?", fragte ich mit einer negativen
Vorahnung. „Na jetzt!", quietschend und klatschend sprang
sie auf und rannte schon in Richtung meines

Kleiderschrankes. Jetzt verstand ich auch ihre wahre Intention hinter dem Mädelsabend: mich abfüllen und mit Wahrheit, oder Pflicht dazu zwingen, mit auf die Party zu kommen. Nachdem sie fünf Minuten im Schrank gekramt hatte, zog sie einen altrosa Rock mit einem langen Beinschlitz aus seidenem Stoff und ein weißes Crop top mit langen Puffärmeln raus. Ich war wieder beeindruckt davon, wie schnell sie das jedes Mal aufs Neue schaffte. Ich schnappte mir eine Haarklammer und steckte damit meine Haare hoch und trug einen Lippenstift in der Farbe des Rockes auf. Nickie checkte mein Outfit, nickte, hackte sich bei mir ein und verließ mit mir gemeinsam das Zimmer.

Etwa zehn Minuten später standen wir vor der riesigen Verbindungsvilla. Überall tummelten sich schon besoffene Menschen herum. „Keine Sorge, dieses Mal lass ich dich nicht einfach hier stehen", sagte Nickie, nachdem sie meinen skeptischen Blick sah. Mir fiel ein Stein vom Herzen.

Es dauerte nicht lange, da trafen wir auch schon auf die ersten: Zac und seine Freunde. Als Zac mich erblickte, kam er direkt auf mich zu und hielt mir seinen Becher hin. Am Geruch erkannte ich, dass es sich hierbei um Whiskey- Cola handelte. Ich trank den Becher in einem Zug aus und als ich absetzte, grölten Zacs Freunde und Zac schaute beeindruckt zu mir runter. „Respekt Catie, damit hätte ich jetzt nicht gerechnet." Seine grauen Augen strahlten mich an und ich musste wirklich sagen, dass ich mich in seiner Gegenwart extrem wohl fühlte. „Nicht schlecht Kätzchen", hörte ich von der Seite. Als ich meinen Blick von Zac löste, trafen meine Augen auf die dunklen von Romeo. Ich ignorierte seinen Kommentar und wandte mich wieder meinen Freunden zu. „Wie wäre es mit einer Runde Flaschendrehen Leute?", rief Nickie. Die Menge jubelte und alle setzten sich. Zu meiner Überraschung nahmen auch Alexander und Romeo mit Platz. Ich hatte überhaupt nicht mitbekommen, wann Alex mit dazu gestoßen war. „Kurze Erklärung! Der, auf den die Flasche zeigt, muss mit dem, der gedreht hat, für sieben Minuten im Schrank verschwinden. Wer vorher rauskommt, wird bestraft! Alle verstanden?", hackte Nickie nach. „Catie beginnt, sie ist neu hier und muss noch ein paar Menschen kennenlernen." Nickie sah mich schelmisch an und zwinkerte. Na, danke aber auch.

Nervös schnappte ich mir die Flasche und drehte. Ich schloss die Augen und erst, als ich ein lautes „Uhhhh", hörte, traute ich mich, aufzusehen. Ich sah zur Flasche und dann in die Richtung, in die sie zeigte. Sie richtete sich genau auf Romeo. Da ich keinen anderen Ausweg sah, außer auf das Beste zu hoffen, stand ich stöhnend auf und ging voraus. Einmal atmete ich nochmal durch und dann betrat Romeo hinter mir den Schrank. Er sah schon echt heiß aus, aber bei dem Gedanken, dass er gestern erst mit der Rothaarigen rumgemacht hatte, verzog ich den Mund. „Wie lange willst du noch starren?". Er zog eine Augenbraue hoch und schaute mich erwartungsvoll an. Verunsichert darüber, was ich antworten sollte, stotterte ich irgendeinen Mist zusammen, während er mich immer fragender und belustigter ansah. Mit einem „Ach was soll's" hörte ich dann auf zu quatschen, ging einen Schritt auf ihn zu, schlang meine Arme um seinen Hals und küsste ihn. Er erwiderte den Kuss sofort und grinste in den Kuss hinein, ich konnte es nicht sehen, aber ich hätte schwören können, es war ein dreckiges Grinsen. Seine Arme schlangen sich um meinen Körper. Erst fuhren seine Hände meine Taille entlang, bis sie dann letztendlich auf meinem Hintern landeten. Als er dort reinkniff, stöhnte ich kurz auf und er nutzte die Gelegenheit, um seine Zunge in Einsatz zu bringen. Er drückte mich mittlerweile an die Schrankwand und platzierte sein Knie zwischen meine Beine, sodass ich breitbeinig vor ihm stand. Aber nicht lange, da er mein rechtes Bein anhob und ich es automatisch um seine Hüfte schlang und ihn somit noch näher zu mir ran zog. Ich spürte seine Erektion ganz deutlich. Ich war gefangen. Mir wurde heiß. Seine Hände waren einfach überall und gleichzeitig nicht dort, wo ich sie wirklich spüren wollte. *Fuck Catie, wo kommen diese Gedanken denn plötzlich her?* Aus irgendeinem Grund gefiel mir der Kuss, doch als ich ein verlegenes Räuspern hinter mir hörte, riss ich mich los. Es war, als hätte man mir einen Eimer eiskaltes Wasser übergeschüttet. In der Tür stand Alex mit einem Gesichtsausdruck, den ich nicht genau deuten konnte. „Ich sollte euch wieder reinholen", sagte er tonlos. Erst dachte ich, er sei sauer, aber in seinen Augen sah ich die Funken sprühen. Ich schaute erst ihn geschockt an und dann Romeo. Ich musste erstmal verarbeiten, was hier eigentlich gerade abging. Doch Romeo grinste mich nur weiter so pervers an und fing dann an zu sprechen: „Wow so schnell das Interesse an unserem Schönling Zac verloren? Ich mein, ich kann das nachvollziehen, so unwiderstehlich, wie ich bin." „Zwischen mir und Zac ist nichts, aber wenn ich mich entscheiden müsste, würde ich ihn jederzeit vor dir wählen. Das hier zwischen uns war nichts anderes als die Erfüllung meiner Pflichtaufgabe", zickte ich zurück. *Du Lügnerin, du hast es doch genossen. Die Fantasien, die dir durch den Kopf sprangen, sagten schon alles aus.* Er sah mich mit einem durchdringenden Blick an. „Also war das so etwas, wie sexuelle Nötigung?", fragte er in einem typischen Juristenjargon. „Nein, war es nicht. Es war schließlich konsensuell. Ach, weißt du was. Beweg das alles", ich zeigte auf ihn und fuchtelte mit den Armen rum, "und geh raus." Er zuckte nur mit den Schultern und machte einen Schritt auf mich zu, sodass er wieder ganz eng bei mir stand. Ich spürte seinen warmen Atem an meinem Hals und roch sein Parfüm, es war wirklich umwerfend, doch ich riss mich zusammen. Hoffentlich bemerkte er meine Anspannung nicht. „Ich weiß, dass es dir auch gefallen hat, ich für meinen Teil fand es echt heiß. Am liebsten würde ich dich einfach mit in mein Zimmer nehmen, aber Mademoiselle soll von alleine zu mir kommen", sprach er und hauchte einen kurzen Kuss auf meinen Hals. Meine Haare stellten sich auf und meine Haut brannte. Er war der zweite Junge, den ich je geküsst hatte und er war um einiges besser als mein Ex. Aber auf der anderen Seite war er ein riesiger Arsch und ich war plötzlich angewidert davon, ihn so nah an mich rangelassen zu haben. Wer weiß schon, wie oft er sowas machte. Schließlich hatte ich ihn neunzig Prozent der bisherigen Zeit mit irgendwelchen Weibern knutschen sehen. Er entfernte sich von mir, zwinkerte nochmal und ging dann zurück ins Zimmer. Die Tür vor mir fiel ins Schloss und ich stand weiter verdattert da. Ich war jedoch nicht alleine, nein, denn Alex stand noch immer vor dem Ausgang. Durchdringend sah er mich an. Kurz schien es so, als ob er was sagen wollte, er sich dann aber dagegen entschied. Stattdessen hielt er mir die Tür zum Rausgehen auf. Ich bekam auf einmal ein ganz schlechtes Gewissen. Er hatte das alles mit angesehen und ich war bis vor ein paar

Stunden noch eifersüchtig, weil er mit einer anderen geknutscht hatte. Obwohl ich kein Stück besser war. Doppelmoral lässt grüßen. Beinahe hypnotisch begab ich mich zurück ins Zimmer, in dem eine komplett belustigte Nickie schon auf mich wartete. Gespannt sah sie mich an, bemerkte dann meinen Blick und meinte darauf nur noch. „Warte, ich bin gleich wieder da, ich hole schnell den Tequila, dann reden wir!" Sie stand auf und verschwand aus dem Zimmer. Immer noch in Trance setzte ich mich zurück auf das Sofa und schaute auf mein Handy. Ich ignorierte die Blicke der anderen, die in der Zeit einfach weiterspielten, als sei nichts gewesen. Als nächstes war Romeo dran. Seine Flasche landete zwischen zwei Mädels. „Regeländerung, man kann jetzt auch mit Zweien rein, wenn es unentschieden steht", rief die eine beinahe verzweifelt. Romeo grinste die beiden an und meinte daraufhin: „Wie wär´s, wenn wir das Spiel einfach in mein Schlafzimmer verschieben? Nach der Aktion mit Jungfrau Maria, brauche ich was anderes." Er warf mir einen arroganten Blick zu, während er aufstand und an der Tür geduldig auf die Mädels wartete, die versuchten in ihren Kleidchen so aufzustehen, dass man ihre Unterwäsche... oder in dem Fall, nicht vorhandene Unterwäsche, nicht sah. Ziemlich erfolglos. Ich ärgerte mich über ihn und über seinen neuesten Spitznamen für mich. War ich denn wirklich so schlecht? Oder wollte er mich einfach nur provozieren? Mich aus der Reserve locken und herausfordern? Wollte er mich mit seinem Spruch einfach nur dazu bringen, beweisen zu wollen, dass ich eben nicht wie die heilige Mutter Maria war?

Plötzlich wurde ich von einer Vibration abgelenkt. Ich hatte eine neue Nachricht.

Dan: **Bald sind wir wieder miteinander vereint.**

Was zur Hölle?!

Kapitel 9- Catherine

„Ich habe ihn!!!", hörte ich Nickie schreien und wurde somit aus meinen Gedanken gerissen. Sie hatte anscheinend meinen verwirrten Gesichtsausdruck bemerkt, denn nun kam sie langsamer auf mich zu. „Wow, du siehst aus, als hättest du einen Geist gesehen. Was ist los?", fragte sie mich mit einem skeptischen Gesichtsausdruck. „Ähm naja nichts weiter, es ist nur noch wegen des Kusses", log ich. „Haha ach so ja, das kann ich mir vorstellen. Ging ja richtig ab bei euch, ihr wart so lange da drin, dass wir uns schon Sorgen gemacht hatten, dass ihr euch da gegenseitig umbringt. Sorry, es war so eine dumme Idee, wer hätte erahnen können, dass deine Flasche ausgerechnet auf ihn zeigen würde? Ich hatte so für dich gehofft, dass sie auf Alex, oder Zac zeigen würde!" Überrascht sah ich sie an. Sie winkte aber nur ab. „Ach bitte, jetzt tu nicht so. Ich bin zwar lesbisch, aber auch ich kann sehen, dass die beiden durchaus attraktiv sind und vor allem kann ich sehen, wie gut du dich mit ihnen verstehst. Und ich könnte wetten, dass die beiden auch nicht abgeneigt wären." Sie lachte und zwinkerte. Ich schmunzelte, oh ja, da hatte sie Recht.

Die anderen spielten noch weiter, doch wir entfernten uns von der Gruppe. Wir tranken eine Weile und redeten viel. Irgendwann stand ich auf, um auf Toilette zu gehen und stolperte dabei ziemlich ungünstig über eine Tasche. Gerade so schaffte ich es noch, nicht hinzufallen. Ich sah geschockt zu Nickie und daraufhin prusteten wir beide lauthals los. Nickie bestand darauf, mich mit auf die Toilette zu begleiten, weil es einfach ein ungeschriebenes Gesetz ist, zu zweit auf die Toilette zu gehen.

Unterwegs trafen wir auf viele betrunkene Kommilitonen. Ich ließ meinen Blick unauffällig über die Köpfe aller schweifen, doch entdeckte Romeo nicht. Was interessierte es mich denn auch? Wir brachten den Toilettengang schnell hinter uns und beschlossen dann, das Haus noch ein wenig zu erkunden.

Die Musik dröhnte laut durch das gesamte Haus. Besoffene Studenten spielten in der Einfahrt Bierball, wobei man an der Art und Weise, wie sie rannten, direkt erkennen konnten, dass sie hier schon länger tranken und deutlich mehr als Bier intus hatten. Wir gingen wieder in Richtung des Raumes, in dem wir vorher gespielt hatten. Ein erstaunlicherweise nüchterner Zac kam auf mich zu, legte sofort seinen Arm über meine Schulter und sagte mir, dass das Spiel beendet sei. „Ach so okay, na dann gehen wir ein wenig tanzen", antwortete ich ihm. „Wenn ihr möchtet, könnt ihr euch wieder mit zu uns gesellen. Wir haben nur den Raum gewechselt für eine etwas... privatere Atmosphäre

... Wie sieht's aus?", fragte er mich zwinkernd. Ich sah zu Nickie und wir beide nickten. Ich versuchte nicht allzu sehr darüber nachzudenken, was genau er mit einer privateren Atmosphäre meinte. Immer noch mit seinem Arm auf meinen Schultern führte er uns durch das Haus in ein recht abgelegenes Zimmer. Wir pflanzten uns mit ihm auf eines der Sofas. Alles hier wirkte teuer und glich mehr einem Herrenclub als einer Verbindungseinrichtung. Zac erklärte, dass hier nur enge Freunde reinkamen, es war sowas wie ein „VIP"-Raum. Wir tranken eine Runde und unterhielten uns über belangloses Zeug, bis die Tür aufging und kein anderer, als Romeo höchstpersönlich reinspazierte. Er stolzierte grinsend rein, hielt aber kurz inne, als er mich und Zac kuschelnd auf dem Sofa sah. Sofort bekam ich ein mulmiges Gefühl, doch sein Blick lastete nicht lange auf uns, denn er setzte sich schnell auf das Sofa gegenüber zwischen zwei hübsche Blondinen. Diese schmiegten sich willig an ihn. „So, da wir ja jetzt komplett sind," fing Zac an zu sprechen, stand auf und ging zur Tür, um diese abzuschließen, „können wir ja mit dem eigentlichen Programm für heute beginnen." Nickie und ich sahen uns nur an, aber sie beruhigte mich sofort mit ihrem Blick. Dann sah ich Romeo an, der aber nur grinste. Okaaay. Zwei der anderen Jungs standen auf und gingen zu einer Art Wandschrank, welcher aber anscheinend als Abstellkammer benutzt wurde, und trugen einen Tisch raus. Erst, als der Tisch, zwischen den sich gegenüberliegenden Sofas stand, bemerkte ich, dass es ein riesiges Brettspiel war. Jeder bekam eine Farbe und dann begann das Spiel. Es gab verschiedene Aufgaben, die zu erledigen waren. Diese standen auf Karten. Es gab eine Auswahl an Wahrheitsaufgaben und Pflichtaufgaben. Anfangs waren es nur harmlose Aufgaben, aber je näher man dem Ziel kam, umso verdorbener wurden diese. Ich war wieder an der Reihe und inspizierte die Felder vor mir. Ich hoffte ehrlich auf eine zwei, denn dann hätte ich eine Runde aussetzen können, denn das wäre mir deutlich lieber gewesen als der Rest der Aufgaben. Doch wie Gott es wollte, würfelte ich eine Sechs. Ich musste mich entscheiden, ob ich eine Frage beantworte, oder eine Pflichtaufgabe machte. Anfangs tendierte ich noch zur Frage, doch sobald ich einen Blick darauf warf, war ich mir plötzlich nicht mehr so sicher. **Wen hier im Raum würdest du am liebsten flachlegen?** Panisch sah ich mich im Raum um. Romeo bemerkte meinen Blick, las sich die ebenfalls Frage durch und grinste. „Na Catherine, wer ist denn der Glückliche?", fragte er mich belustigt. „Tja, das würde ich euch gerne beantworten, aber da ich Pflicht wählen wollte, muss das wohl warten", antwortete ich unüberlegt. Erst dann sah ich mir die Aufgabe an und wurde rot. **Gib jemandem vom jeweils anderen Geschlecht einen kurzen**

Lapdance. Fuck. Mir gefror das Blut in den Adern. „Du kannst immer noch die Frage beantworten", erinnerte Romeo mich. „Nein, alles gut, aber ich suche die Musik raus!", meinte ich dann wieder voller Elan. Er wollte spielen? Dann spielen wir. Ich sah die Playlist durch und wählte dann *Villain Era*. Dann stand ich auf und verstellte einen Sessel so, dass dieser mit dem Rücken zu Romeo stand. Daraufhin nahm ich Zacs Hand und führte ihn zu dem Sessel. Einige Kommilitonen pfiffen und dann begann ich langsam damit, eine Show für Zac hinzulegen, bei der ich aber standhaft Blickkontakt mit Romeo hielt, der mich durchdringlich ansah. Ich konnte ihm seine Emotionen nicht vom Gesicht ablesen, dafür bekam ich aber mit, wie er seine Hände zu Fäusten ballte. Wie es aussah, hatte ich wohl doch eine gewisse Wirkung auf ihn. Das Lied fand allmählich ein Ende und so auch mein Tanz. Ich wollte gerade von Zac runter steigen, als Zac beide Hände an meine Hüfte legte und mich zu sich runterzog. Ich warf Romeo einen letzten Blick zu und dann landeten seine Lippen auch schon auf meinen. Der Kuss war heiß und mein gesamter Körper kribbelte. Dieser Kuss war so gegensätzlich zu dem Kuss mit Romeo. Bei Romeo spürte ich nur die Gefahr im Nacken. Bei Zac stiegen ganz andere Emotionen in mir auf. Es fühlte sich so an, wie der erste

Sonnenschein nach einer verregneten Nacht. Irgendwann löste sich Zac von mir und wir gingen wieder zu unserem Platz.

Ich wusste nicht, wie spät es war, aber nach einer Weile bekam ich eine Nachricht von Nickie, in der stand, dass sie jetzt gehen würde, weil sie noch zu Claire wollte. Ich sah zu ihr hoch und nickte lächelnd. Sie stand auf und verabschiedete sich von allen. Da waren es nur noch sieben.

Eine halbe Stunde setzte dann auch bei mir die Müdigkeit ein und so beschloss ich mich auf den Weg nach Hause zu machen. Zac wollte mich erst nicht gehen lassen, doch als sich Romeo einmischte und meinte, er würde mich aufs Zimmer begleiten, da er keine Lust mehr auf Party hatte, beruhigte Zac sich wieder. ER schien wohl wirklich darauf zu vertrauen, dass Romeo mich sicher nach Hause brachte und mir nicht direkt den Hals umdrehte, wenn wir außer Sichtweite waren. Zum Abschied drückte Zac mir einen kurzen, aber festen Kuss auf die Lippen und schlug mir auf den Arsch.

Auf dem Weg zum Wohnheim sagte keiner von uns ein Wort. Es war eine sehr unangenehme Stille und da ich nicht mehr fähig war anständig zu laufen, dauerte es auch eine Weile, bis wir vor meinem Zimmer ankamen. Ich kramte meinen Schlüssel aus meiner Potasche und schloss meine Tür auf. Als ich mein Zimmer betrat, war ich eigentlich der

Meinung, dass ich die Tür zugeklatscht hätte, aber die Tür fiel nicht ins Schloss. Ich drehte mich um und sah einen Romeo, der die Tür aufhielt und mich beobachtete. „Was glotzt du so?", lallte ich. Doch er blieb einfach stehen und beobachtete mich weiter. „Hör auf zu gucken und geh weg!", zischte ich weiter, doch er blieb wie festgewachsen. „Gut, dann nicht, aber entweder du kommst rein und machst die Tür zu, oder du gehst raus und machst die Tür zu, egal wofür du dich entscheidest, du machst die Tür zu!", brabbelte ich und bemerkte gar nicht, was für ein Mist da eigentlich von mir kam. Scheinbar entschied sich Romeo für Option Nummer eins, denn er betrat das Zimmer und schloss die Tür hinter sich zu. Ich ignorierte, dass er gerade in meiner Wohnküche stand, immer noch schweigend. Ich ging in mein Zimmer und zog mich bis auf die Unterwäsche aus und löste meine Haare. Ich war so sehr in Gedanken vertieft, dass ich komplett vergaß, dass Romeo noch da war. Auch als ich ins Wohnzimmer eintrat, bemerkte ich ihn nicht. Erst, als ich beschloss, noch das Zeug von vorhin wegzuräumen bemerkte ich ihn auf meinem Sofa.

Sein Blick lag die ganze Zeit auf mir und erst nach einer Weile realisierte ich, dass ich nur in Unterwäsche vor ihm stand. Einen Moment lang sagte keiner von uns was, aber dann begann das Ganze mir auf die Nerven zu gehen. „¿Romeo, qué haces aquí?(Romeo, was machst du hier?", fragte ich dann schließlich. „Ich beobachte dich", sagte er einfach. „Wow, das ist mir auch aufgefallen, aber da war nicht die Frage, was zur Hölle machst du HIER?", fragte ich nochmal mit Nachdruck und wedelte mit den Armen herum. Er sah mich unbeeindruckt an. „Ich kann bei dem Partylärm sowieso nicht schlafen." „Und was hat das mit mir zu tun?" so langsam ging mir das auf die Nerven. „Nicht viel, nur, dass ich heute dein Wohnzimmer zum Schlafen belagere und außerdem hoffe ich darauf, mehr über dich zu erfahren. Ich dachte am Anfang, dass du leicht zu durchschauen seist, aber dem ist nicht so. Ich möchte dich verstehen können", meinte er schließlich. Ich schob seine erste Aussage mit der Übernachtung kurz beiseite und ging auf die zweite ein: „Mich verstehen? Was ist denn bei mir so missverständlich?" „Du bist interessant. Auf der einen Seite bist du eine wunderschöne Medizinstudentin, die in ihrer Freizeit sowas, wie Jane Austen liest und auf der einen Seite bist du die Partyqueen vom Campus, welche sich natürlich DEN Schwimmer der Uni klärt, aber am selben Tag vorher noch über seinen Verbindungsbruder herfällt", bemerkte er, „und vor allem jetzt nur in Unterwäsche vor ihm steht. Ist das alles nicht ein wenig widersprüchlich?" Er hielt seinen Blick weiterhin starr auf mir, selbst, als er aufstand. „Erzähl mir mehr von dir, por favor." Nun stand er dicht vor mir. Ich spürte seine Wärme und ich spürte aber auch den

Alkohol in mir, der mir komische Ideen in den Kopf pflanzte. „Ich muss schlafen und du auch", sagte ich schwer atmend. „Oh ja, das müssen wir", flüsterte er mir ins Ohr, während er mit seinen Fingern an meiner Taille entlangfuhr. Mir wurde plötzlich echt warm. Ich sah ihn nicht an, doch ich spürte weiterhin seine Hände an meiner Taille. Dort, wo seine Hände lang fuhren, bildete sich Gänsehaut. Aber es fühlte sich gut an. Doch plötzlich spürte ich noch was anderes. Er hielt mich fest und lief rückwärts, dann setzte er sich aufs Sofa und zog mich mit, sodass ich nun mit dem Blick auf ihn gerichtet auf seinem Schoß saß. Er sah mir in die Augen und strich mir eine Strähne aus dem Gesicht. Dann umfasste er meinen Nacken und zog mich zu sich runter. Wir küssten uns und das Karussell in meinem Kopf wurde nur noch stärker. Aber noch bevor irgendeiner von uns was machen konnte, riss ich seine Hände von mir, stand auf und rannte auf die Toilette. Ich schaffte es gerade noch rechtzeitig. Erst kämpfte ich mit einer Art Schluckauf und dann kam wahrscheinlich der ganze Inhalt meines Magens mit einem Mal raus. Ich hörte Romeo aufs Klo rennen und hörte sowas, was sich anhörte, wie „Dios mio." Dann stapfte er wieder weg. Kurz darauf hörte ich, wie jemand in meinen Schränken rumkramte und paar Sekunden später stand er dann neben mir mit einer Flüssigkeit in einem Glas und einem Stück Toast. Ich hatte mich wieder beruhigt und

78

nahm dankend den Toast und biss rein, dann nahm ich die Flüssigkeit, die aussah wie Wasser und spülte es mit einem Mal runter. Doch ich hatte mich geirrt. Es war kein normales Wasser. Das Wasser war gemischt mit Zitronensaft und Zucker. Ich kannte diese Mixtur, sie half zwar sehr, aber hatte einen Nachteil: einem wurde nur noch schlechter. Also landete ich wieder vornübergebeugt über der Kloschüssel, nur dass meiner Haare diesmal zurückgehalten wurden. Ich weiß nicht, wie lange das so ging und ich bekam auch nicht mehr viel mit. Irgendwann spürte ich aber nicht mehr die kalten Fliesen unter meinen Knien, geschweige denn den Boden. Ich spürte nur Wärme und paar Sekunden später landete ich im Bett. Sofort driftete ich in meine Traumwelt ab.

Kapitel 10- Romeo

Diese verdammte Frau! Was hatte sie nur an sich, dass ich immer noch versuchte, sie rumzukriegen. Was stimmte denn nicht mit mir. Ich ließ mir sonst von niemandem auf der Nase rumtanzen. Geschweige denn, dass ich mit einer im selben Bett schlief, nachdem ich eine halbe Stunde vorher noch ihre Haare beim Kotzen hielt. Beim KOTZEN. Und dafür hatte ich mir meinen Quickie mit den Cheerleadern versagt. *Ich wollte alles für dich aufheben Kitty Cat.* Ich sollte anfangen, ganz andere Seiten aufzuziehen, um diesem Miststück zu zeigen, wer hier das Sagen hat.

Fast hätte ich dich gestern gekriegt Kitten. Und dann hätte ich dich fallen gelassen, einfach nur um zu sehen, ob Raubkatzen auch sieben Leben haben.

Genervt strich ich mir übers Gesicht und stand auf. Sie lag seelenruhig da und schlief tief und fest. Ich überlegte mir kurz, mir einen Spaß daraus zu machen und einfach halbnackt neben ihr liegen zu bleiben, bis sie aufwachte und dachte, da wäre was gelaufen. So wie sie sich gestern die Seele aus dem Leib gekotzt hatte, würde es mich nicht wundern, wenn sie keinerlei Erinnerungen hätte. Aber ich verwarf den Gedanken wieder. Ich wollte vor ihr schließlich nicht als Vergewaltiger dastehen. Dieser Scheiß wäre dann auch für mich zu abgefuckt. Sowas gehörte mit Schwanz abschneiden bestraft. Ich entschloss mich nun doch, aufzustehen und mich anzuziehen. Als ich aufstand, murmelte sie plötzlich was Undeutliches und ich dachte schon, ich hätte die schlafende Furie geweckt, aber sie schlief weiter. Gut, ich hatte gerade echt keine Lust mich mit ihr auseinander zu setzen.

Mürrisch lief ich in Richtung des Verbindungshauses. Schon von weitem sah ich den ganzen Müll in unserem Vorgarten und wenn ich richtig sah, auch ein paar Besoffene, die wohl den Weg nach Hause nicht mehr gefunden hatten. Angewidert verzog ich das Gesicht. Später würde ich wohl den Sicherheitsdienst vorbeischicken müssen, um sie von unserem Rasen zu entfernen.

Ich riss die Tür auf und rief „Angezogen, oder nicht, ich komme". Im Haus war es ruhig, abgesehen von einem Stöhnen und das Aufeinanderklatschen von Haut. Ich begab mich zum Ursprung des Geräusches und fand einen Zac vor, der bis zum Anschlag in irgendeiner Bitch steckte, die er von hinten fickte. Amüsiert beobachtete ich das Geschehen. Irgendwann schien er zu realisieren, dass er beobachtet wurde und drehte sich zu mir. Er grinste. „Na, willst du mitmachen? Sie ist geil genug für uns beide", fragte er mich. „Ne danke, keine Lust mir bei der was zuzuziehen", winkte ich ab. „Verstehe, hattest du wohl heute Nacht schon genug mit Catherine?", fragte er, während er immer fester zustieß. Meine Miene verfinsterte sich „Schnauze Zac", erwiderte ich nur. Wenn er wüsste, wie viel „Spaß" ich hatte...

Ich verließ das Wohnzimmer, weil mir die Szene dort nur noch schlechtere Laune bereitete. Hungrig steuerte ich auf die Küche zu. Dort saß Alexander bereits mit einer Tasse Tee und einer Zeitschrift. „Morgen", sagte ich, lief an ihm vorbei und schnappte mir eine Wasserflasche aus dem Kühlschrank. „Morgen", antwortete er und sah mich erwartungsvoll an. „Nein, ich habe sie nicht gefickt. Als wir bei ihr ankamen, wurde ihr schlecht und ich verbrachte den Rest der Nacht damit, ihre Haare zu halten und darauf aufzupassen, dass sie mir nicht im Schlaf wegstirbt", beantwortete ich genervt seine stille Frage. Erst sah er mich ausdruckslos an, doch brach kurz darauf in ein heftiges Lachen aus. Der Junge lachte sich die Seele aus dem Leib. Als ob ich nicht so schon auf 180 war, setzte er noch einen drauf „Wer hätte gedacht, dass sich unser Romeo mal so intensiv um eine Frau kümmert", und wieder prustete er los. In dem Moment ging die Küchentür auf und ein verschwitzter Zac betrat die Küche. „Was habe ich verpasst?", fragte er. Ganz offensichtlich war er auf

Informationen über mich und Catie aus. „Unser geliebter Romeo hat die ganze Nacht Krankenschwester für eine kotzende Catie gespielt", erläuterte Alexander in einem sachlichen Ton, während er versuchte, nicht loszulachen. Und oh welch Wunder, er schaffte es nicht. Auch Zac stimmte mit ein. Dann klopfte er mir auf die Schulter und drückte mir meinen Misserfolg noch mehr rein. „Tja wer hätte es gedacht, endlich mal eine Frau, die dich wirklich und wahrhaftig zum Kotzen findet. Wie fühlt es sich an, wenn man nicht ans Höschen gelassen wird?" „Ich möchte sehen, dass ihr es besser macht!" „Willst du etwa eine Wette daraus machen? Wer die Kleine zuerst fickt?", fragte Zac interessiert und mit hochgezogener Augenbraue. „Das wäre doch mal eine Idee, wir haben lange nicht mehr um das Herz einer Dame gespielt. Aber es geht mir dieses Mal nicht nur um ihren Körper, ich will alles von ihr und dann will ich alles an ihr zerstören. Sie vom Kern aus komplett kaputt machen, sodass sie nie wieder von einem anderen Mann berührt werden kann, ohne dass sie dabei an uns denkt", erwiderte ich. „Um was spielen wir?", fragte mich Zac interessiert. „Hmmm der Gewinner bekommt die Lieblingsautos der anderen. Wie klingt das?", überlegte ich laut. „Deal", antworteten Alexander und Zac beinahe gleichzeitig. „Du musst dich aber ranhalten Russki. Wir hatten ja bisher beide das Vergnügen, ihre Lippen kosten zu können. Ganz abgesehen von dem heißen Lapdance, den ich von ihr bekommen habe. Ich habe gespürt, wie geil es sie selbst gemacht hatte... Und was kannst du vorweisen? Einen Spaziergang und den Verlust eines Pullovers", brachte Zac hervor.

Alexanders Blick verfinsterte sich um einige Nuancen. Doch er zuckte nur mit den Schultern und meinte: „Bisher bin ich ihre sicherste Option. Bisher bin ich der Fels in der Brandung. Einer, bei dem sie sich sicher fühlen kann." „Das nennt man auch Friendzone", antwortete ich nonchalant. Alex ignorierte es und widmete sich wieder seiner Zeitung.

Eine Stunde später beschlossen wir, frühstücken zu gehen, da keiner von uns genug Elan verspürte, selber etwas zu essen zu machen. Witzig, oder? Da lebten wir schon in einem Haus mit einer vollausgestatteten Küche, aber aßen die meiste Zeit dennoch in der Cafeteria.

In der Mensa angekommen, wimmelte es nur so von Studenten, aber es war weit und breit keine Catie zu sehen. Ob sie wohl noch schlief? Ich stellte mir schon ihr errötetes Gesicht vor, wenn sie zurückdachte, wie peinlich sie sich verhalten hatte. *Rede dir das weiter ein. Du fandest sie und ihr Verhalten scharf. Dich hat es angemacht, zu sehen, wie sie bekleidet den Schwanz von Zac ritt. Die Blicke von ihr, um deine Reaktion zu testen. Ihr leises Stöhnen, während du sie in der Kammer gepackt und geküsst hast.* Fuck, wo kamen diese Gedanken her?

Nachdem wir uns am Buffet bedient hatten, setzten wir uns zu dritt an einen Tisch. Bei dem, was wir zu besprechen hatten, brauchten wir keine Zeugen, wobei das gewiss lustiger wäre. „Also Romeo, wie hast du dir das eigentlich vorgestellt?", fragte Alex unverblümt. „Ich finde, wir sollten Grenzen setzen. Wenn einer von uns an ihr dran ist, hält sich der Rest zurück", ich warf Alex einen Blick zu. Er verstand ihn sofort, ich hatte nämlich auf gestern angespielt, als er in den Wandschrank geplatzt kam, während ich gerade mit Catie voll am Werk war. „Einverstanden", sagten Zac und Alex im Einklang. „Sonst noch irgendwelche Regeln?", fragte Zac weiter. „Wir brauchen irgendein Beweismittel, damit die anderen auch wissen, dass man nicht blufft." „Also willst du ein Sextape?", fragte Alex zögernd. „Mir egal wie, uns wird schon was einfallen", antwortete ich.

Kaum hatte ich zu Ende gesprochen, stand Catie mitten in der Mensa, ein Tablett in den Händen und sich umschauend. Trotz der harten Nacht sah sie frischer aus, als ursprünglich erwartet. Ihre noch feuchten Haare hatte sie in einen Dutt gesteckt. Sie trug eine einfache schwarze Sportleggins und einen Sport-BH. Ihr Make-up hatte sie auch komplett entfernt. Nicht, dass sie besonders viel benötigte. Sie war eine wahre Naturschönheit.

Ehe einer von uns was machen konnte, steuerte sie direkt auf einen leeren Tisch zu. Sie hatte uns gewiss gesehen, aber eiskalt ignoriert. Das Lächeln, dass Zac extra für sie aufgesetzt hatte, verblasste. Alex hingegen, sprang sofort auf, schnappte sich sein Tablett und eilte damit auf den Tisch von Catie zu. Er stellte das Tablett neben ihr ab und ehe sie was sagen konnte, nahm er sie fest in den Arm und flüsterte ihr was zu.

Sie schüttelte den Kopf und beide setzten sich hin.

Dieser flinke Bastard.

Doch sein Platz an unserem Tisch blieb nicht lange unbesetzt. „Hallo Baby, warum bist du denn gestern einfach verschwunden?", fragte mich Jenny, während sie sich augenklimpernd neben mich setzte. „Brauchte frische Luft", antwortete ich ihr knapp. Sie konnte sehr anhänglich werden. Wäre sie nicht halbwegs brauchbar im Bett, hätte ich sie schon längst fortgeschickt. „Oh das ist aber schade, weißt du, ich hatte mich schon voll auf ein bisschen Zeit mit dir gefreut", ich wusste genau, was sie damit meinte. „Weißt du was Jenny? Wie wärs mit jetzt?", fragte ich sie. Ich konnte bei Catie gerade sowieso nichts ausrichten, wegen der Regel, die ich selber aufgestellt hatte. Also musste ich mich irgendwie anders ablenken. Und da war so eine Jenny optimal.

Sie brauchte nicht einmal zu antworten, ich wusste, dass sie es wollte. Sie nutzte jedes Fünkchen Aufmerksamkeit. Ich zog sie mit aufs Klo. Sie stellte sich bereits auf die Zehenspitzen, um mich zu küssen, aber ich schob sie von mir weg. „Auf die Knie und wenn du ein gutes Mädchen warst, kriegst du vielleicht einen Kuss", sagte ich und sie reagiert sofort. Sie ging auf die Knie und fummelte schon an meinem Gürtel rum. Kaum hatte sie die Hose geöffnet und diese plus meiner Boxershorts runtergezogen, sprang ihr bereits mein harter Schwanz entgegen. Sie leckte sich die Lippen und begann erst damit, die Eichel zu lecken und ihn dann immer tiefer in den Mund zu nehmen. Die Schlampe war schon so erfahren, dass ich ihr nicht einmal sagen musste, was sie tun sollte, sie machte es einfach. Aber trotzdem reichte es mir gerade nicht. Ich schloss die Augen und griff ihr in die Haare, sodass sie nicht zurückweichen konnte, als ich anfing ihren Mund zu vögeln. Dabei stellte ich mir vor, wie Catie vor mir hockte und mich aus ihren großen grünen Augen anschaute. *Shit Kätzchen, warum driften meine Gedanken immer wieder zu dir, hm?*

Es dauerte nicht lange und Jenny gab würgende Geräusche von sich. Sie krallte sich in meine Oberschenkel, um mich wegzudrücken, doch ich stieß immer weiter und fester zu, bis ich in ihren Hals kam. „Fein Schlucken", sagte ich noch, bevor ich meine Hose wieder hochzog, mich umdrehte und den Raum verließ. Doch vorher fügte ich mich zwinkernd hinzu: „Ach und tu mir mal einen Gefallen, begrüße unsere kleine Catherine gebührlich an dem Harvard".

Kapitel 11- Catherine

Frisch geduscht zog ich mir eine schwarze Sportleggins und einen Sport-BH an und fixierte meine Haare in einem lässigen Dutt.

Mein Magen knurrte, also machte ich mich auf den Weg in die Mensa. Ich nahm nichts um mich herum wahr, stattdessen steuerte ich auf das Buffet zu und belud meinen Teller. Nun stand ich in der Mitte der Mensa und spürte, dass ich beobachtet wurde. Ein kurzer Blick zur Seite verriet mir, wer es war. Romeo, Alex und Zac. Ich ließ mir nichts anmerken, aber in mir stiegen die ganze Zeit Flashbacks des gestrigen Abends auf. Romeo und ich im Wandschrank, ich auf Zacs Schoß und dann Romeo und ich bei mir... Gott war das peinlich. Ich hatte mich aufgeführt, wie eine Hure. Mit gesenktem Blick und geröteten Wangen steuerte ich auf einen leeren Tisch zu und versuchte mich auf mein Essen zu konzentrieren.

Doch kurz darauf wurde der Stuhl neben mir zur Seite gezogen und Alex setzte sich neben mich. Er sah gut aus, verdammt gut. Seine dunklen Haare fielen ihm leicht ins Gesicht. Er trug wieder eine Chino, diesmal eine schwarze mit einem weißen Poloshirt. Wie konnte jemand nur so gut aussehen und gleichzeitig so lieb sein. „Na Schönheit, wie geht's dir?" „Frag lieber nicht", antwortete ich ihm kopfschüttelnd. Er grinste und nahm mich in den Arm. Er roch so verdammt gut. Ich hörte hinter mir, wie zwei Stühle verschoben wurden. Ein Blick genügte, um zu sehen, wie Romeo mit Jenny verschwand. Aus irgendeinem Grund machte es mich wütend. Mit wie vielen Frauen wollte er eigentlich noch was haben? Mit wie vielen hatte er denn schon was? Ich musste über mich selbst den Kopf schütteln. Warum machte ich mir über so etwas überhaupt Gedanken? Ich spürte, wie mich Alex von der Seite anschaute. „Ist etwas?", fragte ich nervös. Ich wollte nicht wissen, was er nach gestern von mir hielt. Ich hatte mit seinen besten Freunden rumgemacht. Ich hatte vor seinen Augen, Zac einen Lapdance gegeben. Einen LAPDANCE. Bei dem Gedanken schieß mir die Röte ins Gesicht. „Warum schaust du mir nicht in die Augen?", fragte Alex mich. Und er hatte recht, ich hatte in der ganzen Zeit nicht einmal versucht ihm in die Augen zu schauen. „Ich weiß nicht, wovon du sprichst", gab ich kleinlaut zurück, starrte aber weiterhin in meine Müslischale, als ob darin meine Erlösung läge. Mir war das alles so unangenehm. „Wenn es um gestern Abend geht", setzte er an, „du brauchst dich für nichts zu schämen. Im Gegenteil. Es war ziemlich heiß". Die Aussage ließ meinen Kopf hochschießen. Sein glühender Blick analysierte mich und alle meine Gesichtsregungen. Ich starrte ihn mit offenem Mund an. „Ich dachte, du würdest nach gestern denken, dass ich ein Flittchen wäre, oder so", murmelte ich vor mich hin. Er nahm daraufhin meine Hand. „Ich sehe dich immer noch genauso, wie vorher. Du bist wunderschön Catie. Dein Charakter ist ein Traum. Du bist freundlich, lieb und auf der anderen Seite bist du so offen, du liebst die Freiheit und dich gehen zu lassen- im positiven Sinne natürlich. Ich frage mich, was sich noch so hinter deiner Anmut verbirgt." Sprachlos. Das traf meinen Zustand gerade am besten. Ich war einfach sprachlos und sah ihn, wie ein Schaf an. „Meinst du das ernst?" „Ich würde es nicht sagen, wenn ich es nicht ernst meine. Wie wär's, wenn du mit mir am Wochenende auf ein Date gehst und ich dir beweise, wie ernst ich es meine?" „Ich ähm, ja gerne", gab ich überrascht zurück. „Super, ich freue mich! Sei einfach 19:00 Uhr vor dem Mädchenwohnheim. Ich hole dich ab!" „Was soll ich denn anziehen?" „Du kannst anziehen, was du willst. Du siehst in allem gut aus. Egal, was du anhast, mich werden alle anderen beneiden." Das war nun endgültig der Zeitpunkt, an dem ich roter, als eine Tomate wurde. Ich konnte nichts antworten, brauchte ich aber auch nicht, da er mir direkt anbot, mich nach dem Essen aufs Zimmer zu begleiten. Was für ein Gentleman.

Auf dem Weg zu meinem Zimmer taute ich auch endlich wieder auf. Wir unterhielten uns viel über New York und seine Reisen. Er hatte vieles erlebt und einiges davon war unglaublich witzig.

Doch das Lachen verging mir, als wir vor meinem Zimmer ankamen. Meine Tür stand offen. Alexander zog die Augenbrauen zusammen und öffnete die Tür weiter. Bei dem Anblick meines Zimmers traten mir Tränen in die Augen. Mein gesamtes Zimmer war verwüstet. Meine Fotos lagen in den Splittern der Bilderrahmen, einige davon komplett zerstört. Das Bettzeug wurde zerschnitten und so, wie die Schnitte aussahen, gingen sie bis tief in die Matratze rein. Meine Kleidung wurde aus meinem Schrank geschmissen und lag zerrissen auf dem Boden. Doch das krasseste war die Botschaft an meiner Wand. Dort stand mit riesigen Buchstaben und so wie es aussah, mit meinem Lippenstift geschrieben 'Verschwinde von hier du Hurre'. Nicht mal ‚Hure' haben sie richtig geschrieben... Mein Hals schnürte sich zusammen und ich merkte, wie sich meine Atmung beschleunigte. Meine Knie knickten ein und ich wurde noch rechtzeitig von zwei starken Armen aufgefangen. Alex strich mir sanft über den Kopf und flüsterte mir beruhigende Worte zu. Meine Atmung normalisierte sich zwar, doch tiefe Schluchzer stießen aus meiner Kehle aus. Und schließlich brach ich zusammen.

Keine Ahnung, wie lange ich in Alex' Armen verweilte, aber irgendwann ebbten meine Tränen ab. Und dann wurde es ruhig. „Es tut mir so leid Catie", sagte Alex nach einer Weile. „Du kannst nichts dafür, wer auch immer es war, demjenigen wird es noch leidtun", antwortete ich mit einer erstaunlich festen Stimme. „Wir finden heraus, wer es war. Und bis dahin kannst du erstmal bei mir wohnen", kam fest entschlossen von ihm. Ich sah geschockt zu ihm auf. „Du meinst, ich soll mit zu dir ins Verbindungshaus?" „Ja." „Nein, das kann ich unmöglich machen. Danke für das Angebot, aber ich frage Nickie, ob ich bei ihr unterkommen kann", schlug ich seinen Vorschlag ab. Ich war wirklich dankbar, dass er anbot, dass ich bei ihm wohnen könnte. Aber als einziges Mädchen in einem Haus voller Männer? Das konnte ja nur nach hinten losgehen. Vor allem, weil ich dann Zac und Romeo nicht mehr ausweichen könnte. „Nicoles' Zimmer ist vollständig belegt und ihre Mitbewohnerin ist eine Furie. Glaub mir, mir macht das wirklich nichts aus, wenn du mit zu uns kommst. Ist ja nicht für lange, nur, bis dein Zimmer wieder bewohnbar ist." „Aber, ich habe nicht einmal Kleidung. Meine ganzen Kleider wurden komplett zerstört. Davon ist nichts mehr brauchbar." Wieder stand ich den Tränen nahe. Ich hing nicht an meinen Klamotten, es würde ja noch eine Ladung aus Florida kommen, aber die Verzweiflung nagte an mir. Und ich wusste auch nicht, wie lange es dauern würde, bis alles ankam. Ich sah zweifelnd zu ihm auf. „Dann kriegst du was von mir. Oder wir fahren in die Stadt und du kannst dir etwas Schickes kaufen. So. Kommen jetzt noch mehr Argumente, die ich zerschlagen kann, oder stimmst du mir endlich zu und nimmst meine Einladung an?" Bevor ich drüber nachdenken konnte, nickte ich. Alex strahlte direkt, nahm mich an die Hand und führte mich aus dem Raum.

Wir liefen durch den Park in die Richtung des Verbindungshauses, bis ich wieder zu mir kam und stehen blieb. Alex drehte sich zu mir um und schaute mich fragend an. „Ich weiß nicht, ob das richtig ist", sprach ich meine Zweifel aus. „Wenn es wegen der Party ist, wie gesagt, es ist alles gut. Keiner wird dich beleidigen, oder sich darüber lustig machen, was gestern passiert ist." Er sah mich mit so einer Überzeugung an, dass ich beschloss, ihm Glauben zu schenken. Als wir dem Verbindungshaus immer näherkamen, entdeckte ich eine Gruppe von Mädels im Vorgarten des danebenliegenden Hauses. Als sie mich ebenso sahen, fingen sie alle an zu lachen. Dabei entdeckte ich die Blondine, Jenny, welche schon an meinem ersten Tag hier, ein Problem mit mir zu haben schien. „Schaut mal, das Flittchen hat sich schon wieder einen Neuen gekrallt. Nicht mehr lange und sie hat den gesamten Campus gefickt." Und plötzlich sah ich nur noch rot. Es war nicht schwer, eins und eins zusammenzuzählen. Sie musste es gewesen sein. Sie und ihre Gruppe Nachläufer.

Ich löste mich aus Alex' Griff und stampfte wütend auf sie zu. Ohne ein weiteres Wort, fiel ich über sie her. Ich griff ihr in ihren langen blonden Zopf und riss ihren Kopf zur Seite. „Du dumme Bitch!", kreischte ich, „was denkst du, wer du eigentlich bist, hm? Findest du es toll, das Eigentum anderer zu zerstören?! Das ist eine Straftat und eine ziemlich kindische noch dazu!" Sie wimmerte unter meinem Griff, aber fing dann schnell an sich zu wehren. Sie griff mir ebenfalls in meinen Dutt und es dauerte nicht lange, bis sie ihn losließ und versuchte, mich mit ihren Krallen zu verletzen. Ich wich ihr aus, aber sie schaffte es dennoch, mir einen riesigen Kratzer im Gesicht zu verpassen. Daraufhin holte ich aus und verpasste ihr eine Ohrfeige. Ihr Kopf knallte zur Seite. Gerade als sie sich wieder auf mich stürzen wollte, wurde ich weggezogen. Ich wollte mich aus den Armen befreien, aber er war zu stark. Ich wusste nicht, wer es war, aber er roch anders als Alex. „Fahr deine Krallen wieder ein Kätzchen", hörte ich an meinem Ohr und versteifte mich sofort. Es war Romeo. „Lass mich los", knurrte ich. „Nein", gab er nur knapp zurück. Plötzlich drehte er mich um und im nächsten Moment spürte ich den Boden unter meinen Füßen nicht mehr. Er hatte mich im Ernst über seine Schulter geworfen und lief los in Richtung seines Hauses. Ich zappelte und beschwor ihn, mich runterzulassen. Doch ich konnte fluchen und schlagen, wie ich wollte. Er ließ mich nicht los. Von weitem sah ich nur, wie Alex, Jenny davon abhielt, uns hinterher zu laufen. Ihr stand "komplett irre" ins Gesicht geschrieben. Mit Genugtuung beobachtete ich, wie sich mein Handabdruck immer mehr in ihrem Gesicht abzeichnete. *Nimm das, du Bitch.*

Im Haus angekommen, schlug Romeo die Tür hinter uns zu und setzte mich ab. Er verschränkte die Arme vor der Brust und sah mich abwartend an. „Willst du mir erklären, was da gerade passiert ist?" „Kein Bedarf", antwortete ich. Er wollte gerade zu etwas ansetzen, da ging die Haustür auf und Alex kam hindurch. Als er mich sah, fragte er mich direkt besorgt, ob es mir gut ginge und deutete auf mein Gesicht. Ich musste zugeben, dass es brannte. Höllisch. „Komm mit", sagte er, kam auf mich zu und nahm mich wieder bei der Hand. Ich ließ mich wieder einmal mitziehen. Wir liefen die Treppen rauf und er bog in einen Gang ein. Dort führte er mich in einen Raum, welcher sich als Bad rausstellte. „Setz dich auf den Badewannenrand", sagte er in einem Ton, bei dem ich keine andere Wahl hatte, als Folge zu leisten. Ich kannte das gar nicht von ihm. Sonst hatte ich ihn immer nur als ruhigen und freundlichen Mann wahrgenommen. Doch jetzt zeigte er mir eine Seite von sich, bei der man nicht anders konnte, als sofort auf seine Befehle zu reagieren. Und ich musste zugeben, dass ich es

gut fand. Sehr gut sogar. *Oh, shit Catie. Noch einer?*
Vielleicht hatte die dumme Bitch ja recht? Schnell schob ich
den Gedanken beiseite. Ich war nicht wie sie. „Eins muss
man dir lassen Prinzessa. Du weißt, wie man zuschlägt",
sagte Alex schließlich mit einem Schmunzeln, bevor er sich
umdrehte und zum Spiegelschrank lief. Dort holte er eine
Salbe raus und eine Dose mit Tabletten. Ich wettete, es war
Aspirin. Gerade, als ich aufstehen wollte, warf er mir einen
warnenden Blick zu, der so viel bedeuten sollte, wie ,*sitzen*
bleiben'. Er kam langsam auf mich zu. Seine Augen auf
mich fixiert. Doch sie strahlten nicht wie sonst, da war
wieder dieser dunkle Schimmer, den ich gestern schon
gesehen hatte, als er mich im Wandschrank mit Romeo
gesehen hatte.

Direkt vor mir kniete er sich hin. Die Tablettendose
stellte er beiseite und öffnete die Tube. „Stillhalten." Und
das tat ich auch. Ich beobachtete ihn, wie er die Tube öffnete
und etwas von dem Gel auf seinen Finger machte. Als er
anfing, das Gel auf meinem Gesicht zu verteilen, zischte ich
kurz, weil es wirklich brannte und stöhnte daraufhin auf,
weil es direkt anfing zu kühlen. Seine Finger strichen
bedacht über die Wunde. Alex beobachtete jede meiner
Reaktionen. Plötzlich hielt seine Hand an meiner Wange.
„Shit Prinzessa, weißt du eigentlich, wie schön du bist?",
kam unerwartet von ihm. Ich errötete leicht und wollte

mein Gesicht abwenden, doch er packte mich am Kinn und drehte mein Gesicht wieder zu ihm. „Schau mich an, wenn ich mit dir rede." Ich wusste nicht, was ich sagen sollte, und nickte nur leicht. Er sah zufrieden aus. „Gutes Mädchen." Ich musste schlucken. Diese Worte lösten etwas in mir aus, was ich noch gar nicht kannte. Es gefiel mir, dass er mich so nannte und ich hatte das Bedürfnis, alles zu machen, damit er mich auch weiterhin so bezeichnete. Sein Blick fiel nun auf meine Lippen. Die Luft um uns herum begann zu knistern und ich hatte plötzlich Schmetterlinge im Bauch. Wollte er mich küssen? Und wenn ja, warum tat er es nicht einfach? Aber stattdessen räusperte er sich kurz und stand wieder auf. Er lief zu der Tablettendose, öffnete sie und nahm eine raus. Dann kam er wieder zu mir und beugte sich vor. „Das ist Aspirin. Du hast sicher Kopfschmerzen, so wie ihr euch geprügelt habt", sagte er belustigt. Ich nickte wieder. Es war, als sei meine Stimme verschwunden. „Und jetzt mach den Mund auf", forderte er wieder mit seiner dominanten Stimme. Ich tat genau das. Er lächelte kurz und legte mir dann die Tablette in den Mund. „Schön schlucken Catie." Und auch das tat ich ohne Widerworte. Ich war so von ihm eingenommen, dass es mir nicht einmal unangenehm war, wie nah wir uns waren und wie er mit mir sprach.

„Komm steh auf, ich bringe dich in dein vorübergehendes Zimmer." „Ich werde nicht bei dir schlafen?", fragte ich und schämte mich direkt. Gott war das unangenehm. „Wenn du es unbedingt willst, kannst du auch gerne bei mir schlafen. Andernfalls haben wir noch freie Räume." Er grinste bei der Aussage und es wurde mir direkt noch unangenehmer. Natürlich würde ich nicht bei ihm schlafen. Was hatte ich nur gedacht?

Das Zimmer war schön und bereits vorbereitet. Als würden sie jederzeit Gäste erwarten. Alex sah meinen Blick und erklärte direkt, dass ihre Haushälterin alle Zimmer so herrichtete, sodass im Notfall Besuch über Nacht bleiben könne. Beziehungsweise, wenn Anwärter für die Verbindung angenommen wurden, sie direkt einziehen konnten. „Du kannst dich ja kurz ausruhen und dich etwas umschauen, ich gehe kurz runter und erkläre den Jungs deine Situation." „In Ordnung", antworte ich lächelnd. Alex wollte sich gerade umdrehen, da füge ich noch schnell hinzu: „Und danke, also, dass du mich hier wohnen lässt und dass du mich verarztet hast." „Nicht dafür Prinzessin." Und mit diesen Worten ließ er mich alleine zurück.

Direkt begann ich, das Zimmer genauer in Betracht zu nehmen. Das Bett war mit schwarzer Satinbettwäsche gedeckt. Links neben dem Bett stand ein Schreibtisch aus massivem Echtholz. Auf dem Boden vor dem Bett lag ein großer, weißer Teppich, der sehr weich aussah. Der Schrank neben der Tür war riesig und passend zum Bett und der Bettwäsche schwarz. Direkt daneben befand sich ein riesiges Bücherregal, welches bereits mit sämtlichen Büchern vollgestellt war. Direkt lief ich darauf zu. Von Sachbüchern bis zu klassischer Literatur war alles vertreten. Ich strich über den Buchrücken von Anna Karenina von Tolstoi. Es war wunderschön und sah sehr alt aus. Auch, wenn ich das Buch bereits gelesen hatte, zog ich es heraus. Es war eine Originalausgabe. Ich setzte mich damit aufs Bett und begann zu lesen.

Kapitel 12- Alexander

Ich ließ Catherine in dem Zimmer zurück und lief zur Treppe. Unten angekommen, steuerte ich direkt aufs Wohnzimmer zu und stieß die Tür auf. Dort fand ich einen zockenden Zac vor, der gerade gegen einen weiteren Mitbewohner von uns spielte. Zac sah direkt zu mir auf und erkannte meinen Blick. Er pausierte das Spiel, lehnte sich zurück und sagte amüsiert: „Falls du unseren Romeo suchst, er ist gerade in der Küche." „Danke", sagte ich und ging direkt Richtung Küche. Dort saß Romeo und trank gerade seinen Kaffee, während er vertieft in irgendeiner Lektüre las. „Du mieser Arsch!", rief ich, lief auf ihn zu und fasste ihn fest am Kragen. Er war zwar sowas wie mein Bruder, aber ich war dennoch kurz davor ihm eine reinzuhauen. Ich bemerkte noch, wie Zac in die Küche kam. Er lehnte sich lässig gegen die Wand und beobachtete die Szenerie. „Sag mir, dass du nichts damit zu tun hast", zischte ich Romeo an. Dieser grinste aber nur und zuckte mit den Schultern. „Keine Ahnung, wovon du sprichst, Bro." „Du brauchst mir hier nicht mit Bro ankommen, bljat! Hast du etwas damit zu tun, dass Catherines Zimmer so verwüstet ist, oder nicht?", fluchte ich, während ich ihn noch fester packte. Dieser hob aber nur beschwichtigend die Hände. „Was kann ich denn dafür, dass Jenny das Zimmer der Kleinen auf den Kopf gestellt hat. Ist ja nicht so, als könnte ich ihr irgendwelche Befehle erteilen." Sein Blick hingegen war komplett widersprüchlich zu seiner Aussage. „Verarsch mich nicht Romeo, wir wissen beide, dass sie alles machen würde, um in deiner Gunst zu stehen. Das Mädchen ist besessen von dir und bösartig genug, um sowas durchzuziehen. Sie hat bereits am ersten Tag ein Problem mit Catie gehabt. Hör auf mit den Spielchen man!", schrie ich beinahe. „Jetzt tu nicht so, als hätte es dir nicht große Freude bereitet, den Ritter in glänzender Rüstung für sie zu spielen, Alex. Wir wissen beide, dass du es brauchst und liebst. Genau, wenn die Schlampen so gebrochen und am Boden sind. Sie liegen dir zu Füßen. Du bist der Traum für jede mit Daddy Issues. So etwas gibt dir doch nen Kick. Du weißt das, ich weiß das und Zac weiß das auch." „Halt die Fresse", zischte ich und ließ ihn los. Ich strich mir genervt übers Gesicht. „Was hast du dir dabei gedacht man? Warum willst du sie so dringend erniedrigen?" „Die kleine Rich Bitch soll aus ihrem Prinzessinentraum aufwachen und sehen, wie die reale Welt ist. Sie wurde lange genug in Polsterfolie gepackt. Und außerdem macht es mir Spaß. Ihre Reaktionen sind so unterschiedlich zu dem, was ich vorher erlebt habe. Sie ist nicht so langweilig." „Also quälst du sie, weil du sie bewunderst", schlussfolgerte Zac. Ich hatte beinahe vergessen, dass er auch anwesend war. „Bewundern? Nein. Sie ist nur eine weitere Ziffer, die ich mir zu meiner Liste addieren werde. Aber sie ist dennoch ein interessantes Unterhaltungsprogramm." Selbstgefällig grinste er vor sich hin. Ich verstand ihn nicht. Zac und ich kannten Romeos Abneigung gegen Reiche. Ich habe nie nach der Ursache gefragt, sondern es einfach hingenommen. Komischerweise verhielt er sich uns beiden gegenüber nicht so. Er vertraute uns. Wir waren wie Brüder. Drei abgefuckte Brüder. „Wie dem auch sei, wir haben gesagt, keine Einmischungen. Es war sogar DEINE Bedingung." Ich war wütend, sehr wütend. Mich nervte es, dass er es nicht lassen konnte, sich einzumischen. Dass er immer und um jeden Preis gewinnen wollte. Ich wusste, dass es kein Akt von Brüderlichkeit war, dass er Jenny anstiftete, um Catie fertig zu machen. Es gab ihm Genugtuung. „War ja auch keine Einmischung. Sehen wir es eher als Aufmischen." „Alter Romeo, den Tag, an dem du nicht alle zu deinen Gunsten manipulieren willst, will ich mal erleben", stöhnte Zac und ließ sich auf den Stuhl neben Romeo fallen. Dieser zuckte nur mit den Schultern und widmete sich wieder seiner Lektüre. Es wurde still in der Küche. Keiner von uns sagte etwas. Alles, was gesagt werden musste, wurde gesagt. Ich fand Catie toll, aber auch nicht so toll, dass ich einen ernsthaften Streit mit Romeo anfangen würde.

103

Er und ich waren uns gar nicht so unähnlich. Während er sich als Halbwaise durchschlagen musste, musste ich es als Waise über Jahre hinweg. Meine Eltern adoptierten mich erst mit elf. Vorher war ich auf mich alleine gestellt. Ich hatte niemanden.

Meine Eltern starben, als ich sechs war. Ich erinnerte mich noch genau an den Tag, als die Polizisten in den Kindergarten kamen, um mich abzuholen. Sie sagten nur, Mama und Papa seien fort und würden niemals wieder kommen. Daraufhin kam ich in eine Pflegefamilie, die mich regelmäßig mit dem Gürtel schlug. Mit sieben bin ich abgehauen. Die nächsten Jahre meines Lebens verbrachte ich alleine auf den Straßen Moskaus. Ich wurde von allen, wie ein Streuner behandelt. Wie all die Katzen und Hunde, die obdachlos auf den Straßen irrten und nach Essen, oder einem zu Hause bettelten. Ich erledigte ein paar kleine Jobs für paar kleinere Dealer und schaffte es so, mich über Wasser zu halten. Sie bezahlten mir zehn Rubel am Tag und gaben mir eine warme Mahlzeit. Wenn auch nicht immer. Auch als Taschendieb eignete ich mich super. Ich war klein, schlank und verdammt flink.

Jemand räusperte sich. Ich wurde aus meinen Erinnerungen gerissen und sah auf. Catie stand unsicher in der Küchentür und sah zu uns. Ihr Unwohlsein stand ihr ins Gesicht geschrieben. „Falls es dir nichts ausmacht, würde ich heute wirklich gerne in die Stadt fahren. Ich weiß nicht, wann meine Sendung mit Kleidung ankommt, und möchte nicht die nächsten Tage darin rumlaufen", sie deutete auf ihr Outfit. Sie sah verdammt heiß aus. Ihre Sportleggins schmiegte sich perfekt um ihre Kurven und unter ihrem Sport-BH zeichneten sich ihre großen, wohlgeformten Brüste ab. Unter meinem Blick durchzog sie ein Schauer und ihr Nippel fingen an sich zu versteifen. Sie musste es selber festgestellt haben, denn sie verschränkte sofort ihre Arme vor der Brust. Auch die anderen Jungs hielten ihre gesamte Aufmerksamkeit jetzt auf sie gerichtet. Und es nervte mich. Extrem. „Natürlich, wir können sofort los, wenn du willst", antwortete ich. „Ich würde mitkommen, wenn es euch nichts ausmacht", kam plötzlich von Zac. Der Bastard wagte es doch nicht ernsthaft... „Ja ähm ok, kein Problem", antwortete Catie, bevor ich etwas sagen konnte. Verdammt! „Naja wenn alle mitfahren, dann schließe ich mich auch gleich mit an", sagte Romeo, während er bereits aufstand. Die wollten mich doch alle verarschen. Aber das hieß dann wohl, dass die Regeln nicht mehr galten. Jetzt war es einer gegen alle.

Eine halbe Stunde später saßen wir alle im Wagen. Die Stimmung war angespannt und die Luft so dick, dass man sie hätte durchschneiden könnte. Catie saß neben mir und

Romeo und Zac teilten sich die Rückbank. Die Musik beschallte uns, aber keiner von uns gab einen Mucks von sich. Irgendwann beschloss ich das Schweigen zu brechen. „Wo willst du zuerst hin?". „Ich bräuchte dringend Unterwäsche...", murmelte Catie. Ich wendete das Auto in eine Straße, die direkt zum nächsten Victoria's Secret führte. Als ich durch den Spiegel nach hinten schaute, sah ich Romeo nur selbstgefällig vor sich hin grinsen. Kurz darauf parkte ich vor dem Store. „Willst du alleine rein?", fragte ich Catie. Ich hoffte, dass sie nein sagte und das Glück stand heute auf meiner Seite, weil sie es verneinte. Zu meinem Pech, steuerten Zac und Romeo auch mit rein.

Souverän lief sie in den Laden, als wäre es ihr zu Hause. Kaum waren wir drin, kam die Verkäuferin angerannt. „Miss, ich glaube weniger, dass der Laden etwas für Sie ist. Aber fünf Straßen weiter befindet sich ein H&M, da sollte es etwas in Ihrer Preisklasse geben", sagte diese mit einem arroganten Blick. Ich hörte Romeo hinter mir glucksen und ballte meine Hände zu Fäusten. Warum wollte er unbedingt mitkommen und warum hat Catherine nichts dagegen gesagt? Catherine stand mit geöffnetem Mund da. Ich trat einen Schritt nach vorn und stellte mich ein wenig vor sie. „Sie hat nicht darum gebeten, von Ihnen verurteilt zu werden. Wissen Sie eigentlich, wer hier vor Ihnen steht? Das ist Catherine Martínez, Erbin des Martínez -

Modeimperiums. Genau das, dessen Fälschung sie gerade tragen!" Ja, es klang arrogant, aber Schlangen bekämpfte man in der Regel mit noch mehr Gift. Sie warf einen Blick von mir zu Catherine, senkte dann den Kopf und sagte in einer weitaus ruhigeren Stimmlage: „Es tut mir leid Mister Andreew, ich wusste nicht, dass Sie zu Ihnen gehört." "Sie sollen sich nicht bei mir entschuldigen, sondern bei ihr", antwortete ich genervt. "Verzeihen Sie, Miss Martínez..." Und dann trat sie einen Schritt zur Seite und ließ uns durchlaufen. Catherine lief schnellen Schrittes auf eine Abteilung zu, doch ich holte sie auf und zog sie am Arm zurück. „Lass dir von solchen nichts sagen, die sind nur neidisch auf deine Schönheit." Catherine schaute zu mir hoch und in ihren Augen war ein Sturm an Gefühlen. Schließlich entschied sie sich für eine Emotion und das war Wut. „Danke, aber ich kann in Zukunft auch gut für mich selbst sprechen, ich brauche keinen Superhelden, der mich vor solchen Weibern verteidigt!" Dann riss sie sich los und ging zu der Unterwäsche.

In der Zeit hatten es sich Zac und Romeo bereits auf einem Sofa gemütlich gemacht. Ich gesellte mich zu ihnen. „Und was macht ihr zwei Vögel hier? HM? Was war denn so Dringendes, dass ihr beide in die Stadt musstet?" „Also ich hatte eigentlich einen Termin hier, aber der kann warten, DAS hier ist zehnmal amüsanter hahaha", erwiderte

Romeo lachend. Ich ignorierte seine Aussage und sah zu Zac rüber. „Und deine Ausrede?" „Ganz ehrlich? Ich hatte keinen Grund, mir war langweilig und ich dachte mir, Einkaufstüten zu tragen ist bestimmt viel aufregender, als den ganzen Tag zu Hause zu sitzen." „Also mit anderen Worten habt ihr gehofft, dass ihr spannen könnt?" „Richtig erfasst", antworteten beide fast gleichzeitig. Nachvollziehbar.

„Jungs? Ich bräuchte mal kurz Hilfe!", rief Catherine aus der Ecke des Ladens. Überrascht sah ich zu den Jungs, aber die schauten genauso blöd aus der Wäsche. Langsam standen sie auf und begaben sich mit mir gemeinsam in Catherines Richtung. Dort stand sie verzweifelt vor einem Regal.

Als sie hörte, dass wir auf sie zukamen, drehte sie sich mit zwei Sets zu uns um. Und was das für welche waren... Spitze und mit recht wenig Platz für Fantasie. Ich merkte, wie mein Schwanz darauf reagierte. Das eine Set war in einem babyblau, das andere in einem dunklen grün. „Was denkt ihr, welche Farbe mir stehen würde?", fragte sie keck. Keine Spur von der schüchternen Catie, die selbst bei Komplimenten rot wurde. Wir starrten sie alle drei nur an, Einer geschockter, als der andere. „Wenn du sowas trägst, kannst du die Unterwäsche auch gleich weglassen, Kätzchen", kam zuallererst von Romeo. Sie verdrehte auf seine Aussage hin die Augen und wandte sich Zac und mir zu. „Habt ihr auch etwas dazu zu sagen, oder schließt ihr euch dem Neandertaler an?", erwartend zuckte ihre Augenbraue nach oben. „Ich finde das blaue super, aber das grüne würde deine Augen besser betonen.", versuchte ich ihr so fachlich wie möglich zu antworten, während ich mir in einer Tour vorstellte, wie sie darin aussehen würde. Shit. „Hol dir doch beides. Dir steht alles, Kleine", schleimte Zac. Sie sah uns kurz nachdenklich an und verschwand dann mit beiden Sets in der Garderobe. Wir drei standen nur da. Was. War. Das?!

„Alex? Kannst du mir bitte kurz helfen?", rief Catie plötzlich aus der Garderobe. „Ich ähm, ja klar warte", gab ich perplex zurück. Ich ging zur Garderobe und öffnete den Vorhang, sodass ich mich hindurch schieben konnte, ohne dass die beiden anderen einen Blick auf Cate erhielten.

HOLY

SHIT

Sie stand mit dem Rücken zu mir und trug nichts, als dieses hübsche blaue Spitzenhöschen. Sie hatte den BH zwar angelegt, aber er war offen. „Kannst du mir den BH zu machen? Irgendwie klemmt da wa...Huch". Sie brauchte nicht weiter zu reden. Meine Hände bewegten sich schon fast von alleine ihre Taille entlang. Aber nicht aufdringlich, sondern federleicht. Sie bekam direkt eine Gänsehaut. Meine Hände bewegten sich nun ihren Rücken auf. Ich war so gewillt, ihr diesen scheiß BH auszuziehen, ihren Slip zur Seite zu schieben, sie vornüber zu beugen und sie hier und jetzt zu ficken. Aber stattdessen schloss ich einfach nur ihren BH. Ich spürte, wie sie mich durch den Spiegel beobachtete. Ihr Blick war glühend heiß. Ich drängte mich mit meinem Körper an sie und sie keuchte auf, als sie meinen harten Schwanz spürte. „Du bist verdammt sexy Prinzessa. Aber wenn du nicht willst, dass dich auf der Stelle gleich drei notgeile Männer nehmen, empfehle ich dir, deine Spielchen einzustellen." Ich verteilte sanfte Küsse auf ihrem Hals und sie wand mir ihren Hals entgegen. Meine Hände wanderten ihren Oberkörper auf und ab. Sie drehte sich plötzlich in meiner Umarmung und schaute mich prüfend an. „Warum hast du mich als Einziger noch nicht geküsst?", fragte sie, wie aus dem nichts. Ich sah sie an. Sie hatte keine Ahnung, wie sehr ich sie küssen wollte. Wie sehr ich sie jetzt und hier nehmen wollte. Zu schade nur, dass die zwei Affen gerade draußen saßen und sie es niemals so weit kommen lassen würde, dass sie es mitbekämen. „Weil ich ein Gentleman bin." „Warum glaube ich dir das nicht?" Fuck. „Shit Catie…", sagte ich noch und dann drückte ich sie an die Wand. Meine Hand schlang sich um ihren Hals und ich drückte leicht zu. Erst war sie überrascht, aber dann flackerte Begierde in ihren Augen auf. Ihr gefiel es auch noch. Und dann küsste ich sie. Meine Hand war immer noch an ihrem Hals, während die andere zu ihrer Brust ging und anfing sie zu kneten. Durch die dünne Spitze des BHs drückten sich mir ihre Nippel entgegen. Ich drängte mich zwischen ihre Beine und hob sie kurzerhand hoch. Ihre Arme schlossen sich um meinen Hals, während wir uns weiter küssten. Ihre Beine schlangen sich um meine Hüfte und ich drückte meinen Schritt in regelmäßigen Bewegungen gegen ihre Mitte. Sie stöhnte leicht in den Kuss rein und zog an meinen Haaren. Ich löste mich von ihren Lippen und presste meine Stirn gegen ihre. „Du solltest auf jeden Fall das blaue Set holen." Sie grinste und daraufhin ließ ich sie wieder auf den Boden. „Ich gehe mal lieber los, bevor der Neandertaler seine Keule schwingt und den ganzen Laden zerlegt." Catie fing an zu lachen und daraufhin verließ ich die Garderobe. Davor saßen immer noch Zac und Romeo auf der Bank. Beide wussten genau, was da drin passiert war. Aber keiner sagte was dazu.

Nachdem Catie letztendlich gefühlt den halben Laden leer gekauft hatte, verließen wir den Store.

Daraufhin besuchten wir noch einige Läden und Catie zwang uns noch, in ein Café zu gehen. Aber da wir Jungs unsere Hände voll mit ihren Taschen voller Klamotten und Drogerieartikeln hatten, hatte sie sich auch als Einzige was holen können. Romeos Gesichtsausdruck wurde immer abgefuckter, aber ich warf ihm einen Blick zu, der so viel bedeuten sollte, wie *„selber Schuld".*

Im Wohnheim angekommen, lief Catie nach oben und wir gingen ins Wohnzimmer. „Ihr wart ja ganz schön lange in dieser Garderobe Russki. Was habt ihr denn so Schönes in der Umkleide gemacht?", fragte mich Zac und ließ seine Augenbrauen auf und ab hüpfen. „Ein Gentleman genießt und schweigt", antwortete ich schulterzuckend, aber ich hätte wetten können, dass mein Grinsen mich verriet.

Ich hörte, wie jemand die Treppen runter lief und dann das Wohnzimmer betrat. „Ich würde gerne zur Wohnheimmutter gehen und melden, was Jenny gemacht hat. Sie darf nicht einfach so ungeschoren davonkommen!", sprudelte es aus ihr raus. „Glaub mir, das wird sie nicht", sagte ich nur. „Aha und wie stellst du dir das vor?" „Es gibt etwas, dass sie um alles in der Welt will und genau das wird sie jetzt nicht mehr bekommen. Nicht wahr Jungs?" Ich stellte die Frage zwar in die Runde, aber mein Blick fiel dabei auf Romeo. Jeder im Raum bemerkte es, auch Catie. Romeo sah aus, als würde er jede Sekunde in die Luft gehen. Doch keine Sekunde später glättete sich sein Gesicht, er zuckte nur mit den Schultern und sagte: "Sie hatte sowieso angefangen zu nerven."

Tja du Sackgesicht, das hast du davon, wenn du dich einmischst. Aber sieh es doch mal so, Romeo: ich hatte das wirklich nur für dich getan. So hast du jetzt genug Zeit, um dich Catie zu widmen.

Kapitel 13- Catherine

Es wurde still im Raum, nachdem Alexander implementiert hatte, dass Romeo, Jenny abschießt.

Wir sahen noch ein wenig fern, aber die Luft um uns herum wurde immer erdrückender. Die ganze Zeit über spürte ich erdolchende Blicke auf mir und wusste genau, von wem sie kamen. Romeo. Schließlich räusperte ich mich und stand auf. „Ich glaube, ich werde mich jetzt bettfertig machen. Es war ein langer Tag. Danke, dass ich bei euch schlafen darf." Mit diesen Worten verabschiedete ich mich und lief die Treppe rauf.

Gerade als ich im Bad ankam, klingelte mein Handy. Es war Nickie. "Catie. WO ZUR HÖLLE BIST DU?! Ich war gerade in deinem Zimmer und dort sah es aus, als hätte da der dritte Weltkrieg getobt! Warum hast du mich nicht angerufen? Was ist passiert?!", überschüttete sie mich plötzlich mit Fragen. „Beruhige dich und schnapp erst mal Luft. Ich bin bei Alex, er war bei mir, als ich mein Zimmer so vorgefunden habe, und bot mir an, bei den Jungs zu schlafen. Er meinte, bei dir sei es schlecht, wegen deiner Mitbewohnerin und sie haben ohnehin noch paar freie Zimmer. Jenny die Bitch hat mein Zimmer verwüstet. War wohl sowas, wie ein Willkommensgeschenk für mich", erläuterte ich ihr. „WAS?! Na warte, der werde ich was erzählen! Ich werde...", sie wollte ihre Schimpftirade gerade fortsetzen, doch da unterbrach ich sie bereits. „Keine Sorge, etwas sagt mir, dass sie so bald nichts mehr macht." „Warte warte, warst du das mit dem Veilchen? Ich habe sie vorhin auf dem Campus gesehen und sie sah übel aus!" „Keine Ahnung, wovon du sprichst", gab ich in einem gefälscht unschuldigen Ton zurück. Daraufhin prustete sie los. Es dauerte eine Weile, bis sie sich wieder eingekriegt hatte. Als sie sich dann irgendwann wieder fasste, sprach sie wieder. „Ich liebe dich dafür. Das hat sie echt verdient! Es tut mir so leid, dass ich dir keinen Platz bei mir anbieten kann, aber meine Mitbewohnerin ist echt die Pest. Sie hätte uns direkt verpfiffen- JA DU HAST RICHTIG GEHÖRT STACEY, ich HABE dich Pest genannt. Sorry, sie hat mitgehört. Aber gib mir bitte Bescheid, wenn was ist. Ich vertraue Alex und Zac. Aber pass bei Romeo auf, der ist echt ein Riesenarschloch." „Ja, mach ich. Danke Nickie." „Kein Problem Süße, wir sehen uns morgen, ja?" „Ja, bis morgen, ciao." Und somit legten wir auf.

Ich betrat das Gästebad, indem ich bereits alle meine Drogerieartikel eingeräumt und bereitgestellt hatte. Mein Blick fiel auf die Badewanne und ich musste kurz an den Moment vorhin zurückdenken, als mich Alex alleine mit seiner Stimme unter Kontrolle hatte und mich versorgt hatte. Ich wurde rot bei dem Gedanken an die Garderobe vorhin. Ich weiß nicht, was da in mich gefahren war. Aber es war gut, sehr gut. Ich fragte mich, wie es gewesen wäre, wenn wir weiter gemacht hätten. Hitze stieg bei dem Gedanken in mir auf.

Ich entledigte mich meiner Kleidung und trat vor den Spiegel. Die Kratzer in meinem Gesicht waren ein wenig angeschwollen, aber es war nichts, was nicht schnell heilen würde. Ich löste meinen Dutt, so dass mir die Haare über die Schulter fielen. Durch den Spiegel schauten mich große grüne Augen an. Meine Wangen waren rosig und ich hatte volle Lippen. Ich hatte noch nie Zweifel daran, dass ich attraktiv war, und die hatte ich auch jetzt nicht. Nur hatte ich mir bisher keine allzu großen Gedanken darum gemacht. Die letzten Jahre war ich in einer ruhigen Beziehung mit einem Freund, der mich vergöttert hatte. Jedoch konnte ich mich vorher niemals freizügig anziehen. Es wäre sonst ausgerastet. Daniel war zwar ein netter Kerl, aber auch sehr aufbrausend. Manchmal hatte ich Angst vor ihm.

Gedankenverloren stieg ich in die Wanne. Kurz überlegte ich, ob ich baden, oder duschen sollte und entschied mich dann letztendlich fürs Baden.

Das warme Wasser füllte allmählich die Wanne und ich legte mich entspannt zurück. Irgendwie hatte ich das

Gefühl, irgendwas vergessen zu haben, aber ich wusste nicht was.

Meine Muskeln entspannten sich in dem warmen Wasser. Es fühlt sich so gut an. Meine Gedanken flogen wieder zurück zu heute Nachmittag und Alexander und der Garderobe. *„Du bist verdammt sexy Prinzessa. Aber wenn du nicht willst, dass dich auf der Stelle gleich drei notgeile Männer nehmen, empfehle ich dir, deine Spielchen einzustellen."* Seine Aussage ging mir einfach nicht aus dem Kopf. In dem Moment hatte mich der Gedanke gar nicht abgeschreckt. Im Gegenteil. Ich mochte Alex und Zac. Sie waren freundlich und kümmerten sich. Alex war der ruhige, nette, welcher sich um andere kümmerte und sie in Schutz nahm und Zac der witzige. Er hatte in jeder Situation ein Lachen im Gesicht und schaffte es auch immer die anderen mitzureißen. Und Romeo... er war zwar ein Riesenarschloch, aber er strahlte etwas aus, dem ich nicht entkommen konnte. Seine Dunkelheit hatte etwas an sich, dem ich nicht entkommen konnte, beziehungsweise wollte.

Ich bemerkte gar nicht, wie sich meine Hand bei dem Gedanken immer weiter nach unten zwischen meine Beine bewegte. Ich stöhnte auf, als ich bei meiner Klit ankam. In rotierenden Bewegungen stimulierte ich meine Perle, während meine andere Hand zu meinen Brüsten wanderte und ich meinen Nippel zwischen meine Finger nahm. Entzückt stöhnte ich wieder auf.

Ich stellte mir vor, dass es nicht meine Hände wären, sondern die von Alex. In meiner Fantasie standen die anderen zwei um uns herum. Während Alex meine Klit stimuliert, umschließt Romeos Hand meinen Hals, während Zac hemmungslos meinen Mund fickt. Romeo beugt sich vor und flüstert mir ins Ohr, was für eine Hure ich sei. Doch es schreckt mich nicht ab. Im Gegenteil, es spornt mich immer mehr an.

Während ich vollkommen in Gedanken war, bekam ich gar nicht mit, wie die Badezimmertür aufging. Ich wurde erst durch ein Räuspern aus meinen Gedanken gerissen. Ich schreckte hoch und sah in die Richtung des Geräusches und da stand er. Zac schaute mich an und ließ sich nicht anmerken, was er gerade dachte. Ich überlegte angestrengt, was ich sagen sollte, aber egal, was ich sagen würde. Die Situation war eindeutig. „Wegen mir brauchst du nicht aufzuhören Kleine", brach Zac das Schweigen. Mein Mund öffnete sich und wollte zu etwas ansetzen, aber ich bekam keinen Ton raus. „Mich würde nur interessieren, was dich so scharf gemacht hat. Muss ja eine richtig heftige Fantasie gewesen sein, so wie du gestöhnt hattest." Ich riss mich aus meiner Starre und packte das erste, was mir in die Hand kam- mein Shampoo und warf es nach ihm. „Raus hier!

Raus! Was suchst du überhaupt hier? Wie bist du reingekommen?!", ging ich ihn an. Er schaffte es gerade noch so, sich zu ducken. „Hey, beruhige dich, Kleine. Du hast das Bad nicht abgeschlossen und da die anderen Toiletten besetzt sind, dachte ich, ich gehe hierher. Hätte ja niemals damit rechnen können, dass ich dich beim Masturbieren erwische", er grinste verschmitzt, sah mich aber dennoch weiterhin an. „Umdrehen, sofort!!", schrie ich ihn an. Und zum Glück tat er auch wie geheißen.

Schnell seifte ich mich ein und wusch meine Haare. Daraufhin stieg ich aus der Wanne und wickelte ein Handtuch um mich. „Du kannst. Ach, und es wäre gut, wenn das hier unter uns bliebe. Es ist mir wirklich unangenehm", sagte ich ihm. Er drehte sich um. Sein Blick ging an mir auf und ab. „Versprochen, Kleine. Aber du kannst dir sicher sein, dass ich diesen Anblick nie wieder vergessen werde. Es war einfach nur heiß. Masturbation ist etwas ganz Natürliches und du brauchst dich nicht dafür schämen... und wenn du mal eine Show von mir haben willst, gib Bescheid", fügte er zwinkernd hinzu. Wortlos schritt ich an ihm vorbei aus der Badtür.

Schnellen Schrittes lief ich zu meinem Zimmer und hoffte, niemandem zu begegnen. Mit klopfenden Herzen schloss ich die Tür hinter mir ab. Verdammt! Wie konnte er mich nur bei so einer Sache erwischen? Wie lange hatte er mir zugeschaut, bis er sich offenbart hatte? Oh Gott! Hoffentlich würde er sein Versprechen halten und es wirklich für sich behalten. Ich schlug mir die Hände vors Gesicht und rutschte an der Tür runter. Ich war hin und her gerissen zwischen Scham und Geilheit. Die Lust in seinen Augen, als er mich erwischte, war heiß. Ich war noch immer feucht, doch ich ignorierte es.

Fuck, Ich hatte meine Kleidung im Bad liegen lassen. Aber zum Glück hatte ich die neue schon in den Schrank einsortiert. Ich ließ das Handtuch fallen und lief zur Schublade mit meiner Unterwäsche. Dort suchte ich mir einen Slip raus und kramte dann im Schrank nach einer Jogginghose und einem leichten T-Shirt. Einen BH ersparte ich mir, denn wer ist bitte schön so masochistisch und trägt zum Schlafengehen einen BH?

Fertig angezogen setzte ich mich dann aufs Bett. Auf dem Nachttischschränkchen lag noch die Ausgabe von Tolstoi und ich begann wieder zu lesen.

Ich weiß nicht, wie lange ich im Bett lag und las, aber irgendwann knurrte mir der Magen. Kein Wunder, durch die ganze Aufregung hatte ich vergessen, zu essen. Mit einem Blick auf die Uhr stellte ich fest, dass es bereits nach eins war. Ich zog mir meine Hausschuhe an und öffnete leise die Tür.

Komisch, dafür dass es Samstag war, war es erstaunlich ruhig hier. Auf leisen Sohlen bewegte ich mich durchs Haus und die Treppen runter zur Küche. Dort angekommen öffnete ich hoffnungsvoll den Kühlschrank. Und Tatsache, er war bis obenhin gefüllt. Ich schnappte mir Toast und mehrere Beilagen und stellte mich damit an die Kücheninsel.

Zehn Minuten später genoss ich mein Sandwich.

Wahnsinn, es war gerade mal der vierte Tag an der Uni und es war schon mehr passiert als in den letzten vier Jahren.

Ich war gerade bei der Hälfte des Sandwiches angekommen, da öffnete sich die Küchentür. Herein kam ein halbnackter Romeo. Er sah verschlafen zu mir und sagte nur: „Ach du bist es. Ich dachte, Zac hätte wieder einen seiner nächtlichen Heißhungerattacken." Ich ignorierte ihn und aß mein Sandwich weiter. Ich hatte keine Lust auf eine Auseinandersetzung und ebenso wenig auf seine dummen Sprüche. „Was? Hat das Kätzchen ihre Zunge verschluckt? Mal was Neues. Vielleicht sollte man dir öfter das Mundwerk stopfen, da bist du gleich zehnmal erträglicher." Jetzt reichte es mir. Ich legte mein Sandwich ab und tupfte mir meinen Mund mit einer Serviette ab. Dann drehte ich mich zu Romeo und lächelte lasziv. „Und wie stellst du dir das vor? Meinen Mund zu stopfen?", fragte ich und klimperte mit den Wimpern. Ich wusste, dass ich gerade mein Schicksal rausforderte, aber ich wollte sehen, wie weit er gehen würde. Er kam näher und ich schluckte. Verdammt sah er gut aus. Jetzt erkannte ich, dass die Tattoos seinen kompletten Körper bedeckten. Einige waren groß und schienen eine Geschichte zu erzählen, andere wirkten so, als wären sie willkürlich tätowiert worden. Er trug nichts abgesehen von einer knappen Boxershorts in der sich ganz deutlich ein Ständer abzeichnete. Seine Haare fielen ihm lässig ins Gesicht. Sonst gelte er sie immer nach hinten, doch jetzt sahen sie sehr zerzaust aus. Als wäre er gerade erst aufgestanden. Und das war er wahrscheinlich auch.

Während ich so in Gedanken war und ihn abcheckte, bemerkte ich zu spät, wie er mich mit dem Hintern an den Tresen drängte und mich mit seinen starken, muskulösen Armen einkesselte. „Na, wieder die Zunge verschluckt? Pass auf, dass du nicht gleich anfängst mit sabbern. Das wäre ganz schön peinlich." Er sagte dies mit so einer rauen Stimme, dass ich augenblicklich eine Gänsehaut bekam. Er sah mir in die Augen und ich ihm. Ich hatte die ganze Zeit gedacht, sie wären einfach nur braun, aber jetzt erkannte ich einen leicht gelben Rand um seine Pupillen herum. Sie glänzten im Mondlicht, welches durch das Fenster direkt sein Gesicht erstrahlte. Dieser Mann war einfach nur schön.

Aber auch ein riesiger Arsch, weswegen ich mich zwang, den Blick von ihm abzuwenden und mich noch mehr an die Kücheninsel zu zwängen, damit ich nicht mehr die Hitze spürte, welche von seinem Körper ausging. „Und nun Mister Casanova? Was ist jetzt dein Plan, hm?", fragte ich, als ich meine Stimme wieder fand. „Jetzt bist du eine brave kleine Bitch und gehst vor mir auf die Knie, damit ich dir angemessen dein übergroßes Mundwerk stopfen kann." Seine Lippen waren ganz nah an meinen und berührten diese beim Sprechen. Ich spürte ein warmes Kribbeln, welches sie durch meinen Körper bis zu meiner Mitte zog. *„Beruhige dich Catie. Du willst doch nicht im Ernst tun, was dir dieser Arsch sagt. Er macht sowas mit jeder und du willst garantiert nicht so enden, wie Jenny"*, ermahnte mich mein Unterbewusstsein und riss mich endgültig aus der Trance. Ich schubste ihn von mir weg, schnappte mir den Rest meines Sandwiches und verließ die Küche, aber nicht ohne ihm vorher ein „Arschloch" an den Kopf zu knallen.

Kaum hatte ich aufgegessen, legte ich mich ins Bett und driftete in meine Traumwelt ab.

Kapitel 14- Zac

Ich musste immer noch grinsen, als ich das Badezimmer verließ. Da hatte ich die Kleine ja tatsächlich dabei erwischt, wie sie sich selber befriedigte. In dem Moment sah sie so friedlich und entspannt aus. Und verdammt geil. Das Bild ihrer rosigen Backen, die halb geschlossenen Augen und das leichte Stöhnen hallte immer wieder in meinem Kopf nach. Ich könnte mich daran gewöhnen, dass sie bei uns wohnte, wenn ich öfter die Gelegenheit hätte, sie in solchen Situationen zu erwischen. Fuck, wie gerne ich mit in die Badewanne gestiegen wäre und ihr noch ganz andere Sachen gezeigt hätte. Sie tat zwar, als wäre sie beschämt gewesen, doch ich sah diesen Funken in ihren Augen. Einer, der genau zeigte, wie sehr sie gewollt hatte, dass ich ihr bei ihrem kleinen Problem half. Sie war anders als alle, die ich zuvor traf. Da war etwas an ihr, was mich zu ihr hinzog.

Beschwingt lief ich die Treppe runter und betrat erneut das Wohnzimmer. Alex schnarchte auf dem Sessel leise vor sich hin und Romeo tippte auf seinem Handy rum. Es war zwar Samstag, aber heute stieg keine Party. Heute hatten wir andere Sachen im Kopf: die Planung für die

Initiationsveranstaltung für die Frischlinge. Einige hatten
wir uns schon rausgesucht, aber unsere Liste war noch nicht
voll.

Es war jedes Mal wieder ein Spaß, die Neuen begrüßen zu
dürfen. Besonders Alex gefiel es, weil er da seine sadistische
Ader ausleben konnte. Ich liebte den Kerl, ehrlich, aber
seine Seele ist dunkler und tiefgründiger als jedes Schwarze
Loch. Er erschien einem immer wie ein braver Snob, aber
dahinter verbarg sich immer mehr.

   Als ich auf die Couch zusteuerte und dabei „aus
Versehen" Alex' Kopf mit dem Ellenbogen traf, schreckte
dieser aus seinem Schlaf auf und sprang seinem Messer in
der Hand auf seine Beine. Alex schlief immer mit seinem
Messer. Musste wohl an seiner abgefuckten Kindheit liegen.
Romeo hob die Augenbrauen. „Was ist denn mit dir los?
Dir scheint die Sonne ja noch mehr aus dem Arsch als
sonst", sagte er. Ich grinste nur noch breiter. „Darf ich denn
keine gute Laune haben?" Daraufhin antwortete Alex:
„Darfst du, aber zu viel des Guten ist einfach nur ZU
VIEL!" „Ach Alex, du alter Miesepeter, probiere doch auch
mal glücklich zu sein. Du musst ja nicht immer wie ein
geleckter Lackaffe rumlaufen. Das ist nicht besonders
authentisch. Lasse zu, dass jemand hinter deine Mauern
blickt", säuselte ich nur in seine Richtung und schenkte ihm
einen Luftkuss.

Romeo, der die Szene beobachtet hatte, verdrehte nur die Augen. „Wann kommen die anderen? Wir haben noch viel zu planen und es wäre besser es zu machen, während unser unerwünschte Gast schläft." „Ach, ich glaube die kommen bald. Aber wo wir schon bei unserem Engelchen sind, wie läuft es bei euch?", fragte ich interessiert. „Ich werde sie morgen auf ein Date ausführen und ihr Flachwichser werdet uns diesmal nicht stören, verstanden?" Wer hätte gedacht, dass Russki sich von uns bedroht fühlen könnte? „Ich glaube, wir alle kommen gerade nicht besonders weit bei ihr. Wir müssen erst rausfinden, wie sie tickt. Jede Schlampe lässt sich auf die eine, oder andere Art rumkriegen." „Ach Romeo, o Romeo, so findest du niemals deine Julia", antwortete ich. Ich hasste die Wortwahl, die Romeo für Frauen fand. Er sah sie alle als Objekte. Keine Einzige konnte bisher sein Herz finden. Man könnte fast meinen, er hätte keins. Aber dafür liebte er Alex und mich viel zu sehr. Und seine Familie selbstverständlich auch.

Auch ich war kein Fan von langfristigen Beziehungen. Egal, wie sehr ich es versuchte. Keine konnte mich sonderlich lange bei Laune halten. Deswegen hatte ich lieber mehrere kleine Arrangements.

Es betraten nacheinander immer mehr Verbindungsbrüder das Wohnzimmer und verteilten sich auf die unterschiedlichen Sitzflächen. Kaum waren alle da, stellte

Romeo sich in die Mitte und Alex und ich gesellten uns dazu.

Die anderen sahen zu uns auf, wir waren die Besten, cleversten und beliebtesten der Verbindung. Einser-Studenten, führend bei sämtlichen Projekten und unsere Partys waren legendär. Außerdem sorgten wir für Ordnung innerhalb der Verbindung und des Campus. Alle die uns liebten, wollten wie wir sein und alle, die uns hassten- tja die auch.

„Meine teuren Kommilitonen. Wir haben euch hierher bestellt, damit wir gemeinsam über das Schicksal der Neulinge entscheiden können. Wie jedes Jahr müssen sie sich Tests unterziehen, damit wir auch wirklich nur die Besten der Besten bei uns aufnehmen. Ihr selber habt es hierhergeschafft, doch mit jedem Semester müsst ihr beweisen, dass ihr noch hier reingehört. Sowie die Neuen zeigen müssen, dass sie für unsere Verbindung bestimmt sind. Hierbei geht es nicht um den Familienstammbaum, sondern um Intelligenz und Gerissenheit. Also meine lieben Brüder. Bringt mir gute Vorschläge entgegen." So beendete er seine berühmte Rede. Er liebte es, sie rumzukommandieren, dadurch fühlte er sich ihnen überlegen. Und ich gönnte es ihm.

Zwei Stunden später waren wir endlich fertig und konnten uns einen Plan zurechtlegen. Die Neuen taten mir leid, aber naja, wir mussten da auch mal durch.

Nachdem ein Jeder den Raum verlassen hatte, blieben wieder nur wir drei übrig. Wir redeten noch über Belangloses und irgendwann verabschiedete sich Alex, um ins Bett zu gehen. „Ich würde nur zu gerne wissen, was er für morgen geplant hat", brach ich die Stille zwischen Romeo und mir. Er zuckte nur mit den Schultern. „Ach komm Romeo, du kannst mir doch nicht sagen, dass es dir komplett egal ist! Am Ende gewinnt er die Wette noch!", sagte ich mit noch mehr Nachdruck. „Wir hatten beschlossen, dass wir einander nicht im Weg stehen sollten. Wir haben nie gesagt, dass wir das Ganze nicht von weitem beobachten können...", setzte er an und grinste plötzlich. Und da verstand ich. Er hatte sich deswegen keine Sorgen gemacht, weil er die beiden beschatten wollte. „Und was bringt es dir, die Beiden zu beobachten?", fragte ich ihn. „Von außen lassen sich Schwachstellen viel leichter entdecken. Es fällt einem leichter, Menschen zu beurteilen, in dem man sie beobachtet. Selbst in den ruhigsten Momenten erkennt man da die stürmischsten Facetten."

Kapitel 15- Catherine

Ich wurde von einem lauten Knall und einem „Fuck!" geweckt. Na danke. Ich kuschelte mich noch mehr in mein Bett, um dem endgültigen Aufwachen zu entfliehen. Aber keine Chance. Wenn ich einmal wach war, blieb ich es auch. Unzufrieden drehte ich mich auf den Rücken und schlug die Decke zurück. Ich wollte nicht aufstehen. Aber meine Blase hingegen schrie danach, so schnell wie möglich aufzustehen. Also schlurfte ich, noch halb verschlafen, ins Bad. Meine Haare waren in einem mittlerweile halben Dutt zusammengebunden. Dieses Mal vergaß ich nicht, die Tür hinter mir abzuschließen. Als ich fertig war, machte ich mich ein wenig frisch, kämmte meine Haare und ging dann raus.

Ich hatte schon wieder Hunger und lief deswegen schnurstracks in die Küche. Auf dem Weg dahin begegneten mir ein paar der Verbindungsjungs, die mich anstarrten wie ein Haus. Wahrscheinlich fragten sie sich, aus wessen Zimmer ich kam. Ich bezweifelte irgendwie, dass sie über meine derzeitige Lebenssituation aufgeklärt wurden, aber das war mir auch herzlich egal.

Unten in der Küche saß Alex an einer Tasse Tee und einer Zeitschrift, die er konzentriert las. „Morgen", sagte ich mit einer zuckersüßen Stimme. Alex blickte auf und lächelte. Sein ernstes Gesicht verblasste und stattdessen strahlte er wieder die Geborgenheit aus, die ich immer bei ihm verspürte. „Guten Morgen Prinzessa. Gut geschlafen?", fragte er mich, während er die Zeitung zuklappte. „Wie ein Stein. Danke nochmal, dass ich hier übernachten durfte." „Immer wieder gerne. Da unser Date gestern flachfiel, dachte ich, es wäre eine gute Idee, wenn wir es heute nachholen- NUR du und ich." Es war wie ein Vorschlag formuliert, aber sein Tonfall ließ erahnen, dass ein ‚Nein' nicht infrage käme. Und ich wollte auch nicht nein sagen. „Klar, wann kann's losgehen?", fragte ich stattdessen. „In einer halben Stunde." „Aber ich habe noch gar nichts gegessen", meinte ich. Ich werde garantiert nicht hungrig auf ein Date gehen. „Keine Sorge, essen wirst du heute noch genug. Geh dich umziehen, ich erwarte dich in einer halben Stunde." Und mit diesen Worten ging ich dann auch tatsächlich raus. Ich wollte ihm zeigen, dass ich auf ihn hörte. Ich wollte ihn damit beeindrucken.

Oben angekommen eilte ich zu meinem Kleiderschrank. Fuck! Wie sollte ich mich in einer halben Stunde fertig machen? Ich griff in die Unterwäscheschublade und holte das blaue Set von gestern raus und zog es an. Darüber zog ich einen hellblauen Faltenrock und eine weiße, kurze Bluse. Ich rundete das Outfit mit weißen Vans ab. Meine Haare steckte ich mit einem hellblauen Band hoch. Sie fielen in leichten Wellen. Zuletzt trug ich noch ein wenig Mascara und Lipgloss auf.

Ein Blick auf die Uhr verriet mir, dass ich mich beeilen musste. Noch drei Minuten. Schnell griff ich nach meiner weißen Clutch, packte mein Handy und mein Portemonnaie ein und hastete die Treppen runter. Da stand er schon. Gekleidet in einer cremefarbenen Chino-Shorts und einem lockeren dunkelgrünen Hoodie. An seinem Handgelenk prangte eine Uhr, die schon von weitem so aussah, als sei sie schweineteuer gewesen. „Keine Minute zu spät", lobte er mich anerkennend und hielt mir die Hand hin. Ich legte meine Hand in seine und lief die restlichen Treppen runter. Unten angekommen, drehte er mich einmal, um mein Outfit zu bewundern. „Du bist perfekt, Prinzessa." Ich errötete und mir entkam ein stilles:

„Dankeschön."

Wir verließen die Verbindungsvilla und ich sah davor eine kleine Limousine parken. Sobald wir draußen waren, stieg der Fahrer aus. „Guten Morgen Herr Andreew, Frau Martínez, es ist mir eine Ehre." „Guten Morgen Vernon", antwortete Alex. Ich nickte dem Chauffeur lächelnd zu. Er öffnete uns die Türen und Alex ließ mir den Vortritt.

Drin war es sehr gemütlich. Die Sitze waren alle mit dunkelbraunem Leder überzogen. Es brannte ein leichtes

Licht, nicht zu penetrant, aber auch nicht so, dass man sein Gegenüber nicht mehr erkennen konnte.

Vor uns stand ein Tablett mit vielen verschiedenen Snacks. Schälchen mit Obstsalat, Weißbrote mit Butter, belegt mit Kaviar, Sprotten, verschiedenem Käse und Gemüse. Quark, Joghurt und und und. Zum Trinken gab es Mimosas mit Moët. Ich schaute Alex erstaunt an. „Ist das alles für uns?" „Ja na klar, denkst du, ich lasse dich verhungern?" „Dankeschön." Gierig griff ich nach einem Brot mit Kaviar. Es schmeckte einfach genauso, wie in Russland. Mit sowas wurde unser Tisch immer an Feiertagen gedeckt.

Nachdem wir gefrühstückt hatten, lehnten wir uns zurück in unsere Sitze. Er legte einen Arm um meine Schulter und ich bettete meinen Kopf auf seiner Brust. „Willst du mir sagen, wo es hingeht?" „Nein. Lass dich überraschen." Manno. „Dann erzähl mir was anderes. Erzähl mir was aus deiner Kindheit", bat ich ihn und sah ihm dabei in die Augen. Jeglicher Glanz verschwand daraus. „Glaub mir, das willst du nicht. Meine Kindheit war nicht wirklich aufregend." „Aber wieso?" „Weißt du was Catherine, wie wär's wenn du mir mehr über dich verrätst. Ich wette, du hast da viel mehr zu berichten." Sein abrupter Themenwechsel wunderte mich. Er war doch sonst immer so offen, warum dann nicht jetzt? Aber ich wollte nicht weiter nachfragen, da ich mitbekam, dass es sein letztes Wort dazu war. Also erzählte ich von unseren zahlreichen Reisen. Er blühte im Gespräch wieder auf und stellte interessiert Fragen. Bald vergaß ich den Fauxpas komplett.

Irgendwann merkte ich, wie der Wagen langsamer wurde und anhielt. Kurz darauf öffnete uns Vernon die Autotür. Vor uns erstreckten sich riesige Wassermassen und ein Strand. Begeistert quiekte ich auf. Ich spürte, wie Alex an mich herantrat und von hinten seine Arme um meine Taille schlang. „Ich dachte, du hättest vielleicht Lust auf etwas heimischeres. Ich weiß, wie schwer es ist, sich an neue Orte zu gewöhnen." „Danke Alex, wirklich. Es ist schön hier. Wo sind wir denn?" „Wir sind am Wollaston Beach. Ich habe Vernon vorher gebeten, eine etwas längere Route zu nehmen. Eigentlich ist es nur eine halbe Stunde von der Uni entfernt." Ich drehte mich in seiner

Umarmung um und schlang meine Arme um seinen Hals. „Danke", murmelte ich an seine Brust. Er roch so verdammt gut und es fühlte sich einfach richtig an, in seinen Armen zu sein. Als hätte ich meinen Fels in der Brandung vor mir. Irgendwann lösten wir uns aus der Umarmung. Dann nahm er meine Hand und sagte: „Komm, wir gehen runter zum Strand." „Aber ich habe doch keine Schwimmsachen dabei", stellte ich verzweifelt fest. „Ja, was das angeht, habe ich uns einen kleinen abgeschiedenen Teil des Strandes reserviert.

Also kannst du ruhig in Unterwäsche baden gehen. Dir wird schon keiner was weggucken" „Oh, okay?" Ich ließ mich von ihm weiterziehen.

Schließlich kamen wir dort an und ich staunte nicht schlecht. Es war ein kleines Strandbett aufgebaut, etwas näher am Wasser standen Strandliegen. Davor stand ein kleiner Tisch, auf dem Sekt in einem Kübel kaltgestellt wurde und sämtliche Variationen Obst danebenstanden. „Das ist unglaublich!" Ich blickte auf das alles und fühlte mich wie in einem Traum. Alex sah mich nur an und strahlte. Er lächelte oft, doch irgendwie hatte ich das Gefühl, dass ich ihn zum ersten Mal richtig lächeln sah. Es war echt. Es war authentisch.

Wir gingen gemeinsam zu den Liegen und bedienten uns erstmal am Sekt. Er ging runter wie Wasser und war einfach super erfrischend. Während ich zum Obst griff, sah ich von der Seite, wie Alex sich bis auf die Boxer auszog und HOLY SHIT. Ich musste mich echt zusammenreißen, nicht zu sabbern. Seine Bauchmuskeln waren fest. Doch auch seine Arme und Beine waren gut trainiert. Er könnte glatt als ein Vogue- Model durchgehen.

Er bemerkte meinen Blick und lächelte wissend. „Na kleine Prinzessa, willst du mit ins Wasser?" Ich nickte nur. Doch gerade, als ich anfangen wollte, mich auszuziehen, lief ich rot an. Er würde sehen, welche Unterwäsche ich trug und denken, ich hätte irgendwelche Pläne geschmiedet, ihn zu verführen. *„Ach, sei ruhig Catie, du WOLLTEST doch, dass er dich darin sieht. Du hättest es doch sonst niemals angezogen"*, erinnerte mein Kopf mich. Alex beobachtete mich. Langsam zog ich Kleidungsstück für Kleidungsstück aus, bis ich nur noch in Unterwäsche vor ihm stand. Besonders viel wurde der Fantasie dabei nicht überlassen. Alles bestand nur aus feiner Spitze. Man sah alles von meinem Körper. „Bljad", flüsterte Alex nur und ging schon auf mich zu. Vor mir angekommen, umfasste er mein Gesicht und zog es zu dem seinen hoch. Seine Lippen knallten fest und verlangend auf die meinen. Seine Hände wanderten erst zu meiner Hüfte und dann an meinen Po. Mit einem Mal hob er mich hoch und ich schlang nur noch meine Beine um seine Hüfte. Wir küssten uns voller Verlangen und ich merkte seine Lust durch die Boxer und den feinen Stoff meines Höschens hindurch. Wir bewegten uns im Einklang. Seine Zunge fing an, meinen Mund zu erkunden und ich krallte mich in seine Haare. Ich merkte nicht, dass wir uns bewegt hatten, aber irgendwann spürte ich das Wasser an meiner Haut. Er war mit mir ins Meer gelaufen.

Irgendwann lösten wir uns voneinander und dann ließ er mich auch schon behutsam los. Ich war einfach nur noch sprachlos. „Mir gefällt, was ich sehe. Sag mir, hast du das für mich angezogen? Wolltest du, dass ich sehe, was du unter deinem niedlichen Outfit trägst?" Ich konnte immer noch nichts sagen, so überrumpelt war ich von unserem überaus intensiven Kuss. „Antworte. Jetzt!", befahl er nochmal mit Nachdruck. „J-ja, ich glaube schon", stammelte ich perplex. „Und wieso? Was hast du dir dadurch erhofft?", fragte er weiter. „G-genau das, denke ich?" „Gutes Mädchen." Da wieder, wieder diese Aussage. Wie gestern schon. Und es machte was mit mir, es machte viel mit mir.Ich wollte, dass er mich weiterhin so nannte. Ich wollte seine Bestätigung. „Komm, wir schwimmen ein wenig, einverstanden?" „Hm—mh", war das Einzige, was ich rausbekam. Boah, Ich musste mich echt ein wenig akklimatisieren.

In den darauffolgenden Stunden hatten wir echt viel Spaß, wir schwammen um die Wette, ärgerten uns gegenseitig, aßen und tranken. Es war perfekt. Als es dunkler wurde, fingen plötzlich überall an kleine Lichter zu leuchten. Es war wundervoll. Er hatte auch eine Musikbox dabei, durch die ruhige Musik lief. Alles war perfekt. Ich lag in seinem Arm und wir sahen uns die Sterne an. „Schau mal, da ist der große Wagen", sagte ich zu ihm und deutete auf den Sternenhimmel. Er schaute kurz hin, bestätigte dies und daraufhin spürte ich seinen Blick auf mir. Es war mich nicht unangenehm, nein, es fühlte sich so gut an. „Bleib

genauso liegen", sagte er irgendwann. Das tat ich auch. Er
stand auf und ging kurz zu seiner Tasche. Heraus holte er
ein Tuch. Vorsichtig, wie ein Raubtier, welches sich seiner
Beute näherte, kam er wieder auf mich zu. „Vertraust du
mir, Catie?", fragte er mich heiser. Ich starrte ihn einfach
nur an. Was hatte er vor? „Ich habe dich etwas gefragt und
erwarte eine Antwort von dir. Also, vertraust du mir, ja oder
nein?" „Ja." „Sehr gut", sagte er grinsend und sein Blick
verschlang mich. Egal, was er vorhatte, ja, hundertmal ja.
„Heb deinen Kopf an und mach die Augen zu!" Ich tat, wie
mir befohlen und kurz darauf spürte ich den seidenen Stoff
auf meinen Augen. Und da verstand ich es. Er machte mir
eine Augenbinde drum. Ich verspannte mich leicht, doch er
flüsterte mir: „Shh sei ein braves Mädchen und entspann
dich wieder", zu und direkt wurde ich wieder ruhiger.
„Weißt du, wie schön du eigentlich bist? Du siehst so
unschuldig und brav aus. Und dazu benimmst du dich
hervorragend. Du fügst dich mir, obwohl du mich wie
lange? Vier Tage kennst? Du imponierst mir, wirklich." All
diese Worte waren Balsam für mich. Mein Herz schlug mir
zur Brust raus und ich brannte darauf zu erfahren, was er
mit mir vorhatte. „Sag mir, wenn ich etwas mache, was du
nicht willst", sagte er und kurz darauf merkte ich nur, wie er
mir den Slip auszog. Jetzt konnte er genau sehen, wie sehr
mich das ganze hier gerade anmacht. Daraufhin merkte ich,

wie er sich über mir abstützte und kurz darauf küsste er mich wieder. Der Kuss war nicht zärtlich. Er war dominant. Genauso wie zuvor. Während er wieder meinen Mund erkundete, spürte ich plötzlich einen Finger, der meine Scham teilte und hoch zu meiner Klit wanderte. „Fuck bist du feucht!", stellte er fest und drückte gleichzeitig auf meine Klit. Ich stöhnte auf und spürte ihn nur lächeln. „Gefällt dir das?", forderte er. „Verdammt ja!", stöhnte ich. „Sehr gut", sagte er nur und setzte die Stimulation weiter fort. Es war so ein geiles Gefühl und ich spürte schon, wie der Orgasmus immer näherkam. Doch plötzlich löste er sich von mir. Ich konnte nichts sehen, aber ich spürte, dass er nicht mehr auf mir lag. Es fühlte sich direkt an, wie kalter Entzug. Doch lange ließ er nicht auf sich warten. Ich merkte, wie die Matratze unter mir runterging und kurz darauf spürte ich Alex' Lippen an meiner Klitoris. Fuck, er leckte mich einfach. Und wie er es tat. Oh Gott! Ich krallte mich ins Bettlaken, während er mich mit seiner Zunge fickte. Ich spürte irgendwann, dass seine Hand dazukam. Seine Lippen saugten an meiner Klit, während er mich fingerte. „Verdammt bist du heiß", stöhnte er und seine Stimme klang viel dunkler, viel erotischer als ohnehin schon. „Gefällt dir das?", fragte er mich wieder fordernd. „Verdammt ja, mach endlich weiter", kreischte ich fast, weil er währenddessen aufgehört hatte. Und das so kurz vor meinem Höhepunkt. „Willst du, dass ich dich erlöse? Willst du auf meiner Zunge kommen? „Ja, bitte!" Ich konnte mich nicht mehr zusammenreißen, so verrückt machte mich das alles. Und er ließ sich nicht zweimal bitten, geschickt massierte er mich unten weiter, saugte ab und an meiner Klit und massierte zwischendurch meine Brüste. Mir wurde immer heißer und mein Atem ging immer stockender. Und dann brach die Welt über mir zusammen. Ich kam so hart, wie ich wahrscheinlich noch nie zuvorgekommen war. Während des Nachbebens leckte er mich noch weiter. Dann entfernte er sich wieder von mir, aber nur, um mir kurz darauf die Augenbinde abzunehmen. „Das hast du sehr gut gemacht, du hast mir jede meiner Fragen direkt beantwortet und bist brav auf meiner Zunge gekommen. Und jetzt ruh dich ein wenig aus." Mein ganzer Körper stand noch in Flammen und ich konnte nicht anders als zu nicken. Er legte sich neben mich und zog mich zu sich ran. Vorher gab er mir noch einen Kuss auf die Stirn, doch dann driftete ich auch schon ab.

Kapitel 16- Romeo

„Scheiße, wir verlieren sie", stellte Zac fest. „Ach was, wirklich? Hättest du nicht so viel Zeit im Bad verschwendet, dann hätten sie uns nicht abhängen können, aber nein, der Herr musste erstmal ein komplettes Schönheitsritual durchführen und das für was? Fürs Stalken?", antwortete ich genervt. Hätte ich ihm doch nur nichts von meinem Plan erzählt. Jetzt musste ich den Clown auch noch mit mir rumschleppen. „Nicht so fies mein lieber Romeo, ich muss doch gut für sie aussehen, falls sie uns doch erwischen sollten." Ich rollte genervt die Augen. „Falls du es IMMER NOCH nicht verstanden hast, hier nochmal für dich: der Plan ist NICHT, sich erwischen zu lassen, der Plan ist zu beobachten, NUR beobachten." Noch während ich sprach, entdeckte ich die Limousine wieder vor uns und gab Gas, damit sie uns diesmal nicht abschütteln konnte. „Was erwartest du da eigentlich zu sehen? Ob Alex die Wette gewinnt und uns eiskalt zu Verlierern macht? Versteh mich nicht falsch, ich möchte auch ungern die Wette verlieren, aber der Junge reißt sich ganz schön den Arsch auf, während du was machst? Sie nerven? Sie fertig machen? Also selbst du müsstest wissen, dass die Nummer nicht zieht", hielt er mir vor. „Meine Fresse Zac, kannst du nicht einmal die Klappe halten? Und wie ich versuche, die Wette zu gewinnen, ist doch meine Sache! Und was machst du eigentlich? Wie willst du sie dazu kriegen, mit dir zu schlafen? Mehr als einen Lapdance und einem dummen Kuss hast du bisher auch nicht von ihr bekommen. Scheint eher so, als würde sie dich immer mehr in die Friendzone schicken", antwortete ich genervt. „Sei nicht so fies, ich habe da schon meine Wege." Ich antwortete nicht mehr darauf, das wurde mir allmählich alles zu blöd. Ich bereute die Fahrt über immer mehr, Zac mitgenommen zu haben. Denn wenn er mir nicht gerade das Ohr abkaute, dann sang er lauthals die Lieder mit.

Zwischendurch ganze Schnulzen.

Lauthals und schief.

Gut eine Stunde später kamen wir endlich an. Vor uns lag der Wollaston Beach in all seiner Schönheit. Ich fragte mich allmählich, wie weit Alex schon bei ihr gekommen war. Warum sollte er sonst einen längeren Weg genommen haben, wenn er sie nicht die Zeit über in seiner Limousine gefickt hatte? Die Ungewissheit nervte mich. Ich wollte meinen Wagen nicht an Alex abgeben. Und noch weniger wollte ich die kleine Bitch ihm überlassen.

Ich erinnerte mich noch genau an die Nacht. Wie ich sie in der Küche erwischte. Ich musste zugeben, dass sie nicht gerade unansehnlich war. Selbst in einem Outfit wie diesem konnte man ihre Rundungen perfekt erkennen. Ihr knackiger Arsch wurde nicht von der Jogginghose verdeckt. Viel eher wurde er dadurch richtig hervorgehoben. Sie trug gestern obenrum nichts weiter, als ein T-Shirt, weswegen ich beobachten konnte, wie ihre Nippel sich aufstellten, als ich sie an die Kücheninsel drängte. Fuck. Ich verschwendete viel zu viele Gedanken und viel zu viel Energie an sie.

„Weißt du, wo sie hingegangen sein könnten?", riss mich Zac aus meinen Gedanken. „Heute ist es sehr warm, ich bezweifle, dass Alex darauf verzichtet, ihr das beste Badeerlebnis aller Zeiten zu bescheren." Ich kannte den Privatstrand. Ich selber war schon oft mit ihm dort. Und nicht selten hatten wir irgendwelche Mädels im Schlepptau. „Komm mit", forderte ich ihn auf. Wir gingen eine Weile den Strand entlang, bis wir auf einen abgegrenzten Bereich traten.

Ich wusste, dass Alex es uns nicht leicht machen würde, den Strand zu betreten, aber er hatte doch nicht allen Ernstes eine Wache davorstehen lassen. Eine verdammte Wache?! „Shit und was nun? Wir können ja wohl kaum dahingehen und fragen, ob wir mal auf den Zaun klettern können, um die beiden zu beobachten?", ärgerte sich Zac. Doch ich lief einfach souverän auf den Mann zu. Ich kannte ihn nicht und musste zugeben, dass er von der Statur her,

The Rock ganz schön Konkurrenz machte. Er beobachtete uns, während wir uns ihm näherten, und seine Augen verengten sich zu schlitzen. „Wer seid ihr?" „Wir sind Freunde von Alex, er hat uns gebeten hierher zu kommen", sagte ich voller Ernst. „Sind Sie Romeo und Zac?", fragte er uns auffordernd. Shit, also hatte Alex ihn gewarnt. Aber noch bevor ich was sagen konnte, platzte Zac mit: „Nein, wir sind Nick und Jonas", raus. „Von einem Nick und Jonas weiß ich nichts. Herr Andreew hat mir ausschließlich erlaubt, Romeo und Zac durchzulassen. Und jetzt muss ich Sie auffordern das Grundstück zu verlassen!" An seiner Stimmlage erkannten wir, dass es sein letztes Wort war. Ich kochte vor Wut und machte kehrt. Ein paar Meter entfernt fuhr ich dann Zac an. „Nick und Jonas?! Dein scheiß Ernst?! Wie kommst du auf so einen Scheiß?!" „Sorry, ich wurde nervös. Ich dachte, Alex hätte ihm verboten uns durchzulassen und das waren die ersten Namen, die mir einfielen...", versuchte sich Zac rauszureden. „Du hast uns den Namen von einem Mitglied der fucking Jonas Brothers verpasst!" Ich würde manchmal gerne in seinen Kopf sehen. Dafür, dass er so klug war, stellte er sich manchmal so dämlich an. „Ahhhh stimmt, jetzt weiß ich, woher mir die Namen so bekannt vorkamen." Er legte nachdenklich zwei Finger an sein Kinn und streichelte dabei seinen imaginären

Bart. Ich verdrehte die Augen und legte mir innerlich einen Plan zurecht.

Während wir darauf warteten, dass die Sonne unterging, machten wir es uns in einem Strandcafé gemütlich.

Meine Wut auf Zac war längst wieder verflogen und wir hatten tatsächlich viel Spaß dabei gehabt, die Mädels abzuchecken. Zwischendurch spielten wir auch noch etwas Volleyball am Strand.

Dann endlich wurde es so weit. Wir gingen wieder in Richtung des Tores, nur diesmal nicht von der Vorderseite, sondern von der Rückseite. Und wie ich es mir schon denken konnte, stand diesmal keiner da. „Ok, wir müssen eine Räuberleiter machen. Heb mich hoch!", forderte ich Zac auf. „Warum ich?", quengelte er rum. „Warum du? Weil du uns die Tour vermasselt hast!" „Hätte ja keiner wissen können, dass Alex uns erlauben würde, reinzukommen..." „Zac, es ist Alex. Er hatte sicherlich schon damit gerechnet, dass wir kommen würden und einer von uns auf die dumme Idee kommen würde, falsche Namen zu nennen." „Manno...". Er murrte zwar rum, hielt mir dann aber doch die Hände hin. Ich stellte mein Bein drauf und Zac hob mich hoch. Ich musste aufpassen, dass ich mit der Wucht, mit der er mich hochdrückte, nicht über den Zaun fiel und stützte mich noch rechtzeitig ab. Und was ich dann sah, fesselte mich direkt.

Catie lag auf einem perlweißen Strandbett, halbnackt und mit verbundenen Augen da. Alex stand über ihr. Ich dachte erst, er würde sie jetzt ficken, aber stattdessen schaute er instinktiv in meine Richtung, grinste und lehnte sich dann runter. Er leckte sie. Und die ganze Szenerie ließ mich fast augenblicklich geil werden.

Es war heiß, sie dabei zu beobachten, wie sie dem Höhepunkt immer näherkam. „Jo Bro, ich will mich nicht beschweren, oder so, aber du wirst langsam schwer. Was siehst du da?" „Ich sehe Alex dabei zu, wie er Catie leckt." „Er tut WAS?!", schreit er halb. „Ruhe, sonst erwischen sie uns noch." Wobei der Zug eigentlich schon abgefahren ist. Alex wusste, dass wir da waren. Und ich zuschaute.

Ich stieg wieder runter und meinte: „Man wer hätte gedacht, dass er der erste sein würde, der das Kätzchen unter sich liegen hat." „Und was nun?", fragte Zac mich. „Wir warten jetzt, bis sie gekommen ist und hoffen, dass sie der „Badespaß-Tag" müde gemacht hat."

Und so saßen wir und warteten. Ich weiß nicht, wie viel Zeit verging, aber irgendwann hörten wir von der anderen Seite des Zaunes aus ein „Pst, kommt zum Vordereingang, ich komme raus." Wir gingen wieder zurück und tatsächlich stand da Alex mit verschränkten Armen und blickte uns

grimmig an. „Na, hat dir gefallen, was du gesehen hast?",
fragte er mich mit hochgezogener Augenbraue. „Hast du sie
gefickt?", fragte ich direkt zurück. „Mit meiner Zunge- ja.
Anders nicht, nein", kam trocken von Alex. „Und wieso?",
fragten Zac und ich wie aus einem Mund. Alex zuckte nur
mit den Schultern. „Vielleicht möchte ich die Wette ja ein
bisschen rausschieben. Ich muss mir meine neuen Autos
doch ehrlich verdienen." „Jaja Andreew, ist klar, sie hatte
wohl keine Lust auf dich", scherzte ich. Seine Augen blitzten
auf und er lächelte schelmisch. „Oh doch und wie. Sie hat
sogar das süße kleine blaue Set für mich angezogen." Hatte
sie das wirklich? Wollte SIE IHN verführen? „Aber
wichtiger finde ich, was ihr hier macht. Ich konnte mir zwar
denken, dass ihr uns verfolgen würdet, aber ich hätte
niemals gedacht, dass ihr das durchzieht und dann auch
noch einen auf dumme Spione macht." Er klang ziemlich
belustigt. Und wenn ich so darüber nachdenke, war das
auch irgendwie ziemlich lachhaft. „Was ist jetzt dein Plan?",
mischte sich Zac ein. „Was mein Plan ist? Ich lasse sie noch
einen kurzen Powernap machen und dann geht's zurück
nach Hause, ganz einfach. Und ihr solltet jetzt auch am
besten gehen. Wenn sie aufwacht und euch beide hier sieht,
wird sie nie wieder ein Wort mit uns wechseln." „Aber die
Wette steht noch?", fragte Zac nochmal. Weswegen wusste
ich auch nicht. „Natürlich steht die Wette! Ich würde

niemals auf eure Autos verzichten wollen. Und jetzt komm!", knurrte ich und verließ den Strand.

Die Fahrt über schmollte Zac, weil er nichts von der Show mitbekommen hatte. Aber wenigstens schwieg er.

Der Tag hatte eine interessante Wendung mein Kätzchen. Ich frage mich, wie lange es wohl dauern würde, bis du unter mir so liegst.

Kapitel 17- Catherine

„Hey, Prinzessa wach auf", sagte Alex und schüttelte mich leicht. Ich schlug die Augen auf und lächelte.

„Wie lange habe ich geschlafen?", fragte ich gähnend. „Nicht lang, eine Stunde vielleicht", antwortete er. „Oh ach so, ich schätze, wir müssen dann los?" „Glaube mir, ich würde nichts lieber tun, als dich schlafen zu lassen, aber wir müssen langsam wieder zurück. Morgen ist dein erster richtiger Tag an der Uni. Den willst du doch sicherlich nicht verpassen, oder?"

Stimmt. Morgen würde es endlich losgehen. Die vormedizinischen Vorlesungen würden losgehen. Beim Aufstehen verrutschte die Decke und ich sah, dass ich untenrum immer noch nackt war. Direkt wurde ich rot. Die Erinnerungen kamen hoch und ich fand keine Worte, um dies zu beschreiben. Ich war keine Jungfrau- beim besten Willen nicht, aber das war magisch. Noch nie war ich vom Lecken gekommen. Ich dachte eigentlich immer, dass ich nicht der Mensch für sowas sei. Aber wow, einfach wow, was Alex da geleistet hatte. „Sag mal, wo ist eigentlich mein Slip abgeblieben?", fragte ich Alex zögerlich. „Ich dachte, den könntest du ja auf dem Weg zurück weglassen, was hältst du davon Prinzessa?" „Ich ähm, hm wieso?" Ich

wurde noch roter. „Weil ich den Gedanken erregend finde,
wie du später an den anderen vorbeiläufst und keiner außer
uns beiden weiß, wie nass und nackt du unter deinem süßen
Rock bist", entgegnete er neckisch. Ich schnappte mir ein
Kissen und warf es ihm entgegen. Lachend fing er es auf.
„Komm aufstehen, wir haben noch eine kleine Fahrt vor
uns." Ich wusste, dass er Recht hatte. Das änderte aber
nichts an der Tatsache, dass ich gerade keinen Kopf dafür
hatte. Weder für die Fahrt noch für die morgigen
Vorlesungen. Direkt nach diesem Gedanken musste ich über
mich selbst den Kopf schütteln. Was zur Hölle war in mich
gefahren? Ich wartete auf den morgigen Tag, seitdem ich
beschlossen hatte, Ärztin werden zu wollen. Ich musste
dringend meinen Kopf frei kriegen und mich auf mein
eigentliches Ziel konzentrieren: meinen Abschluss mit
summa cum laude. So süß die Verführung auch war. Ich
war kein dummes Mädchen, dass nur wegen ein wenig
männlicher Aufmerksamkeit gleich alles hinschmiss. Genau
in dem Moment traf ich einen Entschluss, der mir nicht
leichtfiel: ich musste mich von den Jungs fernhalten, um
einen freien Kopf zu haben. So schön es auch war, meine
Zukunft und meine Ziele gingen nun mal vor. Ich stand auf
und lief zu meiner Kleidung, um mich anzuziehen. Ich
spürte Alex' glühenden Blick auf mir und versuchte dem

Drang zu widerstehen, mich zu ihm umzuwenden und ihn zu bespringen, wie ein hormongesteuerter Teenager.

Kaum war ich angezogen, hielt mir Alex seine Hand hin, damit wir gemeinsam zum Auto laufen konnten. Ich ignorierte diese und lief vor. Keine Versuchungen mehr. Nur noch ich.

Kaum saßen wir im Auto, wandte ich meinen Kopf in seine Richtung und sagte: „Bitte werde jetzt nicht sauer. Das heute war nett, aber ich möchte mich jetzt erstmal nur auf mich konzentrieren. Ich bin wirklich dankbar für deine Gastfreundlichkeit, aber ich werde morgen früh direkt zum Dekan gehen, eine Beschwerde gegen Jenny aussprechen und fordern, dass sie meine Unterkunft wieder herrichten und ich in dieser Zeit eine andere Unterkunft kriege." Er nickte nur und sagte nichts dazu. Sein Gesicht wurde ausdruckslos und er wandte sich von mir weg. Toll, habe ich mir damit eine gute Freundschaft kaputt gemacht? Warum sagte er nichts dazu? Frustriert fügte ich hinzu: „Wir können doch trotzdem Freunde bleiben." Wow, selbst in meinen Ohren klang das schwach. Doch wenigstens zeigte Alex diesmal eine Reaktion. Er schnaubte, drehte sich zu mir und sagte: „Freunde habe ich mehr als genug. Auf noch mehr kann ich nun wirklich verzichten." Autsch. Ich wusste nicht, ob er einfach nur in seiner Männlichkeit verletzt war. Oder vielleicht hatte er mir ja von Anfang an nur etwas

151

vorgespielt, um mich ins Bett zu bekommen? Meine Frustration wuchs, doch es gesellte sich noch ein weiteres Gefühl hinzu: Wut. Unbändige Wut.

Früher als gedacht, kamen wir am Verbindungshaus an. Alex stieg sofort aus, schlug die Tür hinter sich heftig zu und stapfte rein, ohne sich nochmal zu mir umzudrehen. So viel zum Thema Gentleman. Wütend stieg ich aus der Limousine. Ich schritt dennoch erhobenen Hauptes auf die Villa zu, doch die Haustür ließ sich nicht öffnen. Nein. Das konnte nicht sein! Er hatte nicht im Ernst die Tür abgeschlossen! Ich betätigte die Klingel und wartete. Doch es passierte nichts. Ich klingelte nochmal und als auch das erfolglos war, fing ich zu hämmern und schreien an. „Alex du Arsch! Lass mich verdammt nochmal rein! Mein gesamtes Zeug liegt noch dort! Lass mich das wenigstens holen!" Noch immer passierte nichts. Ich spürte schon die ersten Tränen der Verzweiflung meine Wangen runterrollen, doch ich hörte nicht auf zu klingeln und zu klopfen. Dann endlich passierte endlich etwas und die Tür wurde von innen aufgeschlossen und aufgeworfen. Ein verschlafener Zac stand davor und sah mich verwirrt an. Ich war bestimmt ein Anblick für die Götter. Verheult, mit zerzausten Haaren und in meinem knappen Strandoutfit. „Catie? Was ist los? Wo ist Alex?", fragte er mich verwirrt, während ich mich an ihm vorbei quetschte. „Frag nicht!", antwortete ich und mein Tonfall war harscher, als ich es wollte. Ich wollte Zac nicht anschnauzen, da er ja schließlich nichts dafürkonnte, dass sein Freund so ein riesiger Arsch war. Ehrlich. Ich konnte aktuell selbst Romeo mehr leiden als Alexander.

Ich lief gezielt die Treppen hoch und machte erst an meinem provisorischen Zimmer halt. Ich wusste, dass Zac mir gefolgt war, aber wenigstens hatte er den Anstand, mich nicht nochmal anzusprechen. Er beobachtete die Szenerie im Stillen. Bereits ahnend, dass es nicht funktionieren würde, versuchte ich mir Zugang zu dem Zimmer zu verschaffen, doch es war abgeschlossen. Dieser Bastard... Als meine Wut ihren Höhepunkt erreichte, sammelte ich sie und trat dann mit voller Wucht gegen die Tür. Zu meinem eigenen erstaunen, sprang sie auch auf. Ich steuerte direkt auf die Kommode zu, schnappte mir eine Tasche und warf wütend ein Kleidungsstück nach dem anderen hinein. Ich war wie ferngesteuert und merkte deswegen nicht, wie Zac von hinten an mich ran trat.

„Catie, was wird das?", fragte er mich vorsichtig. Ach, er kann ja sprechen! Ich antwortete ihm nicht, sondern packte weiterhin mein Zeug ein, bis er es schaffte, mich an meinem Handgelenk zu fassen und zu sich umzudrehen. Ich sah erst auf seine Hand an meinem Arm und dann in sein Gesicht, welches eine tiefe Sorgenfalte abzeichnete. „Rede mit mir,

was ist passiert? Hat Alex dir weh getan?" Bei dem letzten
Satz verfinsterte sich sein Gesicht um eine Nuance.

„Nein, hat er nicht. Er ist einfach nur ein riesiger
Bastard. Wenn es dir nichts ausmacht, dann lass mich jetzt
bitte los, damit ich weiter packen kann", entgegnete ich ihm.
„Einen Scheiß werde ich! Wo willst du um so eine Uhrzeit
noch hin? Egal, was passiert ist, ich bin mir sicher, dass sich
darüber reden lässt", antwortete er. Er hatte Recht, ich
wusste nicht, wo ich hin gehen sollte, aber mir war alles
lieber, als eine weitere Nacht hier zu bleiben. Auch Zac
musste bemerkt haben, dass es keinen Sinn hatte, weiter auf
mich einzureden, weswegen er sich letztendlich dazu
entschloss, mir beim Packen unter die Arme zu greifen.
Keine zehn Minuten später war ich fertig. „Und nun?",
fragte er mich. „Ich weiß es nicht, ich werde schon etwas
finden, aber ich halte es keine Nacht länger in diesem
Zimmer aus", beantwortete ich seine Frage. „Ich würde
mich nicht wohl dabei fühlen, wenn du um diese Uhrzeit
alleine draußen rumgeisterst. Ich mache dir einen
Vorschlag: du schläfst heute Nacht bei mir und morgen
suchen wir dir gemeinsam eine Bleibe." Ich war überrascht
und geschmeichelt von seinem Vorschlag. Aber andererseits
war ich mir nicht sicher, ob dies wirklich eine gute Idee war.
Da das Adrenalin in meinem Körper langsam verflog, traf
mich die Müdigkeit mit zweifacher Geschwindigkeit. Ich

hatte keine andere Wahl, als bei ihm zu bleiben. Alles andere wäre wahnsinnig.

Schließlich stimmte ich seinem Vorschlag zu. Wir schnappten uns mein Zeug und liefen zu seinem Zimmer. Dieses befand sich in der unteren Etage. „Ich hätte nicht gedacht, dass es hier unten auch Schlafräume gibt", merkte ich an. Er schaute nur verschmitzt und meinte: „In diesem Haus gibt es noch viel mehr, was du nicht erwartest. Ich mag es hier unten. Zumal der Weg zur Küche nicht mehr so weit ist. Perfekt, wenn man einen abendlichen Snack möchte." Ich erinnerte mich an Romeos Aussage von voriger Nacht und musste schmunzeln. Seine Verfressenheit machte Zac gleich noch zwanzig Mal attraktiver. *STOP CATIE. Über sowas denken wir gar nicht erst nach.*

Zac öffnete die Tür und ließ mir den Vortritt. Komisch, das Zimmer sah gar nicht so aus, wie ich es erwartet hatte. Ich dachte, ich würde in ein typisches Sportlerzimmer kommen: unordentlich und mit dem Trainingsequipment überall verstreut. Dabei war das Zimmer sehr ordentlich und schlicht gehalten. Hier und da standen Fotos von- ich schätze mal seiner Familie und seinen Freunden. Das gesamte Zimmer war schwarz möbliert und sein Bett war mit grauer Bettwäsche überzogen. „Schick", sagte ich nur. Er kratzte sich am Hinterkopf und bedankte sich. „Ich habe nebenan ein Bad, falls du dich noch frisch machen

155

möchtest." Ich bedankte mich und ging hinein, um mich bettfertig zu machen. Ich entschied mich einfach für ein langes T-Shirt und zog einen Slip an, da meiner sich nach wie vor in Alex' Besitz befand. Den BH ließ ich aber weg.

Als ich das Bad verließ, lag Zac schon wieder im Bett. Sowie er mich sah, rutschte er zur Seite und klopfte neben sich. Ich schlüpfte ins Bett und Zac zog die Decke über uns. Das Bett war groß, doch er blieb in meiner Nähe liegen. Keiner von uns sagte ein Wort.

Aber das war auch nicht nötig. Als ich etwas näher zu ihm ran rückte, schlang er direkt seinen Arm um mich und zog mich an sich ran. Kurz darauf schlief ich auch schon ein.

Kapitel 18- Alexander

Wutentbrannt stürmte ich auf die Haustür zu. Hatte sie mich gerade im Ernst abserviert? Mich? Der, der von Anfang an nett zu ihr war, derjenige, der sie schön ausgeführt und sie verwöhnt hatte? Das würde sie noch bereuen. Ich hatte das Spiel am Anfang nicht ernst genommen. Ich verstand anfangs nicht, warum sie Romeo so rasend machte, aber jetzt verstand ich, was er meinte. Sie war nichts anderes, als irgendeine billige Bitch, die es irgendwie geschafft hatte, unsere Aufmerksamkeit zu erlangen.

Und das würde sie jetzt zu spüren bekommen. Ich schlug die Tür hinter mir zu und schloss diese von innen ab. Soll sie doch sehen, wie weit sie kommt. Aufgeschmissen, alleine, mitten in der Nacht.

Ich sollte Mitleid mit ihr haben, aber so etwas kannte ich nicht. Mit mir hatte auch nie jemand Mitleid gehabt. Romeo stand an die Küchentür gelehnt, mit verschränkten Armen und schaute mich mit einer gehobenen Augenbraue an. „Was ist dir denn über die Leber gelaufen? Ich dachte, es lief so gut zwischen dir und dem Kätzchen?", fragte er mich provokant. Er wusste, welche Knöpfe er bei mir drücken musste. „HALT. DIE. SCHNAUZE!", warf ich ihm entgegen und stapfte die Treppen hoch. Ich wusste, dass Romeo es nicht dabei belassen und mir folgen würde, um mich weiter zu nerven. Und genau das tat er auch. Oben angekommen, steuerte ich direkt auf Caties Zimmer zu und schloss auch dieses ab und steckte den Schlüssel ein.

Romeo packte mich urplötzlich am Arm, doch ich sah im Moment nur rot und stieß ihn mit voller Wucht von mir. Ich hätte dies nicht tun sollen, aber in dem Moment war es so ein befriedigendes Gefühl, meine gesamte Wut rauszulassen. Ich wusste, dass es nicht gut war. Es gab Gründe, warum ich mich stets in Selbstkontrolle übte. Wenn ich einmal anfing, fand ich kein Ende. Und meist wurde es sehr blutig. Romeo hatte es früh verstanden und mir dabei geholfen, mich zu kontrollieren. „Reiß dich verdammt nochmal zusammen und mach dein Maul auf. Was zur Hölle ist passiert, dass du hier wie ein Hulk auf Crack rumrennst?", versuchte er mich zur Vernunft zu bringen. Doch es half nicht. Um mich und meine Kontrolle war es geschehen. Das Klingeln an der Tür verstärkte diese Wut nur. Ich brachte noch immer kein Wort raus, zwang mich aber dazu meine Atemübungen zu machen. *Einatmen. Luft anhalten. Ausatmen.*

Nach knapp zwei Minuten und bestimmt dem fünften Klingeln, wurde es ruhig und auch ich wurde ruhiger. Mein Blut kochte und ich wusste nicht mal, warum ich sie so einen Einfluss auf mich haben ließ. „Da du dich jetzt wieder beruhigt hast, lass uns in den Keller gehen, da können wir nochmal in Ruhe reden und solltest du wieder durchdrehen, kannst du auf den Boxsack einprügeln", schlug Romeo vor. Unfähig zu reden, nickte ich nur und folgte Romeo die Treppen runter. Ich hörte Catherines Hämmern und Geschrei, doch blendete es aus, um nicht wieder hochzufahren. Wir liefen an der Küche und Zacs Zimmer vorbei und steuerten auf die Tür am Ende des Ganges zu.

Dies war der Eingang zu unserem Keller und nur die wenigsten hatten Zutritt zu diesem. Er war unterteilt in einen Trainingsraum und einen... nennen wir es Spielraum. Romeo hielt die Klappe, bis wir unten ankamen und stellte sich dann neben den Boxsack. „Dann fangen wir mal von vorne an: Was. Zur. Hölle. Ist. Passiert?! Denn mein letzter Stand war, dass ihr euch nähergekommen seid", fragte er, dieses Mal mit Nachdruck. Die Wut kroch langsam wieder hoch, ich ließ einen lauten Schrei ab und schlug mit meinen Fäusten auf den Boxsack ein. Romeo entfernte sich kurz, aber nur um die Musik einzuschalten. Als meine Schläge immer weniger wurden und ich mich wieder beruhigt hatte, konnte ich endlich ausatmen. Mir war nicht aufgefallen, dass ich die Luft angehalten hatte. „Sie meinte, und ich zitiere: *,Das heute war nett, aber ich möchte mich jetzt erstmal nur auf mich konzentrieren'*. Nett. NETT?! Ich habe mir den verdammten Arsch für diese Bitch aufgerissen, nur damit sie am Ende sagt, es sei NETT gewesen?! Was bin ich? Die fucking Wohlfahrt?!" Ein weiterer Schlag fiel. „Dann hat sie die ‚wir können ja trotzdem Freunde bleiben'-Karte gezogen. Was ist das denn für ein beschissener Spruch?! Keine Frau hatte mich je abgewiesen. Niemals. Irgendwas ist doch nicht richtig mit ihr!" Schlag. „Ich". Schlag. „Will". Schlag. „Sie". Schlag. „Leiden." Schlag. „Sehen". Zwei weitere Schläge. Romeo, der nur mit verschränkten Armen danebenstand und nichts anderes tat, als zuzuhören, grinste plötzlich. „Endlich verstehen wir uns. Wie wäre es, wenn wir unsere Wette abändern? Wir spielen nicht mehr um ihre Pussy, sondern um ihre Seele. Wir bringen diese hochnäsige Bitch zu Fall und zeigen ihr dann, mit wem sie sich wirklich angelegt hat."

Sein Vorschlag klang wie Musik in meinen Ohren.

Meine kleine Prinzessa. Haben dir deine Eltern nicht beigebracht, dass man niemals mit dem Feuer spielen sollte? Du könntest dich sonst verbrennen.

Kapitel 19- Catherine

Ich wurde noch vor meinem Wecker wach. Ich konnte nicht mehr schlafen. Zum einen, weil mir der Kopf noch von Alex und seiner Reaktion schwirrte und zum anderen, weil ich Zacs harten Schwanz an meinem Po spüren konnte. Wir sind in der Löffelchenstellung eingeschlafen und über Nacht hatte er es irgendwie geschafft, mich so eng an sich zu pressen, dass kaum mehr ein Blatt zwischen uns passte. Ich genoss den Moment. Eigentlich müsste ich mich um mich selbst sorgen, aber mein Kopf war in dem Moment so leer. So leicht. Ich wollte mich einfach nicht aus dieser Umarmung lösen. Andererseits machte mich das extrem horny. *Wenn ich mich jetzt bewegen würde, würde er es spüren? Wenn ich meinen Arsch leicht hin und her kreisen würde, würde er mich aufhalten?* Ich entschied mich dafür, es einfach zu versuchen. Und so fing ich an, meinen Arsch an ihm zu reiben. Ich musste mir dabei ein Stöhnen verkneifen. Doch kurz darauf, setzte mein Gewissen wieder ein. Ich wollte gerade aufhören, als mich zwei feste Hände an der Hüfte packten und wieder zu sich zogen. Zac war wieder wach. „Fuck Catie, ich muss mich echt zusammenreißen, nicht sofort dein Höschen zur Seite zu schieben und in dich zu gleiten", hörte ich Zacs raue

161

Morgenstimme hinter mir. Er bewegte seine Hüfte nun auch und ich kam ihm immer mehr entgegen. Ich war schon gewillt, seinen Vorschlag anzunehmen, doch ich schwor mir, anständig zu bleiben. Seine Hand fuhr meine Taille rauf und landete schließlich auf meiner Brust. Er fing an diese zu kneten und gleich darauf, meinen Nippel zu stimulieren. Als ob meine Nippel nicht auch so schon steif wären. „Du brauchst nur ‚ja' zu sagen, um mich in und nicht nur an dir zu spüren, Kleine", flüsterte er mir ins Ohr. Kurz darauf spürte ich einen Kuss an meinem Hals. „Hmmm", stöhnte ich halb. „Ich bleibe erst mal bei nein", schaffte ich dann mit zittriger Stimme zu äußern. „Kein Problem", antwortete er und hörte schlagartig auf. Ich spürte Verzweiflung in mir aufsteigen. Ich wollte nicht, dass es endete, weswegen ich, beinahe verzweifelt: „Nein zu Sex, aber hör bitte nicht auf", ausstieß. „Gott sei Dank", antwortete er und drehte mich zu sich um. Er ergriff mein Gesicht und küsste mich mit Verlangen. Ich schlang meine Arme um seinen Hals und küsste ihn zurück. Seine Lippen auf meinen fühlten sich einfach so richtig an, so verdammt schön. Ich wollte nicht, dass das endete. Er platzierte sich zwischen meine Beine und bewegte seine Hüften auf mir. Mit jedem Stoß spürte ich seinen Schwanz an meiner Pussy und es brachte mich um den Verstand. Er ließ seine Hand wieder wandern und sie verschwand unter meinem T- Shirt. Mein Nippel drückte sich direkt seiner Hand entgegen, als diese bei meiner Brust ankam. Mit seinen Lippen wanderte er mein Gesicht und meinen Hals herunter, wo er dann letztendlich hängenblieb. Er leckte und knabberte an meinem Hals und ich wurde immer geiler. Ich schlang meine Beine um seine Hüfte und kam jedem seiner Stöße entgegen. Ich war in absoluter Ekstase, konnte an nichts anderes mehr denken, als an ihn und wie sich der Sex mit ihm wohl anfühlen würde. Wenn ich schon alleine von diesem Petting in den Himmel katapultiert wurde, was würde mich dann noch erwarten? Zac rollte sich plötzlich von mir runter und zog mich direkt darauf, auf sich drauf. Nun lag er unter mir und seine Hände befanden sich wieder an meiner Hüfte. Er übernahm die Führung und drückte mich immer stärker auf sich drauf. „Zieh dein Shirt aus, Catie", bat er mich halb, halb befahl er es. Und ich tat es auch. „Wow", kam von ihm und seine Hände landeten direkt auf meinen Brüsten. Er knetete beide und spielte mit meinen Nippeln, ab und an kniff er rein, was mich aufstöhnen ließ und dazu veranlasste, mich noch heftiger mit der Mitte an ihm zu reiben. Ich spürte nach und nach, wie der Orgasmus immer näherkam und auch er wurde immer steifer- falls sowas überhaupt möglich war. Beinahe zeitgleich stöhnten wir auf, während wir uns auf einer orgasmischen Welle bewegten. Verdammt, war das geil. Zac zog mich zu sich runter und küsste mich lange und intensiv. „So könnte ich ab jetzt jeden Morgen aufwachen, das hat wirklich Spaß gemacht", sagte er mit einem verschmitzten Grinsen. „Ja, das fand ich auch, aber das wird der letzte Morgen gewesen sein, den ich hier in diesem Haus verbracht habe", antwortete ich. Ich hatte Angst, dass er genauso heftig reagieren würde, wie Alex, aber stattdessen strich er mir nur eine Haarsträhne aus dem Gesicht und zog mich wieder zu sich runter, um mir einen kurzen Kuss auf die Stirn zu geben. „Kein Problem Kleine, ich möchte dich nicht unter Druck setzen. Aber falls du mal was brauchst, komm jederzeit zu mir. Ich schätze mal, du willst mir nicht erzählen, was zwischen dir und Alex vorgefallen ist?" Mir wurde ganz warm ums Herz und ich spürte, dass mich Erleichterung durchflutete, darüber, dass Zac nicht sauer auf mich war. Das hätte ich nicht ertragen. „Ich habe ihm gesagt, dass ich mich nur auf mich konzentrieren wolle und aktuell keine Ablenkung bräuchte, und er hatte das irgendwie in den falschen Hals bekommen...", versuchte ich ihm zu erklären. „Ach so... verstehe. Mach dir nichts draus. Er kennt nur keine durchsetzungsfähigen Frauen mit einem eigenen Kopf", versuchte er mich zwinkernd aufzumuntern. „Danke", antwortete ich ihm. „So und jetzt runter, sonst kommen wir beide noch zu spät zu unseren Vorlesungen." Shit. Er hatte recht. Ich sprang geradezu von ihm runter und ignorierte dabei, dass ich abgesehen von meinem komplett durchtränkten Slip, nackt vor ihm stand. Ich schnappte mir meine Tasche, lief schnell ins Bad, machte mich frisch und zog mich in Windeseile an. Als ich das Bad verließ, war Zac schon nicht mehr da. Ich überlegte kurz, wie ich am besten aus dem Haus kommen sollte, ohne das Risiko einzugehen, Alexander, oder Romeo zu begegnen. Aus einem Kurzschluss heraus, entschied ich mich, dass ich einfach aus dem Fenster springen könnte. So konnte ich WIRKLICH sicher sein, niemandem zu begegnen. Und genau das tat ich dann auch. Ich öffnete das Fenster, warf erst mein Zeug raus und sprang dann selber hinterher. Gott sei Dank, lebte er im Erdgeschoss und hatte tiefe Fenster. Und vor allem GOTT SEI DANK, dass es niemand mitbekommen hatte. Ich hastete über das gesamte Grundstück und joggte beinahe zum Verwaltungsgebäude der Harvard. Dort angekommen, suchte ich das Büro des Dekans auf. Ich klopfte kurz und trat direkt ein. Der Dekan sah von seinen Unterlagen auf und erkannte mich sofort. Na klar, er und meine Eltern waren bereits langjährige Freunde und er war auch nicht gerade selten zu uns eingeladen worden. „Catie, was verschafft mir denn die Ehre?", fragte er mich. „Mein Zimmer ist nicht bewohnbar. Es ist komplett verwüstet wurden", fasste ich kurz zusammen. Ich hatte beschlossen, nicht zu verraten, dass ich bereits wusste, wer der Schuldige, beziehungsweise in dem Fall, DIE Schuldige war. Vielleicht würde es mir Vorteile bringen, vorerst zu schweigen. „Oh nein, das tut mir wirklich leid zu hören, ich werde sofort jemanden organisieren, der sich um das Chaos kümmert. Weißt du denn, wer es war?", fragte er mich. „Nein... leider nicht. Aber mir geht es auch nicht darum, den Schuldigen zur Rechenschaft zu ziehen. Ich will einfach nur einen Schlafplatz haben", log ich. „Natürlich, ich bin mir sicher, dass dein Zimmer ab heute Abend wieder bewohnbar ist. Das waren sicher nur irgendwelche Studenten, die sich zur Einführung einen Spaß erlaubt haben." „Danke Onkel James. Ach, und könnte ich für den Tag meine Sachen irgendwo abstellen? Damit ich sie nicht mit in die Vorlesungen schleppen muss?", fragte ich ihn. „Aber natürlich mein Kind. Lass sie hier stehen, ich lasse dir dann alles aufs Zimmer bringen. Und jetzt ab in den Unterricht!"

Das ließ ich mir nicht zweimal sagen. Ich stellte alles in eine Ecke des Raumes und schnappte mir nur meine Handtasche, in der sich alles Wichtige: mein IPad, Portemonnaie und die Bücher für den Tag befanden, und lief aus dem Büro. Punkt Nummer eins auf meiner Liste konnte ich für heute abhacken.

Ich kam gerade noch rechtzeitig zur ersten Vorlesung. Der Professor war auch noch nicht da. Deswegen nutzte ich schnell die Gelegenheit, um mein Handy zu checken. Keine

Nachrichten. Als unser Professor den Raum betrat, richtete ich meine komplette Aufmerksamkeit nur auf ihn. Alleine an seinem Auftreten, erkannte ich, dass mit ihm nicht zu spaßen sei. Er war um die fünfzig, aber auf seinem Kopf hatte er schon eine halbe Glatze. Er trug eine Brille und hatte einen kurzen Schnauzer. „Guten Morgen liebe Studenten. Vorab: ich bin Mister Heinrichs. Ihr solltet bei gut bei mir aufpassen, denn es wird keinerlei Ausarbeitungen, oder Powerpoints, oder gar Zusammenfassungen meines Unterrichts für euch geben. Ihr seid hier, weil ihr Ärzte werden wollt. Im Berufsleben darf es so etwas, wie Unaufmerksamkeit auch nicht geben. In euren Händen werden richtige Menschenleben liegen. Wenn ihr da nicht aufpasst, ist es schneller vorbei, als ihr ‚ups‘ sagen könnt. Ich kann auch jetzt schon sagen, dass über die Hälfte von euch, diesen Studiengang niemals schaffen wird." Wow, danke. So nette und aufmunternde Worte hatte ich schon lange nicht mehr gehört. Ich hörte einige Kommilitonen nach Luft schnappen und andere aufstöhnen. Doch ich ließ mich nicht einschüchtern, ich kam mit einem Ziel her. Und wenn ich mir etwas vornahm, erlaubte ich es mir nicht zu versagen.

Nach knapp zwei Stunden des untergebuttert und gedrillt Werdens, verließ ich mit rauchendem Kopf den Hörsaal. Wahnsinn, wenn alle Vorlesungen so werden, dann hätte ich echt eine ganze Menge zu tun. Ein weiterer Grund, warum ich meine neuen Regeln nicht bedauerte.

Regel Nummer 1: keine Ablenkungen,
Regel Nummer 2: keine Partys,
Regel Nummer 3: keine Jungs,
Regel Nummer 4...

„Autsch", stieß ich aus. Irgendjemand hatte mich gerammt, während ich gedankenversunken den Gang runter lief. „Hast du keine Augen im Kopf?", bekam ich entgegengeworfen. Und es war kein anderer als Alex. Mir platzte nun endgültig der Kragen. „Weißt du was Alex? Fick dich! Nur, weil du nicht damit klarkommst, einen Korb von mir bekommen zu haben, brauchst du dich nicht aufzuführen, wie ein respektloser Bastard!", schrie ich ihn an. Ich hörte von einigen Seiten ein „UHHH", aber Alex' vorher wütendes Gesicht, verzog sich nun zu einer bösartigen Grimasse. „Hast du das wirklich? Hm, kann mich gar nicht daran erinnern? Wann war das denn genau? Als du meinen Namen über den ganzen Strand geschrien hattest? Merk dir eins, kleine Prinzessa. Ich kann Jede haben. Ich brauche keine verklemmte kleine Göre, wie dich. Du warst eine ganz NETTE Ablenkung, aber wenn du nicht lernst, dein übergroßes Maul zu halten, werde ich Wege finden, um dich zum Schweigen bringen. Du bist ein Niemand hier. Pass lieber auf, mit wem du dich anlegst, wenn du hier überleben willst", der letzte Satz war nur noch geflüstert, aber ich verstand die Message direkt. Nur war ich niemand, der sich so leicht unterkriegen ließ. „Buhu, man habe ich Angst", antwortete ich deswegen. „Geh mal dein gekränktes Ego streicheln, aber quatsch mich nicht voll." Mit verschränkten Armen stand ich vor ihm und wartete seine Reaktion ab. Wenn er Krieg wollte, dann gerne. Er sah mich wütend an, sein Kiefer spannte sich an und ich hätte schwören können, dass er gerade einen innerlichen Kampf mit sich selbst führte, doch stattdessen ging er dann einfach, aber nicht ohne mich vorher nochmal anzurempeln. Meine Schulter schmerzte, aber ich freute mich zu sehr über meinen kleinen Sieg, sodass es mich nicht kümmerte.

Erst jetzt, wo er weg war, fiel mir auf, dass unsere Konversation vor einem riesigen Publikum stattgefunden hatte und einige sogar ihre Handys rausgeholt hatten. Na super.

Ich hob meinen Kopf und stolzierte den Gang weiter entlang. Ich brauchte dringend etwas zu essen. Es war nun kurz nach zehn und das letzte Mal, dass ich etwas gegessen hatte, war nun über zwölf Stunden her. Ich lief schnurstracks in die Cafeteria und belud hungrig meinen Teller mit sämtlichen Leckereien. Zum Glück stand das Buffet immer offen, sodass niemand verhungern musste. Die Cafeteria war relativ leer. Nur vereinzelt saßen einige

169

Grüppchen und Pärchen an den Tischen. Somit hatte ich freie Platzwahl. Während ich aß, las ich mir meine Notizen der letzten Vorlesung durch. Ich hatte es geschafft, bereits drei Seiten vollzuschreiben.

Als sich jemand neben mich setzte, sah ich kurz auf. Es war Nickie. Ich war so verdammt glücklich, sie zu sehen. „Was liest du da?", fragte sie mich. „Ich schaue mir die Notizen der letzten Vorlesung an, Mister Heinrichs hat uns heute alle ganz schön gefordert...", antwortete ich ihr, während ich wieder auf meine Notizen schaute. „Ah, verstehe. Ich habe schon viel über ihn gehört, er soll ein riesiges Arschloch sein. Wo ich aber schon bei dem Thema ‚*Arschloch*' bin. Wie lebt es sich zwischen so vielen Kerlen? Du hattest dich gestern gar nicht gemeldet." Diese Frage sorgte endgültig dafür, dass ich von meinen Notizen aufsah und mein IPad sperrte. „Wie viel hast du gehört?", fragte ich sie skeptisch. Sie sah ertappt aus. „Ok, erwischt. Ich habe nur gehört, dass du eine Auseinandersetzung mit Alex hattest, und wollte dich fragen, was passiert ist. Man hört von so vielen Seiten so viele verschiedene Theorien, aber ich wollte mich direkt an die Quelle wenden", gab sie zu. „Ich glaube, um dir die Erlebnisse der letzten Tage zusammenzufassen, brauche ich etwas mehr Zeit, das Ganze ist etwas... komplexer." Sie verstand direkt. „Willst du heute Abend bei mir übernachten? Tracy hat heute Nachtschicht, die kommt erst wieder, wenn wir schon wach und munter sind." „Danke für den Vorschlag, aber das wird nicht nötig sein. Ich war heute Morgen beim Dekan und habe ihn über den Zustand meines Zimmers informiert. Er meinte, mein Zimmer sei ab heute Abend wieder bewohnbar." „Oh wie schön! Da freue ich mich für dich. Soll ich dann einfach zu dir kommen? Ich kann dir auch helfen, deine ganzen Sachen einzusortieren."

Ich überlegte nicht lange, bis ich ihr zusagte. Ich könnte wirklich Hilfe gebrauchen. Und ich wollte an meinem ersten Abend nicht alleine sein. „Aber kein Alkohol heute. Ich kann mir keine weiteren Ausrutscher erlauben", ich spielte damit auf meinen Lapdance an. Und auf meine Kotzaktion, die mich aber vor einem großen Fehler gerettet hatte. „Klar, ich trinke unter der Woche sowieso nicht, zumindest nicht, wenn am nächsten Tag Vorlesungen sind", antwortete sie. Ich nickte dies nur ab.

Mit einem Blick auf die Uhr, sah ich, dass es bereits höchste Zeit war, zu meiner nächsten Vorlesung zu gehen und so verabschiedete ich mich mit einer Umarmung von Nickie und verließ die Cafeteria.

Als der Tag endlich vorbei war, war in meinem Kopf nur noch Brei. Zum Glück ist der Tag ohne weitere Vorkommnisse vorbei gegangen.

Ich lief bereits in Richtung meines Zimmers. Ich hoffte wirklich, dass es wieder bewohnbar sei. Ich wollte mich einfach nur in meinem sicheren Hafen verkriechen und dort auf Nickie warten, damit wir mir gemeinsam mein Nest bauen konnten. Ich hatte ehrlich gesagt Angst, dass Nickie mich nach der Auseinandersetzung mit Alex von sich stoßen würde, da sie ihn schon viel länger kannte als mich, aber stattdessen bot sie mir ihre Hilfe an. Ich war wirklich dankbar, dass ich so schnell schon eine neue Freundin gefunden hatte.

Als ich mein Zimmer erreichte, atmete ich kurz durch und schloss die mit zugekniffenen Augen die Tür auf. Langsam öffnete ich ein Auge, die Angst saß immer noch tief in mir, dass mein Zimmer nach wie vor, wie vom Tornado verwüstet aussehen würde. Aber dann atmete ich erleichtert auf. Es war komplett wiederhergestellt. Das, was von dem Vandalismus verschont geblieben war, sowie die Sachen, die ich im Büro stehen lassen hatte, wurden auch schon sauber in die Schränke und Regale einsortiert. Auch die heil gebliebenen Fotos, waren nun in neuen Bilderrahmen. Die Botschaft an der Wand wurde komplett entfernt. Alles war so sauber und ordentlich. Es roch im Zimmer nach Reinigungsmitteln und frischer Farbe.

Ich dankte Dekan James im Stillen und war wahrscheinlich zum ersten Mal in meinem Leben happy, dass wir so eine Reichweite hatten.

Ich trat nun vollständig ein und schloss die Tür hinter mir ab. Sicher ist sicher. Ich stellte meine Tasche ab, lief zur Couch und ließ mich drauf fallen. Was für ein tolles Gefühl es doch war, zu wissen, dass man sein eigenes kleines Reich hatte. Und nicht immer der Versuchung in Form von heißen Männern widerstehen musste. Ich gönnte mir aber nur eine kleine Pause, bis ich mich wieder aufrappelte und anfing, meine Karteikarten zu den heutigen Themen zu schreiben. Eigentlich war mein Kopf voll, ich war mir sicher, dass ich nichts mehr reinbekäme, aber ich schaffte es tatsächlich, mir beim Schreiben noch den ein, oder anderen Stichpunkt zu merken.

Gegen 21 Uhr klopfte es an der Tür. Ich betete, dass es nur Nickie sei und meine Gebete wurden erhört. Eine fröhliche Nickie kam ins Zimmer geschlendert. Sie trug einen lockeren Jogginganzug und hatte ihre Haare zu einem Dutt hochgesteckt. „Hallllllllööööööööööcheeeeeeeen!" Sie begrüßte mich in einer stürmischen Umarmung. Ich war immer wieder beeindruckt von der Energie, die sie umgab. Wie konnte man nur immer so gut drauf sein? Ich durchlebte täglich dreißig verschiedene Gemütszustände und das schon an den Tagen, an denen ich keine Periode hatte. Währenddessen war ich, wie eine tickende Zeitbombe. Eine falsche Berührung, ein falsches Wort und ich explodierte.

„Hey Nickie, schön, dass du da bist", begrüßte ich sie zurück. „Du musst mir jetzt endlich mal erzählen, was passiert ist. Angefangen bei deinem Zimmer bis zu Alex und und und!", forderte sie mich auf. Ich deutete aufs Sofa und nachdem wir uns setzten, begann ich auch schon alles zu erzählen und wenn ich sagte, alles, meinte ich ALLES.

„Oh. Mein. GOTT! Catie?! Wer hätte gedacht, dass sich so etwas hinter der ruhigen Fassade verbirgt? Aber gut, stille Wasser sind tief. Was hast du jetzt vor, wegen den Jungs auszurichten? Ich mein, du kannst ihnen ja nicht ewig aus dem Weg gehen…" „Kann ich nicht? Das war eigentlich mein Plan", gab ich unsicher zu. „Nein?! Kannst du nicht! Du solltest dir schleunigst etwas einfallen lassen. Alex ist mein Homie, aber er kann ein richtiger Wichser werden. Da ist Romeo mit seinem Arschlochgetue nichts dagegen." „Super, danke, DAS hat mich jetzt richtig beruhigt", antwortete ich frustriert. Mein Kopf schwirrte, mein Pensum für heute war nun endgültig erreicht. Wenn ich jetzt noch weiter nachdenken würde, würde mein Kopf anfangen zu qualmen. Letztendlich beschloss ich, es einfach auf mich zukommen zu lassen. Ich war ja schließlich nicht aus Zucker.

Kapitel 20- Zac

Während Catie im Bad verschwand, zog ich mich an und verließ das Zimmer. Ich wollte die Jungs so schnell wie möglich aus dem Haus bringen, ehe sie noch auf Catie trafen. Ich wollte sie nicht in Schwierigkeiten bringen. Es sollte mir nichts ausmachen, aber die Tatsache, dass es mir in der Tat etwas ausmacht, veranlasste mich dazu, meine sonstigen Verhaltensweisen über Bord zu werfen und zu versuchen, sie zu schützen. Ich kannte Alex sehr gut und ich kannte auch seine Abgründe. Und wenn er einmal beschlossen hatte, jemanden zu zerstören, dann wurde es bösartig.

Ich betrat die Küche und fand auch gleich beide vor. Sie unterhielten sich und wurden schlagartig ruhig, als sie mich sahen. „Habe ich was verpasst?", spielte ich den Ahnungslosen. „Hast du gestern Abend Catie geholfen?", fragte Alex. Shit. Ich musste mir schnell etwas einfallen lassen. „Geholfen? Wobei denn?" „Hast du sie ins Haus gelassen? Und in das Gästezimmer?", hackte er nach. „Sie hatte mich nachts aus dem Schlaf geklingelt und meinte, sie habe ihren Schlüssel vergessen. Ich habe sie reingelassen und bin dann wieder schlafen gegangen. Was war denn los?", japp das sollte ausreichen. „Du willst mir gerade allen

176

Ernstes sagen, dass dieses Fliegengewicht es geschafft hat, eine robuste Zimmertür einzutreten?", fragte er mich ungläubig. Ich musste mir in diesem Moment das Grinsen verkneifen. Mich zurückzuerinnern, wie Catie, wie ein Berserker durchs Haus gestürmt war und die Tür eingetreten hatte, war einfach herrlich. „Sie hat was? Aber warum war das denn nötig? Was ist passiert?", fragte ich. Oh man, wenn die Beiden mir meine Ahnungslosigkeit abkauften, sollte ich dringend nochmal über eine Schauspielkarriere nachdenken. Scheiß auf die Politik. „Lass uns los, dann klären wir dich unterwegs auf", schlug Romeo vor. Ich war sehr erleichtert über seinen Vorschlag, schulterte meinen Rucksack und dann liefen wir schon aus dem Haus. Während wir in Richtung des Universitätsgebäudes liefen, sprach keiner ein Wort. Gut so, denn ich schwelgte noch in meinen Erinnerungen an den Morgen. Ich hätte niemals angenommen, dass diese Nacht so eine Wendung nehmen würde. Alleine, dass ich eine Frau in meinem Bett schlafen lassen würde, hätte ich vor ein paar Tagen nicht von mir erwartet und das auch noch ohne die Absicht, sie zu verführen. Aber ich hatte es getan und vor allem hatte ich es genossen. Ihre Nähe, ihre Wärme, ihr Duft. All das spürte und roch ich immer noch. Ich sah sie noch direkt vor mir. Wie sie fast komplett entblößt auf mir saß, mit nichts anderem als diesem netten kleinen

177

Spitzenhöschen an ihrem perfekten Körper. Ich konnte selbst durch den Stoff spüren, wie geil und feucht sie war. Ihr niedliches Stöhnen hallte in meinem Kopf wider.

„Erde an Zac. Hörst du überhaupt zu?", hörte ich Romeo von der Seite sagen. „Hä? Wie was? Hast du was gesagt?", fragte ich sichtlich aus der Fassung gebracht. Ohja, genauso geht unauffällig, Zachary. „Ich habe dich gefragt, ob du heute Training hast. Alex und ich möchten heute den Verbindungsrat einberufen. Wir haben endlich eine Challenge für die Freshman", erklärte er mit einem dunklen Gesichtsausdruck. Das konnte nichts Gutes bedeuten. *Wo hast du dich nur reingebracht, Catie?* „Kann mich ENDLICH mal jemand darüber aufklären, was los ist? Den ganzen Morgen seid ihr schon so geheimniskrämerisch." Ich hatte die Schnauze voll davon, außen vor zu sein. „Wir haben die Wette ein wenig abgewandelt. Es ist nicht mehr, wer sie zuerst fickt, sondern, wer es als erstes schafft, sie zu zerstören. Das Date gestern hatte einen- nun ja, unglücklichen Ausgang, bei dem sie mir ihr wahres Gesicht offenbart hat und ich möchte sie dafür büßen, so mit mir gespielt zu haben!", erläuterte Alexander in Kurzfassung. Oh man, Russki sollte echt mal in Therapie gehen. „Vielleicht fand sie dich einfach nur scheiße im Bett?", neckte ich ihn. Ich wusste, dass er kurz vor seinem nächsten Ausraster stand und auch Romeo merkte das, weswegen er sich zwischen Alex und mich stellte. „Zac, lass den Scheiß, was ist heute mit dir los, hm?" „Nichts, hatte nur keine besonders lange Nacht, nach dem Sturmgeklingel von Catie", versuchte ich mich rauszureden. Romeo sah mich abschätzig an, entschied sich dann aber, mir zu glauben. „Also bist du dabei?", fragte er mich. *Sorry kleine Catie, du bist zwar ganz niedlich. Aber Bros before Hoes.* Also nickte ich und schlug mit Romeo und dann mit Alex ein.

Nach einer Weile trennten wir uns und jeder ging auf seine Fakultät. Ich war an der Fakultät für Politikwissenschaften. Schließlich hatte ich in ein paar Jahren ein großes Erbe anzutreten. Alle meine männlichen Vorfahren, waren große Männer der Politik und auch jetzt spielen die Männer unserer Familien in den höchsten Reihen mit. Die Fitzgeralds waren allesamt Legenden. Einige wurden gefürchtet, andere angebetet und ich wollte später beides erreichen.

Die erste Vorlesung verging, wie im Flug und auch die Folgenden waren ein Kinderspiel. Als Nächstes stand ein Seminar an. An diesem würde auch mein größter Albtraum teilnehmen: Emilia Hastings. Meine sogenannte Zwangsverlobte. Nein, wir waren nicht wirklich verlobt. Aber alles lief darauf hinaus, dass ich sie früher, oder später heiraten müsse. Unsere Eltern waren enge Freunde und genauso wie meine, war auch ihre Familie ein wichtiger

Mitstreiter in der Politik. Eine Fusion unserer Familien würde uns noch mächtiger als den Präsidenten machen. Es gab nur ein einziges Problem: ich hasste sie. Sie war die Sorte reiches Mädchen, welches keinerlei Skrupel besaß. Sie hatte zwar eine wunderschöne Hülle, aber ihr Innerstes war ekelhafter als eine Jauchegrube. Sie war absolut bösartig und handelte nur, wenn es ihr einen persönlichen Vorteil verschaffte. Und gerade, als ich über den Teufel nachdachte, betrat sie den Raum.

Kaum hatte sie mich erblickt, schlenderte sie auf mich zu. Ich betete wirklich, dass sich die Hölle plötzlich öffnen und sie reingezogen werden würde, aber leider war es vergebens. Sie hatte mich schon erreicht. „Zachyyyy, wie schön dich wieder zu sehen, wo warst du denn den ganzen Sommer?", fragte sie mich mit ihrer zuckersüßen Fakestimme. „Ich war ganz weit weg von dir", antwortete ich ihr trocken. Es war kein Geheimnis, dass ich sie nicht leiden konnte, und das wusste sie auch selber. „Aiaiai, was ist denn das für ein Ton, den du gerade anschlägst? So redest du also mit deiner Zukünftigen?", fragte sie mich gespielt gekränkt. Gott, wie ich dieses Biest hasste. „Nur damit das klar ist: ich würde dich nicht einmal als meine Frau haben wollen, wenn wir die letzten zwei Menschen auf diesem gottverdammten Planeten wären. Geht das in deinen Schädel?". Ihr Blick verdüsterte sich. „Viel Spaß dabei, das unseren Eltern zu erklären, die sind nämlich schon dabei den Ehevertrag aufzusetzen, was du wüsstest, wenn du im Sommer auch auf den Hamptons gewesen wärst und dich nicht abgeschottet hättest." Ihre Aussage traf mich, als hätte sie mich geohrfeigt. Unsere Eltern haben was? Ich musste dringend meine Mutter anrufen. Das konnte doch nicht ernst gemeint sein. Nein, das war nur eine Provokation. Aber sie wirkte nicht so, als wäre das eine Lüge. „Verpiss dich einfach Emilia, nerv wen anders, ich habe jetzt gerade keinen Kopf für dein Bullshit und deine Lügen", warf ich ihr entgegen, während ich mit sämtlichen Emotionen kämpfte. Gott sei Dank war sie heute mal nicht in Angriffslaune und verzog sich wieder. Ja, kriech nur wieder zurück du kleine Kakerlake.

Trotz dessen, dass dieses Seminar wichtig war, um meine Kenntnisse wieder aufzufrischen, konnte ich mich beim besten Willen nicht mehr konzentrieren. Emilias Worte hingen mir noch nach. Japp, ich musste DRINGEND mit meiner Mutter telefonieren und sie zur Rede stellen.

Direkt nach Seminarschluss, lief ich aus dem Raum raus und ging nach draußen. Ich brauchte dringend frische Luft. Der Raum hatte mich eingeengt und ich stand nach den neuesten Infos, kurz vor einer Panikattacke. Ich tat, was mein Therapeut mir empfohlen hatte: ich atmete tief ein und wieder aus. Das ganze wiederholte ich zehn Mal und dann schien ich mich wieder zu beruhigen. Keiner wusste, wie anfällig ich für Panikattacken war und wie schnell diese ausarten konnten.

Für alle anderen schien ich immer, als wäre ich der glücklichste und unbeschwerteste Mensch der Welt. Aber ist das nicht immer so? Die Menschen, die am meisten leiden, sind oft auch die mit dem breitesten Grinsen.

Während ich aufs Verbindungshaus zulief, holte ich mein Handy aus der Tasche und rief meine Mutter an. Sie nahm nach dem zweiten Klingeln ab. „Wer hätte es gedacht? Unser verlorener Sohn ruft endlich mal an! Wem haben wir denn diese Ehre zu verdanken?", fragte sie mich. Sie klang betrunken. Wobei. Eigentlich konnte ich das gar nicht so genau beurteilen, weil sie IMMER betrunken war. Ich wüsste nicht, wann ich sie das letzte Mal nüchtern erlebt hatte. „Hallo Mutter, mir ist etwas zu Ohren gekommen und ich erwarte eine klare Antwort von dir: stimmt es, dass ihr und die Hastings bereits einen Ehevertrag aufsetzt?" „Zac, wir...", setzte sie an, aber ich ließ sie nicht aussprechen. „JA, oder NEIN, Mutter!", forderte ich sie auf. „Ja, es stimmt. Es war doch von Anfang an klar, dass dies passieren wird. Warum regst du dich auf?", fragte sie mich. „Wieso ich mich aufrege? Ihr wollt mich mit Mephisto höchst persönlich verheiraten und fragt mich dann, wieso ich mich aufrege? Ich werde dieses Mädchen niemals heiraten und ich kann dir eines versprechen Mutter, wenn ihr mich mit der unter die Haube steckt, werdet ihr niemals auch nur einen Enkel sehen. Das Erbe wird mit mir sterben", und es war nicht einmal gelogen. „Das wagst du nicht! Was ist denn so schlimm da dran? Die Ehe von mir und deinem Vater war auch arrangiert Zachary. Und sieh, was darauf geworden ist: eine dreißig Jahre lange Ehe. Denkst du, wir hatten uns am Anfang geliebt? Nein. Und dennoch könnten wir nicht glücklicher sein!", hielt sie mir vor. *Jaja, also deswegen betrinkst du dich also jeden Tag?* Ich wollte es ihr nicht direkt sagen, aber ich konnte es mir wenigstens denken. „Ich habe eine Freundin, Mutter! Das ist das Problem. Ich werde sie unter keinen Umständen für so eine, wie Emilia abschießen!", platzte es aus mir heraus. „*Lügner Lügner, bist ein Betrüger*", schallte es in meinem Kopf. Ich konnte gar nicht so schnell nachdenken, wie es rausgeschossen kam. Meine Mutter schwieg kurz und dann begann sie zu sprechen: „Eine Freundin also? Aha, kennen wir sie?" „Nein, ihre Familie ist nicht in der Politik, falls ihr das fragen wolltet", antwortete ich. „Wenn es so ist, dann bring sie doch bitte zu Thanksgiving mit. Wir möchten sie persönlich kennen lernen", schlug sie vor. „Ok", antwortete ich und legte auf. Fuck, fuck, fuck. Wo zur Hölle sollte ich denn nun eine Freundin herkriegen? Ich wischte mir durchsGesicht und dachte angestrengt darüber nach, was ich nun tun sollte. „Fuck!", stieß ich aus und trat gegen einen Hydranten.

In der Verbindungsvilla angekommen, lief ich schnurstracks auf mein Zimmer. Das Erste, was mir auffiel war, dass das Fenster sperrangelweit offenstand. *„Wie zur Hölle?"*, fragte ich mich. Und dann erinnerte ich mich an meinen Morgen. Ist Catie etwa aus dem Fenster gesprungen, weil sie Angst hatte, jemandem zu begegnen? Das Mädchen ist wirklich verrückt. Aber der Gedanke an sie und wie sie aus dem Fenster springt, um den Walk of Shame zu vermeiden, ließ mich direkt lächeln. Und dann fiel mir auch schon ein, was ich machen sollte, um Thanksgiving zu überstehen und mich aus ewiger Bindung zu retten. Zumindest für eine gewisse Zeit.

Ich war tief in meine Notizen versunken, als ich eine Nachricht von Romeo erhielt: Treffen in fünf Minuten.
Ich stand stöhnend vom Schreibtisch auf, da ich die letzten Stunden schon mit diesem verwachsen war. Auf dem Weg in unser Wohnzimmer, lief ich noch an der Küche vorbei, um mir einen kleinen Snack zu holen. Essen war nach dem Schwimmen- und dem Sex, meine allergrößte Leidenschaft.

Ich betrat das Wohnzimmer als Letzter. Alle waren bereits versammelt und hatten Platz genommen. Alex, mit einer noch düstereren Miene als sonst, in seinem Lieblingssessel. Ohne Spaß, der Typ würde wohl jeden umlegen, der es wagen würde, sich dort reinzusetzen. In dieser Hinsicht erinnerte er mich ein wenig an Sheldon Cooper.

Ich schloss die Tür hinter mir und setzte mich auf den Platz, der für mich freigehalten wurde. Romeo klopfte mir auf die Schulter und stand auf. Wieder stellte er sich so hin, dass er von allen gesehen und gehört wurde und wartete, bis der gesamte Raum verstummte. „Meine Lieben Kommilitonen. Schön, dass ihr alle Zeit gefunden habt. Ich möchte euch bekannt geben, welche Prüfungen unserer zukünftigen Verbindungsbrüder ablegen sollen. Alex, Zac und ich haben uns für dieses Jahr etwas ganz Besonderes einfallen lassen. Doch zuerst, folgt mir alle in den Bunker, damit wir unsere Freshman begrüßen können", forderte er uns alle auf. Man hatte der einen Hang zur Dramatik. Dennoch stand ich auch mit auf und wir liefen alle gemeinsam in unseren Bunker. Der Bunker befand sich auf dem Hof, in einer Art Gartenlaube. Wir hatten sie nur ein wenig umfunktioniert... Der gesamte Bunker ähnelte eher einer Art satanistischen Folterkammer. Überall waren irgendwelche komischen Zeichen- Runen, wie Romeo sie nannte, aufgesprüht und in der Mitte des Raumes prangte ein ausgestopfter Ziegenkopf mit einem Pentagramm auf der Stirn. Wie gesagt, Romeo und sein Hang zur Dramatik. In der Mitte des Raumes standen sieben Jungs, Rücken an Rücken zueinander gedrängt und mit einem Sack über dem Kopf. Sie wirkten ziemlich aus der Fassung gebracht. Ich erinnerte mich an meine Zeremonie. Ich hatte es gerade so geschafft, keine Panikattacke zu bekommen.

Romeo stolzierte wie ein König voran und grinste.

Manchmal fragte ich mich echt, was ich für Freunde hatte. „Hallöchen kleine Lämmchen. Hier kommt der böse Wolf", sagte Romeo mit solch einer furchteinflößenden Stimme, dass selbst ich es mit der Furcht bekam. Und dazu noch das Ambiente... Er zog jedem einzelnen den Sack vom Kopf und beim letzten, ging er mit seinem Gesicht so nah an den Freshman und sagte ‚Buh', dass dieser vor Angst kurz aufquietschte. Alle sieben schauten unsicher in den Raum und zu jedem einzelnen von uns. Ich spürte die Euphorie über diese Situation aufsteigen. Das Gefühl von Macht durchströmte mich und ich wusste, dass auch Alex und Romeo dieses Gefühl verspürten. Wir waren letztendlich alle Drei, kontrollsüchtige Bastarde. „Willkommen zu eurer Einführungszeremonie, Kinder", stimmte Alex mit ein. Die Beiden übernahmen gerne die Führung bei diesen Spielchen. Ich wollte meine Weste stattdessen weiß halten und operierte nur aus dem Hintergrund.

Genauso, wie meine Familie es mir beibrachte.

Sei da, sei präsent, aber lasse nicht zu, dass deinem Ruf geschadet werden kann.

„Ihr seid alle hier, weil ihr euch als Nachfolger qualifiziert habt. Ihr seid helle Köpfe und kommt alle aus angesehenen Familien. Nun müsst ihr unter Beweis stellen, WIE gut ihr wirklich seid. Um im Leben weiterzukommen, dürft ihr keine Skrupel zeigen, ihr müsst wissen, wie man Menschen so manipuliert, dass sie alles für euch tun würden. Und ihr müsst verdammt nochmal Arschlöcher sein", Romeo machte eine dramatische Pause. „Es gibt da ein Mädchen, ein Freshman, wie ihr es seid. Hübsche Brünette, große Titten, fetter Arsch. Wenn ihr sie nicht schon gesehen habt, werdet ihr es noch. Ich möchte, dass ihr alles daransetzt, dass sie ihre Entscheidung bereut, diese Uni ausgesucht zu haben. Sie ist quasi vogelfrei. Mit einer Ausnahme: fasst ihr sie auch nur falsch an, seid ihr direkt disqualifiziert. Und eure Familien werden darunter leiden müssen. Die Einzigen, die sie anfassen dürfen, sind Zac, Alex und ich. Jedes Mal, wenn ihr etwas plant, informiert ihr UNS zuallererst. Wir wollen in der ersten Reihe sein und dabei zuschauen. Aber ansonsten dürft ihr machen, was ihr wollt. Zeigt uns eure sadistische Seite und ihr werdet in unsere Reihen aufgenommen", beendete Romeo seine Rede. Während der Ansprache, konnte ich beobachten, dass Alex während der Drohung, sein Messer gezückt hatte. Und ich war wohl nicht der Einzige. Die Freshman sahen uns mit einer Mischung aus Bewunderung und Furcht an. Keiner regte sich und keiner sagte ein Wort. „Los, jetzt verpisst euch!", kam nun von Alex. Wie aufgescheuchte Hühner, stürmten alle zum Ausgang. Aber Romeo fing einen davon am Arm ab. „Du nicht, Nerd. Für dich habe ich eine ganz besondere Aufgabe".

Oh man, Catie. Wo hast du dich da nur reingeritten? Eines ist sicher, ich werde dich nicht retten können, weil auch in mir ein Biest schlummert, dass nur darauf wartet, geweckt zu werden.

Kapitel 21- Romeo

Ich hielt den kleinen Nerd am Arm fest. Eigentlich war er so gar nicht das, was wir für unsere Verbindung suchten. Aber ich brauchte ihn für meinen Plan. Die Idioten sollten nur Ablenkung sein, für meinen eigentlichen Feldzug gegen Catie. Sie sollten sie nur ein wenig aufmischen, damit wir ihre Helden in der Not spielen konnten. Nur um sie am Ende selber zerstören zu können.

Ich wartete, bis alle den Raum verlassen hatten, sodass nur noch Zac, Alex, der Nerd und ich übrig waren. „Was soll ich tun?", fragte dieser. Schlauer Bursche. „Ich möchte, dass du dich in alle Medien von Catherine Martínez hackst. Ich möchte alles über sie rausfinden. Jede kleinste Schwachstelle", trug ich ihm auf. Er nickte und eilte dann auch hinaus.

Ich selber lief zur Ecke des Raumes, an der eine Couch stand und warf mich drauf. Direkt davor befand sich ein Beistelltisch mit sämtlichen Spirituosen und ich schenkte jedem von uns ein Glas ein. Die beiden anderen kamen dazu und jeder von uns schnappte sich je eins. „Auf uns", sagte ich und wir stießen gemeinsam an.

Kleines Kätzchen, jetzt hat es sich ausgespielt für dich. Du wolltest mit den Wölfen spielen und jetzt bekommst du deine Rechnung dafür.

Kapitel 22- Catherine

Es vergingen einige Wochen, in denen ich nichts mehr von den Jungs hörte. Und das war auch gut so, denn so konnte ich mich in der Zeit wirklich ausschließlich auf mich und mein Studium konzentrieren. Ab und an traf ich sie auf dem Gang. Romeo und Alex ignorierten mich komplett, Zac zwinkerte mir ab und an zu, wenn die anderen nicht hinsahen, aber keiner davon kam auf mich zu, oder wechselte auch nur ein Wort mit mir. Romeo hatte offensichtlich seine Affäre mit Jenny wieder aufgenommen, oder waren sie vielleicht doch zusammen? Nickie kam regelmäßig vorbei, oder übernachtete hier. Sie ist in der gesamten Zeit zu so etwas, wie meiner besten Freundin geworden. Wir lernten gemeinsam, oder quatschten über alles Mögliche.

Zwischen ihr und Claire schien es wohl auf etwas ernstes hinauszulaufen. Sie trafen sich regelmäßig und manchmal sah ich sie zusammensitzen und turteln. Einfach nur niedlich.

Nickie entfernte sich immer weiter von Alex und auf meine Frage hin, ob sie das nur wegen mir machte, warf sie mir immer etwas mit „Frauenpower", oder „Girls support Girls" entgegen. Ich hatte ein schlechtes Gewissen, eine jahrelange Freundschaft auseinander gerissen zu haben. Aber sie schien das nicht zu beschäftigen. Und ich konnte mich letztendlich auch nicht beschweren. Mit ihr an meiner Seite hatte ich es in Windeseile geschafft, mich an der Uni zurechtzufinden. Sie hatte mir auch viele Kommilitonen vorgestellt. Nur sind daraus langfristig keine engeren Freundschaften entstanden.

Das Studium ging vor.

Der September zog allmählich ein, die Tage wurden kürzer und auch das Wetter änderte sich. Es wurde immer frischer und der Regen war mein täglicher Begleiter.

Heute war Samstag und in ein paar Stunden begann das Schwimmtraining.

Ich hatte es endlich mal geschafft, mich zur Probestunde anzumelden, um zu versuchen, mich für das Team zu qualifizieren. Ganz hibbelig lief ich von einer Ecke des Raumes in die nächste und schaffte es einfach nicht, mich zu beruhigen. Ich wusste nicht einmal, weswegen ich so nervös war. Ich war eine Rettungsschwimmerin, gottverdammt!

Ich beschwor mich, mich zusammen zu reißen und schnappte mein Zeug. Vor dem Training war ich noch mit Nickie verabredet. Vor dem Rausgehen warf ich noch einmal einen Blick in den Spiegel. Meine Augenringe hatten sich in den letzten Wochen verdoppelt. Ich beschäftigte mich Tag ein, Tag aus, nur mit dem Studium. Ich arbeitete immer alles Gelernte auf und versuchte es mir einzuprägen, um während der Klausurenzeit keine Probleme mehr zu haben.

Auch meine Haare hatte ich nicht gemacht. Wozu auch? In weniger als vier Stunden würden diese, sicher unter einer Kappe versteckt, sowieso verwuscheln. Beim Gehen achtete ich auch wirklich darauf, dass ich mein Zimmer ordnungsgemäß verschloss. Eine neue Angewohnheit, die sich die letzten Wochen entwickelt hatte.

Während ich in den Campuspark lief, bemerkte ich, wie ich von einigen Kommilitonen beobachtete wurde. Doch wenn ich hinsah, schauten diese direkt weg. *„Weirdos"*, dachte ich mir. Von weitem konnte ich Nickie schon erkennen. Ihre Locken flogen wild in der Luft. Wie immer war sie super gestyled, etwas, worum ich sie immer beneidete. „Catie", rief sie von weitem und winkte mir zu. Ich winkte zurück und sobald ich sie erreichte, zog sie mich in eine feste Umarmung. Es ist, als könnte sie spüren, wenn ich nicht ganz auf der Höhe war, und ihre Umarmungen waren mein sicherer Hafen. Was würde ich nur ohne sie machen? „Hör auf so ernst zu gucken, das wird alles super werden! Du wirst sie alle umhauen!", versuchte sie mich zu beruhigen.

193

Wenn sie nur über meine Versagensängste Bescheid wüsste.

Ich war schon als Kind immer darauf aus gewesen, die Beste in allem zu sein. Ich konnte und wollte meinen Platz an niemanden abtreten. Aber damit ging auch eine unbeschreibliche Angst des Versagens einher. „Danke, Nickie. Aber ich werde mich wahrscheinlich erst entspannen können, wenn es vorbei ist", antwortete ich. Sie sah mich skeptisch an, aber beließ es vorerst dabei. Stattdessen schnappte sie meinen Arm und zog mich mit sich und stoppte erst vor einem Café. „Nickie, wenn ich JETZT einen Kaffee trinke, werde ich überhaupt nicht mehr runterkommen", beschwerte ich mich. „Ach papperlapapp, es verschafft dir Energie und macht dich fit. Du siehst nämlich so aus, als ob du auf der Stelle einschlafen könntest", erwiderte sie. Ich rollte mit den Augen, aber betrat mit ihr gemeinsam das Etablissement, weil sie leider recht hatte.

Der Geruch von Kaffee benebelte meine Sinne und stimmte mich direkt glücklich. Ich liebte es einfach! Das würde mir wirklich guttun. Wir bestellten und nahmen dann an einem Zweiertisch Platz.

„Ich habe Gerüchte gehört, dass Jenny und Romeo wieder auseinandergegangen sein sollen", verkündete sie, sobald ich mich hingesetzt hatte. Ich wusste nicht recht, was ich mit dieser Info anfangen sollte. Aber ein kleiner Teil von mir freute sich. Warum- das wusste ich auch nicht. „Ah okay", antwortete ich nur. Ich wollte nicht, dass sie dachte, dass es mich wirklich interessierte. „Das ist alles? Mehr hast du da nicht dazu zu sagen?", fragte sie mich mit einer hochgezogenen Augenbraue. „Schade um das Traumpaar der Hölle?", versuchte ich es nochmal. Nickie sah mich verständnislos an und brach kurz daraufhin aber in Gelächter aus. „Oh man, wo bist du denn nur mit deinem Kopf?", fragte sie und lachte weiter. Ihre Lache war so ansteckend, dass ich mit einstieg. Wir saßen eine ganze Weile da und unterhielten uns, bis ich schließlich zum Training losmusste. Nickie drückte mich zum Abschied und schwor mir noch einmal, dass alles gut gehen würde. Und auch ich war mittlerweile davon überzeugt, dass ich das rocken würde. Mit klopfendem Herzen ging ich auf die Schwimmhalle zu. Vor dem Eingang stand ein kleines Grüppchen und da stand kein

anderer als Zac. Natürlich, er ist ja auch im Schwimmteam. Er sah mich näherkommen und lächelte mir zu. Ich lächelte zurück, legte aber in meinem Gang noch einmal einen Schritt zu, um nicht doch irgendwie in eine Konversation gezogen zu werden. Auch wenn die Annahme dämlich war, zu denken, dass Zac mich nach so einer langen Zeit ansprechen würde.

Ich betrat die Halle und in der Luft hing der altbekannte Chlorgeruch. Ich sah mich nach den Damenumkleiden um und fand sie auch direkt. Eiligen Schrittes steuerte ich direkt darauf zu und betrat diese. Ich achtete beim Öffnen der Tür darauf, sie nicht zu weit aufzureißen. Wer weiß, ob da nicht gerade jemand halbnackt davorstand.

Die Umkleide war sogar recht leer. Entweder gab es einfach nicht viele Mädels im Schwimmteam, oder ich war einfach viel zu früh da. „Hey", sagte ich in den Raum hinein und die Mädels begrüßten mich zurück. Ich suchte mir einen Spind weit weg von der Tür aus und legte mein Zeug davor ab. Nicht weit von mir entfernt, standen zwei Mädels und unterhielten sich, während sie sich umzogen. Ich wollte eigentlich nicht lauschen, aber als der Name „Alex" fiel, wurde ich nun doch hellhörig und sah sie mir genauer an.

Die eine, eine dunkle Schönheit sprach gerade mit ihrer kleinen, schlanken, blonden Freundin. „Glaub mir Betty, es war einfach traumhaft! Er hatte mich mit seiner Limousine abgeholt und sein Chauffeur- Victor, oder so, hatte mich empfangen, als wäre ich eine Berühmtheit! Es war alles so schön! Wir sind an einen abgelegenen Ort gefahren, den er extra für uns reserviert hatte und nun ja, die Gerüchte um ihn herum stimmen auf jeden Fall, falls du verstehst, was ich meine. Es war auf jeden Fall alles so schön. Ich glaube wirklich, er hat ernsthaftes Interesse an mir...", während sie so schwärmte, stieg in mir die Galle auf. *Dieser ekelhafte Bastard!* Er zog den Scheiß anscheinend wirklich mit jeder ab. Sodass jede dachte, sie sei etwas Besonderes für ihn. Ich hatte es auch erst gedacht... kopfschüttelnd zog ich mich weiter um und versuchte das Gespräch, welches drei Spinde weiter stattfand, zu ignorieren. Fertig umgezogen, sperrte ich noch den Spind und ging mich dann fix abduschen. Als ich fertig war, betrat ich den Schwimmbereich. Die Halle sah von innen riesiger aus, als sie von außen wirkte. Es gab insgesamt sieben Bahnen, drum herum standen Bänke und Tribünen. Lautsprecher waren an der Decke angebracht und auf der einen Seite hing ein riesiger Bildschirm. Wohl um die Bestzeiten bei Wettbewerben anzuzeigen. Auf einer der Bänke vor dem Becken saßen einige Leute.

Andere hatten bereits begonnen, sich einzuschwimmen. Fasziniert sah ich jemandem dabei zu, der innerhalb kürzester Zeit, die Bahn hin und zurück schwamm. Als er dann endlich aus dem Becken rauskam, erkannte ich ihn auch: Zac. Oh Gott, ich wusste ja, dass er Schwimmer war, aber ich wusste nicht, dass er SO gut war! Ich musste ehrlich sagen, dass ihn das für mich noch attraktiver machte. Und gefährlicher. Klug, hübsch, sportlich, alles drei zusammen war eine gefährliche Kombination für mein Herz. Er war eine Versuchung, eine Versuchung, die geradezu auf mich zulief. Ich checkte es zu spät und konnte nicht mehr ausweichen und dann stand er auch schon vor mir.

„Na hallo, Kleine. Lange nichts mehr von dir gehört. Du willst wohl ins Schwimmteam?", fragte er mich interessiert.

Nein, ich bin gekommen, um als Maskottchen zu arbeiten. Wobei, so versteinert, wie ich gerade war, hätte ich sogar eine gute Figur als Statue gemacht. Ich hielt meine Bemerkung zurück und bejahte seine Frage nur. Mein Kopf war geradezu zu Mus zerflossen. Ich konnte gerade weder ans Schwimmen denken noch an irgendetwas anderes, abgesehen von ihm. Seine gesamte Präsenz war so einnehmend.

Die Erinnerungen an unseren gemeinsamen Morgen kehrten mit einem Mal wieder zurück. Dahin war die wochenlange Verdrängung. Ich konnte seine Hände wieder deutlich an mir spüren, so als ob er mich gerade wirklich anfassen würde. Ich spürte seine Lippen wieder auf meinen und wie sie mich hungrig liebkost hatten. Mir entwich ein leises Stöhnen, welches mich aber plötzlich wieder daran erinnerte, wo zur Hölle ich mich hier gerade befinde. Ich stand in der Schwimmhalle, Zac stand direkt vor mir und seinem Gesicht entnehmend, wusste er ganz genau, woran ich gerade denken musste. Fuck. Ich errötete und sah zu Boden. „Was, hast du deine Zunge verschluckt?", fragte

198

mich Zac. Seine Stimme klang erhitzt und als ich wieder zu ihm hochsah, sah ich auch das Feuer in seinen Augen brennen. Er scannte mich von oben bis unten ab und ich fragte mich, ob er gerade auch an dasselbe dachte, wie ich.

Ich fragte mich, wie es sich angefühlt hätte, hätte ich ihn an diesem einen Morgen näher an mich reingelassen hätte, oder sollte ich lieber sagen IN mich? „Fuck, wenn du mich weiterhin so notgeil anstarrst, wirst du es heute nicht mehr ins Team schaffen. Du würdest es heute nirgendwo mehr hinschaffen", sagte er und sah mich beinahe gequält an. „Ich äh", ich musste mich räuspern, „ich würde mich dann mal zu den anderen auf der Bank gesellen, das Training beginnt gleich und ich brauche keine Ablenkungen!", schaffte ich es dann mit einer halbwegs festen Stimme zu erwidern.

Ich hatte keine Lust mehr auf diese Unterhaltung und auch nicht, auf die Gedanken, die mir dabei im Kopf herumschwirrten. Doch gerade, als ich mich an ihm vorbeischieben wollte, stellte er sich mir in den Weg, sodass ich volle Kanne gegen seine Brust knallte. Auch das noch „Was ist denn jetzt noch?", fragte ich genervt. „Wir müssen reden. Ich werde heute nach dem Training auf dich warten", sagte er. Sein Gesichtsausdruck war ernst. Da war kein Funken von dem Witz, den er sonst an den Tag legte. Es musste wohl wirklich etwas Ernstes sein. „Ok, ja, einverstanden." Eigentlich war es genau das, was ich vermeiden wollte. Ich wollte mit keinem Typen alleine sein und vor allem nicht mit solchen, wie Zac und seiner Gummibärenbande. Aber andererseits hatte mich Zac bisher noch nie enttäuscht, nicht so, wie Alex... Er hatte von Anfang an mit mir gespielt und nahm sich dann wirklich noch das Recht raus, sauer auf MICH zu sein, weil ich ihn abserviert hatte? Seine Drohung klang nochmal in meinen Ohren wieder. Auch ein Punkt, an dem ich ihn nicht ernst nehmen konnte. Erst drohen und dann kommt nichts. Der Typ ist nicht mehr als heiße Luft. Und wie heiß... *Stopp Catie! So langsam reicht es wirklich mal!*

Zac ging mir nun aus dem Weg, sodass ich in Richtung der Bänke laufen konnte. Doch kaum war ich dort angekommen betrat dann auch schon der Trainer die Halle. Das war´s dann wohl mit Sitzen.

„Bestehendes Team auf die Bahnen vier bis sieben verteilen, Frischlinge sitzen bleiben!", kam in einem befehlenden Ton von ihm. Super, noch so ein General. Als ob da nicht schon mein Anatomie- Professor ausreichen würde. *Tja, du hast es dir selbst so ausgesucht, Catie.* Man, ich musste echt mal was gegen die Stimme in meinem Kopf machen. Sie ging mir auf die Nerven.

„Wenn ich mir euch so anschaue, kann ich garantieren, dass es nicht einmal ein Drittel von euch ins Team schaffen wird. Allgemein fehlt es eurer Generation an Disziplin und

200

Durchhaltevermögen." Also JETZT fühlte ich mich wirklich motiviert und vor allem beruhigt. Danke für nichts, du alter Sack. „Die ersten drei von euch werden jetzt gegeneinander antreten. Der Gewinner kommt weiter, die Verlierer VERPISSEN SICH AUS MEINER SCHWIMMHALLE!!!", schrie er und ich hätte schwören können, dass er dabei gespuckt hatte.

Die ersten drei zu meiner Linken standen auf und verteilten sich auf die Bahnen. Sie alle wirkten extrem nervös, was aber auch kein Wunder war, bei dieser überaus freundlichen Ansprache. Der Trainer machte den Startpfiff und sie tauchten ab. Es wurde schnell deutlich, wer die Führung übernahm. Es war ein junger Student. Er flitzte durchs Wasser, als ob er nie etwas anderes gemacht hätte. Und schon war er wieder am Start angekommen und stemmte sich aus dem Wasser. Der Trainer gratulierte ihm und schickte die anderen beiden wortwörtlich zur Hölle. Der Student schaute sich um, sichtlich nach Applaus suchend, erhielt aber nichts anderes als stumme Blicke. Daraufhin verzog sich sein Gesicht zu einer ekelhaften Grimasse. Der Kerl sah aus, als hätte man ihm in seinen Salat geschissen. Dann fiel sein Blick auf mich und verharrte ungewöhnlich lange auf mir. Während er mich abcheckte, machte sich eine Erkenntnis in seinem Gesicht breit und er funkelte mich bösartig an. Ganz komischer Typ.

Die Zeit, bis ich an der Reihe war, zog sich. Rastlos zappelte ich mit meinen Beinen rum, während ich den Rest beobachtete. Ab und zu warf ich verstohlene Blicke in Zacs Richtung, nur, um dann feststellen zu dürfen, dass er mich nicht mal mit dem Arsch ansah. Egal, ich musste ich jetzt konzentrieren.

„Die nächsten!", forderte der Coach uns auf. Nun ging es wirklich ans Eingemachte. Ich stand auf und lief zu meiner Plattform. Ich hatte nur kurz die Chance einzuatmen, da pfiff der Coach schon in seine Trillerpfeife. Ich sprang mit einem Kopfsprung ins Wasser. Ich hatte wirklich Sorgen, dass ich es nicht schaffen würde. Meine Mitstreiter waren größer und athletischer als ich. Aber irgendwie hatte ich Glück und lag vorne. Auf der anderen Seite der Bahn, stieß ich mich mit den Füßen vom Rand ab und schwamm um mein Leben.

Es wurde allmählich knapp, weil einer meiner Gegner aufholte, doch ich gab nicht so schnell auf und gab auf den letzten Metern nochmal Gas. Geradeso schaffte ich es, vor meinem Gegner das Ende zu erreichen. Als ich mich vom Beckenrand hochstemmte, hörte ich auf einmal ein lautes Gejubel. Ich erschrak kurz, weil ich noch so im Wettkampf gefangen war. Ich sah mich um, um den Verursacher auszumachen und mein Blick fiel auf Zac. Er jubelte und johlte vom Wasser aus und streckte siegreich seine Faust in die Luft. Das war wirklich ein Anblick für die Götter: ein halb ertrinkender, sich wie ein Kind freuender Zac. Ich musste nun selber grinsen. Zum einen, weil ich jetzt selber erst realisierte, dass ich es geschafft hatte und zum anderen machte es etwas mit mir, Zac so zu sehen. Es erfüllte mich mit Stolz und Freude. Das hieß also, dass er mir zugesehen hatte. Auch das Gegrummel vom Coach, welches sich anhörte, wie *so ein Idiot* tat dem Ganzen nichts ab.

Ich setzte mich auf die Bank und erntete auf dem Weg dahin giftige Blicke von den Mädels hier. Doch es interessierte mich kein bisschen. Ich war einfach voller Glück. „Nun denn", fing Coach Benson an zu sprechen, „ich muss zugeben, dass ihr alle gar nicht mal so scheiße seid. Vielleicht lässt sich ja noch etwas aus euch machen. Ihr kommt alle ins Team, ABER ihr seid vorerst alle in der Probezeit. Ein Fehler und ihr seid raus! Habt ihr das verstanden?", fragte er. Der Miesepeter verstand sich wirklich darin, anderen die Laune verderben zu wollen. Insgesamt waren wir zu sechst, mit mir zusammen sind es zwei Mädels und vier Jungs, die bestanden hatten. „Und jetzt raus hier. Wir sehen uns Montagabend wieder!"

Wir standen alle auf und gingen in Richtung der Umkleiden. Auch das bestehende Team hatte jetzt „Feierabend". Die Umkleiden waren jetzt deutlich leerer als vorher. Zu meinem Leidwesen waren die Mädels, die sich vorher über Alex unterhalten hatten, auch da. Aber diesmal schaltete ich direkt auf Durchzug, um nicht wieder deren Gequatsche anhören zu müssen.

Während die anderen Mädels in die Dusche gingen, fischte ich mein Handy aus meinem Spind und schrieb Nickie, dass ich es geschafft hatte. Sie antwortete direkt mit einem feiernden Emoji und einem **Ich hab's dir doch gesagt**. Ich versuchte, die Zeit mit ein wenig Instagram zu überbrücken. Ich war noch nie ein besonders großer Fan davon gewesen, mich vor anderen auszuziehen und wartete dementsprechend immer, bis alle fertig waren, bis ich duschen ging. Jeder hat ja seine Eigenarten. Auf einmal erhielt ich wieder eine Nachricht, aber diesmal von einer, mir unbekannten Nummer. **Herzlichen Glückwunsch, Kätzchen. Aber pass auf, dass du nicht ertrinkst.** Es gab nur einen Menschen, der mich so nannte und das war Romeo. Also hatte Zac ihn darüber informiert. *Wow, die konnten ja wirklich gar nichts für dich behalten.*

Am liebsten hätte ich ihm irgendetwas schnippisches geantwortet, beschloss dann aber, die Nachricht zu ignorieren. Ich hörte, wie die Duschen abgestellt wurden und die Ersten, die Dusche verließen. Kaum waren alle draußen, schnappte ich mir mein Duschzeug und ging in den mittlerweile leeren Raum. Vor den Duschen befand sich noch einmal ein kleiner Raum, in dem man sich ausziehen und seine Sachen ablegen konnte. Ich zog mich aus und stellte mich kurz darauf unter die Dusche. Das Wasser war zu Anfang noch ziemlich kalt, doch bald wärmte es sich auf und ich konnte mich endlich entspannen. Das warme Wasser prasselte auf mich und ich atmete aus.

Ich hatte es geschafft! Ich war Teil das Schwimmteams. Kurz kamen Zweifel auf, ob ich Studium und Training wirklich unter einen Hut bekommen könnte, aber ich beruhigte mich selbst damit, dass ich es vorher doch auch geschafft hatte.

Ich wusste nicht, wie lange ich unter der Dusche stand, aber als ich das Wasser abschaltete, hörte ich keinen Mucks. Einzig und allein noch vereinzelte Tropfen, die auf die Fliesen fielen. „*Komisch*", dachte ich mir. Sind die anderen schon gegangen? Ich verließ die Dusche und ging in den Vorraum. Meine Sachen waren weg. Shit. Shit. Shit. Das konnte nicht wahr sein! Ich streckte meinen Kopf durch die Tür und linste in die Garderobe. Der Raum lag im Dunkeln und es war niemand zu sehen. Fuck! Ich machte das Licht wieder an und schlich klitschnass zu meinem Spind, doch als ich davorstand, kam schon der nächste Schreck: mein Spind stand offen und war komplett leergeräumt. Auch mein Handy konnte ich nicht finden. Was sollte ich denn jetzt machen? Ich wog alle meine Optionen ab und kam zu dem Schluss, dass ich einfach hier versauern müsse. Alle meine Pläne waren NACKT unmöglich auszuführen.

„Fuck!", schrie ich und boxte mit der Faust gegen einen der Spinde und wieder schrie ich „Fuck!", aber diesmal vor Schmerzen. Ich kauerte mich auf den Boden und ließ die Tränen fließen. Es waren Tränen des Schmerzes, der Verzweiflung und der Wut. Diese Aktion hatte eine ganz besondere Handschrift. Romeo. Und da kam mir schon der nächste Gedanke: war Zac auch involviert? Eigentlich traute ich ihm so eine niederträchtige

Aktion nicht zu, aber andererseits hatte ich auch von Alex nicht erwartet, dass er so ein Arsch war. So langsam zweifelte ich an meiner Entscheidung, nach Harvard gekommen zu sein. *So ein Quatsch Catie! Das war es doch, was du dein Leben lang wolltest. Du lässt dir das nicht von irgendwelchen Kindergartenkindern verderben!* Und ich musste der Stimme in meinem Kopf zustimmen. Die werden noch sehen, mit wem sie sich angelegt hatten. Aber erstmal musste ich hier rauskommen und das am besten angezogen…

Ich war schon dabei, einen Plan zu schmieden, als die Tür zu den Garderoben plötzlich aufging und der Kerl, der mich vorhin so merkwürdig angeschaut hatte, dort stand. Erst hatte ich Hoffnung, dass er mir helfen würde, aber ich sah nichts als Dunkelheit in seinem Gesicht.

„Weißt du, ich habe mich wirklich gefragt, warum so ein Wirbel um dich gemacht wird. Aber jetzt verstehe ich es. Sieh dich mal an. Du siehst aus, als wärst du dem Playboy entsprungen. Du bist echt heiß und ich wette, du machst auch beim Sex so eine geile Figur", er checkte mich von oben bis unten ab und mir wurde immer klarer, wie nackt und verletzlich ich gerade war. Ich war ganz allein. Shit. Mein ganzer Körper zitterte vor Angst und es wurde noch schlimmer, als er das Licht ausmachte und ich von Dunkelheit umhüllt wurde.

Ich gab einen kleinen Schrei von mir und hörte ihn nur lachen. Meine Instinkte setzten nun ein und meine Sinne schärften sich. Ich musste was tun und das dringend. Ich hörte seine Schritte, ich hörte ihn näherkommen. Fuck! „Komm raus aus deinem Versteck, ich möchte spielen", sagte dieser Psycho. Ich schlich mich auf leisen Sohlen in Richtung der Duschkabinen. Aber leider nicht leise genug. Durch die Dunkelheit sah ich die Umrisse der Bänke und Spinde nur schemenhaft. Und so passierte es, dass ich mit meinem Fuß gegen eine dieser Bänke stieß. Shit. Der Typ steuerte direkt auf mich zu. Die Schritte wurden immer lauter und schneller und plötzlich stand er vor mir. Ich hatte keine Möglichkeiten auszuweichen. Also tat ich das Erste, was mir einfiel und rief nach Hilfe.

Er packte meinen Hals und drückte zu, bis ich kaum noch atmen konnte. Tränen stiegen mir in die Augen und ich schloss innerlich mit mir und meinem Leben ab. „Still gefällst du mir am besten", hörte ich ihn in mein Ohr flüstern. „Fick dich", schaffte ich es gerade so zu räuspern. „Hahaha nein, das wirst du übernehmen müssen. Ich überleg nur, was ich zuerst nehmen sollte. Gleich deine Pussy, oder zuerst deinen Mund?" „Bitte tu das nicht", wimmerte ich. Doch es brachte nichts. Er löste eines seiner Hände von meinem Hals und packte mir an meine Brust. Er kniff so dolle rein, dass mir ein schmerzerfüllter Schrei entfuhr. „So geile Titten", hörte ich ihn mit heiserer Stimme sagen und kurz darauf leckte er mir über den Hals.

Mir wurde mit einem Mal so übel, dass ich mir sicher war, ich würde mich hier und jetzt übergeben. Oder an meiner eigenen Kotze ersticken, so fest wie sein Griff um meinen Hals war. „Ich will deinen Mund ficken", sagte er mir. „Eher beiße ich deinen Schwanz ab", feuerte ich dagegen. Direkt darauf erhielt ich eine schallende Ohrfeige. Er hatte mit so einer Wucht zugeschlagen, dass mein Kopf zur Seite flog. „Mir reicht´s mit dir, jetzt werde ich dir Manieren beibringen." Ich hörte, wie er seinen Reißverschluss öffnete und seine Hose runterzog. kurz darauf spürte ich seinen Schwanz an meinem Bauch. *Das war´s dann wohl für mich...*

Kapitel 23- Zac

Ich fand es gar nicht gut. Überhaupt nicht. Warum ausgerechnet heute? Warum musste ihr das überhaupt passieren? Ich erfuhr nach dem Training von Nic ´s Plan und ich wollte es nicht. Aber so war nun mal das Spiel. Der Plan war doch, sie zu zerstören, oder nicht? Nic hatte mir erzählt, dass er vorhatte, alle Mädels aus der Garderobe rauszulocken, damit er Caties Kleidung klauen konnte.

Es war ein simpler Streich, nicht einmal besonders fantasievoll, aber gewiss effektiv. Und ich hatte dem zugestimmt.

Nun fragte ich mich aber, warum es so lange dauerte. Nic hatte mir bereits die Tasche mit ihren Klamotten rausgebracht, ging aber nochmal rein, weil er meinte, er habe etwas vergessen. Ich stand draußen und rang mit meinem Gewissen. Ich war hin- und her gerissen zwischen Catie und meinen Jungs. Warum, das wusste ich selbst nicht. Vorher hatte es mich auch nicht interessiert, was den Weibern passierte. *Aber du bist anders. Du hast etwas in mir ausgelöst, was ich nicht in Worte fassen konnte.*

„Scheiß drauf", sagte ich zu mir selbst. Ich betrat die Schwimmhalle wieder. Die Lichter waren bereits ausgeschaltet, weswegen ich sie wieder an machte, damit ich wenigstens etwas sehen konnte. Ich begab mich in Richtung der Frauenumkleide, als ich einen verzweifelten Hilfeschrei hörte und daraufhin ein Geräusch, welches klang, als ob jemand eine Ohrfeige bekommen hätte. Shit. Ich sprintete die restlichen Meter zur Umkleide und riss die Tür auf.

„Nein, nein, bitte nicht, nein", hörte ich Catie wimmern und schaltete das Licht an, damit ich sehen konnte, was vor sich ging. Der Anblick, der sich mir zeigte, ließ meine Wut hochkochen. Catie lag auf dem Boden. Ihre Hände wurden von einem Typen festgehalten, sodass sie sich nicht bewegen konnte. Ich erkannte ihn sofort. es war Nic.

So schnell ich konnte, raste ich auf die beiden zu und stieß ihn von ihr runter. Fuck. Ich wollte nicht, dass so etwas passierte. Ich wollte gar nicht mehr, dass Catie litt. Sobald ich den Wichser von ihr runtergeschubst hatte, warf ich mich auf ihn und schlug, blind vor Wut, auf ihn ein. Ich hörte seine Schmerzensschreie und das Knacken von Knochen, doch das genügte mir nicht. Ich sah kurz zu Catie, die zitternd in einer Ecke saß und weinte. Scheiße!

Ich kramte mit einer Hand mein Handy aus der Hosentasche und schob es über den Boden zu ihr. „EINS. VIER. EINS. NULL. SCHREIB. ROMEO", jedem Wort folgten Schläge.

Da Catie nicht antwortete, sah ich kurz zu ihr rüber und dieser kleine Moment der Unaufmerksamkeit, ermöglichte

Nic, mir auch einen Schlag zu verpassen. Meine Sicht war kurz verschwommen und ich brauchte eine Weile, bis ich mich fassen konnte. Catie gab noch einen Schrei von sich und dann hörte ich, wie sie an meinem Handy tippte. *Gutes Mädchen.* Ich schlug weiterhin auf Nic ein, bis er sich nicht mehr wehrte.

Erst dann stand ich auf und ging zu Catie rüber. Im Gehen zog ich meine Jacke aus und legte sie ihr über, damit sie wenigstens halbwegs geschützt war. Ich hatte erst Sorge, dass sie vor mir zurückschrecken würde, doch sie ließ mich, sie anfassen. Und als ich sie auf ihre Beine und in eine Umarmung zog, schlang sie ihre Arme sofort um mich und weinte drauf los. Ich streichelte beruhigend ihren Kopf und sprach ihr gut zu.

Ich wollte nicht, dass sie weinte. Ich wollte sie lächeln sehen. Ich wollte ihre Stärke und Unverfrorenheit wieder. Ich löste mich als erster aus der Umarmung und sie krallte sich direkt an meinem Pullover fest. „Bitte geh nicht", flehte sie mich mit tränenverhangenen Augen an. Sie waren knallrot und blutunterlaufen. Ich erkannte Würgemale an ihrem Hals. Meine Wut fuhr direkt wieder hoch, doch ich riss mich zusammen und sagte „Niemals", und küsste sie auf die Stirn. Ich schloss den Reißverschluss an der Jacke und schlang direkt wieder meine Arme um sie. Die Minuten vergingen und sie beruhigte sich allmählich.

„Bring mich hier weg, bitte."

Ich tat, wie befohlen, packte sie und nahm sie im Brautstyle auf meine Arme. Sie schloss ihre Arme um meinen Nacken und legte ihr Gesicht in meine Halsbeuge. Mein Hals war in Sekundenschnelle von Tränen bedeckt. So trug ich sie zum Auto.

Ich weiß nicht wie, aber ich schaffte es, mit ihr in meinen Armen, die Beifahrertür zu öffnen und sie reinzusetzen. Ich schnallte sie an und machte dann die Autotür zu. Ich ging rüber zur Fahrertür und stieg ein. Catie saß schweigend in dem Autositz.

Schließlich räusperte ich mich und fragte: „Hast du mein Handy noch?" Sie nickte und streckte es mir entgegen. Der Bildschirm hatte von der Rutschpartie ein paar Kratzer, doch es war mir egal. Ich öffnete den Chat mit Romeo und sah die Nachricht, die Catie getippt hatte:

Sssvhweimnhalke sfort. Um sicherzugehen, dass Romeo auch wirklich verstand, schrieb ich ihm nochmal eine Nachricht: **Kommt in die Schwimmhalle und holt diesen Bastard ab!** Er wird es schon verstehen.

Ich legte mein Handy wieder weg und startete den Wagen. Mein einziges Ziel in diesem Moment war es, Catie so schnell, wie möglich von hier fortzuschaffen.

Sie schwieg auch während der Fahrt und schien ganz abwesend zu sein. Ich traute mich nicht zu fragen, wie es ihr ging, oder wie weit er gegangen war. Sie sollte selber entscheiden, ob sie das mit mir teilen wollte, oder nicht.

Keine zehn Minuten später, hatte ich ihr Wohnheim erreicht. Ich stellte das Auto ab, steckte mein Handy in die Hosentasche, für den Fall der Fälle, dass entweder Alex oder Romeo anriefen und holte Catie wieder vom Beifahrersitz. Mittlerweile regnete es, sodass ich noch einen Grund hatte, sie wieder auf meine Arme zu nehmen und sie ins Wohnheim zu tragen. Schließlich hatte sie abgesehen von meiner Jacke nichts weiter an ihrem Körper.

Gott sei Dank kam uns keiner entgegen, sodass sich keiner von uns rechtfertigen musste, wieso wir so aussahen, wie wir aussahen. Vor ihrer Tür sprach sie endlich wieder. „Mein Schlüssel, der ist weg. Wie sollen wir reinkommen?", fragte sie verzweifelt und sah sich im Gang um. Es war durchaus eine sehr gute Frage. „Fuck", sagte ich. Darüber hatte ich gar nicht nachgedacht. Ohne Schlüssel, kein Zutritt. Ich dachte angestrengt nach und dann fiel mir etwas ein.

Ich setzte Catie auf dem Boden, welcher zum Glück mit einem Teppich ausgelegt war, ab und kramte in meinen Hosentaschen. Sie sah mich verwirrt an, bis ich irgendwann das fand, wonach ich gesucht hatte: eine Büroklammer. Fragt mich nicht, wieso ich so etwas mit mir rumschleppte. Ich hoffte gerade einfach nur, dass ich es noch konnte. Ich formte mir die Büroklammer so zurecht, dass ich sie ohne Probleme benutzen konnte und machte mich am Schloss zu schaffen. Etwa fünf Minuten später, hatte ich es dann endlich geschafft. Die Tür war offen.

Ich wollte mich gerade zu Catie runterbeugen, um sie aufzuheben, doch sie schüttelte nur den Kopf und stemmte sich vom Boden ab und stand auf. Auf wackeligen Beinen ging sie durch die Tür und geradewegs auf ihre Couch zu. Kaum hatte sie diese erreicht, warf sie sich direkt drauf und kugelte sich zusammen. Ich wusste nicht so recht, was ich machen sollte.

Sollte ich gehen?

Sollte ich bleiben?

Sollte ich irgendetwas sagen?

Doch Catie nahm mir die Entscheidung ab. „Kommst du? Oder lässt du mich doch alleine?", fragte sie mich. Ich wusste, dass sie wie immer kokett klingen wollte, aber jetzt gerade klang es einfach nur verzweifelt.

Erleichtert darüber, dass sie mich nicht weggeschickt hatte, trat ich ein und schloss die Tür hinter mir, mit den Worten „Ich habe doch gesagt, niemals."

Sie drehte ihr wunderschönes Gesicht zu mir und streckte ihre Arme nach mir aus. Ich eilte direkt zu ihr und legte mich zu ihr. Sie vergrub ihr Gesicht direkt wieder in meinem T- Shirt und schlang ihre Arme direkt wieder um mich. *Gott, bitte lass diesen Moment niemals enden.*

Keiner von uns sprach auch nur ein Wort. Aber das war nicht schlimm, im Gegenteil. Es war wohltuend.

Eine halbe Ewigkeit später räusperte sie sich und sah zu mir hoch. Ihre wunderschönen grünen Augen waren von roten Rissen umgeben. Was ich nicht gerade alles dafür tun würde, um alles wieder gut zu machen. Doch es wird nie wieder gut, solche Ereignisse veränderten Menschen. Ich hatte es an meiner Schwester gesehen... „Willst du mir erklären, woher du das mit der Büroklammer kannst?", fragte sie heiser. Ich musste beinahe lachen, so surreal war das. „Sagen wir's mal so, ich bin als Kind immer mal ein wenig aus der Reihe getanzt, was mir letztendlich einen langen Internatsaufenthalt beschert hatte. Der Betreuer dort vor Ort hatte auch gar kein Verständnis von Spaß, sodass er mich des Öfteren in meinem Zimmer einschloss, wenn ich seiner Meinung nach, Mist gebaut hatte...", ich musste bei den Erinnerungen grinsen, „so richtig schlimm wurde es dann, als ich entdeckte, dass Mädchen ja gar nicht so doof sind und ich mich regelmäßig raus schlich, um mich mit ihnen zu treffen", fügte ich noch hinzu. Ein müdes Lächeln stahl sich auf Caties Lippen. „Du warst also schon immer ein ganz schlimmer?", fragte sie krächzend. „Oh ja, du kannst mich auch den Internatsschreck nennen". Wir

215

lächelten uns beide für einen Moment an, doch dann wurde ihre Miene wieder zu Stein. Ich sah ihr an, dass sie was sagen wollte, doch ich drängte sie nicht.

Schließlich schaffte sie es dann doch: „Danke Zac, danke, dass du mich gerettet hast, bevor er mich…" Tränen stiegen ihr wieder in die Augen. Ein Stein fiel mir vom Herzen. Er hatte es also noch nicht geschafft, seine Tat zu beenden. Er hatte sie nicht gefickt. Alles davor war schon schlimm genug, aber hätte er das noch durchgezogen… Ich wollte gar nicht erst darüber nachdenken. „Du brauchst dich nicht bei mir zu bedanken, wirklich nicht. Es hätte gar nicht erst so weit kommen dürfen." Catie sah mich verdutzt an und dachte über das nach, was ich gerade gesagt hatte. „Wie hättest du es denn verhindern können?", fragte sie mich. *In dem ich gar nicht erst zugelassen hätte, dass er in deine Nähe kommt und seinen kranken Plan durchzieht.* „Ich hätte schon viel früher nachsehen sollen, ob bei dir alles in Ordnung ist." „Du konntest ja nicht wissen, was los war. Zumindest bist du überhaupt gekommen. Ich wüsste nicht, was ich machen sollte, wenn…", ihre Stimme brach ab und sie weinte wieder. „Bleibst du die Nacht bei mir?" Wie konnte ich da schon nein sagen. Sie war so gebrochen und fertig. Ich wollte sie unter keinen Umständen alleine lassen. „Natürlich", antwortete ich. Ich war selber den Tränen nahe.

Das Ganze erinnerte mich an Ariana. Meine Schwester. Eines Nachts kam sie komplett nass und niedergeschlagen nach Hause. Unsere Eltern fragten direkt nach, was los sei. Aber sie hatte nur den Kopf geschüttelt und geweint. Ich ging zu ihr und nahm sie in den Arm. „Hey, es wird alles gut, kleine Schwester. Wenn du es Mom und Dad nicht erzählen möchtest, musst du es auch nicht. Ich bin da für dich.", sie nickte und ich brachte sie auf ihr Zimmer. Ich hatte auch versucht, sie zu fragen, was denn los sei, aber auch mich wimmelte sie ab. „Bleibst du heute Nacht bei mir?", fragte sie mich nur, komplett aufgelöst. „Ich kann nicht, ich bin verabredet, aber morgen früh reden wir, ja?", schlug ich stattdessen vor. Auch da nickte sie nur. Ich hatte ihr einen Stirnkuss zum Abschied gegeben und ging. Am nächsten Morgen war sie schon tot. Sie hatte sich in der Nacht die Pulsadern aufgeschnitten. Bei der Autopsie hatte sich rausgestellt, dass sie vergewaltigt wurde. Und ich dummer Idiot war lieber auf eine Party gegangen, statt mich um sie zu kümmern. Das würde mir für immer nachhängen.

„Was ist los?", hörte ich Catie fragen. Sie hatte mich damit aus meinen Gedanken gerissen. „Du weinst ja", fügte sie noch hinzu. Das war mir gar nicht aufgefallen. „Nichts, es ist alles gut. Möchtest du nochmal duschen, bevor wir ins Bett gehen?" Ich konnte nicht über das Thema reden. Nicht jetzt. Catie nickte und ich stand auf, sodass sie leichter vom

Sofa kriechen konnte. „Kannst du mir helfen?", fragte sie mich, während sie vor mir stand. „Ich soll dir helfen?", fragte ich, wie ein Idiot. „Ja, bitte. Ich traue mir gerade nicht zu, dass ich es alleine hinbekomme. Ich traue mir gerade nicht einmal zu, alleine zu stehen", das genügte mir schon, um zuzusagen.

Ich nahm ihre Hand und lief mit ihr gemeinsam ins Bad. Dort öffnete sie den Reißverschluss der Jacke und ließ diese auf den Boden fallen. Ihr sonst makelloser Körper war voller Blutergüsse und ich würde gerade nichts lieber machen, als Alex und Romeo bei der Bestrafung dieses Wichsers zu helfen. Hoffentlich waren sie schlau genug, um zu verstehen, was dort passiert war. Ich hatte es ihnen nicht geschrieben, so viel Intelligenz traute ich ihnen dann doch zu.

„Wie schlimm ist es?", Caties Tonfall versetzte mir einen Stich. Doch es gab keine Sache, die ich gerade lieber wollte. Ich wollte für sie da sein und sie stützen. „Das wird in ein paar Tagen weggehen", tröstete ich sie. Sie ging zu dem Badezimmerspiegel und als sie sich so sah, schlug sie vor Schreck die Hände vor dem Mund. Ihr entkam ein Schluchzen. Ich wollte zu ihr hingehen und sie in den Arm nehmen, aber andererseits wollte ich sie nicht bedrängen. Sie sollte nicht das Gefühl haben, dass ich mich ihr aufdrängte. „Wie gesagt, das wird vergehen und wenn du willst, gehen wir gemeinsam zum Arzt, nachdem du duschen warst", schlug ich vor. „Nein! Kein Arzt, bitte, alles nur das nicht", flehte sie. „Dann kein Arzt, alles, was du willst", antwortete ich daraufhin.

Sie lief in Richtung Dusche und ich folgte ihr mit sicherem Abstand. Als sie schließlich darunter stand, sah sie mich fragend an. „Kommst du nicht mit rein?" Die Frage überraschte mich. „Willst du, dass ich mit reinkomme?" „Ja, ich werde deine Hilfe brauchen."

Der Satz reichte mir schon und ich stellte mich mit zu ihr, unter die Dusche. Wieder ein fragender Blick. „Willst du deine Kleidung anbehalten?" „Ich will dir nicht zu nahetreten" „Das wirst du nicht, das weiß ich. Zieh dich aus, ich will nicht, dass deine Kleidung nass wird." Und ich tat wie geheißen. Ich entfernte zuerst meinen Pullover, dann zog ich meine Schuhe und Socken aus und zuletzt meine Chino und die Boxer. Catie beobachtete mich währenddessen und sah überrascht aus, als ihr Blick auf meinen Schwanz fiel. Er hing schlaff herunter.

Das letzte, woran ich nämlich gerade dachte, war Sex. Aber anstelle davon, dass es sie beruhigte, schien es sie irgendwie aufzuwühlen. „Was ist los?", fragte ich. „Findest du mich nicht mehr attraktiv?", fragte sie mich weinerlich. Oh fuck, sie konnte doch nicht im Ernst denken, dass so eine Sache irgendetwas an meiner Sichtweise ihr gegenüber ändern könnte. Ich ging eilig auf sie zu und schloss sie wieder in eine Umarmung. Dann hob ich ihren Kopf an, damit sie mich ansehen musste.

„Catie, ich werde dich immer attraktiv finden. Fuck, du bist das schönste Mädchen, das mir je untergekommen ist. Es ist nur gerade nicht die Zeit, um an Sex zu denken", erklärte ich ihr. Während ich sprach, errötete sie. Als ich fertig war, sah sie mich stumm an und sagte dann: „Küss mich."

Ich war erst überrumpelt, aber dann presste ich meine Lippen sofort auf ihre. Wie ich es vermisst hatte, sie zu küssen. Und auch mein Schwanz zuckte vor Freude. Das konnte ich jetzt gerade eigentlich gar nicht gebrauchen. Ich wollte nicht, dass sie etwas Falsches von mir dachte und ging ein paar Schritte zurück. „Dreh dich um, ich seife deinen Rücken ein." Sie tat es und ich konnte somit einen genauen Blick auf die Ausmaße werfen. An den Schultern waren blaue Flecken und auch ihr Po sah aus, als ob er die nächsten Tage noch extrem Schmerzen würde.

Ich schnappte mir ihr Duschgel und gab ein bisschen davon auf meine Hand. Es roch verflucht gut, so wie sie. Ich fing an, ihren Rücken einzuseifen und gab ihr nebenbei eine kleine Massage. Catie entspannte sich ein wenig. Ich wusste nicht so recht, wo ihre Grenzen lagen und wollte keineswegs eine überschreiten. Ich streifte meine Hände ihren Rücken

runter und hielt kurz vor ihrem Arsch inne. „Darf ich?",
fragte ich sie. Sie sagte nichts, aber nickte. Und so setzte ich
meine Massage an ihrem Arsch fort. Sie atmete zischend
ein, entspannte sich dann aber wieder. Ich versuchte so
vorsichtig, wie möglich zu sein.

Mein Schwanz war nun vollständig zum Leben erwacht.
*Wie gerne ich sie jetzt einfach nach vorne beugen und
ficken würde.* Ich verfluchte mich selbst in diesem Moment.
Dies war garantiert nicht der richtige Zeitpunkt für solche
Gedanken.

Wie konnte diese Frau denken, dass ich sie nicht mehr
attraktiv finden könnte, nur, weil sich jemand ohne
Erlaubnis an ihr vergriffen hatte? „Dreh dich wieder um,
Catie", und auch das tat sie. Sie sah mir direkt in die Augen.
Ich sah, dass ihr etwas auf den Lippen lag, sie es aber nicht
aussprechen wollte und ich drängte sie auch nicht. Wir
sahen uns einfach nur an. Ihre grünen Augen verschmolzen
mit meinen grauen und für einen Moment, hatte ich die
verrücktesten Gedanken. Über Heirat, Familiengründung
und übers Altwerden. Woher kam das so plötzlich? „Kannst
du mich den heutigen Tag vergessen lassen?", fragte mich
Catie schließlich. Ich zog meine Augenbraue nach oben und
antwortete: „Wie stellst du dir das vor?" Anstelle einer
Antwort nahm sie meine Hand und führte diese zu ihrem
Gesicht. Danach wanderte sie an ihrem Hals entlang, bis zu

ihrer Brust. Sie nahm noch meine zweite Hand hinzu und legte diese ebenso auf eine Brust. Sie hörte kurz auf zu atmen, beruhigte sich dann aber wieder.

Das gerade eben war pure Folter und pures Glück zugleich. Ich prägte mir jedes Detail an ihrem Körper ein und genoss das Gefühl ihrer zarten Haut unter meiner Hand. Ihr Atem beschleunigte sich, während sie meine Hand immer tiefer wandern ließ. Kurz bevor sie aber bei ihrer Pussy ankommen konnte, entzog ich sie ihr. „Nicht so, nicht jetzt", sagte ich und küsste sie auf die Stirn. Ich wollte nicht, dass sie das Gefühl hatte, ich würde sie abweisen. Aber ich wollte ihren emotionalen Zustand nicht ausnutzen. Sie wirkte aber nicht gekränkt. Ich sah im Gegenteil eher Erleichterung in ihren Augen.

Wir duschten uns noch zu Ende und nachdem wir uns abgetrocknet und angezogen hatten, ich nur meine Boxershorts und meinen Pullover, sie sich einen Jogginganzug, legten wir uns zusammen ins Bett. Wir kuschelten und schwiegen. Es waren keine Worte nötig. Wieder verstieß ich gegen meine Regel: bei keiner Frau zu übernachten. Aber das war mir egal. Ich wollte hier sein.

„Worüber wolltest du mit mir reden?", fragte sie mich irgendwann. „Es ist albern, ich wollte dich um einen Gefallen bitten..." Sie sah mich wieder an. „Was für einen Gefallen?" „Ich weiß nicht, ob das so ein guter Zeitpunkt ist…", redete ich mich raus. Doch sie ließ nicht locker, wand sich aus meinem Griff und setzte sich auf. Nun konnte sie direkt auf mich hinabsehen. „Sag es", forderte sie mich auf. Ich schlug mir meinen Arm über meine Augen. Eine Panikattacke bahnte sich langsam an. Ich machte erst meine Atemübung und dann begann ich zu sprechen: „Du weißt bestimmt, wie es in Familien von altem Geld abläuft. Es werden immer Vorteile ausgewogen und über die Bedürfnisse Anderer gestellt. Sei es in Geschäften, oder in Familienangelegenheiten… Ich habe sozusagen seit meiner Kindheit eine, wie ich sie gerne bezeichne, Zwangsverlobte. Nun möchten unsere Familien die Drohung zur Wahrheit machen und sind gerade dabei, einen Ehevertrag aufzusetzen. Ich musste es von Satan höchst persönlich erfahren. Als ich meine Mutter anrief, um zu fragen, ob dies denn wahr sei, bestätigte sie dies und dann platzte etwas aus mir heraus, was mir in diesem Moment richtig erschien, was aber im Nachhinein dämlich war, da es nicht der Wahrheit entsprach. Ich habe ihr gesagt, dass ich Emilia nicht heiraten würde, weil ich bereits eine Freundin hatte. Nun möchte sie, dass ich meine Freundin an Thanksgiving mitbringe und da ist mir die Idee gekommen, nun ja…", ich stotterte herum und schaffte es nicht den Satz zu beenden. „Ich mach 's", sagte Catie plötzlich. Ich nahm meinen Arm von meinem Gesicht. Verdutzt starrte ich sie an und suchte nach

Anzeichen, dass sie mich nur verarschte, aber sie wirkte so, als ob sie es ernst meinte. „Wirklich?", fragte ich sie. „Wirklich, aber wir brauchen eine glaubwürdige Geschichte: was, wie, wo, wann und so weiter." Sie fing schon an, Pläne zu schmieden, während ich sie nach wie vor überrascht ansah. Von ihrer Zerbrechlichkeit war nichts mehr da und stattdessen sah ich meine alte Catie wieder. Meine Catie... irgendwie stimmte es jetzt auch. Und verdammt, fühlte sich das gut an, auch wenn es nur fake war. Wir redeten noch eine Weile und legten uns eine Geschichte zurecht. Irgendwann hörte ich nur noch ihren regelmäßigen Atem. Ich schlang wieder meine Arme um sie und schlief ebenso ein.

Kapitel 24- Romeo

Ich stimmte mich gerade auf die bevorstehende Party mit einer Bitch, die ich aufgerissen hatte, ein. Sie lutschte genüsslich meinen Schwanz, als ich eine Nachricht bekam. Sie war von Zac, ich erkannte es an dem Klingelton. Wichtige Menschen bekamen bei mir ihren eigenen. Jetzt konnte der eigentliche Spaß beginnen. Ich öffnete die Nachricht und war verwirrt. Da waren irgendwelche zusammengewürfelten Buchstaben, aber als ich erneut nachlas, erkannte ich den Sinn dahinter: **Schwimmhalle, sofort!** sollte dastehen. Scheiße, irgendetwas war schiefgelaufen. Ich stieß Amber? Ashley? Wie auch immer von mir weg. „Such dir jemand anderen, du langweilst mich", warf ich ihr entgegen. Sie war den Tränen nahe, doch das juckte mich nicht. Ich stand auf und schloss meine Hose. Eiskalt lief ich an der, mittlerweile heulenden Bitch vorbei und begab mich zur Tür.

Ich lief in das Zimmer von Alex und sah, dass auch er gerade in voller Aktion war. „Zieh deinen Schwanz aus der Schlampe und komm runter. Wir haben ein Problem", sagte ich und verließ das Zimmer wieder.

Unten angekommen, musste ich nicht allzu lange darauf warten, bis Alex runterkam. „Du schuldest mir etwas. Was ist denn so dringendes?" „Ich weiß es gar nicht so recht. Zac hat mir nur eine kryptische Nachricht geschickt. Es klang dringend. Irgendetwas ist in der Schwimmhalle passiert", und während ich meinen Satz beendete, klingelte mein Handy wieder auf- Es war wieder Zac. Ich las die Nachricht und fluchte. „Wir müssen sofort los, irgendetwas stimmt da ganz und gar nicht."

Wir eilten gemeinsam zu meinem Auto und stiegen ein. Direkt fuhr ich los und raste auf die Schwimmhalle zu. „Warum kümmert sich Zac nicht selber um die Angelegenheit?", fragte Alex bockig. Allgemein verhielt Alex sich seit Caties Abfuhr, wie ein dummer Pubertierender. Er zickte, war ständig bis in die Nacht hinein unterwegs, brachte ein Weib nach dem anderen nach Hause und war aggressiver und zugedröhnter als sonst. „Weil Zac nicht für die Drecksarbeit zuständig ist. Du weißt ganz genau, wie viel für ihn auf dem Spiel steht- und somit auch für uns", erwiderte ich genervt. Alex wusste ganz genau, warum wir uns darum kümmern mussten. Zac machte sich nie die Hände schmutzig. Er war eher der Drahtzieher. Er arbeitete immer im Hintergrund. Und dank seiner Erziehung, war er ein Meister der Manipulation. Und ein Profi darin, seine wahren Gedanken und Absichten hinter der Sunshine-Maske zu verstecken. Wenn ich schätzen müsste, wer von uns der gefährlichste war, würde ich jederzeit auf ihn tippen.

Er war unberechenbar.

Wir hielten an der Schwimmhalle und sprangen beide aus dem Wagen. Meine Neugier wuchs mit jedem Schritt, den ich auf die Turnhalle zumachte. Ich wollte wissen, was geschehen war und ich wollte wissen, wo Zac steckte. Wir betraten die Halle und warteten in der Finsternis auf irgendein Zeichen, oder einen Hinweis darauf, wo wir hinmüssten.

Zac hatte uns nur gesagt, dass wir jemanden abholen müssten, aber er sagte nicht wen. Und wo. Wir schalteten das Licht an, um mehr erkennen zu können, aber da war nichts. Zac hatte uns über Nics Plan aufgeklärt, er wollte die Sachen von Catie klauen und verstecken. Ein Kindergartenstreich, aber ok, wenigstens überhaupt einer, der sich was getraut hatte. „Lass uns in der Frauenumkleide nachsehen", schlug ich vor und Alex nickte. Als wir vor der Tür standen, hörten wir ein leises Keuchen von innen und auch die Tür war nicht komplett geschlossen. Ich stieß die Tür auf und sah erst nichts. Aber aus dem Keuchen wurde ein Husten und schließlich ein „Helft mir". Sofort liefen wir zur Quelle und dann erkannte ich einen der Anwärter halbnackt auf dem Boden liegen. Ich glaubte zumindest, dass es einer davon war, sein Gesicht war so zugerichtet, dass er kaum seine Augen offenhalten konnte.

Er war untenrum komplett nackt und mir fing es an zu dämmern, was hier geschehen war. Fuck. Ich hoffte, ich lag falsch in meiner Annahme. Aber warum sonst sollte Zac auf ihn losgehen. ZAC, der sich sonst nie die Hände schmutzig machte. Ich blickte zu Alex rüber und dieser kochte vor Wut. Seine Hände waren zu Fäusten geballt. Anscheinend hatte er es auch geschafft, eins und eins zusammenzuzählen.

„Alex, beruhige dich. Wir bringen ihn jetzt erstmal hier weg und ich schicke jemanden, der hier ein wenig saubermacht" Denn überall war Blut hin gespritzt. Irgendwie schaffte Alex es, seine Fassade aufrecht zu halten und seine Wut runterzuschlucken. Wahrscheinlich, weil er genau wusste, dass er später noch genug Zeit hätte, sich um unser Problem zu kümmern. Wir schnappten uns jeweils einen Arm von dem Bastard und stützten ihn, bis wir am Auto ankamen. „Danke Jungs, bringt ihr mich ins Krankenhaus?", fragte er. Ach, wie süß, dieser dumme Hurensohn, dachte doch nicht im Ernst, dass wir ihn ins Krankenhaus bringen würden? Zur Antwort öffnete Alex nur meinen Kofferraum und stieß ihn hinein. Er hatte gar keine Möglichkeit sich zu wehren. „So etwas ähnliches", sagte ich von außen. Alex liebte Doktorspielchen. Er hatte schon immer ein großes Interesse an Chirurgie gehabt- ein Punkt, an dem er so gut mit unserem Kätzchen zusammenpasste.

Kleines Kätzchen, heute hast du bereits ein Leben
verloren und ich muss ehrlich sagen, dass es mir keine
Genugtuung gab. Es tat mir sogar wirklich leid, aber das
hieß nicht, dass ich das Spiel aufgab.

Diesmal gab ich wirklich Gas. Ich hatte keine Lust, dass
dieser Wichser, meinen Kofferraum vollblutete. „Denkst du,
er hat sie vergewaltigt?", fragte Alex. Sein Gesicht war
unlesbar. „Ich weiß es nicht, Mann. Aber welchen Grund
sollte es denn noch geben, dass Zac auf ihn losging. Zac, der
sonst nie auch nur einen Finger rührte", antwortete ich.
„Shit, der Hurensohn wird leiden", kam daraufhin von Alex.
„Aber bevor wir ein Exempel an ihm statuieren, müssen wir
erstmal erfahren, was vorgefallen ist. Ich bezweifle, dass Zac
vor morgen früh nach Hause kommt", warnte ich Alex.
Dieser stöhnte nur genervt auf und sah dann aus dem
Fenster. Ich sagte doch, bockiger Teenager.

Wir fuhren eine ganze Weile. Ich wollte nicht nach
Hause fahren, da waren einfach zu viele Zeugen, zumal ich
vergessen hatte, die Party abzublasen.

Stattdessen fuhr ich in die Stadt, wo die Jungs und ich
ein separates Lagerhaus hatten. Wir hatten es die letzten
Jahre umgebaut, sodass wir es in den Semesterferien als
Domizil nutzen konnten. Und wir hatten es als eine Art
Safehouse umfunktioniert. Ich würde am liebsten für immer

dortbleiben und nutzte es von uns allen am häufigsten. Es war ideal für meine... Geschäfte.

Wir hatten die Lagerhalle auch unterbauen lassen und jetzt befand sich darunter noch ein riesiger Keller. Der Zugang dahin war schwierig zu finden und wenn man keine Ahnung hatte, dass es sowas, wie einen Keller überhaupt gab, würde man diesen niemals finden.

Etwa eine halbe Stunde später kamen wir an. Alex stieg zuerst aus, ich blieb noch kurz sitzen und informierte Zac, dass wir Nic ins Lagerhaus geschafft hatten. Daraufhin stieg ich ebenso aus und lief zum Kofferraum. „Was hat so lange gedauert?", fragte mich Alex mürrisch. „Junge junge junge, du musst dringend mal wieder was rauchen. Deine schlechte Laune wird langsam echt ermüdend", während ich sprach, massierte ich mein Nasenbein. „Bringen wir diesen Bastard jetzt in den Keller, oder willst du hier weiter stehen und mir Reden halten?" Manchmal würde ich ihm am liebsten aufs Maul hauen, aber er war mein Bruder und ich liebte ihn. Ich öffnete den Kofferraum und zerrte mit der Hilfe von Alex, diesen Bastard raus. Er verdiente keine Vorsicht, wenn er wirklich das getan hatte, wovon wir überzeugt waren, dass er es getan hatte. Sonst hätte Zac ihn niemals so zugerichtet. Er konnte sich kaum auf den
Beinen halten und so trugen wir ihn halb in unser Haus.

Als wir eintraten, entsicherte ich unsere Alarmanlage und ermahnte ihn, nicht auf unseren Teppich zu bluten. Der war neu.

Wir liefen den Flur entlang und öffneten die Tür zur Bibliothek. Ich ließ Nic kurz los und ging zu einem Bedienfeld. Es war eigentlich für unsere Alarmanlage, aber wenn man einen bestimmten Code nutzte, öffnete sich unter dem Sofateppich eine Falltür. Wir hatten den Teppich so verklebt, dass er sich komplett über diese Tür legte und mit verschoben wurde, sollte sich diese öffnete. Tja, lasst drei superintelligente Bastarde ein Haus renovieren und ihr erhaltet eine ganze Menge Überraschungen.

Ich ging wieder zu Alex und Nic und stütze ihn erneut. Zu Dritt liefen wir die Treppen hinunter. Gott sei Dank hatten wir Bewegungsmelder angebracht. Dies erleichterte unseren Abgang um einiges.

Es gab verschiedene Räume. Einen Trainingsraum, ein Zockzimmer, mehrere Lagerräume, ein separater Raum für die... kuscheligeren Angelegenheiten und ein separater Raum für Leute, die sich nicht an Abmachungen hielten. Auf diesen liefen wir geradewegs zu.

Kaum hatten wir den Raum betreten, schleppten wir Nic zu seinem Stuhl und banden ihn fest. Er hob seinen Kopf ganz leicht und fragte: „Was habt ihr jetzt mit mir vor?“ Süß. „Wir werden uns ganz gut um dich kümmern. Deine

Wunden heilen, dir Essen und Trinken geben und dann beantwortest du uns all unsere Fragen, verstanden?", antwortete ich. Er nickte und murmelte erleichtert: „Danke." „Dank uns nicht, du Schwein. Wir können dich nur nicht in so einem Zustand an die Öffentlichkeit lassen", antwortete Alex und verpasste ihm eine. „Alex, lass unseren Gast kurz entspannen. Wir wollen doch nicht, dass er denkt, wir seien schlechte Gastgeber", ermahnte ich Alex. Keine Überstürzung, solange wir nichts Genaueres wissen. „Wir kommen später wieder, in der Zeit, kannst du dich hier entspannen, nun ja, soweit es geht." Ich musste um jeden Preis, Zac erreichen. Auch wenn ich befürchtete, dass ich ihn erst am nächsten Tag erreichen würde.

Er betrieb wahrscheinlich gerade Schadensbegrenzung bei Catie. Ein Job, den ich ihm nicht gerne abnehmen würde. Ich hatte es nicht so mit Empathie...

Alex und ich verließen den Raum und schlossen die Tür ab. Wir sprachen kein Wort, bis wir wieder oben ankamen. Ich schlenderte direkt auf die Bar zu und goss sowohl Alex als auch mir ein volles Glas Whiskey ein. „Wolltest du ihn nicht verarzten?", fragte Alex, während er mir das Glas aus der Hand nahm. „Der kann dort ruhig noch sitzen bleiben", antwortete ich und setzte mich auf die dunkle Couch. Alex setzte sich neben mich und trank einen Schluck der braunen Flüssigkeit.

Es herrschte Stille, Stille, die ich nicht ertrug, also nahm ich die Fernbedienung und zapfte durch die Kanäle. Aber nichts konnte mich ablenken. Alex schien das wohl auf den Sack zu gehen, weswegen er sein Glas auf den Couchtisch abstellte und mir daraufhin die Fernbedienung aus der Hand riss und den Fernseher ausmachte.

„Denkst du, ihr geht es gut?", fragte Alex dann doch. „Ich weiß es nicht", antwortete ich. Wütend stand Alex auf und Griff nach dem ersten, was er finden konnte- sein Glas- und warf es voller Wucht gegen die Wand. „Dann finde es raus, verdammt. Ich will hier nicht weiter sitzen und Däumchen drehen, während der Bastard da unten ganz entspannt Urlaub macht!", er schrie mich geradezu an. Warum machte er es nicht selber, wenn es ihn doch so interessierte. „Ich hoffe, du räumst das selber weg", sagte ich, während ich mich vorbeugte, um mein Glas abzustellen, so weit von Alex entfernt, wie möglich, und dann schließlich mein Handy hervorkramte.

Ich entsperrte dieses und wählte Zacs Nummer. Sein Handy schaltete direkt zur Mailbox. Ich versuchte es noch ein paar Mal, aber jedes Mal mit demselben Ergebnis. „Fuck, er geht nicht ran", stöhnte ich genervt. „Dann schreib ihm", schlug Alex vor. „Oh vielen Dank, Mutti. Auf die Idee wäre ich ja nie gekommen!", warf ich ihm entgegen.

Ich tippte eine Nachricht nach der anderen ein, aber es kam keine Antwort.

Sein Akku war wohl leer. Sonst antwortete er immer direkt. „Und?", fragte Alex. „Nichts", antwortete ich kopfschüttelnd. Auf einmal sprang Alex vom Sofa auf. „Mir reichts, ich habe keine Lust mehr zu warten. Entweder fahren wir jetzt in das Wohnheim vom Prinzesschen, oder ich gehe jetzt runter und versuche die Antworten aus dem Bastard auszuprügeln. So, oder so, ich werde jetzt handeln. Wenn du weiter hier sitzen willst und nichts tuen möchtest dann los, Go for it, aber ich habe die Schnauze voll vom Warten", warf er mir vor. Er war noch nie besonders geduldig gewesen, das einzige Problem war nur, dass ich es auch nicht war. Und mich juckte es schon in den Fingern, dem Typen aufs Maul zu hauen. Andererseits würde ich auch gerne Catie sehen.

Ich weiß nicht wieso, aber ich wollte wenigstens im Wissen sein, dass es ihr gut ging. „Wir gehen runter. Das Kätzchen braucht jetzt nicht noch mehr männliche Gesellschaft. Falls Zac überhaupt bei ihr ist und nicht eiertief in irgendeiner anderen steckt."

Bevor wir die Treppen runter liefen, schnappte ich mir noch den Arztkoffer aus dem Bad. Sollte er unschuldig sein, würde ich ihn verarzten, sodass er keine langanhaltenden Schäden von sich trug. Sollte er schuldig sein, wären das einfach nur kleine Maßnahmen, um ihn am Leben zu halten, bis wir etwas Vernichtendes gegen seine Familie finden konnten. Und das ging schnell. Jede reiche und bedeutende Familie hatte ein paar Leichen im Keller. Manche sogar wortwörtlich.

Im Raum angekommen begutachtete ich Nic. Ich muss sagen, Zac hatte ganz schöne Arbeit geleistet. Der Typ sah fertig aus. Die Nase war sichtlich gebrochen. Er hatte an beiden Augen Veilchen und auch seine Lippe war aufgeplatzt. Er war untenrum immer noch nackt, weswegen ich zu einem Schrank lief und dort eine Decke raus kramte, um sie ihm überzulegen. Ich hatte keine Lust, die ganze Zeit seinen Schwanz sehen zu müssen. Dann schnappte ich mir einen Stuhl und setzte mich verkehrt herum drauf. Ich sah Nic direkt ins Gesicht. Dieser schaffte es geradeso, seinen Kopf oben zu halten. „Verrate mir eine Sache, Nic. nachdem du Caties Sachen geklaut und versteckt hast, was hast du da gemacht? Und wage es nicht, zu lügen, Alex hier", ich zeigte zu Alex, der in einer Ecke des Raumes stand und die Szene beobachtete, „der wird nicht so freundlich fragen. Er redet nicht gerne, er hat andere Methoden." „Nichts", stieß unser Gast aus. Ich zog eine Augenbraue nach oben. „Nichts? Aber dann verrate mir doch eine Sache: warum fanden wir dich dann vermöbelt und halbnackt in der Frauenumkleide? Hm?" Nic schwieg. „Alex, könntest du unserem Gast ein

235

wenig auf die Sprünge helfen? Ich habe das Gefühl, dass er nicht ganz bei der Sache ist." Ich brauchte nicht zu warten, da trat Alex schon aus seiner Ecke vor und ging auf Nic zu. Er stand kurz vor ihm und sah ihn nur an. Nic sprach immer noch nicht, weswegen Alex dann ausholte und ihm eine verpasste. Nics Kopf flog zur Seite und er spuckte Blut aus. Und das erinnerte mich daran, dass ich noch jemanden zur Reinigung der Umkleide schicken musste. „Lasst euch von mir nicht den Spaß verderben, aber ich muss noch ein paar Telefonate führen", mit diesen Worten verabschiedete ich mich und lief wieder ins Erdgeschoss.

Ich stapfte zu meinem Whiskeyglas, schnappte mir dieses und lief damit auf die Terrasse. Dort setzte ich mich auf eine Bank und stellte das Glas wieder auf dem Terrassentisch ab. Daraufhin kramte ich meine Zigaretten und mein Feuerzeug aus meiner Jackentasche, nahm mir eine Zigarette und zündete diese an. Der Rauch füllte meine Lunge und beruhigte mich. Ich lehnte mich zurück und nahm mein Handy aus meiner Jackentasche. Auch wenn ich wusste, dass es nichts brachte, versuchte ich erneut, Zac zu erreichen. Aber er ging nicht ran. Verdammt. War er gerade bei ihr? Ließ sie ihn in ihre Nähe? Warum zur Hölle war sein Handy aus? All diese Fragen schwirrten in meinem Kopf herum. Aber die wichtigste Frage, die ich mir geradestellte, war: hat Nic sie vergewaltigt? Waren wir daran schuld? Und wollte ich denn nicht, dass sie gebrochen wird? War das nicht unser Ziel? Verdammte Scheiße, warum interessierte mich das überhaupt? „FUCK!", schrie ich in die Nacht hinaus. Keiner würde uns hören. Das Haus war etwas abseits der Stadt, von einem Wäldchen umgeben. Die einzigen, die was mitbekommen könnten, waren irgendwelche Wildtiere.

Ich rauchte meine Zigarette auf und trank einen Schluck Whiskey, bevor ich wieder zum Handy griff. Die nächste Nummer, die ich wählte, war die von Rodrigo. Er ging direkt ran. „Hola mi hijo. ¿Cómo estás?" (Hallo mein Sohn. Wie geht es dir?), kam von ihm. Er bezeichnete mich immer als seinen Sohn, obwohl wir nicht vom selben Blut waren. Und er war für mich auch, wie mein Vater. "Hola Rodrigo, soy bién, pero necesito tu ayuda, por favor… (Hallo Rodrigo, mir geht es gut, aber ich brauche deine Hilfe, bitte)", antwortete ich. „Was hast du wieder, mein Sohn?", fragte er mich nun misstrauischer. „Diesmal bin ich wirklich nicht schuld. Aber ich brauch dringend jemand, der einen Reinigungsjob übernimmt… falls du verstehst, was ich meine…", rückte ich nun mit der Sprache raus. „¡Ay dios mío! ¡ROMEO! Was ist es denn jetzt schon wieder? Hast du jemanden umgebracht?", fragte er mich geradeheraus. „Nein, habe ich nicht, ich habe diesen hijo de puta (Hurensohn) nicht angefasst. Schick bitte einfach jemanden zur Harvard- Schwimmhalle, in die Frauenumkleide, por favor!", bat ich ihn. Es wurde kurz ruhig am anderen Ende der Leitung. „¿Qué hizo él? (Was hat er gemacht?)", fragte er dann schließlich. Er hatte eins und eins zusammengezählt. „Genau das, was du denkst, Rodrigo", antwortete ich. Ich hörte ihn wütend schnauben. Wenn es eine Sache gab, die er nicht tolerierte, war es Gewalt an Frauen. Ein bisschen Manipulation hier, ein paar Spielchen da, kein Problem. Aber sobald ein Mann, einer Frau gegenüber übergriffig wurde, sah er rot. "¿Tu chica? (Dein Mädchen?)". Ich wusste nicht so recht, was ich antworten sollte. Sie war nicht mein Mädchen, würde es nie sein, aber sie gehörte zu mir. Ich beschloss, zu flunkern und bejahte seine Frage. "¡HIJO DE PUTA! Ich hoffe, ihr schneidet ihm den Schwanz ab!", schrie er halb durchs Telefon. Ich hörte ihn nach einem seiner Subordinados (Untergebenen) rufen und daraufhin brach das Telefonat ab. Der Gute sollte sich wirklich weniger aufregen. Das war nicht gut für seinen Blutdruck.

Die Frage, ob Catie mein Mädchen war, wühlte mich auf. Warum hatte ich beschlossen zu lügen? War es, weil ich wusste, dass Rodrigo dann Himmel und Hölle daraufsetzte, mir zu helfen, oder war das, weil ein kleiner Teil von mir wissen wollten, wie es sich anfühlen würde, so zu tun, als sei sie es wirklich?

238

Ich wollte mich nicht mehr mit all den Fragen in meinem Kopf auseinandersetzen und beschloss, den Nächsten auf meiner Liste anzurufen: Tommy, den kleinen Nerd. Ich hatte ihn damals ausgesucht, um mehr über Catie herauszufinden und all ihre Geheimnisse zu erfahren. Und der Junge hatte wirklich Wunder vollbracht: er hatte sich in alle ihre elektronischen Geräte und Social Media Accounts gehackt und mir somit wertvolle Informationen über sie geliefert. Nun hatte ich einen neuen Auftrag für ihn: er musste alles über die Familie von Nic herausfinden.

Seine Eltern besaßen einige Hotels, überall auf dem Globus verteilt. Darunter auch einige mit integrierten Casinos in Las Vegas. Also wenn die keinen Dreck am Stecken hatten, dann wusste ich auch nicht weiter. Ich suchte Tommys Telefonnummer heraus und rief ihn an. Es dauerte eine ganze Weile, bis er abnahm, aber als er es tat, hörte er sich verschlafen an. Wer zur Hölle verbringt seinen Samstagabend schlafend? Aber ja ok, wer verbringt seinen Samstagabend mit Folter? „Hallo?", fragte die Stimme am anderen Ende der Leitung. „Ich möchte, dass du für mich alles über die Familie von Nicholas Miller herausfindest!", ordnete ich ihm an. „Romeo?", fragte er dämlich. „Romeo? Nein, der Weihnachtsmann, wer soll es denn sonst sein?", entgegnete ich mit einer Gegenfrage. „Es tut mir leid, ich werde mich direkt ansetzen und dir alles zukommen lassen,

was ich finde", versuchte er mich zu beschwichtigen. „Gut!",
sagte ich und legte auf. Ich hatte keinen Bock mehr, mich
mit ihm zu unterhalten. Ich wollte mich gerade mit
niemandem unterhalten. Doch genau in dem Moment,
betrat Alex die Terrasse.

„Schon fertig?", fragte ich ihn. „Er langweilt mich. Ich
habe ihn verarztet und habe ihm was zu trinken gegeben.
Ich hebe mir den Spaß lieber für morgen auf. Sobald Zac
uns das „Go" gibt", kam von ihm nur. „Dann lass uns
schlafen gehen, wir werden unsere Kräfte morgen
gebrauchen. Heute können wir sowieso nichts mehr
ausrichten", schlug ich vor und stand auf. Alex nickte nur
und betrat als erster wieder das Haus. Ich nahm mein Glas
und lief ihm hinterher. Als wir durch das Wohnzimmer
liefen, füllte ich mein Glas nochmal auf und lief damit in
mein Schlafzimmer. Ich warf mich auf mein Bett und
konnte von Glück sprechen, dass die Flüssigkeit meines
Glases, nicht auf meine Matratze schwappte.

Ich wurde von einem lauten „Hallo? Jemand zu
Hause?", geweckt und es war niemand geringeres als
Zac. ENDLICH! Ich sprang vom Bett auf und lief die
Treppe runter, nicht ohne mir vorher einen Jogginganzug
anzuziehen. Unten angekommen, fand ich Zac in der Küche
vor. Wo auch sonst? Er wühlte im Kühlschrank rum, bis er

sich schließlich einen Becher kalten Kaffee und einen Joghurt rauskramte.

In der Küche war es hell. Die Sonne schien durchs Fenster und erleuchtete den Raum. Durch meine geschlossenen Gardinen hatte ich nicht mitbekommen, dass bereits helllichter Tag war. „Wie spät ist es?", fragte ich Zac, welcher sich jetzt mit seinen Snacks an die Kücheninsel gesetzt hatte. „Kurz nach um eins", antwortete er mir kurz angebunden und ohne mich anzusehen. „Wo warst du die ganze Nacht? Warum konnten wir dich nicht erreichen?", hackte ich nach. Er war uns eine Erklärung schuldig. Er sah nun zu mir auf und ich sah, dass ein Veilchen, sein Auge schmückte. Zac sah fertig aus und müde. Mein Blick fiel nun auch auf seine Hände und sah, wie seine Knöchel aufgeplatzt und wund waren. Wahrscheinlich vom Einprügeln auf Nic. Ich hatte den Bastard beinahe vergessen. Ich lief zum Kühlschrank und holte eine Packung Erbsen aus dem Kühlfach. Ich wickelte daraufhin ein Küchentuch drum und legte es vor Zac auf die Kücheninsel. „Hier, das hilft." „Danke Mann." „So und jetzt erkläre mir mal bitte, was da gestern Abend passiert ist? Du hinterlässt uns zwei kryptische SMS, in denen du uns zur Schwimmhalle schickst und aufforderst, diesen Bastard einzusacken. Dann finden wir ihn vor- halbnackt und voller Blut. Und dann warst du die ganze verfluchte Nacht über

241

nicht erreichbar und kommst in so einem Zustand nach Hause. Wo ist dein Handy? Und wo zur Hölle warst du die ganze Nacht. Warst du etwa bei IHR?", platzte es aus mir heraus und während ich sprach, wurde ich immer lauter. Doch Zac sah mich nach wie vor ausdruckslos an. Das kannte ich gar nicht von ihm. Sonst spielte er seine Rolle des Sonnenscheins immer sehr gut. „Wir reden, wenn Alex wach ist", antwortete Zac.

„Ich bin wach und gespannt, was du zu berichten hast", ertönte Alex' Stimme hinter meinem Rücken. Ich drehte mich zu ihm um und sah ihn an der Tür lehnen. „Seit wann bist du wach?", fragte ich ihn. „Seit ein paar Stunden. Ich konnte nicht schlafen, also habe ich unserem Gast einen Besuch abgestattet. Er hatte sich über Nacht bepisst. Einfach nur ekelhaft", sagte er und rümpfte dabei die Nase. Ugh, das war immer der widerlichste Part.

Ich sah wieder zu Zac und hob die Schultern. „Nun denn, jetzt, wo wir vollständig sind, kannst du uns endlich erklären, was vorgefallen ist", forderte ich ihn auf. Alex trat ein und setzte sich auf den Stuhl neben Zac. Ich setzte mich gegenüber von den Beiden. Zac schnaubte, trank einen Schluck von dem Eiskaffee und begann zu sprechen. „Nics Plan kanntet ihr ja. Er war mir das ganze Training über schon sehr merkwürdig erschienen. Der Blick, mit dem er Catie beobachtet hatte, war wie der Blick einer Hyäne, die eine Antilope jagt. Lauernd und bösartig. Das war auch der Grund, warum ich beschlossen hatte, vor der Halle zu warten, bis er diese verließ. Ich beobachtete, wie die Mädels panisch die Halle verließen und kurz darauf spazierte auch er mit Caties Sachen raus. Er packte sie in meinen Kofferraum und meinte dann aber, er hätte noch etwas vergessen. Daraufhin betrat er die Schwimmhalle wieder. Als er kurz darauf immer noch nicht rauskam, wurde ich skeptisch und beschloss, auch die Halle zu betreten. Erst war alles ruhig, doch dann hörte ich einen Schrei, welcher ganz eindeutig von Catie stammte und dann noch ein Geräusch, welches sich, wie ein Schlag anhörte. Ich lief in Richtung der Frauenumkleide und da sah ich es: Catie vollständig entblößt, verschreckt, auf dem Boden liegend und weinend. Über ihr ein halbnackter Nic, welcher ihre Arme über ihrem Kopf gefangen hielt und der gerade versuchte, sich an ihr zu vergreifen. Und als ich dies sah, packte mich die Wut. Ich habe ihn von ihr runtergeschubst und ihm eine Lektion verpasst, aber wie man sieht", er zeigte auf sein Auge, „konnte auch er leider einen Treffer landen. Catie... sie war so... gebrochen, so verletzlich. Es war furchtbar. Ihr müsstet sie sehen, Jungs. Sie hat überall Hämatome. Er hatte sie so stark gewürgt, dass sie dunkle Würgemale am Hals hat und ihre Augen blutunterlaufen waren. Ich habe mich die Nacht lang um sie gekümmert.

Mein Akku war wohl alle, weswegen ihr mich nicht erreichen konntet. Aber ich bin froh, dass ihr euch um den Wichser gekümmert habt", beendete Zac seine Erläuterung. Während Zac erzählte, spürte ich, wie im Raum die Temperatur immer weiter absank. Meine Laune wurde zusehends schlechter und Alex' Blick wurde immer wütender. Nur Zac behielt seinen stoischen Blick bei.

Auf einmal sprang Alex von seinem Stuhl und brüllte „Dieser Hurensohn, ich bringe ihn um!" Zac und ich sprangen mit auf und stürmten Alex hinterher. Ich erwischte ihn am Arm und zog ihn zurück. „Was hast du jetzt vor, hm? Willst du jetzt darunter gehen und deine ganze Wut an ihm auslassen, ohne einen Plan? Wir sind nicht so. Wir stechen nicht erst zu und überlegen uns dann, was wir machen! Ich will ihn auch leiden sehen, er hatte eine einzige Anweisung, EINE und hat sie nicht eingehalten, dafür erhält er eine Strafe. Was er dem Kätzchen angetan hat, war widerwärtig und auch das gehört bestraft, aber wir haben andere Wege", bläute ich ihm ein. Alex beruhigte sich ein wenig, schaute aber immer noch wütend drein. „Meinetwegen, aber wenn wir bis heute Abend keinen Plan haben, machen wir das auf meine Art und Weise!", gab er sich dann endgültig geschlagen. Ein Problem weniger. Alex' Temperament konnte ganz schön ausarten. Ich warf Zac einen Blick zu, der so viel bedeuten sollte, wie *pass auf ihn auf, damit er keinen Scheiß macht"* und ging in mein Zimmer. Ich wollte mein Handy holen, um zu sehen, ob Tommy schon etwas rausgefunden hatte. Ich tippte auf den Bildschirm und wurde nicht enttäuscht, ich hatte mehrere Nachrichten von dem kleinen Nerd. Und besser war nur der Inhalt der Nachrichten.

Grinsend lief ich wieder ins Erdgeschoss. Ich hörte Zac und Alex im Wohnzimmer quatschen. Ich entsperrte mein Handy und legte dieses dann vor die Beiden auf den Couchtisch. Beide verstummten und schauten drauf. Und alle beide mussten genauso lächeln, wie ich. „Nun denn", sagte Zac und stand auf, „wie es aussieht, werde ich heute noch eine wichtige Verabredung haben. Ich wünsche euch beiden sehr viel Spaß." Somit stand er auf und ging in sein Schlafzimmer, wahrscheinlich, um sich umzuziehen. Für seine Geschäftstermine machte er sich immer schick.

Auch Alex und ich verließen das Wohnzimmer. Und gingen wieder in unseren Keller. Unten angekommen, schwang ich dir Tür zu dem, freundlich ausgedrückt, Befragungszimmer, auf und rief ganz laut „GUTEN MORGEEEEEN. Wie geht es uns denn heute? Ich habe von deinem kleinen Fauxpas gehört. Ziemlich eklig", ja, ich weiß, man spielt nicht mit seiner Beute. Aber es machte so viel Spaß. „Was habt ihr mit mir vor?", fragte Nicholas mit schwacher Stimme. Er schaffte es geradeso, seinen Kopf oben zu halten. „Wie wäre es, wenn ich die Fragen stelle und du antwortest? Fangen wir gleich mit Frage Nummer eins an: was war eure Anweisung gewesen?" Er zögerte und antwortete dann: „Ihr wolltet diese Schlampe fertig machen, damit sie Harvard verlässt. Jetzt wird sie es ganz bestimmt", und grinste dabei. „Nenn sie nicht Schlampe, du scheiß Bastard!", brüllte Alex nun und stiefelte auf ihn zu. Dann holte er mit seiner Faust aus und schlug Nic ins Auge. Dieser schrie auf und ich setzte meine Befragung fort. „Ja, eure Aufgabe war es, sie von der Harvard wegzubekommen, aber was hatte ich noch gesagt? Welche Grenze hatte ich euch gesetzt?" Nic beruhigte sich und murmelte etwas vor sich hin. „Wie bitte, kannst du das bitte so wiederholen, dass auch alle anderen etwas verstehen?", hackte ich nach. „Wir sollten diese Bitch nicht anfassen. Aber ganz ehrlich, wer würde nicht seine Chance nutzen, wenn sie so nackt vor einem steht. Ihr seid nur sauer, dass ihr nicht die ersten wart", spuckte er uns entgegen.

Und das war der Punkt, an dem ich einen Satz zurück machte und Alex den Vortritt ließ. „Tststs Nic Nic Nic, haben wir dir nicht gesagt, was die Konsequenzen dafür sind, wenn ihr unsere Regeln nicht einhaltet? Das war wirklich sehr dumm von dir. Wirklich. Weißt du, was du Mami und Papi damit antust?", fragte Alex. Er war in diesem Moment wie ein Raubtier. Er schlenderte zu seinem

„Folterschrank" und öffnete diesen. Nebenbei fing er an eine Melodie zu summen, irgendein russisches Kriegslied. Er stand ewig vor dem Schrank und schaute sich um. Alex hielt immer die aalglatte und freundliche Fassade aufrecht und nur Zac und ich wussten, dass er damit nur sein psychopathisches Inneres versteckte.

Schließlich schien er sich entschieden zu haben und griff in den Schrank rein. Hervor holte er ein kurze, spitze Klinge. „Weißt du, Nic. Dort, wo ich herkomme, gibt es ein Kastrationsgesetz für Menschen, wie dich. Dort ist es nur auf freiwilliger Basis, aber seien wir mal ehrlich. Freiwillig? Das bringt doch keinem was. Wer macht sowas schon freiwillig? Ich bin der Auffassung, dass jeder, der eine Frau gegen ihren Willen anfasst, mit Kastration bestraft werden sollte. Solche Menschen dürfen sich nicht fortpflanzen, was sagst du dazu?", fragte er Nic, während er weiter mit seinem Messer spielte. Der russische Akzent machte alles gleich zehn Mal beängstigender. Sonst konnte er den immer gut überspielen, aber jetzt gerade, ließ Alex alle seine Hüllen fallen. „Oder vielleicht sollten wir dir zeigen, wie es sich anfühlt vergewaltigt zu werden? Das ließe sich einrichten, ehrlich. Ich mein, wie du dasitzt, halb nackt, da würde jeder in Versuchung kommen", sagte Alex.

Er bluffte nur, aber das wusste Nic nicht. Dieser zitterte jetzt am ganzen Leibe und heulte. Herrlich. Alex stand nun direkt vor Nic. Er fuhr mit der scharfen Klinge beinahe vorsichtig an seinem Gesicht entlang, während dieser wimmerte, wie ein Baby. Dann hielt Alex an Nics Hals inne und drückte die Klinge etwas tiefer in Nics Fleisch, sodass eine kleine Wunde entstand, aus der er leicht blutete. Das Wimmern und Heulen wurde stärker. „Hey, tschhh pideras, weinen bringt dich hier auch nicht weiter. Sag, hast du aufgehört, als Catie gefleht und geweint hatte? Und diesmal bitte ehrlich sein. Wir kennen die Wahrheit sowieso schon", verlangte Alex zu Wissen. „N...nein", stotterte dieser.

„Herzlichen Glückwunsch, deine erste ehrliche Antwort", lobte Alex ihn und verpasste ihm daraufhin einen Schnitt im Gesicht. „Nun denn, ich habe die Lust am Quatschen verloren, kommen wir nun zu dem spaßigen Teil", sagte er und grinste dabei, wie ein Kleinkind zu Weihnachten. Er setzte mit der Klinge an Nics Shirt an und zerschnitt es mit einem Mal. Nun saß Nic nackt und nur mit einer Decke, welche klitschnass war, wahrscheinlich von seinem eigenen Urin, vor uns, und weinte, wie ein Schlosshund. „Hm, wo fange ich zuerst an?", fragte er, aber wartete keine Antwort ab, sondern schnitt ihm einfach in die Brust. Weitere Schnitte folgten. Doch das wahre Spektakel hob er sich für den Schluss auf.

Über Stunden hinweg beobachtete ich ihn, wie er Nic auf jede erdenkliche Art folterte, sei es eiskaltes Wasser, welches

248

er über ihn schüttete, oder weitere Schnitte. Doch am Ende löste Alex die Fesseln von dem Bastard und stellte sich vor ihn. „Auf die Knie, Bitch", zischte er dann. Ich beobachtete das ganze Spektakel und genoss den Anblick des leidenden Köters. Nic schien keine Kraft mehr zu haben und sich seinem Schicksal zu fügen. Er rutschte eher vom Stuhl und befand sich dann auf den Knien vor Alex. „Braver Wauwau und jetzt mach Platz", fügte Alex an. Nic regte sich nicht und daraufhin beschloss Alex etwas nachzuhelfen. Er verpasste ihm eine schallende Ohrfeige, sodass Nic zur Seite flog. Da lag er nun da, zitternd und kraftlos.

Alex lief zum Schrank und holte einen Besen hervor. „Nun erfährst du, wie es sich anfühlt, nicht konsensuell etwas in sich reingeschoben zu bekommen", sagte Alex und richtete den Besenstiel auf Nics Hintereingang. Dieser wimmerte und versuchte von Alex davon zu kriechen, doch dieser war schneller. Doch kurz, bevor der Besenstiel den Hintereingang erreichte, hielt Alex inne. „Du würdest es verdienen, wirklich. Aber wir sind nicht, wie du. Wir vergreifen uns nicht an hilflosen, armen, nackten Menschen. Dennoch möchte ich dir ein Souvenir mitgeben". Ich hatte wirklich für einen kurzen Moment gedacht, dass Alex es durchzieht. Aber stattdessen packte er Nic nur an den Haaren und wirbelte ihn herum, sodass dieser nun auf dem Rücken lag. Alex kniete sich neben ihn und fing über Nics

Schaft an, etwas in seine Haut zu ritzen. Er ließ sich sehr viel Zeit dabei, aber als er fertig war, sah ich, was er geschrieben hatte: RAPIST. „Jetzt wird dich nie wieder eine Frau anfassen, du Hurensohn." Damit beendete Alex seine Folter und lief aus dem Raum heraus. „Ich hoffe, du hast deine Lektion gelernt. Du bist geradeso davongekommen, sei dankbar. Ach, und falls du jemals auf die Idee kommen solltest, uns zu verraten, wirst du noch weitaus mehr verlieren. Mach dir keine Hoffnungen, was deine Eltern angeht. Sie wissen über alles Bescheid. Sie werden dir nicht helfen können. Verpiss dich von unserer Uni und komm nie wieder zurück", mit diesen Worten verließ ich nun auch den Raum. In ein paar Stunden würden Rodrigos Jungs kommen und ihn abholen, unter Drogen setzen und den Rest für uns erledigen. Oben in der Bibliothek angekommen, checkte ich meine SMS und las mit Freuden Zacs Nachrichten.

Kapitel 25- Catherine

Seit dem Vorfall waren nun einige Tage vergangen. Es war schwer, doch ich hatte es geschafft, mich abzulenken. Nicht zuletzt wegen Nickie und Zac. Nickie wusste nichts von der Sache und ich wollte auch nicht, dass sie davon erfuhr.

Zac war mir ein paar Mal im Campus und natürlich auch beim Schwimmtraining entgegengekommen und hatte mich aufgebaut. Ich hatte nach dem Vorfall beschlossen, das Schwimmteam zu verlassen und das hatte ich Zac am nächsten Morgen mitgeteilt. Doch dieser versicherte mir, dass Nic- so hieß er anscheinend, nicht mehr auf die Uni ginge. Ich wusste nicht, wie er es geschafft hatte, aber tatsächlich sah ich Nic nie wieder. Weder auf dem Campus noch beim Schwimmtraining. Ich fragte mich des Öfteren, ob Alex und Romeo mitgeholfen hatten, Nic... verschwinden zu lassen. Doch ich verwarf den Gedanken jedes Mal aufs Neue. Die Beiden hätten eher Party gemacht, hätten sie erfahren, was mir zugestoßen war.

Ich hatte mich heute mit Nickie zum Lernen verabredet, wir saßen gerade auf der Couch und gingen meine Lernzettel durch. Meine erste Klausur stand demnächst an und ich wollte sie rocken.

Im Hintergrund lief leise der Fernseher. Mir half es immer, wenn ich beim Lernen, Geräusche im Hintergrund hatte. Wir hatten den ersten Stapel hinter uns, da erschien eine Eilmeldung. Ich drehte den Fernseher direkt lauter und starrte gebannt auf den Bildschirm. Darauf zu sehen war ein Familienfoto mit niemand anderem als Nic. Im Hintergrund hörte ich die Nachrichtensprecherin: „Kurze Eilmeldung. Das führende Immobilienunternehmen „Miller & Sons" wurde wegen Steuerhinterziehung verklagt. Durch eine anonyme Quelle erfuhren die Behörden, dass James Miller, der aktuelle Vorsitzende, Beträge in Höhe mehrerer Millionen Dollar auf mehreren Konten im Ausland versteckt hatte. Es wurde eine Untersuchung gegen die Familie eingeleitet. Dabei kam auch heraus, dass die Millers zum Errichten mehrerer Gebäude, ohne Einwilligungen von den jeweiligen Stadträten und Baubehörden gehandelt haben. Jetzt wird nun auch wegen Bestechung und Verstößen gegen Bauvorschriften Ermittlungen eingeleitet. Der Gerichtstermin findet am…", ich schaltete den Fernseher auf stumm und atmete durch.

War das ein Zufall? Ausgerechnet die Familie meines Peinigers wird einige Tage nach meiner Misshandlung dem Erdboden gleich gemacht?

Ich musste herausfinden, ob Zac etwas damit zu tun hatte. Das waren mir zu viele Zufälle auf einmal. „Hallo,

Erde an Catie!", hörte ich von der Seite. Ich hatte komplett vergessen, dass Nickie anwesend war. „Ja? Sorry, war gerade abgelenkt", antwortete ich. Ich hatte nicht einmal mitbekommen, dass sie noch da war. „Habe ich schon mitbekommen. Aber die Nachrichten sind wirklich krass! Die Millers sind so eine wichtige Familie mit einem riesigen Imperium gewesen. Und von einem Tag auf den nächsten, wird alles, was sie hatten, ausgelöscht und weggenommen. Kein Wunder, dass ihr Sohn die Uni verlassen hat." Ich wurde stutzig. „Du kanntest hin?", fragte ich. „Ja, aber nur flüchtig. Er war ein sehr unangenehmer Mensch. Ich hatte einmal kurz mit ihm bei einer Party gequatscht, bis er angefangen hatte, mich anzubaggern. Ich hatte ihm mehrmals gesagt, dass ich kein Interesse hatte, aber er hatte mich einfach nicht in Ruhe lassen wollen. Ich hatte ihm dann einen Drink übergekippt und bin abgehauen", erläuterte sie. Ich musste direkt an die Umkleide denken. Auf mein „nein" hatte er auch nicht gehört. „Sorry Nickie, aber ich muss noch mal wohin." Ich stand auf und lief zum Schrank, um einen Pullover auszukramen und zog diesen über. „Kannst du bitte den Fernseher ausmachen?", fragte ich sie und sie tat es. „Wo willst du um diese Uhrzeit bitte schön hin?" Verdutzt sah sie mich an.

Ich hatte gerade keine Lust, mir eine Ausrede auszudenken, also antwortete ich wahrheitsgetreu: „Zu Zac, ich muss mit ihm reden." Ich stand schon an der Tür und blickte zu Nickie, die immer noch auf der Couch saß. „Kommst du?", ich weiß, dass mein Tonfall sehr harsch klang, aber ich brannte darauf zu erfahren, wer dahintersteckte. Zac konnte mir nicht sagen, dass er mit den Nachrichten nichts am Hut hatte. Nickie stand zögernd auf. „Läuft da was zwischen dir und Zac?", fragte sie mich. Ich hielt kurz inne und überlegte, was ich sagen sollte. „Wir sind gute Freunde und ich wollte ihn was fragen..." „Verstehe, dann wünsche ich dir viel Spaß. Da kann ich nochmal zu Claire", gab Nickie mit einem verträumten Lächeln zurück. Ich dachte erst, sie würde sauer sein, aber da war kein Funken von Ärger. Puh, das letzte, was ich gebrauchen könnte, war, meine beste Freundin zu verärgern. In diesem Moment wurde ich von sämtlichen Glücksgefühlen überströmt.

Mir entwich eine kleine Träne und ich lief direkt auf Nickie zu, um sie in meine Arme zu schließen. „Danke Nickie, dass du so ein wundervoller Mensch bist, danke, dass wir Freunde sind", entkam mir. Sie wirkte erst überrumpelt, schloss mich dann aber auch in eine Umarmung. „Ist doch klar meine Süße, ist doch klar", entgegnete sie, während sie mir über den Rücken strich. Dann packte sie mich an den Schultern und zwang mich, sie anzusehen. „Ich weiß nicht, was die letzten Tage los war und ich blicke bei der ganzen Zac- Sache nicht durch. Aber ich möchte, dass du weißt, dass ich IMMER für dich da sein werde. Du bist ein toller Mensch und eine noch bessere Freundin", und damit beendete sie ihre Ansprache.

„Danke Nickie", sagte ich und drückte sie nochmal, bevor ich mich von ihr löste. Daraufhin verließen wir beide mein Zimmer. Es war schon ziemlich dunkel und frisch draußen. Nickie begleitete mich noch ein Stück, da Claires Verbindungshaus in der Nähe von dem der Jungs lag. Irgendwann verabschiedeten wir uns und ich lief direkt auf das Haus der Jungs zu. Ich atmete tief durch und war nervös. Was ist, wenn ich auf Romeo, oder Alex treffen würde?

Ach, scheiß drauf. Vor der Tür angekommen, drückte ich auf die Klingel und wartete ab. Hoffentlich würde ich niemanden wecken. Ich hatte mein Handy nach wie vor nicht wieder zurück und konnte somit auch niemanden anrufen. Ich stand vor der Tür, wie bestellt und nicht abgeholt und wollte gerade umkehren, als sie geöffnet wurde. Davor stand ein halbnackter, verschwitzter Romeo. Er sah überrascht aus, als er mich sah, grinste dann aber lässig. „Ich bin zwar eigentlich gerade beschäftigt, aber wenn du willst, kannst du gerne die Nächste sein", sagte er und wackelte mit seinen Augenbrauen. Ich verstand genau, was er damit andeuten. Er hatte gerade Sex gehabt. „Ich bin nicht wegen dir hier", antwortete ich und schob mich an ihm vorbei. „Romeo? Wo bleibst du denn?", hörte ich von der Treppe oben und sah direkt hoch. Dort stand meine beste Freundin Jenny.

Ich rollte mit den Augen und sah wieder zu Romeo. „Nein danke, ich will mir keine Krankheiten zuziehen." Ich erwartete Romeos typischen angepissten Blick, aber stattdessen grinste er mich weiter an. Hatte der was genommen? Er hatte Jenny bisher noch nicht geantwortet, was sie dazu veranlasste, nochmal runterzusehen und dann erblickte sie mich. Ihre Miene verzog sich zu einer wütenden Grimasse. „Was macht diese Schlampe hier? Schmeiß sie raus und komm wieder ins Bett, Baby", beschwor sie ihn. Dieser sah mich kurz an und sah dann zu ihr hoch. Ich erwartete wirklich, dass er mich rausschmiss, aber stattdessen antwortete er ihr: „Weißt du was, Jenny, halt die Fresse und verzieh dich. Wer bist du, dass du denkst, du könntest MIR Anweisungen geben? Du hast fünf Minuten Zeit, um zu verschwinden, oder ich zerre dich an deinen Extensions aus dem Haus."

Ich weiß, darüber sollte man nicht lachen, aber ich konnte nicht anders, mir entwich plötzlich ein lauter Lacher. Ich schlug mir direkt meine Hand vor den Mund, aber ich kicherte immer weiter. Ich wusste nicht einmal warum. Meine einzige Theorie war, dass ich die letzten Tage einfach so arg unter Stress gestanden hatte, dass jetzt einfach alles rausgeschossen kam. Ich hörte Jenny ein wütendes „URGH!", ausstoßen und dann ihre Schritte. Romeo sah mich an, als hätte ich den Verstand verloren. Dann prustete er ebenfalls los. „Kriegst du dich auch irgendwann mal ein, Kätzchen?", fragte er dann lachend. Ich versuchte, mich zu fangen und antwortete nur „Sofort", und prustete wieder los. Als mein Bauch schon anfing weh zu tun, stapfte Jenny wütend an mir vorbei zur Tür. Ich hatte gar nicht mitbekommen, wie sie die Treppe runtergelaufen kam. „Hure", zischte sie mir entgegen. „Ist wohl dein Lieblingswort? Vergiss aber nicht, ‚Hure' wird mit einem ‚r' geschrieben", entgegnete ich ihr mit erhobenem Kopf. Sie sah mich mit einem Todesblick an und stapfte dann aus der Tür raus. Allmählich beruhigte ich mich und bemerkte, dass Romeo mich weiterhin grinsend ansah. „Habe ich was im Gesicht?", fragte ich. „Nein, überhaupt nicht. Ich finde dich gerade einfach nur amüsant. Aber noch mehr frage ich mich gerade, was du hier um diese Uhrzeit willst", entgegnete er. „Ich wollte zu…", noch bevor ich weitersprechen konnte, wurde ich am Nacken gepackt. Jemand drängte sich von hinten an mich und ich erstarrte zu Eis. Es rief Flashbacks vom Samstag wieder hervor. Aber kurz bevor ich anfing zu hyperventilieren, hörte ich eine vertraute Stimme an meinem Ohr: „Was willst du hier, Prinzessa?" Alex. Ich hatte mit ihm jetzt knapp einen Monat nicht mehr gesprochen und war auch immer noch sauer über seine Reaktion und darüber, dass er so eine Nummer mit mir abgezogen hatte.

„Ich wollte zu Zac", antwortete ich wahrheitsgemäß. „Und was erhoffst du dir davon?", bohrte er weiter. „Was geht dich das an?", zischte ich und drehte mich zu ihm um. „Ich wohne hier und wenn jemand umso eine Uhrzeit beschließt vorbeizukommen, möchte ich wissen, wieso", sagte er mit einer ruhigen Stimme. „Da ich aber nicht gekommen bin, um dich, sondern um Zac zu sehen, geht es dich einen Scheißdreck an", entgegnete ich wütend. Mir ging dieses Möchtegern- Alpha- Männchen- Spielchen dermaßen auf die Nerven. „Nimm deine Hände von mir, oder ich schreie", fügte ich noch hinzu. Etwas in seinem Blick änderte sich und wurde sanfter und er nahm dann tatsächlich auch seine Hände weg. „Egal, was du mit ihm zu besprechen hast, wir werden mit dabei sein", meldete sich Romeo nun auch zu Wort. „Warum? Seid ihr seine Babysitter?", gab ich zurück und drehte mich nun wieder Romeo zu. Allmählich fühlte ich mich in die Enge getrieben, aber nicht auf dieselbe Art, wie von Nic. „Was ist hier los?", plötzlich stand Zac im Flur. Er sah müde aus und ich bekam schlagartig ein schlechtes Gewissen, dass ich um so eine Uhrzeit hierhergekommen war. „Ich wollte mit dir reden, allein", beantwortete ich seine Frage. Er sah kurz mich an und dann die Jungs. „Worum geht es denn?", fragte er verdutzt, aber als er meinen Blick sah, wusste er, worauf ich hinauswollte. „Wenn es um Samstag geht, dann kannst du die Frage gerne vor uns allen stellen, wir wissen Bescheid", entgegnete mir Romeo von der Seite. Ich merkte, wie mir alle Farbe aus dem Gesicht wich. Verständnislos sah ich Zac an. Hatte er es ihnen etwa erzählt? „Wie konntest du nur?!", ging ich Zac an. Auch er sah ziemlich bleich aus. „Ich habe dir vertraut und was machst du? Läufst zu deinen Jungs und erzählst direkt alles weiter? Du bist noch schlimmer als die Beiden zusammen!", schrie ich unter Tränen. Dann wandte ich mich Alex und Romeo zu: „Und ihr! Ist es ein Spaß für euch? Hat es euch Befriedigung verschafft, zu wissen, dass ich gebrochen war? Oh, ich wette, es hat euch amüsiert zu erfahren, dass es noch mehr kranke Menschen auf dem Campus gibt", während ich sprach, sah ich erst Alex und dann Romeo tief in die Augen. Beide sahen mich wütend und verständnislos an. „Beruhige dich mal Kätzchen, was denkst du eigentlich von uns? Ja, wir sind Arschlöcher, aber wir sind keine Schweine. Was denkst du eigentlich, wer sich um die Schweinerei in der Schwimmhalle gekümmert hat und dafür gesorgt hatte, dass der Kerl von der Uni geht, hm?", antwortete Romeo wütend. Ich war kurz baff. „Wovon redet ihr?", fragte ich geschlagen. Alex sah sich um und meinte schließlich: „Nicht hier." Er schnappte sich meine Hand und lenkte mich den Flur entlang. Zac und Romeo folgten uns. Ich fand es komisch, dass Zac nicht einen Ton von sich gegeben hatte. Schämte er sich, oder fühlte er sich einfach nur ertappt? „Wohin gehen wir?", fragte ich dann zweifelnd. Schlagartig blieb Alex stehen, sodass ich gegen ihn stieß. „Kannst du nicht einmal für ein paar Minuten deine Klappe halten? Weißt du, wie anstrengend dein Geplapper und deine ständigen Fragen sein können?", er wirkte ganz schön gereizt, war ich aber auch, weswegen ich noch eine Schippe draufsetzte: „Und weißt du, wie nervig dein hin- und her ist? Mal redest du mit mir, mal nicht. Mal bist du ein Strahlemann, mal der Sensenmann und dann noch dieses ständige „Finster-drein-Schauen". Möchtest du damit mysteriös rüberkommen, oder bist du einfach nur bipolar? Du...", ich wollte eigentlich noch einen draufsetzen, aber plötzlich landeten seine Lippen auf meinen und ich merkte, wie sehr es mir gefehlt hatte, wie sehr ER mir gefehlt hatte. Er löste sich von mir und grinste. Ich war nicht in der Lage etwas zu sagen, weil ich so verwirrt war von seinem plötzlichen Überfall auf mich. „Na geht doch, wer hätte gedacht, dass es so leicht ist, dich sprachlos zu machen." Und ich war es tatsächlich.

Alex setzte jetzt seinen Weg fort und wir landeten vor einer Tür, am hintersten Ende des Ganges, in dem Zacs

Zimmer lag. Ich musste der Versuchung widerstehen, zu seiner Tür zu schauen, da ich ja schließlich nicht wollte, dass die anderen Jungs Wind davon bekamen, dass ich in der Nacht des ziemlich fehlgeschlagenen Dates mit Alex, im Bett von Zac gelandet war.

Und wieder erinnerte es mich daran, dass Zac eine feste Konstante über meine gesamte Zeit hier an der Harvard war. Er hatte niemandem erzählt, was er in der Wanne gesehen hatte, er hatte niemandem erzählt, dass er mir geholfen hatte, als Alex mich ausgesperrt hatte und er hatte gewiss einen Grund, warum Romeo und Alex von dem Vorfall Bescheid wussten.

Meine Wut verflog ein wenig und ich stiefelte Alex- immer noch an seiner Hand- die Treppen hinterher. Ich hatte gar nicht gewusst, dass sie einen Keller hatten.

Ich beschloss, nicht weiter nachzufragen, sondern das Ganze über mich ergehen zu lassen. Auch wenn die Versuchung groß war, wieder geküsst zu werden. *Klappe, Catie! Fokus! Du bist nicht hier, um deinen Spaß zu haben, sondern weil du Informationen willst!* Nerviges Gewissen, was spricht schon gegen ein wenig Spaß? Kopfschüttelnd lief ich Alex hinterher und allmählich meldeten sich meine Alarmglocken. Wo brachte er mich hin? Was wollte er? Würde irgendjemand meine Schreie hören, sollten sie mir was antun. Doch das würden sie nicht, oder? Nein, so sind sie nicht. Sie haben selber gesagt, sie sind zwar Arschlöcher, aber keine perversen Schweine. Doch konnte ich dem ganzen auch wirklich Glauben schenken? Oder logen sie mich nur an, um mich in Sicherheit zu wiegen. Steckten sie vielleicht mit diesem Nic unter einer Decke? *Quatsch Catie. Jetzt geht aber wirklich die Fantasie mit dir durch.* Die Stimme in meinem Kopf hatte recht. Ich war wirklich paranoid.

Endlich kamen wir vor einer Tür an und als Alex sie öffnete, war mein erster Instinkt, so schnell wie möglich von hier zu verschwinden. Aber leider ging das nicht so leicht, wenn die Jungs mir jede Möglichkeit zur Flucht verwehrten. Ich würde niemals an diesen muskulösen Gorillas aka Romeo und Zac vorbeikommen und Alex hielt mich so fest, dass es mich außerordentliche Kraft kosten würde, mich aus seinem Griff zu winden. Das, was ich vor mir erblickte, war entweder ein Folterraum, oder eine Lusthöhle, die selbst Fifty Shades of Grey Konkurrenz machte. „Ähm, ja. Vielen Dank für eure Gastfreundschaft, aber ich würde dann mal gehen", stieß ich aus und wollte mich gerade umdrehen, um zu gehen, vergaß aber jedoch, dass meine Hand, mit der von Alex verschmolzen war. „Du wolltest reden, wir werden reden", sagte Romeo und sah mit verschränkten Armen zu mir runter. „Und warum muss das in eurer Liebesgrotte passieren?", stieß ich aus. Zac musste lachen und auch

Romeo stieg mit ein. „Liebesgrotte, das muss ich mir merken", kam von Zac, während er mir lachend auf die Schulter klopfte. Ich fand das nicht komisch, ganz und gar nicht. „Hier ist es schalldicht, keiner wird uns zuhören können, deswegen bist du hier in diesem Raum. Keine Sorge, wir werden dich nicht anfassen, außer du bittest uns darum", erklärte Alex ungeduldig. „Dann kannst du mich ja jetzt loslassen", erwiderte ich. Alex sah auf unsere Hände herunter und seine Augen weiteten sich. Schnell ließ er mich los, als hätte er sich verbrannt. Man hatte dieser Typ Probleme. „Und es wäre auch ganz gut, wenn du mich nicht einfach so küssen würdest, nur weil dir nicht passt, dass ich kein Blatt vor den Mund nehme", setzte ich noch dran. „Sonst noch irgendwelche Wünsche, oder können wir jetzt zum eigentlichen Programm kommen?", stöhnte Alex genervt. Er nahm mich einfach nicht ernst. Arschloch. „Meinetwegen, wo kann ich mich hinsetzen? Am besten irgendwo, wo es keine Spuren von Sperma, oder sonstigen Körperflüssigkeiten gibt?", fragte ich. Zac, der sich erst wieder gefangen hatte, lachte wieder los. „Kätzchen, egal, wo du dich hinsetzt. Überall wird es irgendwelche Spuren von irgendetwas geben. Such dir einfach einen verdammten Platz aus und setz dich!", mischte sich auch nun Romeo ein.

Romeo sah genervt zu Zac und schnauzte ihn an, dass er endlich mit dem Lachen aufhören solle. „Habt ihr beiden zusammen gekifft, oder warum lacht ihr beide den ganzen Abend, wie zwei Bekloppte?", die Aussage war an Zac und mich gerichtet. Romeo spielte damit auf meinen vorherigen Lachflash an. „Tut mir ja leid, dass wir im Gegensatz zu dir, Freude am Leben haben", erwiderte ich. Zac lachte wieder los und Romeo packte mich am Arm und zerrte mich auf eine Couch. „Du bist aber witzig. Jetzt frag, was du fragen wolltest", forderte er mich nun auf. Ich sah jeden davon einzeln an und dann platzte es raus. „Seid ihr verantwortlich für die Nachrichten?" Romeo runzelte die Stirn. „Nachrichten?" „Ja? Die Nachrichten über die Millers?" Kaum hatte ich meinen Satz beendet, zückte Alex sein Handy. Kurz darauf spielte er die Nachrichten ab. Ich hörte wieder dieselbe Sprecherin. Als das Video beendet wurde, sahen die Jungs sich grinsend an. „Gut gemacht, Zac", lobte Romeo den eben genannten. „Ein Kinderspiel", antwortete dieser ernst.

Somit war meine Frage in Bezug auf die Verantwortlichen auch geklärt. „Was habt ihr mit diesem Mistkerl gemacht?", fragte ich nun. „Du meinst abgesehen davon, dass wir eine gesamte Immobiliendynastie zerstört haben?", fragte Alex ungläubig. Klar, sie hatten Recht. Es war schon viel. Seine Zukunft war zerstört, aber irgendwie hatte ich die Hoffnung, dass sie ihn haben leiden lassen. Aber andererseits, warum sollten sie das auch machen? Er hat ja nicht ihnen weh getan, sondern mir und ich bin niemand von Bedeutung für sie.

Er bemerkte wohl meinen beschämten Gesichtsausdruck, weswegen er sich nun vor mich hockte. „Sag mir, Prinzessa. Bist du jetzt enttäuscht? Hast du etwas anderes erwartet? Etwas abstoßendes? Etwas, was deine ohnehin schlechte Meinung über uns bestätigen kann? Oder ist es sogar anders? Würde es dich anturnen, würde ich dir sagen, dass wir diesen Mistkerl gefoltert haben und dafür gesorgt haben, dass ihn nie wieder jemand wollen wird. Oh ja, ich sehe es in deinen Augen. Ich weiß, dass auch in dir ein Biest schlummert. Los hol es raus, ich will es streicheln." Während er sprach, kam mir sein Gesicht immer näher. Instinktiv wich ich ihm aus und sah weg.

Hatte er Recht? War es das, was ich gewollt hatte?

Tief in meinem Innern?

„Antworte mir", säuselte er. Und da war wieder dieser Tonfall. Derjenige, der mich dazu zwang, alles zu tun, was er von mir verlangte. „Fick dich, Alex", zischte ich ihm entgegen. Daraufhin hörte ich Gelächter. Wütend sah ich wieder nach vorne und erkannte Romeo und Zac als die Verursacher. Alex hingegen war angepisst. „Sie ist wohl mittlerweile doch immun gegen dich", äußerte Zac. „Klappe, Fitzgerald", erwiderte Alex.

Die Jungs zankten sich daraufhin, wie kleine Mädchen. Ich überlegte, ob ich jetzt die Chance nutzen sollte, um einfach abzuhauen. Doch, als ich aufstehen wollte, landeten zwei Hände auf meinen Schultern. „Nicht so schnell Kätzchen", flüsterte mir eine Stimme ins Ohr. Das erregte auch die Aufmerksamkeit der anderen Beiden. „Ihr habt mir meine Frage doch beantwortet, da könnt ihr mich doch auch einfach gehen lassen", presste ich geradeheraus. „Eine Sache noch", sagte Zac und lief zu einem Schrank.

Ich war nervös, weil ich nicht wusste, was auf mich zukommen würde. Er öffnete die Schranktür und zog eine Tasche heraus. Halt, es war nicht irgendeine Tasche, es war MEINE Tasche. „Wir hatten eine kurze... Konversation mit Nic und nach einer gewissen Zeit, hatte er uns bereitwillig mitgeteilt, wo sie war. Hier, bitte schön", er hielt mir die Tasche hin. „Danke", sagte ich und schnappte sie mir. Ich wollte wieder aufstehen, doch Romeo drückte mich wieder in den Sitz. „Was ist denn noch?!", fragte ich nun genervt. „Du hast dich noch gar nicht bei uns bedankt", antwortete mir Alex. Das war dann der Punkt, an dem mein Geduldsfaden riss. „Meine Fresse, D-A-N-K-E dafür, dass ihr euch um ihn gekümmert habt und D-A-N-K-E, dass ihr mein Zeug zurückgeholt habt. Jetzt sind wir quitt, DANKE!", rief ich und stand so abrupt auf, dass Alex, der noch vor mir hockte, das Gleichgewicht verlor und umkippte. Ich hätte darüber gelacht, wenn ich nicht so wütend gewesen wäre.

Die Jungs hatten das nicht aus Herzensgüte gemacht, oder weil sie so etwas, wie ein Gewissen hatten, sondern weil sie sich einen Vorteil daraus erhofften. Ich lief eiligen Schrittes auf die Tür zu, doch Romeo versperrte mir plötzlich den Weg. „Wohin so schnell? Ich finde, wir verdienen einen richtigen Dank", sagte er dreckig grinsend. Mein Herz fing plötzlich heftiger an zu schlagen und ich stand kurz davor zu hyperventilieren. „Lass mich gehen, Romeo. Bitte", flehte ich. Zac kam an Romeos Seite und sah mich an. Er erkannte sofort, was Sache war, und sagte daraufhin zu Romeo: „Lass sie gehen, bevor sie sich noch in die Hose macht", und sah mich daraufhin abschätzig an. Ich verstand nicht, was plötzlich mit ihm los war. Er war sonst immer so nett, doch jetzt verhielt er sich, wie ein Arschloch. „Fick dich", spie ich Zac entgegen. Dieser zuckte nur leicht mit dem Mundwinkel, ansonsten war da keine Regung. Er konnte vergessen, dass ich ihm noch helfen würde und das realisierte er jetzt wohl auch, da sich seine Augen kurz weiteten, aber mehr Reaktionen blieben aus. Ich schob mich an den beiden vorbei und floh so schnell wie möglich aus dem Verbindungshaus.

Schwer atmend kam ich in meinem Wohnheimzimmer an. Mein erster Akt war, meine Tasche auf das Sofa zu hauen und darin nach meinem Handy zu kramen. Ich fand es recht schnell und lief damit direkt in mein Zimmer, um es anzuschließen. Ungeduldig wartete ich darauf, bis es anging. Sobald der Bildschirm endlich aufleuchtete und ich meine SIM- Karte entsperrt hatte, wurde ich von Nachrichten überflutet. Darunter auch viele verpasste Anrufe. Einige waren von Nickie, als sie mir helfen wollte, mein Handy zu finden. Ich hatte ihr eine Lüge aufgetischt, dass es mir irgendwie aus der Tasche gefallen sein musste. Sie hatte mir geglaubt. Dann sah ich mir den weiteren Anrufverlauf an und erkannte, dass auch meine Eltern mehrmals versucht hatten, mich anzurufen. Shit. Ich beschloss, dass ich sie nicht länger warten lassen wolle und rief direkt zurück. Meine Mutter nahm direkt den Hörer ab. „Екатерина! Что случилось? Почему ты не отвечаешь на звонки? (Ekaterina (die russische Version von Catherine) Was ist passiert? Warum antwortest du nicht auf Anrufe?)", fragte sie mich aufgeregt. Innerlich stöhnte ich auf. Die ganze Zeit rufen sie mich nicht an, aber kaum wird mir mein Handy geklaut, fällt ihnen wieder ein, dass sie eine Tochter haben. „Мама, у меня всё в порядке. У меня просто зарядный кабель сломался и мне надо было купить новый. (Mama, bei mir ist alles in Ordnung. Mein Ladekabel ist bloß kaputt gegangen und ich musste mir ein neues kaufen)", redete ich mich raus. In der Hoffnung, dass sie es mir glauben würde. „Na dann bin ich ja beruhigt. Dein Papa wollte schon zur Uni fahren und persönlich nach dir sehen. Erzähl mal mein Schatz, wie läuft das Studium?", fragte sie mich und ich erzählte ihr, erleichtert darüber, dass sie mir meine Ausrede glaubte, alles über die Uni. Nur den Vorfall und die Verbindungsidioten ließ ich aus. Nach einer Stunde, in der sich meine Eltern mit mir ausgetauscht hatten, legten wir dann schließlich auf. Sie hatten mir auch mitgeteilt, dass die Lieferung meiner restlichen Sachen demnächst käme. Um ehrlich zu sein, hatte ich das schon vergessen.

Erschöpft warf ich mich auf mein Bett und scrollte durch die Nachrichten, die ich erhalten hatte und setzte mich dann urplötzlich auf. Ich hatte jetzt seit einigen Wochen nicht mehr an Daniel gedacht und genauso lange nichts mehr von ihm gehört. Deswegen überraschte es mich, eine Nachricht von ihm erhalten zu haben. Ich öffnete diese und runzelte die Stirn. Diese Nachricht war noch kryptischer als die letzte. Es stand einzig und allein nur die Zahl drei da. Komisch. Vielleicht hatte er sich auch nur vertippt? Warum sonst sollte er mir sonst nur eine einzige Zahl schreiben. Ich stand nochmal aus dem Bett auf und lief wieder zu meiner Tasche.

Dort kramte ich meine gesamte Kleidung raus. Durch meinen Schwimmanzug waren meine Sachen komplett durchnässt und rochen muffig. Angewidert rümpfte ich die Nase und brachte alles, samt Tasche ins Badezimmer, um es zu waschen. Doch vorher entleerte ich diese, da ich nicht wollte, dass ich etwas mit wusch, was nicht gewaschen werden sollte- so wie mein Shampoo und meine Spülung zum Beispiel. Ich überprüfte auch die Seitentaschen und entdeckte in einer von denen einen kleinen zusammengefalteten Zettel. Verwundert nahm ich ihn und faltete ihn auf. Ich konnte mich nicht entsinnen, diesen geschrieben zu haben, also las ich gespannt. **Morgen, 20 Uhr**, stand da lediglich. Keine Adresse und kein Absender. Komisch. Wer konnte den Zettel dort reingetan haben können? Die Jungs waren die ganze Zeit um mich herum, der Einzige, der an der Tasche war, war Zac, aber wie sollte er das geschafft haben, ohne dass die anderen beiden das sahen? Während ich darüber grübelte, überkam mich die Müdigkeit. Ich gähnte und machte mich kurz darauf bettfertig. Morgen war schließlich auch ein Tag, an dem ich grübeln konnte.

Ich erwachte aus einem sehr unruhigen Schlaf und war extrem glücklich darüber. Ich war schweißgetränkt. Immer und immer wieder wiederholte sich der Vorfall in der Schwimmhalle in meinem Traum. Dieser Nic hatte den Akt zwar nicht vollzogen, aber alles andere war schon schlimm genug. So schlimm, dass ich es wahrscheinlich niemals vergessen würde. Ich strich mir meine Haare, die mir ins Gesicht gefallen waren, nach hinten und griff dann mit einer zittrigen Hand nach meinem Handy. Man war ich glücklich, dass ich es wieder hatte. Ich ließ den Bildschirm aufleuchten und sah nach der Uhrzeit: es war kurz nach um vier. Da an Schlafen sowieso nicht mehr zu denken war, stand ich auf und ging duschen. Vor dem Badezimmerspiegel begutachtete ich mich. Die Würgemale waren immer noch leicht zu sehen. Nur waren sie nicht mehr blau- violett, sondern eher gelb- grün. Ein Zeichen für Heilung. Zumindest äußerlich. Innerlich saßen die Wunden tief und bluteten immer wieder nach. Die letzten Tage lief ich nur mit Rollkragen und Halstüchern herum, um keine Fragen aufzuwerfen. Gott sei Dank spielte mir das Wetter hierbei in die Karten. Wäre es Hochsommer gewesen, hätte es bestimmt affig ausgesehen. Kopfschüttelnd wandte ich mich ab und stieg unter die Dusche, um mir den Schweiß der Nacht abzuwaschen. Wieder kam mir der Zettel in den Sinn, ich war nach wie vor nicht schlau daraus geworden. Und dann noch Daniels Nachricht… Meine Gedanken wanderten weiter zum gestrigen Abend An den Zusammenstoß mit dem halbnackten Romeo, Alex' Präsenz und Zacs abschätzigem Blick. Und natürlich an den Keller und das Zimmer, in dem ich gesessen hatte. Ich sollte mich ekeln, aber anders als erwartet, fand ich das Zimmer eher interessant. Ich fragte mich, was sie dort mit den Mädels machten und ob sie es gemeinsam taten... Nein, das ist nichts, worüber ich mir den Kopf zerbrechen sollte. Mir doch egal, wen und wie sie vögelten, aber andererseits... *Oh Gott Catie, du hörst dich an, wie eine verzweifelte Jungfrau. Diese Typen sind nicht gut für dich!* Meldete sich die Stimme aus dem Backoffice wieder zu Wort. Urgh, wie das nervte.

Noch gestresster, als davor, stieg ich aus der Dusche. Ich schnappte mir mein Handtuch und wickelte es um mich herum. Dann fing ich an mich fertig zu machen. Ich entschied mich heute mal für einen anderen Look und glättete meine Haare, die ich sonst immer in Wellen fallen ließ. Ich hatte auch plötzlich Lust bekommen, mich zu schminken, also legte ich mir ein stärkeres Make-Up auf. Zufrieden mit meinem Spiegelbild, ging ich ins Schlafzimmer. Dort wühlte ich lange herum, bis ich etwas fand, was mich ansprach: ein langärmliges, braunes, enganliegende Kleid mit einem hohen Beinschlitz. Dazu zog ich eine schwarze Feinstrumpfhose und enge, schwarze kniehohe Stiefel mit einem leichten Absatz an. Ich schnappte mir ein schwarzes Halstuch. Allmählich wurde es wieder hell draußen.

Die Sonnenstrahlen fühlten sich super an und ich war plötzlich voller Tatendrang. Ich lief wieder zu meinem Nachtschrank, von dem ich mir mein Handy holte. Es war nun um sieben. Ich hatte gar nicht gemerkt, wie die Zeit dahingeflogen war. Meine erste Vorlesung des Tages begann erst in zwei Stunden. Unschlüssig stand ich mitten in meinem Schlafzimmer und wog meine Optionen ab. Sollte ich jetzt schon essen gehen, oder noch ein wenig entspannen? Ich entschloss mich dazu, meine Tasche zu packen, inklusive meiner Lernzettel. Ich würde einfach beim Essen lernen.

Die Cafeteria war wider Erwarten gut gefüllt. Ich stellte mich an und suchte mir paar Sachen raus und füllte mir im Nachhinein meine Tasse mit Kaffee auf. Es gab noch ausreichend leere Tische und ich suchte mir einen davon aus. Ich war so vertieft in meine Notizen, dass ich erst zu spät realisierte, wie jemand von hinten an mich trat. In dem Moment, in dem ich mich umdrehen wollte, spürte ich was Nasses auf meinem Kopf. Es floss sofort runter, weiter über meine Kleidung und schließlich auf meine Notizen. Erschrocken stand ich auf und drehte mich um. Hinter mir stand ein Typ, den ich noch nie zuvor gesehen hatte. Dieser grinste mich nur bösartig an und fing an zu lachen. „Was soll die Scheiße?", fuhr ich ihn wütend an. „Ich dachte, ich werte dein Outfit ein wenig auf", antwortete er mir dümmlich grinsend. In meiner Wut schob ich meinen Stuhl beiseite und katapultierte mein Knie geradewegs in seine Eier. Er schrie auf und krümmte sich. „Du Wichser", warf ich ihm an den Kopf, schnappte mir mein Zeug und stapfte wütend in Richtung Ausgang, doch bevor ich die Tür erreichte, packte mich ein weiterer Kerl am Arm. Ich blitzte diesen wütend an, doch genau in dem Moment landete eine Schale Quark in meinem Gesicht. Was war nur los? Mittlerweile hörte ich von jeder Seite aus Gelächter und wie Fotos geschossen wurden. „Was soll das?", rief ich ihm wütend entgegen, nachdem ich meine Augen vom Quark befreit hatte. „Vielleicht solltest du es als Zeichen nehmen? Keiner möchte dich hier haben! Und jetzt sag Cheese", hörte ich nur von der Seite. Es war die nervigste Stimme, die ich kannte, Jennys. „Ach halt die Klappe, du billiger Barbie-Abklatsch", erwiderte ich. Daraufhin stapfte sie nur auf mich zu, holte mit ihrer Hand aus und verpasste mir eine Ohrfeige. Ich konnte mich nicht wehren, so wie ich es sonst getan hätte, da dieser Affe mich immer noch festhielt. Durch den Schmerz in meiner Wange, fing mein Auge an zu tränen. Fuck, ich wollte jetzt nicht weinen.

Während ich mit meinen Tränen rang, öffnete sich hinter mir die Tür. Jenny sah von mir zu der Person, die eingetreten war und ihr Gesicht erhellte sich. „Hey Baby", sagte diese Person und stellte sich daraufhin neben Jenny.

Romeo, wer sollte es denn auch sonst sein? „Neuer Look?",
fragte er an mich gerichtet, während er den Arm um Jenny
legte. Von wegen, da lief nichts mehr. Ich kochte vor Wut,
doch anstelle davon, dass ich irgendetwas antwortete, strich
ich mir mit der Handfläche durchs Gesicht und sammelte
dabei Quark und das Nächste passierte im Affekt. Ich warf
es in die Richtung von den zwei Ausgeburten der Hölle. Es
traf sie gleichermaßen und ich spürte eine innere
Befriedigung.

Doch diese hielt nicht lange an, Romeos Gesicht verzog
sich von einem Grinsen in eine hässliche wütende Fratze. Er
ließ Jenny, die verzweifelt versuchte den Quark aus ihrem
Shirt zu entfernen, los, ging zu mir und blieb geradewegs
vor mir stehen. Sein Blick wanderte von mir zu dem Typen,
der mich festhielt. „Lass. Sie. Los", zischte er und der Typ
hörte sofort. Warum hatte Romeo so eine Macht über ihn?

Ich erwartete in diesem Moment alles Mögliche, nur
nicht, dass er meine Hand nehmen und mich aus der
Cafeteria zerren würde. „Lass mich los, Romeo!", forderte
ich ihn auf, während er mich quer über den Campus hinter
sich herzog. „Nein", antwortete dieser knapp. „Wohin
bringst du mich?", fragte ich nun in der Hoffnung, dass er
mich losließ. „Alex hatte recht, hältst du jemals deine
Klappe?", erwiderte er. „Vielleicht würde ich es ja, wenn ihr

aufhören würdet, mich ständig irgendwo hinzuschleifen!",
antwortete ich trotzig.

Allmählich erkannte ich, in welche Richtung er lief: in
die meines Zimmers. Mein Widerstand wich dem Bedürfnis,
mich umzuziehen, weswegen ich mich nicht mehr gegen
seinen Griff wehrte. Vor meiner Tür blieb er abrupt stehen
und sah mich erwartungsvoll an. „Was denn, willst du jetzt
auch noch ein Dankeschön dafür, dass du mich nach Hause
gebracht hast? Danke, aber das hätte ich auch selber
geschafft", warf ich ihm entgegen. „Ich will kein
Dankeschön, ich will, dass du die Tür aufmachst!", forderte
er mich auf. „Und ich will, dass du mich loslässt. Jetzt sitzen
wir in einer Zwickmühle, findest du nicht?", antwortete ich
mit einem Augenklimpern. Genervt stöhnte er auf und ließ
mich los. Doch im nächsten Moment riss er mir die Tasche
von der Schulter und begann damit, darin rumzuwühlen.
„Was denkst du eigentlich, was du da machst?", fragte ich
erbost. „Ich suche deinen Schlüssel!", sagte er, ohne zu mir
aufzublicken und kurz darauf hielt er auch schon meinen
Schlüssel in der Hand. Mit ihm drehte er sich nun zur Tür
und öffnete diese. Er trat ein, meine Tasche immer noch in
der Hand haltend und sah mich nun erwartungsvoll an. Ich
rollte mit den Augen, nahm meinen Schlüssel, der noch
immer in der Tür steckte, an mich und trat ein. Daraufhin

schloss ich die Tür hinter mir. Ich ignorierte Romeo und lief schnurstracks ins Badezimmer.

Ich sah furchtbar aus. Der Quark und das Getränk waren mit meinem Make- Up vermischt, meine Haare klebten und meine Augen waren rot. Rein theoretisch wäre die einzige Option, die ich jetzt hätte, duschen zu gehen. Anders würde ich niemals alles wegbekommen. Andererseits hatte ich nicht mehr so viel Zeit, bis die Vorlesungen begannen. „Shit", fluchte ich vor mich hin und begann damit, mein Halstuch zu lösen und zog die Schuhe aus. Ich entfernte grob alles aus meinem Gesicht, aber realisierte zugleich, dass ich nicht ums Duschen herumkommen würde. Gerade, als ich das Bad verlassen wollte, schwang die Tür auf und Romeo stand vor mir. Er blickte auf mich hinab und sein Blick blieb etwas länger an meinem Hals hängen. Ich verstand erst nicht wieso, doch dann fiel es mir wie Schuppen von den Augen. Meine Würgemale. Ich warf mir schnell meine Haare über meine Schultern und lief an ihm vorbei. Ich hörte, wie er das Wasser an machte, während ich in meinem Schrank nach neuen Klamotten kramte.

Nachdem ich etwas Passendes gefunden hatte, ging ich wieder ins Badezimmer. Dort stand Romeo, mal wieder oberkörperfrei. „Warum hast du deinen Pullover ausgezogen?", fragte ich skeptisch. „Hmmmm, lass mich mal überlegen. Ach ja, irgendeine verrückte hatte mich mit

Quark attackiert", kam von ihm zurück. Ich schmunzelte kurz, doch schaute ihn kurz darauf angepisst an. „Ha- Ha, wirklich witzig. Wenn es als Anwalt nicht klappen sollte, solltest du vielleicht über eine Karriere als Comedian nachdenken und jetzt raus aus dem Badezimmer, ich muss duschen!", forderte ich ihn daraufhin auf. „Ach komm Kätzchen, als ob ich dich noch nie halbnackt gesehen hätte", gab er von sich. „Halbnackt ist aber nicht nackt!", fuhr ich ihn an. „Das bisschen Stoff hatte gar nichts verdecken können, aber ich verstehe schon. Wenn du nicht willst, dass ich dich so sehe, dann gehe ich raus. Ich lasse nur kurz meinen Pullover einweichen." Ich war sprachlos. Ich hätte nicht damit gerechnet, dass er so schnell nachgibt. Ich verspürte plötzlich das Bedürfnis, ihn hier im Badezimmer zu lassen, bei mir, und ich verstand nicht, wieso. Ich sollte ihn verabscheuen, wie er mich, aber jedes Mal, wenn wir alleine waren, war da diese unbeschreibliche Anziehung.

Er stand noch immer vor mir und wartete wohl auf meine Antwort, doch so sehr ich ihn gerade auch zur Hölle schicken wollte, genauso stark wollte ich ihn auch hierbehalten, bei mir. „Sag mir direkt heraus, dass ich gehen soll, schweigst du weiter, werde ich das als Einladung sehen", stieß er aus. Seine Stimme klang heiser und er sprach leise. Ich funkelte ihn nur an, aber antwortete nicht.

Stattdessen zog ich mein Kleid aus, sah ihm tief in die Augen und machte mich an meiner Strumpfhose zu schaffen, ohne den Blickkontakt zu ihm abzubrechen. Er beobachtete mich und die Hitze in seinen Augen stieg immer weiter an. Es war fast so, als ob er jeden einzelnen Millimeter meines Körpers analysierte. Nach der Strumpfhose griff ich nach hinten zu meinem BH-Verschluss, öffnete diesen und der BH fiel zu Boden. Noch immer tat Romeo nichts anderes, als mich zu beobachten und mir gefiel es. In dieser Situation hatte ich die Macht über ihn. Ich stand nun fast vollständig entkleidet vor ihm. Nur der Slip fehlte noch. Ich forderte ihn mit meinen Augen heraus und ließ auch meine Augen über ihn gleiten. Sein Oberkörper war trainiert und von Tattoos überzogen. Seine Haut war braun gebrannt. Ich erkannte eine kleine Narbe auf seinem Bauch, welche aber so künstlerisch in ein Tattoo eingebaut war, dass sie im ersten Moment gar nicht auffiel. Woher diese wohl kam? Mein Blick glitt weiter an ihm hinab und ich erkannte eine deutliche Ausbeulung seiner Hose in seinem Schritt. Ohne es zu merken, biss ich mir auf die Lippe.

„Gefällt dir, was du siehst?" Unter normalen Umständen würde ich die Augen verdrehen, aber ich sah ihm nur in die vor Lust geweiteten Pupillen und antwortete: „Ich weiß auf jeden Fall, dass dir gefällt, was du siehst." 1:0 für mich. Er öffnete den Mund, um was zu erwidern, doch er schloss ihn wieder und trat stattdessen an mich ran. Ich legte meinen Kopf schief in den Nacken und blickte ihn an. „Was willst du jetzt tun Romeo?". Anstelle von einer Antwort, streckte er nur seine Hand nach mir aus. Sie landete auf meinem Kopf. Er fuhr mir damit den Hinterkopf entlang, als ob er mich streicheln wollte, doch plötzlich wurde seine flache Hand zu einer Faust, welche sich in meine Haare krallte und meinen Kopf noch ein Stück mehr in den Nacken zog. Es schmerzte, aber es war ein angenehmer Schmerz. „Wenn du mich weiterhin so ansiehst, kann ich dir nichts mehr versichern", flüsterte er ganz nah an meinen Lippen. „Wie sehe ich dich denn an?", flüsterte ich ebenso zurück. Unsere Lippen berührten sich beinahe. „Wie war das nochmal? Ach ja: *ach scheiß drauf*", zitierte er mich und knallte seine Lippen auf meine. Der Kuss war keineswegs romantisch. Er steckte voller rauer Begierde, Hass und noch mehr Begierde. Er zog mich an den Haaren noch näher zu sich ran und ich tat es ihm gleich. „Fuck Kätzchen, wenn du nicht willst, dass wir die ersten Vorlesungen verpassen, sollten wir das vielleicht lieber lassen", stöhnte er zwischen unserem Kuss. Doch ich wollte das hier nicht beenden. Ich wollte sehen, wie weit wir gehen würden. Und ich wollte auch meine eigene Grenze austesten. Wie weit ich gehen konnte, ehe die Ereignisse von Samstag mich einholten. „Ist mir gerade scheiß egal", erwiderte ich. Daraufhin zog Romeo mich noch näher zu sich. Ich spürte seinen Ständer durch den Stoff seiner Kleidung an mir reiben und stöhnte auf. Romeo löste seine Lippen von meinen und verteilte mehrere kleine Küsse an meinem Kinn entlang. Vor meinem Hals heilt er inne.

„War er das?", fragte er und sah mir in die Augen. Ich wollte nicht reden, also nickte ich nur und sah weg. Er packte mein Gesicht mit einer Hand und zwang mich, ihn anzusehen. „Schäme dich nicht dafür, du kannst nichts dafür, dass er so ein kranker Wichser ist", sagte er eindringlich und senkte dann seine Lippen an meinen Hals. Er verteilte mehrere flatterhafte Küsse auf jeder Seite und ich realisierte, dass er die Würgemale küsste. Ich wartete bereits auf die Panik, doch sie setzte nicht ein. Stattdessen begann mein ganzer Körper zu kribbeln. Allen voran mein Unterleib.

„Darf ich meine Jeans ausziehen? Es wird langsam etwas unbequem…" Ich kicherte über seine Frage, doch ich schüttelte den Kopf. Jedoch nur, weil ich mich jetzt selber an seiner Hose zu schaffen machte. Kaum war sie offen, begann ich damit, sie von ihm abzustreifen und streifte dabei „aus Versehen" seinen Schwanz mit meiner Hand. „Upsi", stieß ich kichernd aus. „Upsi?", fragte er und zog eine Augenbraue hoch, während er mich angrinste. Fuck, wo hatte ich mich nur reinmanövriert?

Kapitel 26- Romeo

Sie machte mich wahnsinnig. Sie wusste genau, was sie tat, weswegen ich ihr, ihr kleines ‚upsi‘ nicht abkaufte. Sie sah mich an, wie ein Reh im Scheinwerferlicht. So süß, so lieb, so … unschuldig. Wobei… irgendetwas verriet mir, dass sie nicht ganz so unschuldig war, wie sie immer tat. Ihre nackten Brüste drängten sich an meinen Oberkörper. Ich konnte fühlen, wie steif ihre Nippel waren. Ehrlich gesagt hatte ich nicht mit dieser Wendung der Ereignisse gerechnet. Es war nicht mein Ziel gewesen, sie zu sich nach Hause zu ziehen und es war auch nicht mein Ziel, dass wir beide hier an diesem Punkt landeten. Als Chad mich anrief, um mir mitzuteilen, wann, wie, wo und was geplant war, wollte ich das Schauspiel nicht verpassen, ich wollte sogar noch einen draufsetzen.

Jedoch als ich sie vor mir stehen sah und als sie mich plötzlich mit Quark attackierte, änderten sich meine Pläne. Ich war fasziniert von ihr und ihrem Kampfgeist. Eigentlich hatte ich damit gerechnet, dass sie heulend zusammenbrechen würde, aber das tat sie nicht. Sie war eine Kämpferin und das machte mich verflucht geil.

Ich hatte schon viele dieser reichen, dummen Schlampen getroffen, doch keine war wie Catie. Sie alle besaßen kein

Feuer, sie alle verließen sich darauf, dass Heulen besser war, als sich zur Wehr zu setzen. Doch Catie dachte nicht so.

Mich interessierte dieses Mädchen immer mehr und ich verfluchte sie gleichermaßen dafür.

Sie war nichts für mich.

Wir kamen aus unterschiedlichen Welten.

Und deswegen durfte ich sie emotional nicht an mich ranlassen.

Ich durfte sie nicht bewundern.

Es ging einfach nicht!

Aber nichts sprach gegen ein wenig Spaß- also zog ich sie noch näher an mich und beanspruchte ihren Mund wieder für mich. Sie schmeckte so gut.

Ich drängte sie immer weiter nach hinten, bis sie mit dem Rücken an die Duschwand stieß und kurz aufstöhnte. Genau diesen Moment nutzte ich, um meine Zunge in ihren Mund gleiten zu lassen. Normalerweise berührte mich so etwas nicht, doch das hier fühlte sich gerade noch intensiver an als Sex. Ich hasste sie, aber noch mehr hasste ich mich gerade in diesem Moment. Ich hasste es, dass die Küsse etwas in mir auslösten, ich hasste es, dass ich durchdrehen könnte bei dem Gedanken, dass ein anderer sie so angefasst hat, dass jemand ihr so weh tun konnte und dass ich nichts dagegen getan hatte. Vielleicht sogar dafür verantwortlich war.

Die Würgemale an ihrem Hals waren für mich gerade eine stetige Erinnerung. Fuck! Was zur Hölle dachte ich mir gerade? *Diese Schlampe kann mir egal sein, nein, die Schlampe IST mir egal.* Sie hat zwar ne große Fresse, aber das wars auch. Im Inneren ist sie genauso, wie alle anderen. *Ein kleines Prinzesschen, welches ohne Mami und Papi niemals überleben würde.* Abhängig von der schwarzen Kreditkarte und den Treuhandfonds. Sie wird niemals wissen, wie das wahre Leben da draußen ist. Jede Frau kann gebrochen werden, man muss nur ihren Schwachpunkt finden. Aber bis dahin spricht nichts dagegen, ein wenig mit seiner Beute zu spielen.

„Alles in Ordnung?", hörte ich Caties Stimme, als wäre sie Meilen entfernt. Ich schob meine Gedanken beiseite und sah auf sie herunter.

Sie sah mich verstört an. „Klar, wieso?", fragte ich zurück. Sie legte den Kopf schief und antwortete: „Du hattest gerade einen merkwürdigen Gesichtsausdruck, es war, als wärst du geistig irgendwo weit weg." Das war eine gute Zusammenfassung meines geistigen Urlaubs. Ich setzte ein verführerisches Lächeln auf. „Ich habe nur darüber nachgedacht, wie gut du ohne Kleidung aussiehst", antwortete ich in der Hoffnung, dass sie mir glauben würde. Sie sah mich zweifelnd an. Es schien so, als ob sie in mich hineinsehen könnte.

285

„Weißt du was? Ich glaube, es wäre besser, wenn du jetzt gehst", sagte sie nun in einem kalten Ton. Wie bitte? Was war denn jetzt in sie gefahren? „Wie bitte?", kam es lauter als gewollt rausgeschossen. Sie zuckte kurz zusammen, hob dann aber ihren Kopf und sah mir nun direkt in die Augen. „Raus hier, verschwinde!", rief sie nun lauter. Wütend drehte ich mich um, schnappte mir meinen Pullover und verließ das Bad und schließlich auch ihre Wohnung. Verdammte Schlampe. Das war das letzte Mal, dass ich auf ihre Spielchen reingefallen bin.

Oh Kätzchen, du gräbst dir dein eigenes Grab.

Noch immer oberkörperfrei stand ich nun im Flur des Wohnheims und zitterte vor Wut. Was zur Hölle war denn jetzt schon wieder mit dieser Furie nicht in Ordnung? An mir lief kichernd ein Mädchen vorbei und ich beschloss, meine Chance direkt zu nutzen.

Enttäuschend. Das war das Einzige, was mir nach dem Sex mit diesem Mädchen einfiel. Naja, aber wenigstens war ich jetzt meinen Ständer los. Auf dem Weg zurück zum Campus lief ich nochmal an Caties Tür vorbei und meine Wut sammelte sich wieder. Diese Verrückte. Ich war kurz gewillt, an der Tür zu klopfen, in der Hoffnung, dass sie noch da war und ich endlich das zu Ende bringen kann, was ich vorhin begonnen hatte.

Ich erinnerte mich an das Gefühl ihrer nackten Haut an meiner, diese Lust in ihren Augen. Es war animalisch, zwischen uns war es immer animalisch...

Fuck, ich sollte echt aufhören an sie zu denken, sonst werde ich noch genauso verbittert wie Alex.

Auf dem Campus war es verhältnismäßig still. Ich sah auf meine Uhr und bemerkte erst da, wie spät es war. Meine Vorlesung hatte bereits vor einer halben Stunde angefangen. Ich rang mit mir selbst, ob ich jetzt dazustoßen sollte, oder ob ich heute mal schwänze. Mein Gewissen siegte jedoch, weswegen ich einen Sprint zum Jura- Gebäude hinlegte und dann so leise wie möglich die Tür zum Saal öffnete und mich auf einen der hintersten Plätze setzte. Ich konnte es mir nicht erlauben etwas zu verpassen. Was mein Studium anging, war ich verbissen. Ich wollte der Welt und mir selber beweisen, dass ich es schaffen würde, und das trotz meiner Herkunft. Gott sei Dank, stellte der Prof die PowerPoints zu den Vorlesungen online in unser Studi-Portal, sodass ich mir nicht noch die Unterlagen zur Vorlesung erbitten musste.

Etwa eine Dreiviertelstunde später war die Vorlesung dann auch vorbei. Der Prof hatte ein wenig überzogen, weswegen ich mich beeilen musste, um in den nächsten Kurs zu kommen. Nächste Woche waren die ersten

Klausuren und somit traf man an jeder Ecke auf lernende Studenten. Manche alleine, manche mit ihren Freunden, einige mit IPads, andere mit Büchern, oder Lernzetteln. Es war wirklich faszinierend, was die Klausurensaison mit den Studenten machte. Als Jurastudent war ich stets ein Einzelkämpfer, Zac und Alex konnten mir beide nicht helfen, Zac studierte sein komisches Politikzeug und Alex hatte sich letztlich auf Wirtschaftspsychologie konzentriert. Er war von uns Dreien der unabhängigste. Er könnte selbst einen gesamten Planeten in Brand setzen und seine Adoptiveltern würden ihn unterstützen. Ihm standen alle Wege offen. Manchmal beneidete ich die Jungs um ihre Ressourcen. Andererseits hatte ich ja auch meine eigenen Mittel und Wege an das zu kommen, was ich wollte. Wenn auch nicht durch meine Familie. Zumindest nicht durch meine leibliche Familie. Kurz nagte wieder das Gewissen an mir. Meine Mutter wäre so enttäuscht, wenn sie wüsste, was ihr Sohn machte...

Ein Blick auf die Uhr verriet mir, dass der nächste Kurs in sieben Minuten beginnen würde. Also blieb mir noch genug Zeit für eine Zigarette. Ich lehnte mich draußen gegen das Treppengeländer und suchte meine Taschen nach meinen Zigaretten ab. Schließlich fand ich sie dann endlich, zündete sie mir an und genoss das Gefühl des Rauches, welche durch meine Lunge strömte.

Während ich dort stand und rauchte, beobachtete ich weiter meine Kommilitonen und verspürte wie immer eine abgrundtiefe Abneigung gegen alle. Gerade, als mein Blick über den Campus wanderte, wurde mein Blick von zwei grünen Augen abgefangen, in die ich heute Morgen versunken bin. Catie stand am anderen Ende vom Campus und sah zu mir hinüber. Wer sagte, dass blaue Augen die Seele lesen können, der kannte Caties Augen nicht. Ich fühlte mich schlagartig nackig. Sie sah mich bockig an und ich fragte mich wirklich, was ihr verdammtes Problem war. Sie hatte mich ja schließlich rausgeschmissen.

Wie ich dieses Mädchen verachtete Mir reichte es nun endgültig mit ihr. Es wurde allmählich Zeit, dass ihr jemand diese Attitüde austrieb. Mir verging plötzlich die Lust am Rauchen, weswegen ich meine Zigarette frustriert wegschnippte und das Gebäude wieder betrat.

Kapitel 27- Zac

„Herr Fitzgerald! Hören Sie überhaupt zu?", hörte ich meinen Professor sagen. Es klang so, als sei er meilenweit entfernt, dabei stand er direkt vor mir. Ich war so sehr in meine Gedanken vertieft, dass ich gar nicht mitbekommen hatte, dass ich aufgerufen wurde. „Verzeihen Sie, Mister Williams, ich war ein wenig abgelenkt von meinen Notizen, nun bin ich aber wieder dabei. Könnten Sie die Frage noch einmal wiederholen?", fragte ich. Gott, wie mir dieses Arschgelecke auf den Sack ging. Aber wie meine Eltern es mir immer eingebläut hatten: *Lass deinen gegenüber niemals wissen, was du wirklich denkst. Sei stets freundlich und zuvorkommend.*

Der Prof setzte ein verständnisvolles Lächeln auf und wiederholte zugleich seine Frage.

Die Stunde zog sich wie Kaugummi. Es war ohnehin schon ein furztrockenes Fach, aber noch schlimmer war es, wenn es einen überhaupt nicht interessierte. Es war noch nie eine Frage gewesen, was ich studieren würde. Mein Weg wurde mir schon seit meiner Kindheit an geebnet.

Sobald der Prof die Stunde beendete, lief ich als Erster aus dem Hörsaal. Ich brauchte dringend einen Kaffee und etwas zu essen. Gott, hatte ich einen Hunger.

Ich traf auf einige Bekannte und blieb stehen, um mich mit ihnen zu unterhalten. Eigentlich wollte ich nur etwas essen, aber meine Erziehung zwang mich. Sie alle waren Arschkriecher und ich musste auch einer sein. Man weiß ja nie, wer irgendwann von Interesse für mich sein wird. „Ey Fitzgerald, du hast heute Morgen etwas verpasst", sagte Danny? Dom? Daniel? Zu mir und hielt mir sein Handy hin. Ich schaute stirnrunzelnd auf den Bildschirm. Das Folgende veranlasste mich aber dazu, ihm das Handy aus der Hand zu reißen. Es war fucking Catie, die erst eine Sirupdusche bekam und dann noch mit Quark eingeseift wurde. Ich sah, wie sie von jemandem festgehalten wurde und Jenny sie schlug. Und dann sah ich Romeos selbstgefälliges Gesicht und wie Catie sich zur Wehr setzte. In mir flammte sofort die Wut auf und ich konnte nicht in Worte fassen, wieso.

Unser Plan fing endlich an, Farbe anzunehmen. Ich sollte mich freuen, aber das tat ich nicht. In letzter Zeit entwickelte sich bei mir immer mehr ein Beschützerinstinkt gegenüber Catie. Sie hatte so etwas einfach nicht verdient. Ich drückte auf Löschen und entfernte das Video auch aus seinem ‚Zuletzt gelöscht' Ordner und gab es ihm dann wieder.

Es war sinnlos, weil das Video schon überall Wellen geschlagen hatte, aber es war wenigstens eine kurze

Genugtuung für mich gewesen. Mit einer noch schlechteren Laune als vorher stiefelte ich über den Campus.

Das nächste Seminar konnte mir ruhig gestohlen bleiben. Ich hatte keine Lust, Emilia wieder zu sehen. In letzter Zeit klebte sich noch mehr als sonst an mir und das ging mir gehörig gegen den Strich. Sie hatte Wind davon bekommen, dass ich Thanksgiving mit einer plus eins auftauchen würde. So sehr, wie sie mich nicht ausstehen konnte, konnte sie es auch nicht ausstehen, wenn ihr jemand das wegnahm, wovon sie dachte, dass es für sie bestimmt sei. Wer dachte, dass Jenny schon ein laufender Albtraum war, der kannte Emilias Bosheit nicht. Sie hatte es bisher immer geschafft, diese zu verstecken.

Klar, sie hatte dieselbe Erziehung, wie ich genossen. Lügen und manipulieren wurde uns in die Wiege gelegt. Die Einzigen, die dagegen immun waren, waren wir selber. Ich war der Einzige, der ihr wahres Gesicht kannte.

Ich setzte mich auf meinen Stuhl und wartete auf den Dozenten. Ich war einer der letzten, aber durfte freudig feststellen, dass die rothaarige Hexe nicht anwesend war. Bei Emilia stimmte die Aussage, dass Ginger keine Seele hätten.

Ich lehnte mich in meinem Stuhl zurück und stellte mich innerlich auf eine weitere langweilige Stunde ein. Gott, die ich diesen Studiengang verabscheute. Meine Gedanken wanderten aber alsbald wieder zu meinem Lieblingsthema:

Catie. Und ich musste mir eingestehen, dass sie es irgendwie geschafft hatte, mir den Kopf zu verdrehen und ich nicht einmal wusste, wie und wieso. Andererseits wusste ich tief in meinem Inneren, dass es schon bei der ersten Party passiert war. Wir hatten schon beim Bierpong ein super Team dargestellt, wer weiß, vielleicht könnten wir es auch als Partner schaffen... *Scheiße Zac, reiß dich verdammt nochmal zusammen. Sie ist tabu! Sie ist unser Ziel, unser Opfer. Unser Preis.* Außerdem durfte ich nicht vergessen, dass sie auch etwas mit den anderen Beiden hatte. Wir teilten uns für gewöhnlich öfter Mal die ein oder andere Frau. Doch keiner von uns hing länger als für ein paar Stunden an irgendeiner. Bei Catie aber konnte keiner von uns loslassen. Romeo war sogar so sehr von ihr besessen, dass er irgendwelche Idioten anheuerte, um sie in unsere Arme zu treiben. Und ich? Ich würde sie zu meinen Eltern schleppen, um sie als meine Freundin vorzustellen. Alex hingegen versank in Bitches und seiner Rage, seit sie ihn abgewimmelt hatte.

Sie hatte sein Monster geweckt, welches er sonst immer vor allen versteckte.

Irgendetwas triggerte sie in uns allen. Vielleicht war sie auch einfach nur, wie für uns gemacht. Sie forderte uns alle, stellte unsere Geduld auf die Probe, spielte mit uns und brachte uns dazu, unsere tiefsten Empfindungen auszugraben. *Verdammt, dieses Mädchen.* Ich sollte mich echt von ihr ablenken, aber ich schaffte es seit Wochen nicht mehr, mich auch nur ansatzweise für eine andere Frau zu begeistern. Nicht einmal sexuell. Die ganzen Bitches konnten mir gestohlen bleiben, ich wollte nur Catie. Ich weiß nicht, ob es Liebe war, oder ob es Besessenheit war. Vielleicht würde das ganze ja vorüber gehen, sobald ich mit ihr schliefe? Ja, das könnte es sein.

Sobald mein Seminar vorbei war, verlies ich das Gebäude. Instinktiv lief ich in Richtung des Kaffeewagens, dort konnte man Catie in acht von zehn Fällen antreffen. Jedoch war dort leider keine Spur von ihr. Ich überlegte, wo sie noch sein könnte. Vielleicht hatte sie gerade noch eine Vorlesung? Oder war sie nach dem Vorfall auf ihrem Zimmer geblieben? Kopfschüttelnd über mein Verhalten, drehte ich mich um und lief in die Richtung des Verbindungshauses. Ich hatte keine Lust mehr auf Uni. Man muss ja nicht jeden Tag alles mitmachen. Wofür hatte man Leute, die aus Furcht und Respekt alle ihre Materialen hergaben?

Im Haus war echt recht still, was zum einen daran liegen könnte, dass in der Klausurenphase generell tote Hose war, zum anderen daran, dass einige noch in ihren Vorlesungen, oder Seminaren steckten. Kein Problem für mich, so konnte ich mich meiner Lieblingsbeschäftigung widmen: essen.

Ehrlich, wenn ich nicht so viel trainieren würde, würde ich wie ein Ballon aufgehen. Essen war mein Safespace. Es war meine Rettung, mein Anker. Es hatte mich nie angeschrien, oder geschlagen. Und beim Essen fühlte ich... sowie auch bei Catie.

Ich war gerade dabei, mich anzuziehen, als es an meiner Tür klopfte. Derjenige wartete aber nicht, sondern trat einfach ein. Und es war kein geringerer als Alex. „Kommst du zu meinem Wettkampf?", fragte er. Verdutzt sah ich ihn an. „Wettkampf?" „JA, Wettkampf! Ich habe heute einen Boxkampf, hast du das etwa schon vergessen?" Shit, Shit, Shit, Shit, Shit. Jetzt wo er es erwähnte, fiel es mir auch wieder ein. „Em, klar Bro, bin dabei...", antwortete ich gedehnt, während ich mir stattdessen überlegte, wie ich heute Abend alles schaffen sollte, ohne jemanden hängen zu lassen. „Gut, ich zähle auf dich! Romeo fällt nämlich aus, er hat ein paar... Besorgungen zu machen." Und somit verließ er mein Zimmer auch wieder. Ich wusste ganz genau, was er mit „Besorgungen" meinte.

Es war bereits kurz vor acht, weswegen ich mich beeilte und mir noch schnell mein Hemd anzog. Schließlich schnappte ich mir noch meine Tasche und mein Handy und eilte schließlich aus der Tür hinaus. Ich hoffte, dass Catie meine Nachricht erhalten hatte und noch mehr hoffte ich, dass sie mir die Tür nicht direkt vor der Nase zuschlagen würde. Ich hatte ihr mit Absicht keine SMS geschickt, weil ich nicht wusste, wie weit Romeo gehen würde. Schließlich hatte er schon alles von ihr hacken lassen. Wer sagte also, dass er nicht jede einzelne

Nachricht lesen würde, die sie erhielt?

Im Laufen kramte ich meine Autoschlüssel aus der Hosentasche. Schon von weitem sah ich mein Baby und mir ging das Herz auf. Mein Mercedes- Maybach S500 bedeutete mir alles. Und wenn ich sagte alles, meinte ich ALLES. Von außen in schwarz lackiert und von innen mit dem feinsten Leder bezogen, mit hochmoderner Technik ausgestattet, schrie es genau eine Sache: ich stehe über euch. Und irgendwie tat ich das auch.

Ich stieg ein und startete meinen Wagen, der Motor brummte auf und ich fuhr los. Nicht einmal fünf Minuten später war ich auch schon da. Ich wurde auf einmal nervös und verstand nicht, wieso. Während ich die Treppen zum Wohnheim hochlief, checkte ich noch einmal mein Handy, aber ich hatte nur ein paar unwichtige Benachrichtigungen. Ich stellte es auf Flugmodus, da ich keine Lust darauf hatte, dass meinen heutigen Plänen irgendetwas in die Quere kam.

Ich stand nun bereits seit zwei Minuten vor ihrer Tür, aber traute mich nicht, zu klopfen. Jedes Mal, wenn ich meine Hand hob, zitterte ich und mich überkam ein mulmiges Gefühl.

Während ich nach Worten suchte, um mich Catie zu erklären, wurde plötzlich ihre Tür aufgerissen. Da stand sie. Ihre braunen Wellen waren hochgesteckt. Ihre Augen strahlten, was wahrscheinlich durch das Make-up kam, welches sie trug. Um ihre Hüften schmiegte sich brauner Seidenstoff und ihre Füße steckten in schwarzen High Heels. Es war, als hätte sie erahnt, dass ich es sein würde. Oder hatte sie doch mit jemand anderem gerechnet? Während ich immer noch stumm vor ihr stand, checkte sie mich von oben bis unten ab und sagte: „Ich konnte mir denken, dass die Nachricht von dir stammte. Keine Ahnung, wie du es hingekriegt hast, die Nachricht in meine Tasche zu schmuggeln, aber ich gebe dir beim Essen die Chance, dich zu erklären."

Baff stand ich vor ihr und wusste nicht, was ich zuerst sagen sollte. Sie stand vor mir in all ihrer Perfektion und strahlte so eine Stärke und Dominanz aus, wie ich sie noch nie zuvor bei einer Frau erlebt hatte. „Wie lange willst du mich noch anstarren?", fragte sie, während sie sich noch ein schwarzes Jackett überwarf. Da stand sie nun, wie die Schicksalsgöttin, bereit über mich zu richten.

„Ja, hm sorry, ich finde nur, dass du heute besonders hübsch aussiehst", antwortete ich ihr wie ein Depp. Sie sah

297

mich mit einer hochgezogenen Augenbraue an, ging aus der Tür und schloss diese hinter sich. Instinktiv hielt ich ihr meinen Arm hin und sie hackte sich ein. Es fühlte sich so richtig an.

Schweigend liefen wir aus dem Wohnheim und bis zu meinem Auto. Ich öffnete ihr die Tür und wartete, bis sie einstieg. Dann schloss ich die Tür und lief einmal ums Auto, um neben ihr Platz zu nehmen.

Ich fühlte mich wie ein kleiner Junge, der von seiner Mutti beim Direktor abgeholt werden musste, weil er Mist gebaut hatte. Ich weiß, dass ich mich gestern, wie ein Arsch verhalten hatte und ich musste ihr erklären warum.

Während ich das Auto startete, bemerkte ich, dass sie mich von der Seite beobachtete. Ich schenkte ihr einen Blick zurück und musste erstmal schlucken. Verdammt, warum war ich so nervös?

Ich beschloss, dass meine Erklärung wohl noch warten könne und stellte stattdessen die Musik lauter, aber es lief gerade „Hopelessly Devoted to You" aus Grease. Es war, als wolle das Universum mich auslachen. Ich ließ es dennoch durchlaufen, nur damit dann „Take a Bow" von Rihanna lief. Durch die super Musikwahl des Radiosenders, fühlte sich die insgesamt zwanzig- minütige Fahrt zum Restaurant an, wie zwei Stunden.

Keiner von uns sprach, auch nicht, als ich ausstieg, um ihr beim Aussteigen zu helfen. Sie schickte nur ein kurzes „Danke", in meine Richtung und so langsam wurde ich immer frustrierter. So konnte es nicht den gesamten Abend laufen.

Wir liefen nebeneinander den gepflasterten Weg entlang zum Eingang. Dort öffnete uns ein Mitarbeiter sofort die Tür zum Restaurant und fragte nach dem Namen, unter dem die Reservierung lief. „Fitzgerald, für zwei." Der Kellner überprüfte die Reservierung und führte uns daraufhin zu unserem Tisch. Bevor Catie Platz nehmen konnte, schob ich ihr den Stuhl zurecht und ließ sie sich dann hinsetzen. Erst dann setzte ich mich ihr gegenüber. Eine Kellnerin kam zu uns rüber gehuscht und zeigte uns die Tageskarte. Es war ein hochexklusives Restaurant und so sah es auch aus. Der Essbereich hatte einen altmodischen Touch, die Decken wurden von Verschnörkelungen verziert. Überall war der Raum in gedämpftes Licht gehüllt. Die Wände waren in einem dunklen Grün gestrichen und die Tische waren mit einer gleichfarbigen Tischdecke bedeckt. In der Mitte unseres Tisches stand eine Kerze, die es trotz des dunklen Ambientes schaffte, Caties Gesicht zum Leuchten zu bringen. Ihre Augen passten perfekt zu den Farben hier und blitzten mich erwartungsvoll an. Ich räusperte mich und fing dann zum ersten Mal an dem

Abend an, richtig zu sprechen. Meinen verzweifelten Versuch vor Caties Zimmer klammerte ich getrost aus: „Danke, dass du dich auf das Treffen einlässt. Ich wollte mit dir nochmal über gestern sprechen. Das, was ich gesagt habe und wie ich es gesagt habe, tut mir wirklich leid. Für mich erschien es in dem Moment als einzigen Ausweg für dich aus dieser Situation. Ich schätze dich wirklich sehr und wollte dich nicht verletzen. Ich würde es auch verstehen, wenn du nicht mehr meine Freundin spielen möchtest... auch wenn ich deine Hilfe wirklich gebrauchen könnte." Ihr Blick blieb unverändert und stur auf mir. Ich sah mich weiterhin in Erklärnot, aber ich wusste auch nicht, was sie von mir hören wollte.

Sollte ich ihr etwa zu Kreuze kriechen? Denn ganz ehrlich, ich stand kurz davor. Ich erkannte mich selbst nicht mehr. Ich ließ mir von einer Frau auf der Nase rumtanzen? Ich bin Zachary Fitzgerald und ließ mich von einer Frau unterwerfen? Alle anderen vor ihr hätte ich einfach fallen lassen. Aber für mich stand viel auf dem Spiel. Thanksgiving war nicht mehr so weit entfernt und in der Zeit könnte ich niemals eine Fakefreundin finden, die ich auch wirklich leiden konnte. Mit Catie wäre es so einfach geworden, da musste ich wenigstens nicht so tun, als ob ich sie mochte. Denn ich mochte sie.

Noch immer schien Catie keine Anstalten zu machen, mir zu antworten. So langsam wurde ich immer nervöser. Ich hasste es, wenn mich jemand mit Schweigen strafte. Das erinnerte mich an meine Kindheit. An meinen Vater, der mich mit Ignoranz strafte, wenn ich aus der Reihe tanzte. Die komplette Isolation von der Familie, hatte tiefe Wunden in mir gerissen und war nun einer der Gründe für meine Angststörungen. „Sag doch was", flehte ich sie geradezu an. Gerade, als sie ihren Mund öffnete, kam die Kellnerin wieder und stellte sich so bescheuert hin, dass sie mir die Sicht auf Catie versperrte. „Habt ihr euch schon entschieden?", fragte sie. Die Frage sollte an uns beide gerichtet sein, aber sie sah stattdessen nur mich an. Sie sah aus, wie jede zweite Frau: blondiert, gemacht und zugekleistert. Ich erkannte aus den Augenwinkeln, dass Catie mit ihren Augen rollte. „Meine Begleitung entscheidet", antwortete ich und sah nun direkt zu Catie. Die Kellnerin sah mich erst geschockt an und sah dann missbilligend zu Catie hinüber. „Habt ihr euch schon entschieden?", fragte sie nun gelangweilt. Catie kniff nun die Augen zu, lächelte dann aber. „Wir nehmen den teuersten Wein, den sie hier haben und damit meine ich nicht den teuersten Wein der Karte, sondern den teuersten, den es in diesem Etablissement gibt. Von dem billigen Fusel auf der Karte kriege ich nur Kopfschmerzen." Die Kellnerin sah nun geschockt von ihr zu mir. Ich zuckte lediglich gelangweilt mit den Schultern. Diese paar Dollar machten mir nichts aus. Die Kellnerin räusperte sich und murmelte dann irgendwas davon, dass sie schauen würde, was sich machen ließe und verschwand dann endlich. „Nun, Mr. Fitzgerald, sprich!", forderte Catie mich auf. „Ich... ich habe doch gerade...", stammelte ich, komplett überfordert von der Situation.

Catie sah mich kritisch und fing dann an zu lachen. „Du müsstest dein Gesicht sehen! Du siehst aus, wie ein verschreckter Welpe", sagte sie, während ihres Lachanfalls. Nun sah ich sie baff an. Was sollte das bedeuten? „Ich wollte dich nur ein wenig zappeln lassen, das gestern war nämlich wirklich uncool von dir. Ich wollte eigentlich, dass du mir erzählst, wie das zu Thanksgiving ablaufen soll: worauf soll ich achten, was soll ich sagen. Was ist unsere Geschichte?", überschüttete sie mich mit Fragen. Ich brauchte einen kurzen Moment, um mich zu fassen. Sie hatte mich allen Ernstes reingelegt. Aber das war wirklich verdammt sexy. Sie schien gerne zu spielen und ich tat es auch. „Nun, ich muss ehrlich sagen, dass ich keine Ahnung habe, wie das bei meiner Familie so abläuft. Ich habe noch nie eine Frau mit nach Hause gebracht", antwortete ich, während ich mich zurücklehnte. Sie zog die Augenbraue hoch und grinste dann. „Uh, also bin ich deine Erste?". Nun wackelte sie mit den Augenbrauen. „Ha-ha. Ja, du bist die Erste, die ich nach Hause bringe, das stimmt." „Keine Sorge, ich werde die Musterschwiegertochter schlecht hin sein. Wie soll meine Rolle sein? Konservativ, spaßig, Ghetto?" Ich fragte mich allmählich, ob sie mich einfach nur aufzog oder ob sie das ernst meinte. „Sei einfach du selbst, das wird schon perfekt sein. Ich will nicht, dass du dich verstellst", antwortete ich ihr wahrheitsgemäß.

Diese Antwort schien sie aber zu überraschen. „Willst du also damit behaupten, ich sei perfekt?" Ich nahm die Herausforderung an. „Und wie. Dein Aussehen und deine Ausstrahlung sind einfach nur anziehend. Von deinen Haaren, über deine Augen, als auch deinen gesamten Körper bist du perfekt. Und weißt du, was auch perfekt ist? Dein Körper, der sich an meinen schmiegt, deine Lippen auf meinen und dein Blick, wenn du erregt bist, es aber nicht raushängen lassen möchtest. All das ist perfekt. Du bist sowohl klug als auch schlagfertig. Du kannst verletzlich sein, zeigst es aber nicht nach außen. Und weißt du, was noch perfekter wäre? Dich heute Nacht wieder in meinen Armen zu halten, zu spüren, wie du deinen Ars...", ich wurde von einem räuspern unterbrochen. Ich sah von Caties glänzenden Augen rüber zur Ursache der Störung: der verdammten Kellnerin. Wie ich sie hasste. Gerade, wo es spannend wurde. Während ich erzählt hatte, hatte sich

Caties Gesicht immer roter gefärbt und ihre Augen nahmen einen lusterfüllten glasigen Ton an. „Dies ist ein Domaine d´Auvenay: Bâtard- Montrachet Grand cru 2015", sagte sie in dem schlechtesten Französisch, welches ich je gehört hatte. „Haben Sie sich schon für eine Speise entschieden?" Ich wollte sie so schnell, wie möglich loswerden, weswegen ich sagte: „Bitte bringen Sie uns einmal alles von dem Menü." Sie stand erst unsicher da, lief dann aber schnell in Richtung der Küche. Als sie wieder aus der Hörweite war, richtete ich meine Aufmerksamkeit wieder gänzlich auf Catie. „Nun denn, wo sind wir stehen geblieben?", fragte ich. „Du wolltest mir gerade den Wein einschenken und fortfahren, was genau du von meinem Arsch möchtest", gab sie nun zurück. Ich griff, während sie sprach zur Weinflasche und füllte ein wenig dessen in unsere Gläser. Ich reichte ihr ihr

Glas und nahm selbst meines. Sie hob ihr Glas in die Höhe zum Anstoßen und setzte es dann an ihre Lippen an. Ich tat es ihr nach. Der kühle Wein ging runter wie Honig. Eine super Wahl. Catie lehnte sich zurück und sah mich abwartend an. „Leg deinen Fuß auf meinem Schoß ab", sagte ich ihr.

Ich erwartete für einen Moment, dass sie mich auslachen würde, jedoch tat sie genau das, warum ich sie bat. Ich spürte, wie sie ihren Fuß auf mir ablegte und griff danach.

„Und nun? Erfahre ich nun endlich, wovon du gesprochen hattest?" *Diese Frau...* „Ich hätte gerne eine Wiederholung von unserer ersten gemeinsamen Nacht. Nur diesmal ohne Kleidung. Ich möchte wieder spüren, wie du deinen Arsch an meinen Schwanz presst. Ich würde dir diesmal direkt zwischen die Beine gehen und deinen Kitzler massieren. Ich würde dich aber nicht kommen lassen. Ich würde dich jedes Mal kurz vor den Abgrund treiben, jedes Stöhnen von dir auskosten, aber dich nie von der Klippe springen lassen. Und wenn es gar nicht mehr gut und du bettelst, dass ich dich erlöse, werde ich meinen Schwanz ganz langsam zwischen deine feuchten Schenkel schieben und ihn direkt in deine tropfende Pussy stecken. Du wirst allein schon beim Eindringen auf meinen Schwanz kommen und dennoch werde ich weitermachen und jede Sekunde auskosten", erzählte ich ihr meine Fantasien, die ich schon seit dem einen verdammten Morgen hegte. Während ich erzählte, strich ich sanft über ihren Fuß und dann weiter ihre Wade entlang, bis ich beim Knie stoppte. Ich könnte ohne weiteres weiter hochfahren, aber andererseits wollte ich mich ihr nicht aufdrängen. Ich wusste ja nicht, inwiefern sie offen für Berührungen war. Ihr Blick sprach aber Bände. Die Röte ihres Gesichte hatte sich auf ihr Dekolleté ausgebreitet und ihr Atem hatte sie beschleunigt. „Hat es dir die Sprache verschlagen?", fragte ich sie lächelnd. Sie schluckte nur und nickte.

„Entschuldigen Sie. Der Manager hat mich zu Ihnen geschickt. Dadurch, dass Sie so viel bestellt haben, möchten wir sicher gehen, dass sie das alles auch zahlen können. Ich brauche zur Sicherheit eine Kreditkarte", und wieder wurden wir von der Kellnerin unterbrochen. Wie oft sollte das noch passieren? Ich stöhnte genervt auf und griff in meine Hosentasche nach meinem Portemonnaie.

Währenddessen nahm Catie ihren Fuß von meinem Schoß und kramte in ihrer Tasche. Beinahe gleichzeitig schlugen wir unsere schwarzen Amex auf den Tisch. „Suchen Sie sich eine aus", sagte Catie. „Sie werden meine nehmen", gab ich daraufhin zurück. „Wieso? Sie kann doch auch meine nehmen", zickte Catie mich an. „Catherine, nimm deine gottverdammte Kreditkarte an dich. ICH lade DICH ein, nicht andersherum", sagte ich an sie gewandt, dann wendete ich meinen Kopf zur Kellnerin, „Sie werden meine Karte nehmen!" Diese zuckte unter meinem garstigen Ton zusammen, griff dann nach meiner Karte und ging weg. „Catherine?", fragte Catie mich, „keiner nennt mich so, außer meine Eltern, wenn sie angepisst sind", sagte sie halb angepisst, halb belustigt. „Naja, es hat schließlich funktioniert. Und jetzt sei brav und leg dein Bein wieder auf meines", und oh welch Wunder- sie tat es nicht. Sie lehnte sich stattdessen zurück und nippte an ihrem Glas. Die Kellnerin wird definitiv kein Trinkgeld bekommen. „Also, erzähl mir mehr über deine Familie, worauf muss ich achten?"

Zwei Stunden, eine Flasche Wein und mehrere leckere Speisen später saßen wir im Auto. „Danke Zac. Das war wirklich eine gute Ablenkung", sagte Catie irgendwann an mich gewandt. Ich wusste, dass sie auf den Vormittag anspielte, stellte mich aber dennoch dumm. „Wieso Ablenkung?", fragte ich sie deswegen. Sie sah mich mit einem „verarschen-kann-ich-mich-auch-selber"- Blick an und antwortete: „Du weißt genau, wovon ich spreche" „Das war kindisch", gab ich nur zurück. Ja, es war kindisch. Aber das Schlimmste an der Sache war, dass ich wusste, dass es passieren würde, bevor es passierte.

„Hm, das war es. Sag mal, wo fährst du eigentlich hin? Das Wohnheim ist in der anderen Richtung!" Sie hatte mitbekommen, dass ich eine andere Route genommen hatte. Dies hatte aber auch seinen Grund: ich würde sie nicht zu Hause absetzen. Ich würde sie zu Alex' Kampf mitnehmen. Ich wusste, dass die beiden aktuell kein gutes Verhältnis hatten und ich wollte etwas dagegen machen. Wieso, das wusste ich selbst nicht. Ich empfand es einfach als wichtig, dass sie sich mit meinen Jungs verstand. Sie waren nämlich meine richtige Familie. „Wer hat denn gesagt, dass wir wieder zurückfahren? Die Nacht ist noch jung und ich möchte dir unbedingt etwas zeigen", antwortete ich. „Also entführst du mich? Was? Willst du mich in irgendeinen zwielichtigen Stadtteil bringen, in irgendein Abrisshaus? Oh, am besten noch mit irgendwelchen gruseligen, besoffenen Menschen?", spottete sie.

Wenn sie wüsste, wie richtig sie lag.

Ich sah nur zu ihr rüber und schmunzelte und plötzlich verlor ihr Gesicht alle Farbe und ihr sarkastischer Gesichtsausdruck weichte einem zweifelnden. Dennoch schwieg sie.

Die Fahrt dauerte nicht allzu lange und während ich die ganze Zeit schmunzelnd am Lenkrad saß, saß Catie zusammengekauert in einer Ecke und biss sich auf der Lippe rum.

Schließlich parkte ich vor einem alten, heruntergekommenen Lagerhaus. Überall an den Wänden waren Graffiti und vor dem Haus standen mehrere sichtlich betrunkene Männer. Während Caties Gesicht mittlerweile von Horror gezeichnet war, musste ich mir das Lachen verkneifen. „Ah ah, mich bekommen keine zehn Pferde da raus. Wo zur Hölle sind wir Zac?", fuhr Catie mich an. „Entspann dich, glaub mir. Dir wird die Show da drin gefallen", antwortete ich. „Kannst du verge...", ich hörte nicht mehr, was sie sonst noch sagte, da ich bereits ausgestiegen war und einmal um den Wagen herumlief. Ich öffnete die Beifahrertür und Catie sah mich geschockt an. Sie quetschte sich auf dem Sitz so weit weg wie nur möglich von mir, noch immer angeschnallt. Ich löste ihren Gurt und hielt ihr meine Hand hin. Aber anstelle diese zu nehmen, schlug sie sie weg und wollte gerade nach mir treten, als ich ihren Fuß geradeso aufhielt. „NEIN, LASS MICH. ICH BLEIBE HIER", rief sie mir entgegen, doch da zog ich sie schon an ihrem Fuß aus dem Auto und packte sie an der Taille. Ich warf sie kurzerhand über meine Schulter und knallte die Autotür zu. Daraufhin setzte ich sie wieder ab. Sie warf mir einen wütenden Blick zu und verschränkte die Arme vor ihrer Brust. „Was sollte das?", fragte sie empört und strich sich die Haare aus dem Gesicht. „Andernfalls wärst du ja nicht rausgekommen" „Na gut, aber was wollen wir hier?" Ganz schön neugierig, aber ich konnte es gut nachvollziehen. „Ich möchte dir etwas zeigen. Es ist nichts Schlimmes und von innen sieht es da drin besser aus, glaub mir." Catie sah mich noch immer skeptisch an, nickte dann aber schließlich. „Okay, aber versprich mir, dass wir sofort wieder gehen, wenn mir deine Überraschung doch nicht gefallen sollte, okay?" „Ja, ok." „Kleiner-Finger- Schwur?", fragte sie nun und hielt mir ihren kleinen Finger hin. Ich wusste nicht, wann ich zuletzt so etwas gemacht hatte, ließ mich aber darauf ein.

Wir standen nun vor dem von Graffiti gezeichneten Gebäude. Catie verzog missmutig das Gesicht, doch ich hielt ihre Hand und zog sie schlussendlich in Richtung des Einganges. Und wenn ich sagte ziehen, dann meinte ich wirklich ZIEHEN. Diese Frau hatte echt Kraft, wenn sie wollte. „Hör auf dich so schwer zu machen und komm, dir wird es dort gefallen", warf ich ihr nun ein wenig genervt entgegen. „Ich bezweifle sehr stark, dass es mir dort gefallen wird", gab sie trotzig zurück. Ich blieb abrupt vor ihr stehen und sah sie an. „Vertraust du mir?", fragte ich nun. Sie sah mich kurz mit zusammengezogenen Augenbrauen an, dann entspannte sich ihr Gesicht jedoch. „Ja, ich vertraue dir", antwortete sie. Mein Herz machte einen Sprung. Ihre Worte waren so warm, so sanft, dass es mich direkt komplett durchflutete. Ich wusste nicht, wann es jemand zuletzt geschafft hatte, mir so ein gutes Gefühl zu geben. Ich beugte mich ein Stück zu ihr herunter, bis nur noch ein Blatt zwischen unsere Lippen gepasst hätte und flüsterte ihr zu: „Dann komm mit, vertraue mir. Ich würde dich niemals in eine für dich untragbare Situation bringen." Während ich sprach, berührten sich unsere Lippen leicht und ich begann, ein Kribbeln auf meinen Lippen zu spüren. *Was war das nur für ein Gefühl, welches immer wieder aufkam, wenn ich bei ihr war? Seit wann reagierte mein Körper so sehr auf eine Frau?* Catie nickte zur Antwort nur und sah mir tief in die Augen. In dem Moment konnte ich nicht mehr an mich halten. Ich schloss die Distanz zwischen uns und küsste sie. Unsere Lippen bewegten sich synchron zueinander und ich spürte von Sekunde zu Sekunde immer mehr, wie sehr ich sie wollte.

Ich löste mich dennoch als erster aus dem Kuss, da wir allmählich wirklich spät dran waren. „Komm, Catie. Lass mich dich in eine andere Welt entführen"- *in Alex' Welt*, aber dies ließ ich getrost weg.

Wir betraten die Halle und direkt strömte uns laute Musik entgegen. Die Wände waren sehr gut gedämmt, sodass man von außen kaum mitbekam, was sich drin abspielte. Catie sah sich fasziniert um, überwältigt von den ganzen Eindrücken. Ich zog sie näher zu mir ran und flüsterte ihr ins Ohr: „Ich sagte doch, dass es dir gefallen wird, Engel." Sie sah mich strahlenden Augen an und nickte. Von innen sah die Halle längst nicht mehr so runtergekommen aus. Überall an den Seiten standen Tische, an denen Menschen saßen und speisten. Alles sah edel eingerichtet aus. Es waren alle möglichen Personen vor Ort. Biker, Rocker, Punks, Geschäftsmänner, Studenten und auch Damen der Nacht. In der Mitte der Halle befand sich eine Tribüne, beziehungsweise besser gesagt, ein Boxring.

Um den Boxring herum war alles frei und weiter nach außen war im Kreis eine Tribüne aufgebaut. Auch dort hatten bereits einige Platz genommen, mit Flyern wedelnd, um sich Abhilfe von der Hitze zu schaffen, freudig auf das baldige Ereignis wartend. „Was ist das hier?", fragte Catie mich. Sie musste beinahe schreien, so laut war es hier. „Erste Regel vom Fightclub, verliere niemals ein Wort über den Fightclub", antwortete ich ihr kryptisch. Sie würde schon bald merken, was ich meinte.

Dies waren keine normalen Boxkämpfe. Und erst recht keine legalen. Ihre Augen wurden groß. „Wird es heute einen Kampf geben?", fragte sie fasziniert. Wow, diese Frau hatte wirklich immer eine Überraschung in petto. Jede andere Frau hätte mir an dieser Stelle eine Rede gehalten, wie primitiv Boxkämpfe doch seien und wie gefährlich und zwielichtig. Nur sie nicht. Sie schien stattdessen Feuer und Flamme dafür zu sein. Doch plötzlich zog sich ein Schock über ihr Gesicht und sie starrte mich mit riesigen Augen an. Ich erwartete erst, sie habe Alex entdeckt, doch nachdem ich einen kurzen Blick durch die Menschenmassen geworfen hatte, erkannte ich ihn nicht, also ging ich auf ihren Zustand ein. „Catie, was ist los?", fragte ich sie besorgt. „Bitte sag mir nicht, dass du heute kämpfst", kam trocken von ihr. Dies war dann der Moment, an dem ich nicht mehr an mich halten konnte und anfing zu lachen. „Ich? Boxen?

Ne, ne sowas lassen wir mal lieber. Nicht, dass ich nicht auch austeilen könnte, aber nein danke", antwortete ich noch immer lachend. Sie kniff ihre Augen zusammen und bohrte dann weiter: „Und wer wird dann heute kämpfen?", oh Shit. Ich glaube, sie kam mir langsam auf die Schliche. Sie wusste, dass die Jungs und ich beinahe eins waren und dass es sich hierbei nur um einen Boxkampf von einem von ihnen handeln konnte. „Hm, keine Ahnung. Ich hatte nur gehört, dass es heute wieder einen Kampf gebe und dachte mir, das wäre mal eine tolle Abwechslung für dich vom sonstigen Alltagstrott", redete ich mich raus. Ob sie es mir abkaufte oder nicht, das wusste ich nicht, weil sie zwar nicht weiter hinterfragte, aber dennoch einen misstrauischen Blick aufgesetzt hatte. Ich nahm ihre Hand und führte sie bis zur Mitte, sodass wir direkt vor dem Ring standen.

Allmählich sammelten sich immer mehr Menschen.

Ein Blick auf die Uhr verriet mir, dass es bald losgehen würde. Ich überlegte kurz und entschloss mich dann, Catie zu fragen, ob sie was zu Trinken haben wolle. Sie bejahte es und fügte noch dran: „Aber was starkes". Und mit dieser Anweisung ging ich dann auch weg.

Kapitel 28- Alex

Immer und immer wieder atmete ich ein und aus. Auch wenn man es mir nicht glaubt, meditierte ich immer vor meinen Wettkämpfen. Es half dabei, mich zu beruhigen und meine gesamte Kraft auf diesen einen Moment, auf den Wettkampf zu fokussieren. All mein Hass, all meine Wut. All das sollte in den Wettkampf fließen.

„Noch fünf Minten bis zum Wettkampf", dröhnte es durch den Lautsprecher in der Garderobe. Gleich war es wieder soweit und ich betete zu Gott, dass Zac wirklich erschienen war. Ich brauchte mindestens einen meiner Jungs vor Ort. Sie waren mein Fels und meine Quelle der Ruhe.

Ich checkte noch fix mein Handy und entdeckte nur eine Nachricht von Romeo, in der er mir viel Glück wünschte und eine Nachricht von irgendeiner Hayley? Hazel? Hannah? Naja whatever. Ne Nachricht von irgendeiner Tusse mit H, die ich vor ein paar Tagen auf einer Party weggeflankt hatte. Es war nicht mal ein besonders befriedigender Fick und dennoch belästigte sie mich jetzt pausenlos. Deshalb blockierte ich sie kurzerhand und löschte ihre Nachrichten. Wie so oft die letzten Wochen, war ich gewillt, Catie zu schreiben, aber ich wusste nicht was. Und ich wusste auch ganz genau, dass sie mir nicht antworten würde. Aber sie wäre vielleicht der einzige Weg, um Befriedigung zu finden. Bei dem Gedanken, wie gut sie auf mich, meine Stimme und Befehle reagiert hatte, zogen sich meine Eier zusammen. Auf sie war ich ab der ersten Sekunde scharf gewesen und sie war bisher auch die Einzige, die mich gekorbt hatte. Nicht einmal nur gekorbt. Sie hat mich mit einem Arschtritt in die Friendzone befördert und ich meinte nicht die spaßige Art von Friendzone. Nein, ich meinte die „wir- können-ja- Freunde- bleiben- aber- ich — will- gerade- keinen- Kontakt- Art".

„Eine Minute, bitte findet euch am Start ein", drang es jetzt durch den Lautsprecher. Ich warf mein Handy und die Gedanken an Catie zur Seite und fokussierte mich nun vollends auf meinen Kampf.

Ich verließ die Garderobe und sah meinen Gegner, ein breitgebauter zwei mal zwei Tschetschene namens Arthur. Dieser grinste mich gefährlich an. „Ну, руссак. Уже боишся? (Na, Russe. Fürchtest du dich schon?)", erkundigte er sich bei mir. „Ни разу (niemals)", entgegnete ich ihm mit einem ebenso lauernden Lächeln auf dem Gesicht. Dieser Muskelprotz konnte sich auf etwas gefasst machen.

Man sollte über diese Kämpfe wissen, dass sie nichts für schwache Nerven waren. Es war kein normaler Boxkampf, wie man ihn sonst aus dem Fernseher kannte. Es war die etwas andere Art davon.

Die erste Runde verlief normal, mit vollem Körpereinsatz. Es gab aber keine Tabus. Die dritte Runde sah dann schon etwas... anders aus. Bei der letzten Runde durfte man sich für ein Hilfsmittel entscheiden. Sei es ein Messer, oder ein Schlagring. Das war egal. Hier ging es nicht ums Gewinnen, oder Verlieren. Hier ging es ums Überleben.

Wir traten beide vor den Eingang. Ich konnte von hier aus die ganzen Massen an Zuschauern entdecken, konnte von hier aus beobachten, wie die ersten Wetten abgeschlossen wurden und wie die ersten Freier von Huren bezirzt wurden. Die einzige Person, die ich nicht entdecken konnte, war der Blondschopf.

Erst wurde Arthur aufgerufen, er lief vor und direkt war die einst homogene Menschenmasse in zwei Gruppierungen geteilt: die einen, die buhten und die anderen, die jubelten. Er war genauso wie ich schon von Anfang an dabei. Dies war so gesehen der Kampf der Titanen. Nun war ich an der Reihe und wieder waren die Menschen zwiegespalten. Auch ich erhielt sehr viel Jubel. Aber auch sehr viel Ausgebuhe. Ich hob meine Hände und grinste, ließ meinen Blick jedoch erneut schweifen, auf der Suche nach Zac.

Plötzlich sah ich aber in weit aufgerissene grüne Augen und stockte selber für einen Moment. Das konnte doch nicht…? Ich trat von meinem Platz weg, hinzu zu den mir so bekannten Augen. Den Augen, die ich seit Monaten verfluchte. Erst dachte ich, ich hätte mich getäuscht und dann sah ich sie. Sie war es wirklich. Ich lief bis zum Rand des Ringes und schaffte es nicht mehr, ruhig zu bleiben. „Was machst du hier? Du hast hier nichts verloren!", schnauzte ich sie geradezu an. Eine Frau wie sie, sollte sich nicht an Orten wie diesen aufhalten. Sie gab irgendetwas von sich, aber ich konnte nicht hören, was es war, da die Rufe der Zuschauer lauter wurden, je näher ich dem Rand des Ringes kam. Frustriert und erbost, dass ausgerechnet SIE hier war, aber Zac nicht, lief ich zurück und stellte mich wieder neben Arthur. „Ето чё? Твоя шлюха? Ои какая она сексуальная (Was? Ist das etwa deine Bitch? Ach, wie sexy sie doch ist)", gab er von sich, ekelhaft lachend. Ich musste mich wirklich zusammenreißen, um nicht direkt auf ihn loszugehen. Ich fletschte die Zähne: „Даже не думай об етом (Denk nicht einmal daran)", entgegnete ich. Ich konnte mir genau vorstellen, was er sich gerade dachte. „Wieso denn nicht Andreew, es sind doch genug für uns alle da. Überlass sie mir. Ihr wird es sehr gut bei mir gehen", fing er erneut an.

„Ich sagte. VERGISS. ES!", sagte ich und schubste ihn.
Der Ringrichter ging direkt zwischen uns. „Ruhig
Jungs, ihr habt gleich noch genug Zeit, um euch aufs
Maul zu hauen", warf er uns entgegen. „Süß Andreew, wie
du versuchst, dich für deine Freundin einzusetzen. Aber wie
wäre es mit einer Wette? Ich gewinne, ich kriege das
Mädchen, du gewinnst, du kriegst sie", schlug er mit einem
verschlagenen Blick vor. „Ich wette nicht um sie", gab ich
nonchalant von mir.

Plötzlich stieg meine Motivation zu gewinnen in die
Höhe. Ich wollte ihm gerade wirklich weh tun. „Herzlich
Willkommen liebe Zuschauer zum größten und wichtigsten
Kampf des Jahres. Unsere beiden Listenführer, Andreew
und Semenov treten heute hier an, um zu zeigen, wer der
bessere von beiden ist", fing der Moderator seine Rede an.
Durch mich schoss das Adrenalin. Ich würde gewinnen, das
wusste ich. Mein Blick traf wieder auf Caties. Sie sah mich
einerseits bewundernd, andererseits verängstigt an. Ihre
verschiedenen Emotionen spiegelten sich in ihrem Gesicht.
Ich konnte sie so leicht lesen. Ich nickte ihr zu und
zwinkerte, was sie vollkommen verwirrt dastehen ließ.

Unsere letzten Aufeinandertreffen waren eher weniger...
friedlich. In mir blitzte kurz die Erinnerung von ihr auf
unserer Couch im Verbindungshaus ein, wie sie da so
verzweifelt und dennoch willensstark dasaß, umgeben von

Romeo, Zac und mir. Vielleicht sollten wir das beizeiten mal wiederholen…

Mein Blick flog nochmal über die Zuschauer und endlich erkannte ich, wonach ich ursprünglich gesucht hatte. Zac, mein Freund, mein Bruder, kämpfte sich durch die Massen durch bis vor zu Catherine. Gut, sie war nicht alleine und er war auch da. Nun stand mir wirklich nichts mehr im Weg. *Ich würde meinen Sieg bekommen.*

Während ich überlegte, setzte der Moderator seine Rede fort und als er nun schlussendlich sagte, wir sollen Positionen beziehen, tat ich dies bereitwillig. Semenov wollte mir noch seine Hand reichen, aber heute war ich nicht sportlich. Ich wollte ihm weh tun. Und das nicht gerade wenig. Von der Seite hörte ich Zac: „Mach ihn fertig, Russki", rufen und nun war ich komplett in meinem Modus. Es war wie immer, als würde man einen Schalter in meinem Kopf umschalten. Um mich herum wurden die Zuschauer nun von Metalcore beschallt. Es kamen immer mehr Schreie, wir wurden angefeuert und ausgebuht, aber keiner von uns achtete darauf. Wir fixierten uns gegenseitig mit den Augen.

Ich analysierte seine Bewegungen schon von Beginn an, ich kannte seine Stärken und Schwächen in und auswendig. Und er meine sicherlich auch. Ich täuschte einen Angriff an und während er auswich, landete ich einen leichten Tritt gegen sein Schienbein. Es war bei weitem nicht so fest, wie gewollt, weil er beinahe rechtzeitig ausgewichen war. „Komm schon Andreew, hast du nichts besseres drauf?", fragte er, ehe er ausholte und mir einen Kinnhacken verpassen wollte. Ich sah dies aber schon kommen, da es immer sein erster Move war. Noch dazu kam die Differenz in unserer Statur und Intelligenz. Er war ein Schrank. Riesig und Muskelbesetzt. Es sah beinahe schon unproportional aus. Die meisten seiner Muskeln sammelten sich auf seinen Armen und seinem Bauch. Ich hingegen war zwar auch groß, aber hatte deutlich weniger Muskeln als er. Dafür war ich ausdauernd und schlau und wusste meine Muskeln richtig einzusetzen. Mein Plan war es, ihn sich erstmal auspowern zu lassen und danach zuzuschlagen. Und bisher klappte auch alles nach meinen Vorstellungen. Er schlug immer wieder zur, während ich ihm immer wieder auswich. „Angst, Andreew? Oder warum weichst du aus, wie ein Mädchen?", wollte Semenov nun wissen, während er schon deutlich schwerer atmete. „Nein, nur schlau", gab ich zurück und trat, in einem kurzen Moment seiner Unaufmerksamkeit, zu. Ich traf ihn der Hüfte und er knickte zur Seite. Der Gong ertönte und die erste Runde wurde beendet. Ich ging in meine Ecke, in der unerwartet bereits Zac und Catie auf mich warteten.

Ich drehte mich sofort zu Zac. „Was hast du dir dabei gedacht, SIE hierherzubringen?", fragte ich ihn, doch er zuckte nur nonchalant mit den Schultern. „Die Wege Gottes sind unergründlich." Dieser Idiot und er hatte schon deutlich einen Sitzen, was hieß, dass ich die beiden also auch noch nach Hause fahren durfte... wenn ich's nach dem Kampf noch schaffte. Ich wusste nicht so recht, ob ich Catie ansprechen, oder ignorieren sollte, also ließ ich es einfach. Doch Zac, wie er so ist, konnte einfach nicht lassen, drauf loszuplappern. „Übrigens hat Catie mir gesagt, wie beeindruckt sie von dem Kampf war. Sie hat sowas noch nie zuvor in ihrem Leben gesehen. Ich zitiere: diese Konzentration und Präzision sind einfach nur bewundernswert. Auch wenn er ein Riesenarsch ist. Zitat Ende", während Zac sprach, blitzte Catie ihn böse an, was er geflissentlich ignorierte. Ich musste schmunzeln bei der Szenerie, die sich vor mir abspielte. Zac alleine war schon Zirkus pur, aber die beiden zusammen unter Alkoholeinfluss waren einfach der Wahnsinn. Ich trank nochmal einen Schluck und dann wendete ich mich wieder dem Kampf zu. Nicht eine Sekunde zu spät, denn der Gong ertönte wieder und Semenov lief bereits auf mich zu.

Noch aggressiver als vorher holte er nun aus und diesmal war ich derjenige, der Schwierigkeiten dabei hatte, auszuweichen. Er traf mit der Faust mein Jochbein, doch ich konnte größeren Schaden abwenden. Ich holte ebenfalls aus und traf Semenov an der Schläfe, dieser torkelte kurz, fasste sich dann aber wieder. Ich schlich um ihn herum und wollte gerade zu einem Kick ansetzen, als er sich urplötzlich umdrehte und mir einen harten Schlag in die Magengrube verpasste und ich auf meine Knie ging. Der Gong ertönte und verkündete meine Niederlage in Runde zwei.

Ich hörte einen empörten Aufruf: „Alex pass auf!", es war Catie und als ich aufsah, sah ich, dass Semenov gerade zu einem Kick ansetzte. Ich rollte mich rechtzeitig zur Seite, sodass sein Fuß nur wenige Zentimeter neben meinem Kopf aufkam. Er wurde sofort vom Ringrichter weggezogen, sodass ich endlich aufstehen konnte.

Ich fasste mir kurz an den Bauch. Japp, er hat eindeutig was Wichtiges da drin getroffen. Ich bewegte mich zu meiner Ecke, an der Zac schon erwartend stand. Er war in den Ring gesprungen. Er half mir beim Hinsetzen. „Alles gut, Bruder, es steht noch immer unentschieden. Du hast noch zwei Runden vor dir", beschwichtigte er mich. Ich wedelte ihn weg und sah nun zu Catie runter, die noch immer am Rand stand. „Komm hoch", befahl ich ihr. Ich rechnete ehrlich gesagt nicht damit, dass sie es wirklich tun würde, aber tatsächlich kletterte sie hoch und kaum war sie oben, zog ich sie in eine Umarmung. Sie roch nach einem teuren Parfum und Alkohol. Ich sog ihren Duft ein und flüsterte ihr ins Ohr: „Vielen Dank, Prinzessa. Der Sieg wird deiner sein."

Der Gong ertönte wieder und ich ließ die beiden den Ring verlassen. Ich spürte den Schmerz nicht mehr. Das Einzige, was ich spürte, war pure Wut. Wut auf Semenov und auch ein wenig auf mich. Ich hatte sie schlecht behandelt und sie hat mich gerade dennoch gerettet.

Ich baute mich nun vor Semenov auf, zeigte auf sein Veilchen und spuckte vor ihn. „Ich muss wirklich sagen, von Nahem sieht deine Frau sogar noch besser aus. Aber weißt du, wie sie am besten aussehen würde? Schreiend und keuchend unter mir." Ich wusste, dass er versuchte mich aus der Reserve zu locken. Er wollte mich ablenken, damit ich mich nicht mehr konzentrieren konnte, aber den Gefallen tat ich ihm nicht. Semenov schien jetzt noch aggressiver, er schlug immer wieder zu, doch er traf nur die Luft, weil ich es immer wieder schaffte, ihm auszuweichen. Stattdessen provozierte ich ihn mit meiner Fußarbeit immer mehr. Ich verwirrte ihn geradezu, weil ich ihn die ganze Zeit nur umkreiste und ihn immer mal ein paar kleinere Schläge aus verschiedenen Winkeln verpasste. Schließlich stand ich vor ihm und verpasste ihm einen perfekten Aufwärtshacken, welcher ihn sein Leichtgewicht verlieren ließ.

Der Gong ertönte und ich ging wieder auf meinen Platz. Diesmal waren Catie und Zac beide oben. Diese Pause würde länger dauern, weil wir uns jetzt noch unsere Waffen aussuchen mussten. Für jeden eine. Ich nahm Caties Hand und zog sie näher an mich ran. Ich bemerkte aber auch Zacs Blick aus den Augenwinkeln, wie er bei dem Anblick von uns grinste. Woran er wohl gerade dachte? „Ich werde jetzt deine Hilfe benötigen, Prinzessa. Du musst mir gleich bei der Auswahl meiner Waffe helfen, ja?", fragte ich sie, als wäre sie ein Kleinkind, weil ich erwartete, dass sie sonst durchdrehen würde. „Okay", erwiderte sie nur. „Okay? Sonst nichts? Nur okay?? Keine sinnlose Rede, oder Panik?", hackte ich nach, überrascht von ihrer nonchalanten Art. „Nur okay", sagte sie und sah stoisch auf die Mitte des Ringes, wo gerade ein Tisch aufgebaut wurde, auf dem fein säuberlich Waffen abgelegt wurden.

Kurz darauf erhielten wir das Zeichen, dass es nun Zeit sei, zu wählen. Ich führte sie in die Mitte und ließ sie etwas raussuchen, während ich hinter ihr stand und meine Hände auf ihren Hüften abgelegt hatte. Es war ein unterbewusster Impuls. Ich wollte damit nach außen ausstrahlen, dass sie sonst keiner anfassen dürfe. Und ich schätze, die meisten Zuschauer verstanden dies sofort. Sie wussten, wozu ich fähig war.

Sie überlegte angestrengt und ließ ihren Blick außergewöhnlich lange auf einem kurzen Messer hängen. Dann sah sie zu mir hoch und dann direkt wieder zum

Messer und nickte dann. „Nimm das Messer, das passt am besten zu dir. Mach ihn fertig, Alex", fügte sie noch hinzu, bis sie wieder zu unserer Ecke und Zac zurücklief. Ich musste ehrlich sagen, dass ich überrascht war, dass sie ausgerechnet das Messer für mich wählte. Mein Lieblingsutensil. Ich schnappte mir das Messer und lief dann amüsiert zurück zu Catie und Zac. Dadurch, dass ich aktuell führte, durfte ich zuerst wählen und jetzt erst war Semenov an der Reihe. Ich sah aus den Augenwinkeln, dass er sich für einen Schlagring mit Spitzen daran entschied. Passt wie der Arsch auf Eimer. Er verließ sich noch immer nur auf seine Arme. Dieser Sieg war mir sicher. In der Ecke trank ich noch einmal einen Schluck und unterhielt mich mit Zac. Catie war außergewöhnlich ruhig und gefasst und beobachtete jede meiner Bewegungen.

Alsbald verließen die beiden den Ring auch wieder und der Gong ertönte. Jetzt hieß es äußerste Vorsicht. Ich wusste, dass ich genauso gut mit meinem Leben für den heutigen Tag bezahlen könnte. Ich hielt das Messer in meiner rechten Hand und umzingelte Semenov so, dass ich ihn jederzeit mit beiden Händen hätte treffen können, doch ich stellte mich geschickt an. Ich verpasste ihm hin und wieder leichte Schnitte. Okay gut, einige davon waren gar nicht so leicht. Aber es waren keine lebensbedrohlichen. Semenov holte immer wieder mit dem Schlagring nach mir aus, streifte mich aber nur ein paar Mal leicht mit den Spitzen. Dennoch zog auch ich Schnitte davon. Letztendlich schaffte ich es, das Messer in den Arm zu rammen, an dem sein Schlagring saß und während er vor Schmerzen aufschrie, verpasste ich ihm einen Jab. Er ging direkt zu Boden. Trotz dessen, dass er häufiger versuchte, sich aufzurichten, schaffte er es letztendlich nicht. Der Ringrichter zählte zu Ende und das Match war jetzt beendet.

Ein K.O. Ich hatte es geschafft. Nun wurde ich von allen Seiten bejubelt und trug erstaunlicherweise keine großartigen Verletzungen davon. Meine Organe würde ich trotzdem mal überprüfen lassen. Innere Verletzungen können zu einem abrupten Tod führen.

Ich wurde zum Meister geehrt, während Sanis sich um Semenov kümmerten.

Catie und Zac waren wieder auf die Bühne gekommen und Zac lief voller Stolz auf mich zu. „Mein Brat, ich wusste, dass du es schaffen würdest", sagte er und zog mich in eine Umarmung. Ich fand es immer wieder faszinierend, wie offen er mit Körperlichkeiten umging.

Als er seinen Arm noch auf meiner Schulter liegen hatte, bemerkte ich was Komisches auf seiner Haut. „Was ist das?", fragte ich ihn verwirrt. „Ich denke mal, das ist meine Schuld. Ich habe mich wohl unbewusst ein wenig festgekrallt", sagte Catie in einem humorvollen Ton. Zac schien das bis eben nicht bemerkt zu haben und schaute sich seinen Arm nun genauer an. Er grinste dümmlich und murmelte etwas vor sich hin.

Ich schenkte nun aber Catie meine Aufmerksamkeit. Sie stand vor mir, unsicher, was sie machen sollte. „Glückwunsch zu deinem Sieg, du hast das wirklich gut gemacht", sagte sie schließlich. „Gut? Nur gut?", fragte ich mit hochgezogener Augenbraue. „Okay, es war wirklich fantastisch, aber jetzt hebe nicht vom Boden ab, okay?", setzte sie an, doch ich wollte nichts mehr davon hören. „Komm einfach in meine Arme, Prinzessa", unterbrach ich sie grinsend. Und sie tat es. Sie machte zögernd einen Schritt vor und schlang ihre Arme um meine Mitte. „So ist es fein, ich finde es super, wie folgsam du bist", sagte ich, während ich ihren Kopf tätschelte. Sie schnaufte auf. „Halt die Klappe, ich bin einfach nur froh, dass du noch lebst. Auch wenn du ein Arschloch bist, möchte ich nicht, dass du stirbst", antwortete sie und brachte mich damit zum Lachen. Es war, als wären sämtliche Mauern gebrochen. Ich weiß nicht, wann ich das letzte Mal so gelacht hatte. Oder überhaupt gelacht hatte. Und ich wusste auch direkt, dass ich sie kriegen würde, kriegen MUSSTE. Ich schenkte Zac einen Blick, der ihm deuten sollte, dass ich wieder im Spiel sei. Dieser lächelte mich nur wissend an und ich realisierte sofort, dass dies von Anfang an seinen Plan war. *Dieser gerissene Hund.*

Eine Ausnahmesituation für so etwas auszunutzen, sah ihm ähnlich. Romeo und ich waren zwar schlau, aber Zac war gerissen und wusste sich so zu verstellen, dass kein Mensch dies von ihm erwarten würde. Er stellte sich manchmal extrem dämlich an. Aber er wusste seine Rolle richtig zu spielen.

Catie bekam von unserem Blickaustausch nichts mit und löste sich schließlich aus der Umarmung. Schade, aber ich kann versichern, dass dies nicht das letzte Mal gewesen sein wird.

„Wer hat alles Lust auf einen Drink?", fragte Zac nun, um Schweigen zu vermeiden. Catie meldete sich sofort. Die Beiden sollten wirklich nicht so viel trinken, andererseits wollte ich meinen Sieg auch gebührlich feiern, also sagte ich ebenso zu. Schien so, als würden wir von meinem Fahrer abgeholt werden müssen. Ich hatte ihm eigentlich für den Rest des Abends freigegeben. „Geht schonmal vor, ich muss mich vorher nur nochmal frisch machen, okay?", fragte ich. Eigentlich war die Frage überflüssig gewesen, die Beiden waren viel zu sehr darauf versessen, sich die Kante zu geben, als dass sie vorzeitig aufbrechen würden.

Kapitel 29- Catie

Während Alex in die Umkleide ging, um sich fertig zu machen, liefen Zac und ich zur Bar. Ich musste ehrlich sagen, dass ich den Alkohol bereits spürte und auf ihn reagierte. Andernfalls hätte ich Alex niemals eine Umarmung gegeben. Ich verstieß heute wieder gegen zwei meiner Regeln: keine Partys und keine Jungs. Wobei, genau genommen, war das hier keine Party. *„Jaja, rede dir das weiter ein"*, verspottete mich meine innere Stimme. Doch wie immer in den letzten Monaten, ignorierte ich diese geflissentlich. „Und? Bist du mir noch böse, dass ich dich hierher entführt habe?", fragte mich Zac, während er mich abcheckte. „Keineswegs", antwortete ich ihm amüsiert. „Sehr gut", antwortete er.

Wir hatten es gerade geschafft, unsere Drinks zu ordern, als Alex zu uns stieß. *Das ging aber schnell.* Und verdammt, sah er gut aus. Er trug jetzt seine übliche Chino und einen leichten Pullover. Seine Haare waren noch feucht und nicht frisiert und von ihm strömte ein starker Geruch aus. Ein sehr anziehender und ich konnte nicht ausmachen, ob dies von seinem Duschgel kam, oder ein Parfüm war. „Wann kommen die Drinks?", fragte er nun. Seine Frage war an uns beide gerichtet, doch sein Blick lag alleine auf mir. Ich spürte, wie mir die Röte ins Gesicht und verfluchte meinen Körper dafür, dass er so auf ihn reagierte. „Sofort da", beantwortete Zac seine Frage. Und direkt darauf, wurden uns die Drinks serviert. Was für ein Service. Wir schnappten uns unsere Drinks, Zac hatte für Alex auch einen mitbestellt, und kämpften uns nun durch die Massen an Menschen.

Die Musik war nun lauter als vorher und viele bewegten sich zu ihr. Entweder alleine oder eng aneinandergeschmiegt. Ich wusste nicht, wo Alex uns hinbrachte, wollte es aber auch nicht hinterfragen, deswegen folgte ich ihm einfach nur schweigend. Ich hatte einfach beschlossen, mich auf sämtliche Überraschungen einzulassen.

Schließlich stoppte er vor einer bewachten Tür. Der Türsteher nickte ihm zu und öffnete daraufhin die Tür. Der Gang dahinter war düster. Kaum hatten wir ihn durchgelaufen, blieben wir erneut vor einer Tür stehen. An der Seite befand sich ein Zahlenfeld und sobald Alex einen Code eingegeben hatte, leuchtete dieses grün auf und machte einen Piepton. Alex warf einen Blick nach hinten, sein Blick gerissen und öffnete dann die Tür. Und Oh. Mein. GOTT. Dahinter verbarg sich ein riesiger Salon mit einer Bar und mehreren nun ja, „Sitzmöglichkeiten". „Willkommen auf der VIP- Party", sagte Alex und lief vor.

Ich war in einer Art Schockstarre gefangen, denn das, was sich vor mir erstreckte, war einfach zu viel, als das mein Hirn es verarbeiten konnte. Auf den Sofas und Sesseln saßen einige Paare und machten Sachen, die ganz eindeutig nicht an solch öffentliche Orte gehörten. Ich sah, wie zwei Frauen vor einem Mann knieten und ihm abwechselnd den Schwanz lutschten. Auf einer weiteren Couch, saß ein Pärchen halbnackt, welches sich gerade halb auffraß. Weiter rechts saß eine Dame in einem Sessel und wurde von mehreren Männern gleichzeitig... ich suchte nach Worten. Genutzt? Verwöhnt? Gefickt?

Ich sah nun zwischen Alex und Zac hin und her und schüttelte den Kopf. Schließlich fand ich meine Stimme wieder: „Ah ah, ihr könnt VERGESSEN, dass ich bei so etwas mitmache. Mit euch. In aller Öffentlichkeit!" Alex schmunzelte amüsiert und Zac trat nun vor mich und versperrte mir die Sicht. „Ich weiß ja nicht, was sich gerade in deinem niedlichen Kopf abspielt, aber wir sind nur hier, um zu trinken. Also ich mein, wir wären keineswegs abgeneigt davon, eine kleine Ménage à Trois mit dir zu starten, aber dafür sind wir nicht hier", versuchte er mich zu beschwichtigen. Ich sah ihn skeptisch an, bis Alex hinzufügte: „Wenn du das alles nicht sehen möchte, können wir auch in ein Séparée gehen, kein Problem. Ich wollte nur weg von den ganzen Menschen. Uns ein wenig Privatsphäre gönnen." Noch immer skeptisch schüttelte ich den Kopf. „Nein, ist in Ordnung. Ich wollte nur noch einmal darauf hinweisen, dass ihr sowas von mir nicht erwarten braucht."

Ich musste ehrlich sagen, dass ich mich langsam an den Anblick gewöhnte und nicht nur das. Es faszinierte mich, wie all die Menschen keine Probleme damit hatten, sich so verletzlich zu zeigen, sondern einfach ihre Fantasien auslebten. Hemmungslos und ohne einen Gedanken an die Umgebung zu verschwenden. Wissend, dass sie beobachtet wurden.

Alex lief wieder vor und fand uns eine Couch, welche noch nicht belegt war. Davor stand ein kleiner Tisch, wahrscheinlich, um die Getränke dort abzustellen. Alex bedeutete mir, mich in die Mitte zu setzen und nach anfänglichem Zögern, tat ich dies auch. Die beiden Männer setzen sich jeweils zu meinen Seiten.

Während ich angespannt und steif dasaß, schienen die beiden keine Probleme damit zu haben, sich breit zu machen. Zac legte sogar einen Arm um mich, während er es sich gemütlich machte und seine Füße auf dem Beistelltisch ablegte. „Also Katharina, warum warst du auf keiner einzigen Party mehr?", fragte Alex nun. „Weil ich besseres zu tun habe, als mich auf irgendwelchen Partys volllaufen zu lassen und irgendwelche dummen Spielchen zu spielen", antwortete ich bissig. Alex schmunzelte nur und zeigte auf mich und die Umgebung. „Ist das so?", fragte er mit erhobener Augenbraue und zeigte auf meinen Drink. Verflucht. „Touché", antwortete ich nur. „Fehlen nur die „dummen" Spielchen", stimmte Zac mit in die Konversation ein, „soweit ich mich erinnern kann, waren diese Spielchen beim letzten Mal gar nicht so dumm. Also ich hatte meinen Spaß." Ich warf ihm einen grimmigen Blick zu. „Ohja, Romeo, soweit ich weiß auch. So sah es zumindest aus, als ich euch unterbrochen hatte", kam nun von Alexander. Und ich konnte es nicht einmal abstreiten. „Da war ich auch betrunken", versuchte ich mich rauszureden. „Aha, da haben wir es also", sagte Alex. „Ein wenig Alkohol reicht also aus, damit du nicht mehr so spießig bist. Na dann können wir auch jetzt ein Spiel spielen, was sagst du dazu?"

Wie sollte ich aus dieser Nummer je wieder rauskommen? Mittlerweile bereute ich meine Entscheidung, hiergeblieben und nicht so schnell wie möglich geflüchtet zu sein.

Nicht, weil ich Angst hatte, dass die Jungs irgendetwas machen würden, was mir nicht gefiele. Eher aus Angst, dass sie etwas machen würden, was mir gefiel. Dennoch lehnte ich nicht ab. „Woran denkst du?", versuchte ich herauszufinden. Bei Alex konnte ich mir nicht sicher sein. „Hmmm, gute Frage, Zac? Was könnten wir spielen?". Jetzt stieg auch Zac mit ein: „Wie wär's mit dem guten alten

Wahrheit, oder Pflicht?" „Gute Idee, Zac. Was sagst du, Prinzessa? Hast du Lust auf eine gute Runde Wahrheit, oder Pflicht?" Ich schluckte, da sich sein Blick in mich hineinbohrte. Heiser stimmte ich zu. Fuck, worauf hatte ich mich da schon wieder eingelassen? „Nun denn, dann darfst du anfangen. Also Prinzessa: Wahrheit, oder Pflicht?" „Wahrheit", antwortete ich direkt. Alex warf seinen Kopf zurück und lachte. „Hast du so sehr Angst, dass wir dich etwas Anstößiges machen lassen, dass du direkt Wahrheit wählst? Nun denn, meinetwegen. Mit wem von uns beiden würdest du lieber schlafen?" Holy Shit. Musste er gleich mit so etwas beginnen? Aber es war wirklich eine gute Frage, eine die ich mir selber nicht beantworten konnte. Aber da ich noch eine Rechnung mit Alex offen hatte, antwortete ich: „Zac." Dieser verstärkte daraufhin seinen Griff um mich und richtete sich dann an Alex: „Tja, jetzt haben wir die Bestätigung. Ich bin definitiv heißer als du." Alex rollte nur mit den Augen. „Gut, dann Zac: Wahrheit, oder Pflicht?", wandte Alex jetzt die Frage an ihn. „Hmmm, ich nehme Pflicht." „Küss Catie auf den Hals", forderte Alex nun Zac auf. Dieser ließ sich das nicht zweimal sagen. Er beugte sich zu mir herunter und fing an, mehrere kleine Küsse auf meinem Hals zu verteilen, bis er eine geeignete Stelle fand und plötzlich reinbiss. Ich musste mir in dem Moment wirklich einen Stöhner unterdrücken. Nicht, weil es weh tat.

Im Gegenteil, es machte mich an. Direkt bemerkte ich, wie sich überall auf meiner Haut, Gänsehaut bildete.

Und Zac wohl auch, denn er grinste an meinem Hals, ehe er sich zurückzog und nun Alex fixierte: „Alex, Wahrheit, oder Pflicht?" „Pflicht."

Wow, die wollten es wohl wirklich nicht langsam angehen, nein, sie gingen gleich in die Vollen. Ich beugte mich vor zu meinem Drink, den ich vorher auf dem Tisch abgestellt hatte und nahm einen tiefen Schluck davon. „Du hängst ein wenig hinterher Bruder. Bestell uns eine Flasche Vodka und nimm einen großen Schluck davon." Und Alex tat wie geheißen. Er winkte nach einer der sehr knapp bekleideten Kellnerinnen und bestellte eine Flasche, sowie etwas zum Mischen dazu. Dann lehnte er sich wieder zurück und seine Hand streifte an meinem Bein entlang. Wenn ich raten müsste, mit voller Absicht. Schließlich kam die Kellnerin wieder zurück mit der Bestellung. Erstaunlicherweise startete sie keinen Flirtversuch. Nicht so, wie die Kellnerin im Restaurant vorher. Alex beugte sich wieder vor und streifte dabei wieder mein Bein. Japp, das war definitiv Absicht. Er setzte gerade die Flasche an, da schaltete sich mein gesunder Menschenverstand wieder ein. „Sicher, dass du das tun willst? Er hatte dich ganz schön erwischt. Nicht, dass du irgendwelche inneren Verletzungen hast. Da würde der

Alkohol nur schaden." Alex warf mir einen Blick zu und setzte die Flasche kurz ab. „Lass das mal schön meine Sorge sein, Prinzessa." Und schon nahm er einen tiefen Schluck aus der Flasche. Na gut, wenn er nicht hören will, soll das nicht mein Problem sein. So, wie er es mir sagte.

Er lehnte sich nun wieder zurück, doch anstelle mein Bein wieder nur zu streifen, legte er seine Hand auf mein Knie. „So, wie es aussieht, bist du wieder an der Reihe. Wahrheit, oder Pflicht?" „Ich nehme wieder Wahrheit" „Du weißt aber schon, dass du danach nur noch eine Wahrheit übrighast?", hackte Alex nach. Und wie bewusst mir das war... „Ja, also? Die Frage?" Alex lächelte gefährlich. „Achte auf deinen Ton", ermahnte er mich, „Verrat mir doch eines. Mit wie vielen Männern hast du bisher geschlafen?" Ich schluckte. „Einem", sagte ich leise. „Wie bitte? Kannst du das nochmal wiederholen? Ich konnte dich bei dem Lärm nicht ganz verstehen", forderte Alex mich auf, mich zu wiederholen. „EINEM", sagte ich nun laut und deutlich.

Plötzlich schauten mich beide Männer geschockt an. „Ist das dein Ernst?", fragte Zac nun. Gott war mir das unangenehm. Und ich wusste nicht einmal wieso. „Ja, doch, ist es. Ich war bis kurz vor dem College in einer Langzeitbeziehung. Wir waren drei Jahre zusammen." Die Beiden sahen mich immer noch an, als würde ich eine fremde Sprache sprechen. „Und wie viele Männer hast du bisher geküsst?", hackte Alex nach, als er aus seiner Starre rauskam. „Nur eine Wahrheit, hebe dir die Frage für die nächste Wahrheit auf", gab ich zurück. „Nun den... Zac, Wahrheit oder Pflicht?" Zac saß immer noch in einer Art Schockstarre. Die beiden sollten aufhören so eine große Sache daraus zu machen. „Pflicht", antwortete er dann ein paar Sekunden später. „Ruf Romeo an, er soll herkommen." Geschockt drehte ich mich zu Alex um. „Alle, nur der nicht", spuckte ich aus. Etwas fieser als ursprünglich geplant. Alex zog eine Augenbraue nach oben und ich verstummte wieder. Stimmt ja, wie konnte ich nur erwarten, dass die Boyband auch ohne ihren Leadsinger klarkam. Ich rollte die Augen und lehnte mich trotzig zurück. In der Zeit hatte Zac sein Handy bereits gezückt und Romeos Nummer gewählt.

Sie wechselten ein paar Worte und dann legte Zac auch schon wieder auf und wandte sich mir grinsend zu mir. „Dein bester Freund ist unterwegs" „Du Arsch", warf ihm daraufhin entgegen. „Aber ein attraktiver Arsch, mit dem du schlafen würdest." „Nein, ich meinte nur, dass ich eher mit DIR schlafen würde als mit IHM", und zeigte dabei nach hinten zu Alex. „Ich bin immer noch da und höre alles", gab dieser wütend zurück. „Gut!", rief ich aus. Doch Alex zog mich mit einer Bewegung auf seinen Schoß und hielt mich so fest, dass ich mich nicht mehr bewegen konnte. Er strich mir eine Strähne aus dem Gesicht und näherte sich meinem Gesicht immer weiter. Dann flüsterte er mir ins Ohr: „Du kannst es so viel leugnen, wie du willst. Aber ich weiß ganz genau, wie gut du dich unter mir anfühlst, ich kann dein Stöhnen noch immer hören und ich weiß auch noch, wie feucht du warst. Ich schmecke dich immer noch auf meiner Zunge. Also tu nicht so, als wäre Sex mit mir so abwegig." Jepp, das hatte mir jetzt den Todesstoß gegeben. Jetzt wurde ich roter als eine Tomate. „Das war was anderes", antwortete ich flüsternd. „Hey, hört auf zu tuscheln", kam nun von Zac. Er sah aus, wie ein geprügelter Welpe. „Wir reden wann anders", versprach Alex mir. Ich ignorierte ihn und wandte mich wieder Zac zu. Alex bemerkte den Korb und kniff mir in die Seite, aber auch das ignorierte ich. „Also, wann kommt euer großer Herrscher und Meister?", wollte ich nun wissen. Zac prustete los. Als er sich dann doch wieder fasste, antwortete er: „Falls du darauf anspielen willst, dass er sowas wie unser Anführer ist, dann täuschst du dich aber gewaltig, Engel. Wir sind alle gleichgestellt." „Aha und was seid „ihr"? Die Mean Girls des Campuses?" Und wieder musste Zac lachen. Nur diesmal bekam ich keine Antwort. Ich wartete geduldig, bis er sich fasste und fragte dann nochmal, wann Romeo auftauchen würde. „Er meinte gerade, dass er in einer halben Stunde da ist". Na gut, noch eine halbe Stunde Ruhe, bis der Teufel erreichte.

„Dann warten wir mit dem Spiel einfach, bis Romeo kommt, oder was sagst du, Prinzessa?" Alex' Stimme drang direkt an mein Ohr und ich realisierte, dass ich nach wie vor auf seinem Schoß saß. Ich versuchte runterzurutschen, aber er hielt mich auf seinem Schoß gefangen. „Keine Chance, wir haben gerade erst Frieden geschlossen. Aber während wir warten, kannst du uns ja ein wenig über deinen Ex erzählen. Wie heißt er? Wo studiert er? Habt ihr noch Kontakt? Er muss ja ein ganz toller Typ gewesen sein, wenn er es so lange mit dir ausgehalten hat. Ach, ne sorry, wenn du es so lange mit ihm ausgehalten hast. Immer diese Versprecher", seine Stimme klang sarkastisch und ich weiß ganz genau, wie er den letzten Satz gemeint hatte. Dies war definitiv kein Versprecher gewesen. „Was geht dich das an?", entgegnete ich ihm schnippisch. „Würde mich aber auch interessieren", stimmte nun Zac mit ein und schenkte Alex einen „du-weißt-ich-bin-immer-auf-deiner-Seite-Blick". Genervt rollte ich mit den Augen. „Na gut. Sein Name ist Daniel. Er studiert in Kalifornien und nein, wir haben keinen Kontakt mehr" „Ach ist das so?", fragte Alex mich schnippisch. Ich sah überrascht zu ihm auf. Ich konnte einen Blick auf sein Gesicht erhaschen und Alex sah aus irgendeinem Grund sehr wütend aus. Doch sobald er bemerkte, dass ich ihn ansah, glätteten sich seine Gesichtszüge wieder. „Klingt ja nach 'nem richtigen

Saubermann." In jedem seiner Worte steckte Abscheu. Ich griff wieder zu meinem Becher, nur um festzustellen, dass dieser bereits leer war. Also griff ich zu den Flaschen und mischte mir etwas zusammen. Ich war hin und hergerissen, ob ich gerade eine starke Mische benötigte, oder lieber auf eine schwächere umsteigen sollte. Letztendlich entschied ich mich für eine stärkere. Schließlich würde gleich mein Albtraum da sein. „Also, erzählt mal Jungs. Mit wie vielen habt ihr schon geschlafen?" Zac, der sich soeben auch eine neue Mische gemacht hatte und nun angesetzt hatte, verschluckte sich urplötzlich. „Denkst du wirklich, wir zählen unsere Sexualpartner? Und überhaupt, was geht dich das an?", fragte Alex mich belustigt. „Mich habt ihr schließlich auch gefragt. Ich würde sagen, es ist ausgleichende Gerechtigkeit, euch dasselbe zu fragen. Oh, oder liegt das daran, dass ich eine Frau bin und wir Frauen uns ja aufsparen sollten?" Ich weiß, es war kindisch, aber dennoch brachte es mich auf die Palme. Alex drehte mein Gesicht urplötzlich zu sich. „Jetzt hör mal zu, Prinzessa. Du kannst mit so vielen Typen schlafen uns Spaß haben, wie du willst. Was juckt es mich, ob es einer war, oder 1000? Es war nur eine simple Frage, in einem simplen Spiel. Glaube mir, wenn ich dir eine Zahl nennen könnte, würde ich es machen. Aber bei so etwas zähle ich einfach nicht mit und weißt du warum? Weil mir das nichts bedeutet." Das war mal ne klare Ansage. „Selbes gilt auch für mich", schaltete sich Zac mit ein. Ich ließ dies kommentarlos stehen. Nach kurzem Schweigen fing Zac wieder fröhlich drauf loszuplappern und auch ich konnte mich wieder entspannen. Mittlerweile störte es mich auch nicht mehr, dass ich auf Alex' Schoß saß und nutzte die Zeit, um mich umzuschauen.

Die ganze Zeit, während wir hier saßen und tranken, hatte ich die Umgebung vollständig ausgeblendet. Jetzt bemerkte ich wieder die Paare, die noch immer voll bei der Sache waren. Einige sogar noch mehr als vorher. Ich fand es spannend und gleichzeitig erregend, um ehrlich zu sein. Ich hätte niemals gedacht, dass Voyeurismus was für mich sein könnte. Aber offensichtlich ja schon. Ganz besonders fesselte mich die Dame, die mit den Männern zugange war. Ich dachte immer, es sei billig, wenn sich auf eine Frau mit mehreren Männern gleichzeitig einließ, aber da mich der Gedanke auch schon das eine, oder andere Mal geplagt hatte, dachte ich nun anders darüber. Die Frau lag auf diesem Sofa, beziehungsweise dieser Chaiselongue. Ihr Kopf lag auf der Lehne, während einer der Männer tief in ihren Hals eindrang. Ich konnte selbst von hier aus die Wölbung an ihrem Hals erkennen. Einer der anderen massierte und leckte ihre Brüste, während wiederum ein anderer einfach vor ihr stand und von ihr einen runtergeholt bekam. Der letzte war über ihr und fickte sie in langsamen, gleichmäßigen Stößen. Ich bemerkte gar nicht, wie lange ich diese Szenerie beobachtete, bis ich Alex' Stimme an meinem Ohr hörte. „Gefällt dir, was du siehst? Und jetzt lüg mich nicht an. Seit du angefangen hast, dorthin zu schauen, hat sich dein Atem beschleunigt und deine Haut rosa verfärbt. Es turnt dich an. Nun ist meine Frage, turnt dich die Situation an, weil du es an dir selbst vorstellst, oder hast du ein Faible dafür, andere beim Sex zu beobachten?" Shit. Ich fühlte mich auf so vielen Ebenen ertappt, versuchte aber dennoch lässig zu antworten: „Ich bin bloß fasziniert, das ist alles." Ja, sehr lässig, Catie. Alex schnaubte und Zac sah mich interessiert an. „Wer's glaubt", kam nur von Alex. Ich musste irgendwie davon ablenken, also fragte ich in die Runde: „Wo bleibt jetzt eigentlich dieser arrogante, aufgeblasene...", ich konnte nicht mehr weitersprechen, weil sich plötzlich eine Hand auf meine Schulter legte, die eindeutig nicht zu Alex gehörte. „Hör doch nicht auf, Kätzchen, ich möchte noch mehr Komplimente aus deinem niedlichen kleinen Mund hören." Verdammt. „Ach, du bist da? Schade, hier ist leider kein Platz mehr frei", während ich sprach, hob ich meine Beine hoch und legte sie auf Zacs Schoß und blockierte somit den leeren Platz. „Ach Kätzchen, das hält mich nicht auf." Er ging um die Couch herum, nahm meine Beine hoch, setzte sich und legte sie dann wieder ab. Nun hatte jeder der Jungs was von mir. „Ich habe gehört, es werden Spiele gespielt? Wer ist der nächste?" Ich hätte ihm am liebsten ins Gesicht gespuckt, aber ich ließ es sein, weil ich den Abend nicht ruinieren wollte. „Ich bin an der Reihe. Ich nehme Pflicht", kam nun von Alex. Romeo ließ es sich nicht nehmen, einen verschlagenen Blick auf uns zu werfen, bevor er sprach: „Nun denn, ihr scheint es gerade ja richtig gemütlich zu haben. Aber ist es nicht viel zu warm für einen Pullover, Alex? Zieh ihn doch bitte aus." Alex löste seinen festen Griff um mich, aber nur, um sich den Pullover über den Kopf zu ziehen. Gleich darauf hielt er mich wieder fest. Er drückte mich sogar mehr an sich als vorher. Ich spürte die Hitze, die von seinem Körper ausging. „Weiß du was, Romeo? Catie schien vorhin sehr begeistert von dem Pärchen, links. Wir hatten versucht zu erörtern, ob ihr einfach der Gedanke gefiel, mit mehreren Männern zu schlafen, oder es das Beobachten war. Aber eine Antwort haben wir bisher noch nicht bekommen", erklärte Alex. Ich legte meinen Kopf in den Nacken, um ihn böse anzuschauen. Er lächelte mich nur berechnend an. Nun sah auch Romeo zu mir und hob eine Augenbraue. „Ach ist das so? Und was war Caties Antwort?" Er fragte zwar Alex, aber es war eindeutig, dass nicht Alex es war, von dem er eine Antwort erwartete. „Ich fand es bloß faszinierend, wie sie sich so gehen lassen

können. Obwohl sie wissen, dass sie Zuschauer haben
könnten. Tut mir leid, aber ich war vorher noch nie in
einem Sexschuppen. So etwas habe ich vorher noch zuvor
gesehen", *außer in Pornos.* Die Jungs grinsten alle nur und
ich wusste, dass sie mir kein Wort glaubten. Ich musste
etwas tun. „Romeo,
Wahrheit, oder Pflicht?", fragte ich ihn, in der Hoffnung, er
würde Wahrheit wählen. Er studierte meine Gesichtszüge,
doch ich behielt ein lächelndes Pokerface bei. Und dennoch
wählte er, zu meiner Enttäuschung Pflicht. Shit, ich musste
mir jetzt etwas Gutes einfallen lassen. Und ich war echt
scheiße in sowas. „Tausch die Plätze mit Zac", war dann
mein schwacher Versuch. Er sah mich genervt an, Zac
hingegen strahlte. Ich nahm meine Beine runter und ließ die
beiden tauschen. Daraufhin legte ich meine
Beine wieder auf sie drauf. Die Absätze meiner Highheels
nun gefährlich nah an Romeos empfindlichster Stelle. Ein
falsches Wort und ich könnte „aus Versehen" abrutschen.
Doch anscheinend konnte er Gedanken lesen und legte
direkt eine Hand auf meinen Fuß. Alex verstärkte ebenso
seinen Griff um mich und auch Zac legte seine Hand auf
meinen Beinen ab und nun war ich geradezu
bewegungsunfähig. Wo hatte ich mich hier nur
reinmanövriert? Erst Zac, dann Zac und Alex und jetzt alle
drei auf einem Haufen. Und das an einem Ort, wie diesem.

„Wer ist als nächstes dran?", fragte Romeo. „Sehen wir es jetzt als neue Runde, frag doch mal Catie", antwortete Zac. Danke, für nichts. „Aber ich war doch schon dran", gab ich trotzig zurück. „Neue Runde, Kätzchen. Also, Wahrheit oder Pflicht?". Ich biss mir auf die Innenseite meiner Wange. Ich ging dennoch mit der sicheren Wahl mit. „Wahrheit." „Wen hast du zuletzt geküsst?", fragte mich Romeo. Er war sich bestimmt sicher, dass ich seinen Namen nennen würde, einfach nur wegen heute Vormittag. Wäre da nur nicht die Verabredung mit Zac gewesen. Siegessicher antwortete ich: „Zac." Romeo schlief das Gesicht ein und Zac lächelte dümmlich vor sich hin. „Ach ja? Und wann soll das gewesen sein?" „Nicht, dass es dich was anginge, aber es war kurz vor dem Kampf", gab ich schnippisch zurück. „Na gut", sagte er nun zähneknirschend. Oh, mein Lieber. Man sollte keine Fragen stellen, auf die man die Antwort nicht wissen will. „Alex, Wahrheit oder Pflicht?", ich war nun wirklich davon überzeugt, die Kontrolle an mich reißen zu wollen. „Wahrheit." Ich musste ehrlich sagen, dass ich nicht damit rechnete, aber schaden würde es nicht. „Sag mir, wie sehr hatte ich dein Ego nun wirklich verletzt?" Ja, ich spielte ein gefährliches Spiel, aber ich war es leid, die Gejagte zu sein. Wenigstens am heutigen Abend sollte es anders laufen. Alex presste seinen Kiefer so arg zusammen, dass ich die Befürchtung hatte, seine Zähne könnten dabei kaputt gehen.

345

„Ich weiß nicht, wovon du sprichst." „Oh, du weißt ganz genau, wovon ich rede, Alex. Ich rede von unserem Date, von der Heimfahrt. Von meiner Abfuhr, nachdem ich mir meine Befriedigung eingeholt hatte und dich leer dastehen ließ." Ich lächelte, während ich sprach und legte meinen Kopf seitlich. „Um mein Ego zu kränken, müsste es mir etwas bedeutet haben. Du bist und warst nur eine von vielen. Bilde dir mal nicht zu viel drauf ein. So geil bist du nun auch wieder nicht", die Worte drangen bitter an mein Ohr. Ich muss ehrlich sagen, dass mich die Aussage verletzt hätte, hätte ich seine Körpersprache nicht deuten können. Sein Griff festigte sich nämlich immer stärker um mich und sein Kiefer war immer noch angespannt. Außerdem spürte ich langsam eine Beule unter mir, die ganz gewiss nicht sein Handy war. Catie 2, Idioten 0. Ich drehte meinen Kopf nun zu Zac. Er hatte die ganze Zeit über nichts gesagt. Stattdessen beobachtete er die Szenerie aufs Genaueste. Er sog alle Worte, alle Blicke und Bewegungen in sich auf. Ich entdeckte in seinem Blick zum ersten Mal etwas anderes als Humor. Es war berechnend, beinahe kalt. Doch seine Miene änderte sich schnell wieder. „Zac, Wahrheit, oder Pflicht?" „Wahrheit." Ich musste lange überlegen, was ich ihn fragen könnte, doch alsbald fiel mir dann doch etwas ein, was unsere Vereinbarung nicht auffliegen lassen würde, ihm dennoch einen Denkzettel

346

verpassen würde. „Erzähl doch mal. Was steckt sonst noch hinter dem Sunnyboy? Und lüg mich bloß nicht an. Ich bin nicht blöd. Was ist dein dunkelstes Geheimnis?" Und meine Frage zeigte seine Wirkung. Zac spannte sich an und grub seine Finger nun beinahe schmerzhaft in mein Bein. Seine freundliche Fassade brach immer mehr ein und er wirkte auf einmal eiskalt. Romeo und Alex sahen mich beide mit gehobenen Augenbrauen. Doch ich wollte noch tiefer bohren. „Und? Kriege ich noch eine Antwort von dir?" Doch das war offensichtlich einer zu viel. Zac warf Alex einen Blick zu und plötzlich schlang sich seine Hand von hinten um meinen Hals und Alex drückte zu. „Du hast eine riesige Klappe, das Spiel, welches du hier spielst, ist gefährlich."

Und in diesem Moment verstand ich, dass ich die ganze Zeit falsch lag. Es war nicht Romeo, der das Sagen hatte. Es war die ganze Zeit über Zac. Es fiel mir nun wie Schuppen von den Augen. Ich sah geschockt zu Zac, der nun eine Grimasse zog, die mich das Fürchten lernte. Wie konnte ich mich so in dem Menschen täuschen, dem ich von allen dreien am meisten vertraute, von dem ich von allen am meisten wusste? Ich sah ihn verständnislos an. „Was denn Engel? Hat es dir die Sprache verschlagen?", fragte Zac nun in einer ganz anderen Stimmlage als sonst. Ich war noch immer fassungslos. „Hast du das alles hier geplant? War es von Anfang an dein Ziel gewesen, mich hierher zu verschleppen?" Er lachte. „Ich muss zugeben, es war sehr spontan und die Jungs haben auch erst nach dem Wettkampf davon erfahren. Aber es hat doch alles wunderbar gepasst. Schau, wie gefangen du zwischen uns bist. Was für Welten ich dich heute entdecken lasse. Jetzt sei nicht sauer, dass ich dir dein wahres Ich vorzeigen wollte." Während er sprach, fuhr die Hand, die mich nicht festhielt, mein Bein auf und ab. „Ich wette, dir gefällt es insgeheim. Und würde ich meine Hand weiter hochfahren lassen, bis zu deiner süßen Pussy, würde ich spüren, wie nass du dort bist." Leider Gottes musste ich ihm Recht geben. Die Mischung aus Alex, der mich noch immer würgte und sanft mit dem Daumen über meinen Hals strich und Zac, der mein Bein auf und abfuhr und letztendlich dem durchbohrenden Blick Romeos bereitete mir eine Gänsehaut, wie ich sie noch nie gespürt hatte. Doch ich zeigte es ihm nicht. Ich wollte nicht, dass seine Worte wahr waren. Trotz Zacs Androhung, zwischen meine Beine zu gehen, tat er es nicht. Er hielt sich zurück. Doch wieso? Ich war ihm komplett ausgeliefert. Ich sah zu ihm auf und er verstand sofort die Frage hinter meinem Blick. „Ich bin kein Vergewaltiger. Ich werde nicht weitergehen, als es dir genehm ist. Keiner von uns. Ohne deine Erlaubnis passiert hier nichts, keine Sorge, Engel." Trotz dessen, dass ich sehen wollte, was passieren würde, würde ich einwilligen, entschied ich mich dafür, auf mein Gewissen zu hören. „Dann lasst mich los. Ihr alle, sofort." Ich weiß nicht, was ich erwartet hatte, aber beinahe gleichzeitig nahmen die Männer ihre Hände von mir. Und irgendwie fehlten mir die Berührungen sofort. Aber ich blieb stur.

Ich stand nun leicht torkelnd auf und wendete mich wieder den Dreien zu. „Einer von euch wird mir jetzt einen Uber bestellen und mit mir draußen warten, bis er kommt. Ich bin raus." Romeo zückte sofort sein Handy und kurze Zeit später, hielt er es mir vor die Nase. In zehn Minuten würde er kommen. Aber er hatte ihn nicht nur für mich bestellt, sondern für zwei Personen. „Zwei Personen?", fragte ich. „Du kannst vergessen, dass du um so eine Uhrzeit alleine mit dem Uber fährst. Bis zum Wohnheim ist es beinahe eine Dreiviertelstunde. Um diese Uhrzeit, in deinem Zustand und einer Gegend wie dieser, ist es zu gefährlich." Ich wollte gerade zu einer Antwort ansetzen, da mischte Alex sich schon mit ein: „Keine Widerworte Catie. Du wirst genau das tun, was Romeo sagt. Es reicht mit deinen Diskussionen. Ich habe keine Lust, einen weiteren Mann aus dem Weg räumen zu müssen, nur weil er meint, dich falsch anfassen zu dürfen." Da war sie wieder, seine Stimme. Diejenige, die es mir eiskalt den Rücken runter laufen ließ. Diejenige, der ich nicht widersprechen wollte. Also rollte ich nur mit meinen Augen und bedeutete Romeo, aufzustehen. Die anderen Beiden würdigte ich keines Blickes.

Ich hatte deutlich mehr Menschen im Hauptraum erwartet, aber stattdessen war es wie leergefegt. „Sie kommen, um die Kämpfe zu sehen und um zu wetten und ziehen danach weiter. Die wenigsten wissen, von der anderen Seite dieses Etablissements", erwähnte Romeo ganz nebenbei. Als hätte er meine Gedanken erraten. Ich nickte nur und wir setzten unseren Weg nach draußen fort.

Wir hatten noch fünf Minuten, bis der Uber kam und auch wenn ich anfangs nicht begeistert von Romeos Idee war, war ich ihm nun doch ganz dankbar dafür, dass er mitkam. „Wieso warst du nicht beim Wettkampf?", fragte ich, um die Stille zu brechen. „Ich hatte noch geschäftlich zu tun." Seine Antwort hätte kaum kryptischer sein können. „Welche Geschäfte?", hinterfragte ich nun doch neugieriger. „Manche Sachen sollte man einfach nicht hinterfragen, sondern einfach hinnehmen." Wow, danke für nichts. Frustriert trat ich gegen einen Stein. „Du darfst den heutigen Abend nicht falsch verstehen. Zac ist ein guter Kerl. Besser, als Alex und ich es nur sein könnten. Aber auch er ist verkorkst. Wenn er dich so hinter seine Fassade hat blicken lassen, heißt es, dass du ihm nicht egal bist", erwähnte Romeo, wie, als wäre es das normalste der Welt in irgendwelchen Intrigen eingesponnen zu werden. Ich antwortete nicht. Ich würde erst einmal einen Tag Ruhe brauchen, um meine Gedanken zu sortieren und bevor ich mir eine Meinung zum heutigen Abend bilden konnte. Ich musste ausnüchtern.

„Wie betrunken bist du einer Skala von eins bis Verbindungsparty?", fragte mich Romeo mit einem Schmunzeln im Gesicht. Ich wusste ganz genau wieso. Er spielte auf den Abend an, an dem er mich nach Hause begleitet hatte und schlussendlich meine Haare halten musste, weil ich so betrunken war. „Es ist eher so eine vier. Alles in Ordnung. Ich werde schon nicht kotzen. Hatte vorher auch ausreichend gegessen." „Sehr gut."

Endlich kam der Wagen. Romeo half mir beim Einsteigen und setzte sich dann neben mich. Wir schwiegen und hörten die Musik, die aus dem Radio dröhnte. „Ich muss ehrlich sagen, dass ich es extrem heiß fand, wie du so zwischen uns aussahst." Ich warf Romeo einen Blick zu, der ihm bedeuten sollte, dass er nun wirklich auch die letzten Tassen verloren hatte. Aber es machte mich auch neugierig. „Macht ihr das öfter? Also, euch Frauen teilen?" Romeo sah überrascht zu mir rüber, schüttelte dann aber den Kopf. „Nein, also wir hatten schon des Öfteren Vierer, jedoch kommt es heutzutage nicht mehr so häufig vor. Wir teilen uns gerne Frauen, keine Frage, aber zu dritt waren wir lange nicht mehr am Werk. Wieso, Interesse?" Ich schnaubte: „Auf gar keinen Fall" *Doch, leider schon.* „Ach komm schon, Kätzchen, sei doch endlich mal ehrlich zu dir. Du bist genauso eine Schlampe, wie all die anderen Frauen. Du kannst es doch gar nicht abwarten, unsere Schwänze zu reiten. Hör auf dich so teuer zu machen." Kaum war sein letzter Satz gesprochen, fing er sich eine. Es schallte so laut, dass der Uberfahrer sich zu uns umdrehte, um zu schauen, was passiert ist. Romeo lachte nur und sagte dann: „Das wirst du noch bereuen." „Fick dich!" „Ich würde ja lieber dich ficken, aber ich glaube, dafür hast du noch andere, die den Job liebend gerne übernehmen würden. Sag mir, wie viele Männer hast du in den letzten Monaten und Wochen schon gefickt? Vielleicht war das, was in der Umkleide passiert war, keine Vergewaltigung. Du hast doch sicherlich darum gebeten. Du wolltest es doch bestimmt. Du bist so eine unersättliche Hure, es würde mich nicht wundern." So gehässig hatte ich ihn noch nie erlebt. Bei seinen Worten, kam direkt die Erinnerung an den Abend wieder hoch und ich schaffte es nicht mehr, mich zusammen zu reißen. Ich fing an zu weinen. „Heulst du jetzt, weil du weißt, dass ich Recht habe? Oh ja, das ist es, du fühlst dich ertappt. Armes Kätzchen", spottete er weiter. „Anhalten", sagte ich. Der Fahrer schien mich nicht gehört zu haben, also schrie ich beinahe: „SOFORT ANHALTEN!" Der Fahrer bremste abrupt und drehte sich um. „Was ist los, Mädchen?" „Ich möchte hier raus!" Ich wusste nicht einmal, wo ich war, ich wusste nur, dass ich so weit weg wie möglich von Romeo sein wollte. „Ach komm schon, jetzt sei nicht so. Wir wissen doch beide, dass es langsam mal Zeit wurde, dass dir jemand die Wahrheit sagt, Kätzchen." Ich würde diesem eingebildeten Bastard am liebsten ins Gesicht spucken. „Wow, deine Eltern müssen dich ja richtig gehasst haben, wenn du zu so einem Bastard mutiert bist", spuckte ich ihm stattdessen entgegen. Sein ironisches Grinsen verschwand aus seinem Gesicht und er schnappte sich mein Handgelenk. „Du weißt nichts, über meine Eltern, du kleine Schlampe und jetzt verpiss dich." Er lies mich abrupt los und ich stieg aus dem Wagen, die Tür wütend hinter mir zuschlagend. Kaum war ich ausgestiegen, kramte ich in meiner Tasche, welche die ganze Zeit an mir hing, nach meinem Handy. Ich bestellte mir sofort einen neuen Uber und ging dann wütend auf den Chat mit Zac. Da war bereits eine neue Nachricht von ihm. **Ich hoffe, du kommst gut nach Hause. Wir sollten morgen reden. Ruh dich aus, Engel.** Pah, dass ich nicht lache. Direkt tippte ich meine Antwort ein und stellte mein Handy auf stumm. Gott sei Dank dauerte es nicht allzu lange, bis mein Uber kam. Ich stieg ein und fuhr nach Hause. Immer noch weinend und voller Hass und Wut in mir.

Kapitel 30- Romeo

Wie konnte diese Schlampe es nur wagen, ein Wort über meine Eltern zu verlieren? Nur, weil ich ihr die Wahrheit vor Augen hielt? Sie würde es bitter bereuen, dessen war ich mir nun sicher. Der Uberfahrer warf mir einen komischen Blick zu, nachdem sie ausstieg, war aber schlau genug, keine Fragen zu stellen.

Kurz bevor ich am Verbindungshaus ankam, leuchtete mein Handy auf. Zac hatte mir eine Nachricht geschickt. Ich ging direkt darauf.

WAS ZUR HÖLLE HAST DU GEMACHT?!

Diese dumme Schnepfe hatte also gepetzt.

Ich habe sie nur mit der Wahrheit konfrontiert, nicht meine Schuld, dass sie so sensibel ist.

Ich würde es ihm nachher noch einmal in Ruhe erläutern. Jetzt wollte ich erstmal nur ankommen.

Heute hast du es wirklich auf eine ganz neue Spitze getrieben, Kätzchen. Du wirst das Nachspiel dessen aber noch früh genug erhalten.

Ich musste mich irgendwie abregen, also rief ich die eine Person, von der ich wusste, dass sie jederzeit auf meinen Schwanz springen würde, wenn ich sie rief.

Kapitel 31- Zac

Es dauerte nicht lange, bis ich eine Antwort von Catie erhielt, aber sie fiel anders aus, als ursprünglich erwartet. **Unser Deal ist geplatzt. Such dir eine andere Fakefreundin. Du kannst dich bei Romeo bedanken.**
Was zur Hölle hatte dieser Idiot jetzt schon wieder angestellt?! Sofort schickte ich einen Text an Romeo, um zu fragen, was er gemacht hatte. Von ihm kam aber nur eine dämliche Nachricht zurück. Ich verstand einfach nicht, warum zur Hölle er so ein Problem mit ihr hatte. „Wir sollten nach Hause fahren, Romeo hat Scheiße gebaut", sagte ich an Alex gewandt. Dieser zog eine Augenbraue hoch und sah mich verwirrt an. „Was meinst du mit Scheiße gebaut?" „Ich weiß es nicht genau, aber irgendetwas muss vorgefallen sein." Und es konnte nichts Gutes gewesen sein, wenn Catie so reagierte. „Ich rufe Vernon", und während er dies sagte, wählte er schon die Nummer seines Fahrers.

Eine gute Stunde später setzte Vernon uns vor dem Verbindungshaus ab. Ich drückte ihm ein paar Scheine in die Hand, damit er mit dem Uber zurück zur Kampfhalle fahren konnte, um dort meinen Wagen abzuholen. Er war mir schließlich heilig. Aber ich selber wäre nicht mehr in der Lage gewesen, zu fahren.

Als ich die Tür zum Wohnheim öffnete, kam uns direkt lautes Stöhnen entgegen und ich erkannte die Stimme sofort. Zu meinem Leidwesen war die Besitzerin dieser Stimme die letzten Wochen ein wenig zu häufig hier gewesen. Jenny. „Nicht diese Nervensäge schon wieder", stöhnte Alex aus. Er wusste also auch, um wen es sich dabei handelte. Keiner von uns verstand, warum Romeo so oft mit der zugange war. Und ich glaubte, nicht einmal er verstand es.

Ich deutete Alex, dass er vorgehen solle. Nur, weil ich Catie heute einen Teil von mir offenbart hatte, hieß es nicht, dass ich gleich der ganzen Welt zeigen würde, wie ich wirklich bin.

Wir betraten das Wohnzimmer und unsere Jenny-Vermutung bestätigte sich. Romeo hatte sich nicht einmal Mühe gegeben, sie komplett auszuziehen. Er hatte nur ihren Slip zur Seite und ihren Rock nach oben geschoben und vergrub sich nun mit tiefen Stößen in ihr. Besonders zufrieden sah er dabei aber nicht aus. Er hielt seine Augen geschlossen und wirkte so, als ob er sich wirklich fokussieren müsse, um nicht sofort wieder schlaff zu werden. Sein kleines Betthäschen bekam davon aber nichts mit, da er sie von hinten nahm und ich war nicht einmal sicher, in welchem ihrer Eingänge er da eigentlich gerade steckte. Keiner von beiden bekam uns mit, aber schließlich schob er sie komplett von sich weg und zog sich aus ihr raus. „Du bringst es nicht mehr, verzieh dich. Und wenn du morgen auch nur auf die Idee kommen solltest, dich bei mir zu melden, wirst du dein blaues Wunder erleben. Such dir einen anderen, den du in Zukunft langweilen kannst", er sah auf sie hinunter, voller Ekel. „Fick dich Romeo. Früher, oder später wirst du sowieso wieder zu mir zurückkommen. So war es schon immer und so wird es auch immer sein." „Nur, weil du so willig bist", gab er zurück und jetzt erst schienen die beiden, uns zu bemerken. „Juuuungs, habt ihr noch Bedarf? Ich wette, sie würde euch sofort ranlassen", rief Romeo uns nun entgegen und lallte dabei. Wann zur Hölle hatte er es geschafft, sich so sehr abzuschießen? „Kein Bedarf", sagten Alex und ich fast zeitgleich. Jenny rührte sich dennoch nicht. Alex warf ihr einen genervten Blick zu. „Hast du nicht gehört? Du sollst dich verpissen. Romeo will dich nicht mehr und auch sonst keiner der hier Anwesenden!" Sie winselte kurz auf, richtete ihre Kleidung und verpisste sich dann ENDLICH. „Dein Ernst?", fragte ich Romeo, nachdem sie unser Haus verlassen hatte. „Was denn?", fragte er unschuldig. „Wo soll ich da anfangen? Ach ja, abgesehen davon, dass du diese Furie wieder in unser Haus gebracht und dich komplett abgeschossen hast: was hast du mit Catie gemacht?" Meine Stimme wurde immer lauter, aber dies störte ihn keineswegs. „Warum fängst du

jetzt schon wieder mit der an? Oder hat sich unser
Zachyboooy verliebt?", zog er mich auf.

Ich musste ehrlich zugeben, dass es mich schon ein
wenig traf. Ich hatte in letzter Zeit wirklich viele Gedanken
an sie verschwendet. Aber war es denn wirklich
Verschwendung, wenn es um sie ging? „Diese kleine Hure
geht dir aber ganz schön unter die Haut", fügte er noch
hinzu. Ich ballte meine Hände zu Fäusten, zum einen, weil
mich seine Bezeichnung für sie abfuckte, zum anderen, weil
er recht hatte. Sie ging mir wirklich unter die Haut. „Und
dir wohl nicht, oder warum bist du so besoffen?", antwortete
ich. „Was? Darf ich mich nicht abschießen, ohne Big Daddy
vorher nach Erlaubnis zu bitten? Ich hatte eine Party
erwartet, aber stattdessen durfte ich mir irgendwelchen
Scheiß von einer besoffenen Bitch anhören und sie dann
noch nach Hause begleiten." Je mehr er sprach, desto
wütender wurde ich. Und Alex musste sich seinem Gesicht
zufolge ebenso zusammenreißen. „Hast du sie denn nach
Hause gebracht?", fragte ich, um sicher zu gehen, dass sie
auch wirklich zu Hause angekommen war. „Pah, ne. Das
Sensibelchen hat angefangen zu flennen und ist aus dem
Uber gestiegen. Ungefähr auf halber Strecke. Aber vorher
hatte sie mir noch eine geknallt", sprach sein verletzter Stolz
aus ihm. „Was meinst du damit, dass sie auf halber Strecke
ausgestiegen ist? Und was zur Hölle hast du ihr gesagt, dass

sie dir eine geknallt hat?" Meine Wut stieg immer weiter. Und meine Sorge stieg auch an. „Ich habe ihr die Wahrheit gesagt. Dass sie eine kleine Hure ist, dass sie bestimmt schon den halben Campus gefickt hat und dass sie es in der Schwimmhalle bestimmt auch wollte. Sie hatte sicherlich darum gebettelt. Ich mein, schaut sie euch an. Sie hatte bisher mit jedem von uns, was am Laufen gehabt. Denkt ihr im Ernst, wir sind da die Einzigen?"

Es geschah in einer Millisekunde. Alex lief auf ihn zu und haute ihm eine runter. Romeo lachte nur und rieb sich über sein Kinn. „Ist es wirklich schon so weit? Mein eigener Bruder schlägt mich wegen eines billigen Flittchens?" „Ich schlage dich nicht wegen einer Frau, ich schlage dich, damit du wieder zu dir kommst. Was hat dich geritten, ihr solche Sachen an den Kopf zu werfen? Das einzige Flittchen, mit dem du zu tun hast, ist Jenny. All das, was du Catie an den Kopf geworfen hast, ist eins zu eins eine Beschreibung für Jenny. Sie ist die Einzige, die sich über den gesamten Campus vögelt, aber sie verurteilst du nicht. Und warum? Ach ja, weil sie dich immer ranlässt. Und wie konntest du es dir nur wagen, zu implizieren, dass sie die Vergewaltigung gewollt hatte? Und dich dann noch wundern, dass sie durchdreht? Was ist los mit dir man, du bist komplett von der Spur!", brüllte Alex. Jetzt hatte bestimmt auch schon der Rest der Verbindung mitbekommen, dass wir uns stritten.

„Zu deiner Info. Catie hatte bisher nur mit einem Mann geschlafen. Und selbst wenn es Tausende gewesen wären. Wer bist du, dass du darüber urteilen könntest?", sagte ich nun. Romeo sah mich an wie ein Auto. Ich wette, genauso haben Alex und ich vorhin auch geschaut. „Was meinst du mit einem Mann?" „Ihr Ex, Daniel, von dem sie ständig Nachrichten bekommt. Er war der Einzige. Sei nicht dumm, wir hätten es mitbekommen, wenn irgendeiner vom Campus etwas mit ihr gehabt hätte", half ich ihm auf die Sprünge. Ja, ihr Handy und ihr Social Media waren noch immer gehackt. Was mich daran erinnerte, dass ich dringend unsere Nachrichten löschen musste. Die Jungs sollten nichts von unserem Deal erfahren. Ich hatte keine Lust auf dumme Fragen. Romeo sah nun wortwörtlich aus, wie ein geprügelter Hund. Er sah mir nun in die Augen. „Ich habe wirklich Scheiße gebaut, oder?" Wenigstens war er jetzt reflektiert. „Ja, Romeo, das hast du."

Kapitel 32- Catherine

Ich wachte mit einem brummenden Schädel auf und konnte nicht zuordnen, ob es vom Alkohol, oder vom Heulen kam. Die Bilder des gestrigen Abends schossen mir durch den Kopf. Alles. Vom High in dem Club bis zum Down im Uber. Ich konnte nicht nachvollziehen, warum Romeo so mit mir rumgesprungen war. Was hatte ihn dazu gebracht, mir solche Worte an den Kopf zu werfen?

Ich fühlte mich heute nicht imstande, irgendetwas zu machen und beschloss, dass es ein perfekter Tag war, um im Bett liegen zu bleiben. Ich hatte irgendwie ein schlechtes Gewissen, dass ich Zac fallen ließ, nur weil Romeo so ein Wichser war. Aber wie hieß es so schön: zeig mir deine Freunde und ich sage dir, wer du bist. Und mit solchen wollte ich nichts zu tun haben. Ich habe mich sowieso schon zu lange von meinem Studium ablenken lassen.

Ich stand auf, um mich erneut an meine Lernkarten zu setzen, bemerkte aber beim Aufstehen, dass ich es heute wirklich vergessen konnte. Mein Kopf pochte nun noch stärker als vorher und es fiel mir extrem schwer, mein Gleichgewicht zu behalten. Anstelle also ins Wohnzimmer zu gehen und mich an den Tisch zu setzen, ging ich in meine Küche und suchte im Schrank nach was Essbaren.

Und natürlich fand ich genau nichts. Ich verstand vorher nicht, wozu ich eine Küche brauchte, wenn es eine Cafeteria gab. Klar, hatte ich mich darüber gefreut, weil ich das Kochen liebte, aber um ehrlich zu sein, hatte ich die Küche seit meinem Einzug nicht ein einziges Mal zum Kochen genutzt. Nun verstand ich es: die Küche war gut für Tage, wie diese. Mich würden heute keine zehn Pferde in die Cafeteria bekommen.

Gerade, als ich mit dem Gedanken spielte, mir essen zu bestellen, oder von Nickie liefern zu lassen, klopfte es an der Tür. Genervt von dem lauten Geräusch, lief ich hin und riss die Tür auf. Vor mir stand einfach motherfucking Romeo Antonio Vasquez. Ich wollte die Tür gerade zuschlagen, da drückte er auch schon mit der Hand dagegen. „Wir sollten reden", sagte er. „Ich wüsste nicht, was ich mit dir noch bereden sollte. Du hast mir gestern klar und deutlich gesagt, was du von mir hältst." Ich sah ihm in die Augen und sah, wie Reue darin aufblitzte. „Es tut mir leid, okay?" Nicht sein Ernst? „Wow, du solltest echt einen Orden für die beste Entschuldigung des Jahrtausends bekommen", gab ich sarkastisch zurück. Augenblicklich hielt er die Tüte, die er in der Hand hatte, hoch. Ein leckerer Duft strömte mir urplötzlich entgegen und mein Magen knurrte. „Ich mache dir einen Vorschlag: Du lässt mich rein, machst es dir bequem und isst was und lässt mich in der Zeit Reue zeigen und mich entschuldigen, okay?" Mein Hunger verstärkte sich immer weiter, weshalb ich letztendlich zustimmte. *Dieser glückliche Bastard.* Ich riss ihm die Tüte aus der Hand und setzte mich damit aufs Sofa. Er trat ein und schloss die Tür hinter sich. Während ich mich übers Essen hermachte, räusperte er sich. „Hör zu, ich weiß, ich hatte mich wie ein Arsch verhalten gestern Nacht. Ich weiß nicht, was das alles sollte. Wahrscheinlich war ich einfach nur frustriert, weil ich dich nicht lesen konnte. Dich nicht verstehen konnte. Ich konnte mir nicht erklären, wie du so entspannt zwischen uns Dreien sitzen konntest... und uns die Leviten lesen konntest. Es war zu viel für mich und deswegen zog ich solch dumme Schlüsse daraus. Es tut mir leid. Mein Ego war einfach angekratzt. Du hast mich schon so oft abblitzen lassen. Nicht nur mich, die anderen beiden auch. Ich dachte, du würdest nur mit uns spielen, um uns weh zu tun. Und auch wenn das keine Ausrede ist, du solltest wissen, dass ich es ernst meine." Ich hörte mir seine Rede an und wusste ehrlich gesagt nicht, was ich damit anfangen sollte. „Also hast du mir so etwas nur an den Kopf geworfen, weil dein kleines Ego angekratzt war?", fasste ich noch einmal zusammen. „Ich muss zugeben, wenn du mir das so sagst, klingt es noch dümmer...". „JA, das tut es. Ich danke dir auf jeden Fall für das Essen und deinen Versuch, aber ich würde dich jetzt bitten, mein Zimmer zu verlassen.

Ich bin viel zu verkatert, um mich jetzt mit dir und deinem verletzten Stolz rumzuschlagen." Ich sah zu ihm hinüber und bemerkte sein verzerrtes Gesicht. Normalerweise würde es mir leidtun, so abweisend zu sein, aber er hatte es nicht anders verdient. „Okay, dann gehe ich. Aber bitte denk nochmal über meine Entschuldigung nach." Mit diesen Worten verließ er schließlich mein Zimmer. Ich stöhnte genervt und aß dann mein Essen weiter. Diese dämlichen Idioten. Ich hatte nicht nur einen Abend an sie verschwendet, sondern verschwende auch noch den Tag darauf. *Keiner hatte dich gezwungen, so viel zu trinken.* Ich hatte noch zwei Wochen Zeit, um mich auf meine Klausuren vorzubereiten und aufgrund dessen, dass meine Lernzettel nun komplett im Arsch waren, durfte ich wieder von vorne anfangen. Ich zwang mich also irgendwann aufzustehen und mich wenigstens an die Zettel zu setzen. Das Essen hatte gutgetan und mein Kopf hatte sich mittlerweile auch wieder beruhigt, so konnte ich mich zumindest ein wenig auf meine Aufgaben fokussieren.

Drei Tage später war ich gerade auf dem Weg in den Vorlesungsraum, als sich jemand vor mich stellte. Es war Jenny. Ich rollte mit den Augen. Die hatte mir gerade noch gefehlt. „Was ist? Hast du dein Hündchen verloren? Wenn ja, habe ich keine Ahnung, wo er gerade ist. Vielleicht treibt er es ja gerade mit deiner besten Freundin auf irgendeiner Toilette?", warf ich ihr an den Kopf. Doch sie lächelte mich nur kalt an. „Du wirst es bereuen, auf diese Uni gegangen zu sein. Bevor du da warst, war alles besser" „Em, ich will dich nur daran erinnern, dass ich nicht schuld daran bin, dass dich jeder abstößt. Vielleicht liegt es ja an deinem überaus liebreizenden Charakter?" Ich wollte diese Unterhaltung einfach nur noch beenden. „Du kleine Schlampe, wenn du denkst, dass alles, was dir bisher zugestoßen ist, schlimm war, dann freue dich auf die nächste Zeit. Glaub mir, du bist schneller wieder weg, als du gekommen bist!" Ui, da ist jemand heute aber besonders garstig. „Wie du meinst", antwortete ich nur schulterzuckend und lief an ihr vorbei.

Ich hatte es gerade mal zwei Schritte weitergeschafft, da wurde mir der Weg wieder versperrt. Genervt schnaubte ich auf, als ich sah, dass es Zac war. „Warum will sich mir heute jeder in den Weg stellen?", fragte ich zunehmendes angepisster. „Ich würde an deiner Stelle nicht in den Vorlesungssaal gehen", antwortete Zac. Hä? „Wie meinst du das?" „Genauso, wie ich es gesagt habe, geh da am besten nicht rein...", ich unterbrach ihn mit einer Handbewegung. „Lass stecken, ihr werdet mich nicht vom Studium abhalten. Nie wieder." Ich schob mich an ihm vorbei und lief schnurstracks auf den Vorlesungssaal zu. Doch sobald ich ihn betrat, wusste ich, wieso ich nicht reingehen sollte. Die Wände waren tapeziert mit Fotos von mir in kompromittierenden Situationen. In den Hauptrollen waren Alex, Zac und Romeo. Und dazu kamen noch private Fotos von mir, die offensichtlich heimlich geschossen wurden. Ich in Unterwäsche, ich nach dem Duschen in einem Handtuch gewickelt und ich im Schwimmanzug. Ich schlug mir die Hand vor den Mund und schluchzte. Ich spürte die Blicke auf mir brennen. Wer war das? Und warum hatte diese Person solch privaten Fotos von mir. Wer zur Hölle würde so etwas machen?! Ich stürmte augenblicklich aus dem Raum und rannte in jemanden rein. Dieser jemand legte seine Arme sofort um mich herum. Als ich hochsah, erkannte ich, dass es Zac war. „Ich sagte doch, du solltest das besser nicht rein". Doch während er sprach, fügte ich eins und eins in meinem Kopf zusammen. Wer sonst könnte solche Fotos von mir haben, wenn nicht die drei Beteiligten. Da waren Fotos von Romeo und mir in meinem Zimmer, von Zac und mir, wie ich ihm einen Lapdance gebe und schließlich von Alex und mir in dem Victoria's Secrets Store. Ich stieß Zac so heftig von mir weg, dass er ein wenig nach hinten torkelte. „Ihr wart das! Klar, wer sonst? Ihr seid solche widerlichen Bastarde", ich trat näher an Zac heran. „Und da ich nun weiß, wer der wahre Drahtzieher hinter der ganzen Sache ist, kannst du vergessen, dass ich dich vor deiner Zwangsehe rette. Verrecke und werde glücklich mit deiner dir Angetrauten", ich holte gerade aus, da hielt Zac meinen Arm fest. „Jetzt reiß dich zusammen und mach keine Szene. Du wirst schon genug angestarrt. Komm mit", und schon wurde ich von Zac mitgezogen. Warum dachten die Jungs, dass sie mich ständig irgendwo hinziehen mussten?

Wir verließen das Vorlesungsgebäude und gingen um die Ecke. Dort zerrte er mich hinter ein Gebüsch, sodass wir sicher waren, vor den Blicken aller anderen. „Warum zur Hölle sollten wir so etwas tun? Hm? Warum sollte ich so etwas zulassen? Ich will dich nach wie vor meinen Eltern vorstellen. Denkst du nicht, dass es ziemlich dämlich von mir wäre, wenn ich zuließe, dass der ganze Campus dich so sieht? Was sollten meine Eltern davon denken, wenn sie so etwas erfahren? Sollen sie denken, dass du ihren Sohn betrügst?" Während er sprach, wurde seine Stimme immer dunkler und wütender. Er kam mir immer näher. Ich wusste nicht, ob er mich einfach nur einschüchtern wollte, doch ich würde dies nicht zulassen. Niemals, also blieb ich stoisch stehen und hörte mir seine Worte an.

Und er hatte Recht, es ergab keinen Sinn, warum sie so etwas machen sollten. Aber wer...? „Jenny", überlegte ich laut. Zac sah mich fragend an. „Was ist mit der Schlampe?", fragte er angespannt. „Sie war es, ich bin mir sicher. Sie

369

hatte mir gedroht, kurz bevor du kamst." Klar, das ergab
Sinn. Doch woher könnte sie die Bilder haben? Das von Zac
und mir entstand bei der Party, bei der sie anwesend war.
Aber wie kam sie an die anderen? Zac verfolgte meinen
stillen Gedankengang und schien zu verstehen, was ich
überlegte. „Ich werde es herausfinden. Aber zuerst kümmere
ich mich darum, dass diese Bilder verschwinden." Als er
sprach, zückte er sein Handy und tippte rasch auf seinem
Handy herum. Dann sah er wieder zu mir hoch. „Es wird
sich darum gekümmert, Engel. Keine Sorge." Ich nickte und
mich durchströmte ein warmes Gefühl. „Danke Zac. Es tut
mir leid, dass ich euch verurteilt hatte, bevor ich genaueres
wusste", entschuldigte ich mich. „Ach keine Sorge. Das
hätte tatsächlich von uns kommen können. Jenny weiß, wie
wir ticken." Er klang plötzlich wieder wie er selbst. Weg war
dieser kalte Zac. „Aber es gibt da eine Sache, die du tun
kannst, um dich richtig zu bedanken...", fing er wieder an.
Ich sah ihn fragend an. „Was meinst du?" Da kniete er sich
plötzlich hin und hielt seine Hände zusammengefaltet vor
sich. „Bitte bitte bitte bitte bitte hilf mir aus meiner Misere
raus und sei meine Fakefreundin. Ich flehe dich an." Sein
Anblick brachte mich so sehr zum Lachen, dass ich erst
einmal eine ganze Weile brauchte, um mich
zusammenzureißen. Doch schließlich willigte ich ein. Er
sprang wieder auf seine Füße und zog mich in eine lange

Umarmung. „Du wirst es nicht bereuen, ich werde der beste Freund überhaupt sein!", versicherte er mir. Ich lachte und ließ mich noch tiefer in die Umarmung fallen.

Die nächsten zwei Wochen vergingen wie im Flug. Ich schrieb meine Klausuren und bereitete mich gerade auf Thanksgiving vor. Draußen wurde es immer frischer und allmählich setzte sich die Weihnachtsstimmung ein. Ich hatte die ersten Tage nach den Fotos immer mal dumme Blicke und Kommentare bekommen, doch es war genauso schnell wieder vorbei, wie es angefangen hatte. Es hatte sich herausgestellt, dass in meinem Zimmer mehrere Kameras angebracht wurden und die Verkäuferin im Store so etwas, wie eine Freundin von Jenny war.

Merkwürdigerweise wurden kurz darauf sehr viele Nacktfotos von Jenny veröffentlicht. Jeder hatte sie gesehen.

Ich war wahnsinnig aufgeregt, ständig überlegte ich, wie es wohl werden würde. Würden Zacs Eltern mich akzeptieren? Und vor allem: würden sie es uns abkaufen? Die Frage beschäftigte mich bereits seit Wochen, aber die letzten Tage bereitete es mir zunehmend Bauchschmerzen. Zac und ich verstanden uns gut. Aber würde dies ausreichen, um eine Beziehung vorzutäuschen? Nervös sammelte ich meine letzten Sachen zusammen und schmiss sie in meine Tasche. Keine zwei Minuten später klopfte es an meiner Tür. Das musste Zac sein. Ich schloss den Reißverschluss an meiner Reisetasche, stand auf und ging zur Tür und öffnete diese. Ein grinsender Zac stand davor. „Und? Bereit für die Höhle der Löwen, Engel?" „Ich bin mir nicht mehr sicher... Ich hoffe, ich verkacke es nicht", antworte ich, während ich nervös an meiner Wange rumkaute. Er nahm einen Schritt auf mich zu und schnappte nach meiner Hand. „Du wirst sie umhauen, glaub mir." In seinem Blick lag so viel Ehrlichkeit, sodass ich mich direkt entspannte. „Na dann, wir wär's *Liebling?* Du schnappst dir meine Tasche und wir gehen los?", ich legte extra Betonung in das Wort „Liebling". Wir mussten ja früh genug damit beginnen, uns an unsere Rollen zu gewöhnen, als warum ich jetzt sofort? Er lachte kurz auf, schnappte sich meine Tasche und meine Hand und nachdem ich die Tür zuschloss, liefen wir gemeinsam zu seinem Auto. Er ließ meine Tasche auf den Rücksitz fallen und öffnete mir daraufhin die Autotür. Ich setzte mich ins Auto und daraufhin nahm auch er auf seinem Platz platz. Er startete seinen Wagen und wir fuhren los. Es würde ungefähr drei Stunden dauern, bis wir an seinem Elternhaus ankommen würden. Genug Zeit, um sich auf die Situation vorzubereiten, richtig? Ich mein klar, wir hatten die Sache schon zehntausend Mal durchgekaut, dennoch wollte ich vorbereitet sein.

Es war nicht genug Zeit und ich war alles andere als vorbereitet. Alsbald passierten wir ein riesiges dunkles Tor, vor dem davor Wachleute standen. Wir waren früher da, als erwartet. „Bereit?", fragte Zac. „Überhaupt nicht, aber jetzt ist es zu spät für einen Rückzieher, oder?", fragte ich nervös lachend. „Viel zu spät", noch während er sprach, verließ er den Wagen, aber nur um mir die Tür zu öffnen und mir die Hand hinzuhalten. Ich nahm sie bereitwillig und stieg aus. Ich wagte nun zum ersten Mal, mich umzuschauen. Ich war erschlagen von der Größe und der Aura des Anwesens. Es wirkte alt und kalt. Der Garten sah gepflegt aus, aber es steckte kein Funken Individualität dahinter. Es erinnerte mehr an ein Gefängnis als an ein zu Hause.

Mein Blick fiel nun auf Zac und ich merkte augenblicklich, wie angespannt er war. Noch immer seine Hand haltend, drückte ich zu, um ihm meine Unterstützung und Anwesenheit zu zeigen. Er sah kurz zu mir runter, lächelte und setzte sich in Bewegung. Ich wollte gerade noch fragen, ob er sein Auto wirklich direkt vor dem Haus stehen lassen wollte, doch da lief bereits ein Bediensteter darauf zu, stieg ein und fuhr es weg. Ich sah verwirrt zu Zac hoch und er verstand meine stumme Frage auf Anhieb. „Ich habe den Schlüssel stecken lassen." Ich nickte. Wir standen nun vor der massiven Tür und atmeten noch einmal durch, bevor Zac klingelte. Es dauerte nicht lange, da öffnete uns ein

Butler die Tür. „Willkommen zurück, Mr. Fitzgerald. Guten Tag, die Dame", begrüßte er uns mit einem leichten Nicken. „Vielen Dank, Charles. Sind meine Eltern im Salon?", fragte Zac. „Ja, sie erwarten Sie bereits. Soll ich Ihnen Ihre Mäntel abnehmen?" „Vielen Dank, aber das kriegen wir schon selbst hin", entkam es Zac genervt und kurz darauf schaute er Charles entschuldigend an. Er zog nun seinen Mantel aus und wendete sich mir zu. „Ich helfe dir, mein Engel." Und mit den Worten zog er mir den Mantel aus und reichte nun beide Mäntel an Charles weiter. Direkt darauf fand seine Hand wieder die meine. „Komm, es wird Zeit, dich endlich meiner Familie vorzustellen."

Während er uns durch den langen Gang leitete, sog ich alles in mich auf. Auch von innen war das Anwesen sehr kalt und altertümlich gehalten.

Überall hingen Gemälde, aber ich sah kein einziges Familienfoto. Merkwürdig.

Schneller, als erwünscht, erreichten wir den Salon und traten ein. Er war sehr elegant und teuer eingerichteten. Es standen mehrere dunkle Ledersofas in einem „U" angerichtet da. Davor befand sich ein Kamin. Ich konnte auch eine kleine Bar ausmachen und einige alt wirkende und massive Regale, aber ansonsten war nicht mehr zu sehen. Auf den Sofas saßen ein Mann und eine Frau, wahrscheinlich Zacs Eltern. Sobald sie uns bemerkten, stand ein Mann, um die fünfzig, auf und trat auf uns zu.

Ich kannte ihn aus den Medien und von Wahlplakaten. Dies musste Zacs Vater sein. „Mein Sohn, schön, dass du uns mit deiner Anwesenheit beehrst, ist ja schon eine ganze Weile her, seit ich dich zuletzt gesehen habe", waren seine ersten Worte an seinen Sohn. An mich hatte er bisher nicht einmal einen Blick verschwendet. Anstelle Zac in eine Umarmung zu ziehen, schüttelte er ihm nur die Hand. „Ich hatte viel zu tun, Vater", redete sich Zac heraus. Er sah so eingeschüchtert aus. Da war keine Spur von seinem fröhlichen Ich zu sehen. Sein Vater wendete nun seinen Blick in meine Richtung. „Sie müssen dann wohl seine Ablenkung sein. Wie ist denn Ihr Name?", fragte er, während er mich abschätzig ansah. „Mein Name ist Catherine Martínez, Sir. Es ist eine Ehre Sie kennenzulernen", antwortete ich so höflich, wie ich konnte. „Martínez? So, wie die Modemarke?", hörte ich nun eine weibliche Stimme fragen. Ich blickte direkt in die Richtung und sah eine Frau Mitte vierzig von einer der Sofas aufstehen. Sie hatte im Gegensatz zu Zacs Vater einen deutlich freundlicheren Gesichtsausdruck. „Exakt", antwortete ich ihr. „Oh, wie schön. Ich liebe die Designs Ihrer Mutter. Mein halber Kleiderschrank besteht aus den Kollektionen Ihrer Familie. Ich habe Ihre Mutter auch vor einer Weile auf einer ihrer Modenshows kennengelernt. Eine sehr inspirierende Frau", teilte sie mir mit, ehe sie mich in eine Umarmung zog. „Ich bin übrigens Mary, Zacharys Mutter", stellte sie sich mir vor. Nun wusste ich, von wem Zac seine lebhafte Seite hatte. „Nun denn, Miss Martínez, willkommen", sagte nun auch Zacs Vater, nachdem Mary mich wieder losgelassen hatte. Er streckte mir die Hand entgegen und selbst, wenn ich es nicht wollte, nahm ich diese und schüttelte sie. „Es ist mir eine Ehre, Sie kennenzulernen, Sir", schleimte ich mich bei ihm ein, erhielt aber nur ein kaltes Lächeln von ihm. „Nun denn Kinder. Ihr müsst sicherlich erschöpft sein von eurer Reise, geht euch doch erholen. Das Abendessen wird um 19 Uhr angerichtet", erklärte uns Mary. Ich war wirklich erleichtert, als ich dies hörte. Wir hatten uns gerade umgedreht, um zu gehen, da sagte Zacs Vater plötzlich: „Ach übrigens, ich habe die Hastings zum Abendessen eingeladen." Zac blieb abrupt stehen, nickte dann aber ohne sich umzudrehen und lief dann mit mir an seiner Hand auf die Tür zu.

Er sagte kein Wort, bis wir vor einem einer weiteren Tür ankamen. „Willkommen in unserem Zimmer für die nächsten 24 Stunden." Und mit diesen Worten öffnete er die Tür. Vor mir erstreckte sich ein riesiger Raum, der aber ebenso kalt eingerichtet war, wie der Rest des Hauses. Ich konnte mir beim besten Willen nicht vorstellen, wie er es geschafft hatte, hier seine gesamte Kindheit zu verbringen und dann auch noch mit einem Vater, wie dem seinen.

Wir traten ein und er schloss die Tür hinter sich. Es schien so, als würde seine gesamte Spannung von ihm runterbröckeln. „Willkommen in meiner Familie", sagte er frustriert, während er zur Couch lief, die in seinem Zimmer stand. Ich blieb unbeholfen in der Tür stehen. Ich wusste nicht so recht, wohin mit mir. Sollte ich was sagen? Doch Zac nahm mir die Entscheidung ab. Er klopfte auf seinen Schoß und sagte: „Komm her. Ich brauche gerade Nähe." Er klang so verletzlich, dass ich direkt zu ihm lief und mich auf seinen Schoß setzte und meine Arme um seinen Hals schlang. Auch er legte seine Arme um mich und zog mich näher zu sich heran, nur um dann sein Gesicht in meiner Halsbeuge zu vergraben. Keiner von uns sagte ein Wort, bis ich es nicht mehr aushielt. „Lass mich raten: deine „Verlobte" ist eine Hastings?" Er blieb in eben dieser Position, wie vorher und nickte leicht. „Dann werden wir heute die beste Show überhaupt hinlegen", sagte ich selbstsicher. „Du verstehst nicht, sie ist auch an der Harvard. Sie wird genau wissen, dass wir nicht zusammen sind. Sie ist eine Hexe und schaut nur auf ihre eigenen Vorteile und für sie und ihre Familie ist dieses Arrangement garantiert vom Vorteil", brachte er nun gequält heraus. Na gut, das war wirklich ein Problem, aber keins, dass man nicht lösen konnte. „Na und? Dann sagen wir einfach, dass wir die Beziehung geheim halten wollten, bis ich deine Familie kennenlerne, um Presse und Überraschungen zu vermeiden." Zac sah nun zu mir auf. „Du bist ein Genie", flüsterte er, während er sich zu mir runter beugte. Unsere Gesichter waren nun nur noch Zentimeter voneinander entfernt. Wieder war da diese Spannung, eine die mich anschrie, dass ich ihn küssen sollte. Ich kam seinem Gesicht noch mehr entgegen, sodass sich unsere Lippen berührten, als ich sagte: „Ich weiß". Nichts konnte Zac mehr aufhalten. Seine Lippen fielen nun auf meine und er zog mich noch näher zu sich heran. All seine Verzweiflung und Verletzlichkeit steckten in diesem Kuss. Sobald er sich von mir löste, war sein Blick undurchdringlich. „Was ist los?", fragte ich direkt.

„Ich bin wirklich dankbar, dass du das machst, Catie. Meine Familie keine leichte Kost", sagte er nur. „Alles gut. Wenigstens ist deine Mutter gut drauf", antwortete ich grinsend, erhielt von ihm aber nur ein Schnauben darauf. „Klar ist sie gut drauf. Bei den Mengen an Vodka kann sie gar nicht schlecht drauf sein", entgegnete er nur sarkastisch. Ich sah ihn fragend an. Er stöhnte, fuhr sich durch die Haare und sagte schließlich: „Der einzige Grund, warum sie so gut drauf ist, ist dass sie bereits morgens anfängt zu trinken." Das war mir gar nicht aufgefallen... „Oh, ich ähm, das wusste ich gar nicht", stotterte ich vor mich hin, unwissend, was ich darauf antworten sollte. Zac schaute gequält. „Ja, sie hat ihre Rolle als beste Hausfrau, Ehefrau und Mutter perfektioniert." Ich wusste, dass Mitleid jetzt nichts bringen würde, also legte ich meinen Kopf auf seine Brust und schmiegte mich näher an ihn ran. Wir bleiben eine Weile so sitzen, bis wir uns schließlich voneinander lösten, um uns fertig zu machen. Ich verschwand als erstes im Bad, um meine Haare und mein Make- Up aufzufrischen, und lief dann wieder zurück ins Schlafzimmer, um mein Abendkleid und eine Strumpfhose aus der Reisetasche zu fischen. Nun war ich doch ganz froh, ein Kleid aus der neuesten Kollektion meiner Mutter mitgenommen zu haben. So würde ich zumindest bei Zacs Mutter einen guten Eindruck hinterlassen. Zac hatte sich nichts eingepackt, da er in seinem Elternhaus noch genug Kleidung hatte. Als ich von meiner Tasche wieder hochsah, zog er sich gerade sein T- Shirt aus und ich musste mich echt zusammenreißen, ihn nicht auf der Stelle anzuspringen. Da war dieser irrationale Drang da. Ich wollte diesen Mann, das musste ich mir eingestehen. Seine Muskeln stachen besonders heraus. Seine Arme waren breit, seine Brust war trainiert und auch sein Bauch war wunderschön trainiert und in seiner Leistengegend war ein perfektes V zu sehen. Der Sport der letzten Jahre zeichnete sich auf seinem Körper ab. Ich wusste, dass ich gerade starrte und auch Zac bemerkte es. „Oh, mein Engel. Wenn du mich weiter so anschaust, schaffen wir es nicht mehr pünktlich zum Abendessen, dabei ist es das Beste an diesem Haus. Wir haben ausgezeichnete Köche", merkte er nun an. Normalerweise würde ich rot werden, wenn ich so etwas hörte, doch jetzt nicht. Jetzt lächelte ich ihn einfach nur an, zwinkerte und verschwand dann mit meiner Kleidung im Bad. Dort zog ich mich aus und begutachtete mich noch einmal im Spiegel. Ich hatte, um ehrlich zu sein ein wenig zugenommen, seit ich auf der Uni war. Das Cafeteriaessen war aber auch viel zu gut, um sich da zurückzuhalten...

Ich zog mir erst meine Nylonstrumpfhose an und daraufhin das dunkelgrüne Samtkleid. Es hatte lange Ärmel und einen Beinschlitz am linken Bein. Direkt am Schlitz befanden sich drei kleine Goldkettchen. Es saß, wie angegossen. Stolz drehte ich mich vor dem Spiegel hin und her und beschloss in letzter Sekunde, meine Haare doch noch hochzustecken, sodass man den tiefen Rücken gut sehen konnte. Ich lief wieder aus dem Bad und fand Zac wieder auf der Couch vor. Unsere Blicke trafen sich und wir schauten uns beide für mehrere Minuten sprachlos an.

Er sah wundervoll aus. Er trug eine weiße Leinenhose und darüber ein dunkelgrünes Hemd aus strukturierter Baumwolle. Es war, als hätten wir uns abgesprochen. Ich löste meinen Blick von dem seinen und lief wieder zur Reisetasche, um meine Schuhe rauszufischen: schwarze Steve Madden Sandaletten- Stilletos. Damit lief ich dann wieder zu Zac und stellte mich vor ihn. Ich stellte die Schuhe direkt vor ihm ab und stieg in einen davon hinein. Mein Blick ruhte die ganze Zeit auf Zac, der zwar überrascht, aber auch erwartungsvoll zu mir aufsah.

Kaum war ich in den ersten hineingeschlüpft, hob ich mein Bein an und stellte den Fuß auf Zacs Bein ab. „Ich glaube, ich könnte Hilfe gebrauchen", sagte ich unschuldig. Er nickte nur und legte seine Hände direkt an meinen Fußknöcheln, wo er geschickt den Verschluss schloss. Ich stellte mein Bein wieder ab. Daraufhin legte ich meine Hand auf seine Schulter ab, um mein Gleichgewicht nicht zu verlieren und schlüpfte in den zweiten Stilleto. Ich spürte, wie seine Muskeln sich unter meiner Hand anspannten und lächelte. Ich stellte mein anderes Bein nun auf sein Schoß und auch dieses Mal schloss er den Verschluss, aber nicht ohne mit seiner Hand an meinem Bein entlangzufahren. „Du machst mich wahnsinnig", sagte er nun heiser und sah mir direkt in die Augen. „Ich weiß", antwortete ich frech, stellte mein Bein wieder auf den Boden und nahm auch meine Hand von seiner Schulter, aber nur, um sie ihm entgegenzuhalten. „Bereit?", fragte ich. „Nicht wirklich."

Wir betraten den Speisesaal, Hand in Hand. Erstaunlicherweise waren wir beide die Ersten, abgesehen von Mary, die am Tisch saß und ein Glas in ihrer Hand umherschwenkte. Sie sah hinein, ehe sie einen tiefen Schluck nahm. Zac musste nichts sagen, ich spürte direkt, wie er sich anspannte und drückte deswegen seine Hand, um ihm meine Anteilnahme zu zeigen. Und es schien zu wirken, denn er entspannte sich wieder. Mary warf einen Blick zu uns und lächelte. „Oh Catherine, du siehst wirklich wundervoll aus. Lass mich raten, das Kleid stammt aus der Kollektion deiner Mutter? Ich glaube, ich hatte es auch in Erwägung gezogen zu kaufen, aber das ist nun wirklich nichts mehr für eine Frau meines Alters", schmeichelte sie mir. Ich setzte einen überraschten Gesichtsausdruck auf. „Aber Mary. Was sagst du denn da? Viele Frauen würden sich wünschen, später mal genauso auszusehen, wie du. Du kannst alles tragen", schleimte ich zurück. „Ach, du bist zu freundlich. Wie hat es mein Sohn nur geschafft, an so eine wundervolle Frau zu kommen?". „Das frage ich mich auch manchmal", antwortete Zac nun an meiner Stelle, wirbelte mich herum und gab mir einen Kuss auf die Stirn. *Das ist nur ein Schauspiel Catie, kein Grund, um dein Herz höher schlagen zu lassen.* Und dennoch reagierte es darauf. Dummes Herz. Mary schmunzelte bei unserem Anblick und wahrscheinlich auch, weil ich roter wurde als eine Tomate.

„Nehmt doch Platz Kinder", sagte Mary und zeigte auf den Tisch. Nun ja, was heißt Tisch? Ich sollte lieber Tafel sagen.

Zac setzte sich nun in Bewegung und zog mich automatisch mit. Er nahm Platz und ich setzte mich zu seiner Linken. „Nehmt euch etwas zu trinken. Wir warten nur noch auf den Besuch." Und wo blieb Zacs Vater? Doch kaum hatte ich meinen Gedanken zu Ende gedacht, ging die Tür wieder auf und er trat ein. Am Arm eine hübsche Rothaarige in Zacs und meinem Alter. Ich erkannte sie. Ich hatte sie ab und an auf dem Campus gesehen. Dahinter lief ein stoisch wirkender Mann, der ebenso eine Frau an seinem Arm hatte, die, wie ihre Tochter rote Haare trug. Emilia, Zac hatte mir davor ihren Namen mitgeteilt, sah sich im Raum um und ihr Blick fiel direkt auf Zac und mich. Sie verengte ihre Augen direkt zu Schlitzen und sah aufgebracht aus. Jetzt konnte die Party ja starten. Zacs Mutter stand auf und begrüßte die Gäste. Auch Zac und ich standen auf und begrüßten die Gäste. Kaum war die Begrüßungs- und Vorstellungsrunde vorbei, setzten wir uns alle wieder. Zacs Eltern nahmen jeweils an den Enden der Tafel Platz. Emilia saß nun rechts von Zac und gleich gegenüber saßen nun ihre Eltern.

Alsbald betrat das Personal den Raum und servierte uns die Vorspeise: eine überaus köstliche Suppe mit Schalenfrüchten. Ich räusperte mich und sagte an Mary gewandt: „Ihr habt wirklich ausgezeichnetes Küchenpersonal. Das Essen schmeckt wirklich herausragend." Mary lächelte mich nur warm an, ihre Augen glasig vom Alkohol und stimmte mir zu. „Wir waren ganz überrascht zu hören, dass Zacharys Freundin heute anwesend sein wird", kam von Emilias Mutter. „Nun, wir dachten, es sei nun endlich Zeit, die Beziehung öffentlich zu machen", antwortete Zac höflich. „Komisch. Ihr konntet eure Beziehung wirklich sehr gut verstecken. Keiner auf dem Campus hat etwas mitbekommen. Was halten denn Alex und Romeo von ihr?", fragte nun Emilia. Ihrem Blick zufolge wollte sie uns testen. Sie hatte wohl etwas von den Fotos mitbekommen. „Nun, Zac und ich wollten Presse vermeiden. Letztendlich gehört er einer namenhaften Familie an", ich ignorierte bewusst den Teil mit Romeo und Alex und auch dem Rest fiel es nicht auf. Stattdessen nickten alle anerkennend. „Nun, das muss dann garantiert Ihre Idee gewesen sein, Miss Martínez. So klug mein Sohn auch sein mag, hatte er noch nie die besondere Begabung dafür, diskret zu bleiben", sagte Zacs Vater. Mir tat es im Herzen weh, wie er über seinen Sohn sprach, unterdrückte mir aber meinen Kommentar.

„Erzählt doch mal, wie habt ihr euch kennengelernt?". Diesmal kam die Frage von Mary. „Nun denn, darf ich Schatz?", fragte ich Zac. „An meinem ersten Tag an der

Harvard traf ich auf seinen Freund Alexander. Er stellte ihn mir vor und dann liefen wir uns immer wieder über den Weg. Eines Tages bat er mich dann um eine Verabredung und aus einer wurden schnell mehrere. An einem unserer mittlerweile unendlichen Verabredungen lud er mich in ein wunderschönes Restaurant ein und fragte mich, ob wir die Beziehung exklusiv machen wollen. Es war der schönste Tag meines Lebens. Ich war noch nie so verliebt, wie jetzt." Ich griff nach Zacs Hand, die nun auf dem Tisch lag und sah ihn liebevoll an. „Ich liebe dich", sagte er mir, während er mir in die Augen sah. Und schon wieder fing mein Herz an zu hämmern. Ich war gefangen in seinen Augen, seine Worte hallten überall in meinem Kopf wider. Ich intensivierte mein Lächeln und antwortete: „Ich liebe dich auch." Auch Zacs Augen strahlten und für einen Augenblick waren alle um uns herum verschwunden. *Das war keine richtige Liebeserklärung. Beruhige dich. Du weißt, wie gut er sich verstellen kann.* „Wie romantisch", riss uns eine sarkastische Stimme aus der starre. Sie gehörte zu Emilia. „Emilia, achte auf deinen Ton, Liebes", wurde sie zugleich von ihrem Vater ermahnt. Dieser richtete seine Aufmerksamkeit nun auf mich: „Ihr Name kommt mir sehr bekannt vor. Sie sind nicht zufällig die Tochter von Alexandra und Diego Martínez?", sagte er. „Genau die bin ich", antwortete ich freundlich. „Ich habe in der

385

Vergangenheit viel mit Ihrem Vater zusammengearbeitet. Möchte er nicht auch in die Politik eintreten, war das nicht so?", hackte er nach. „Sehr wohl, mein Vater hat einen Master in Politikwissenschaften. Sein Ziel war es immer, etwas zu verändern." „Nun, dann muss es ihn ja freuen, dass seine Tochter nun mit einem Fitzgerald anbandelt." Ich bemerkte den unterschwelligen Vorwurf in seiner Stimme, lächelte ihn aber dennoch an und antwortete: „Meine Eltern wissen bisher nichts von unserer Beziehung. Zac und mir war es wichtig, dass seine Familie zuerst davon erfährt. Zudem hat mein Vater sein Imperium ohne Beziehungen aufgebaut, somit weiß er, wie hart man arbeiten muss, um seine Ziele zu erreichen. Und dass Vitamin B nicht alles ist. Letztendlich ist es in der Politik so, dass man wissen muss, wie man sich selbst verkauft. Und dies hat er bisher überragend gemeistert. Sein Name ist weltweit in der High Society bekannt." Da darauf nur ein Nicken zurückkam, würde ich behaupten 1:0 für Catie. „Und was sind ihre Ziele Miss Martínez?", fragte mich nun Zacs Vater. „Ich studiere Medizin. Mein Ziel ist es, eine anerkannte Chirurgin zu werden." „Eine Ärztin also? Miss Martínez, so beeindruckend, wie ich Ihre Ziele auch finde, sollten Sie wissen, dass eine Fitzgerald nicht arbeitet. Eine Fitzgerald kümmert sich um ihre Familie. Sie soll ihren Mann unterstützen, da hat sie keine Zeit, um im Krankenhaus mehrere Tage am Stück im Dienst zu sein." Mit anderen Worten soll sie also als Handtasche und Hure ihres Mannes fungieren.

„Vater, keine Frau sollte ihre Ziele nur für einen Mann hinwerfen. Wenn wir heiraten, soll sie selber entscheiden, was sie macht", bot Zac ihm die Stirn. „Wir reden nach dem Essen in meinem Büro, Sohn." Die Stimme von Zacs Vater war so kalt, dass es mir geradezu den Rücken runter lief. Zac spannte sich an, also legte ich meine Hand beruhigend auf sein Knie. Er nahm diese sofort.

Der Abend verlief weiterhin genauso kalt. Die Gäste verabschiedeten sich irgendwann und auch wir standen auf und gingen ins Zacs Schlafzimmer. Kaum waren wir da, drehte ich mich zu ihm um. „Was für ein Abend... Geht es dir gut?", fragte ich. Er lief auf mich zu, legte seine Arme um mich und zog mich zu sich heran. Er neigte nun seinen Kopf und ließ ihn auf meine Schulter fallen. Diese Position musste unheimlich unangenehm für ihn sein, doch er verweilte eine Weile so, bis er sich schlussendlich aufrichtete und mir in die Augen sah. „Danke, Catie. Wirklich. Ich werde jetzt zu meinem Vater gehen, es wird bestimmt eine ganze Weile dauern. Warte nicht auf mich. Und falls doch, bereite dich darauf vor, dass es eine lange Nacht für dich wird. Ich gebe dir die Wahl. Wenn ich wieder komme, klopfe ich. Solltest du mir die Tür öffnen, bist du meins für heute Nacht. Wenn nicht, dann lasse ich dich in Ruhe schlafen." Seine Worte trafen mich klar und deutlich. Er drückte mir einen Kuss auf die Stirn und verließ das Zimmer. Oh Shit. Ich stand wie versteinert da.

Sollte ich es wagen? Sollte ich mit ihm schlafen? Oder sollte ich einfach schlafen gehen? Während ich grübelte, lief ich ins Bad. Dort löste ich meine Haare und wusch mein Gesicht, bis all mein Make- Up wieder weg war. Dann lief ich wieder ins Schlafzimmer und setzte mich auf die Couch, um mir die Schuhe auszuziehen. Während ich dies tat, blitzten in mir die Bilder von vorher auf. Ich spürte seine Finger auf meinen Knöcheln und seinen Blick auf mir. Ach, verdammt. Ich wusste doch selber, dass ich es auch wollte, also wieso sollte ich mich weiter zieren? Mir fiel es vorhin schwer, nicht über ihn herzufallen. Er reizte mich und interessierte mich. Doch genau das war so gefährlich für mich. Ich wusste, dass ich mich schnell verliebte und ich wollte nicht den Fehler machen, mich in jemanden zu verlieben, der nicht einmal mehr seinen Bodycount wusste. Männer wie er führten keine Beziehungen. Doch Frauen wie ich taten es. Nervös warf ich einen Blick auf die Uhr. Zac war nun seit zehn Minuten weg. Wie lange es wohl noch dauern würde? Ich stand auf, zog mir mein Kleid über den Kopf und legte es über die Couch. Daraufhin folgte auch die Strumpfhose. Jetzt stand ich nur in Unterwäsche bekleidet in Zacs Schlafzimmer. Er war immer noch nicht zurück, also hatte ich noch ein wenig Zeit, um mich zu entscheiden, was ich tun sollte. Warum konnte ich nicht einfach meinen Kopf ausschalten und tun, worauf ich Lust hatte? Und ich hatte wirklich große Lust auf ihn... Ach, Scheiß drauf. Ich lief wieder ins Bad, entledigte mich der restlichen Kleidung und stellte mich unter die Dusche.

Nach der Dusche trocknete ich mich ab und zog mir hübsche Unterwäsche an und darüber einen gemütlichen Kimono.

Ich hatte soeben begonnen, meine Sachen einzupacken, als es an der Tür klopfte. Mit klopfendem Herzen ging ich dahin und fasste mit einer zittrigen Hand an die Klinke und drückte diese runter. Vor mir stand Zac und sah mich mit diesem überwältigenden Blick an. Er sah mich an, als sei ich die einzige Frau auf der Welt, als sei ich die Verkörperung dessen, was er immer schon wollte und brauchte. Ich bemerkte, dass sich um sein linkes Auge herum, ein Veilchen bildete, ging aber nicht weiter darauf ein. Er würde es mir schon erzählen, wenn er wollte. Ein Nicken von mir reichte und er stürmte auf mich zu. Kaum hatte er mich erreicht, schlang er eine seiner Hände um meinen Nacken und einen Arm und meine Taille, um mich so zu sich zu ziehen. Seine Lippen krachten auf meine. Er küsste mich voller Leidenschaft und mit so einem Hunger, dass es mir den Boden unter den Füßen wegzog. Seine Hand wanderte nun von meinem Nacken, bis zu meinem Hals. Er löste sich aus unserem Kuss und sagte: „Du bist so heiß, weißt du das? Und deine kleinen Spielchen heute waren verdammt heiß, aber das war's jetzt mit Spielchen spielen. Ich werde dich heute so lange ficken, bis du wieder ein braves Mädchen bist." Und dann drückte er zu.

Mich überkam eine kurze Panik, doch daraufhin spüre ich nur noch ein sehnsuchtsvolles Ziehen zwischen meinen Beinen. Der Moment war so berauschend. Ich sah ihm in die Augen und konnte seine Lust von ihnen ablesen, seinen Hunger. Ich fragte mich, ob es wirklich richtig sei, mich ihm hinzugeben. Ich müsste ihn wegstoßen und rausschmeißen. Ich wusste doch, was für ein Typ Mann er war. Ich wusste doch, wie er tickte. Aber diesmal war ich nicht mehr Herr über meine Sinne. Ich wusste, was ich machte, wenn ich die Tür öffnete. Zac öffnete mit der anderen Hand den Knoten von meinem seidenen Kimono, bevor er ihn von meinen Schultern schälte und zu Boden fallen ließ. Er entfernte seine Hand von meinem Hals, aber nur um sie an meinen Seiten entlang fahren zu lassen, bis er an meiner Hüfte ankam. „Lass dich gehen, Catie", flüsterte er mir ins Ohr und verteilte dann viele kleine Küsse an meinem Hals. Ich versuchte ja mich gehen zu lassen, aber eine kleine Barriere blieb noch. Schließlich landeten seine beiden Hände auf meinem Arsch und er griff zu, aber nicht vorsichtig, nein, er steckte seine gesamte Kraft darein. Doch es störte mich nicht, im Gegenteil. Es machte mich an. Mir gefiel es, wenn jemand so grob anpackte. „Verdammt Catie, du weißt gar nicht, wie sehr du mich anmachst", stöhnte Zac an mein Ohr und ich bekam sofort Gänsehaut. „Süß, wie du Gänsehaut bekommst", sagte er mir grinsend. „Halt die Klappe", erwiderte ich. „Dein Wunsch ist mir Befehl", antwortete er und presste seine Lippen wieder auf meine. Er hob mich mit Leichtigkeit an meinem Po an, sodass ich meine Beine um seine Mitte und meine Arme um seinen Nacken schlingen konnte. Ich spürte seine Beule an meiner Mitte.

Wären da nur nicht die überflüssigen Kleidungsschichten…
Er lief schnurstracks zum Bett und warf mich halb darauf. „Genieß die Show, ich weiß ja, wie gerne du zusiehst", sagte er zwinkernd und knöpfte langsam sein Hemd auf. Viel zu langsam, um das noch hinzuzufügen. Wieder verschlug mir sein trainierter Oberkörper die Sprache. Wie konnte jemand nur so perfekt aussehen? Zac grinste mich nur verstohlen an, während er das Hemd quälend langsam endgültig auszog. Ich setzte mich an den Bettrand und winkte ihn zu mir. Er zog überrascht eine Augenbraue hoch, stellte sich dann aber vor mich und sah mich erwartungsvoll an. Sogleich machte ich mich an seiner Hose zu schaffen. Ich

strich über die Beule drüber und öffnete dann den ersten
Knopf. Ganz langsam zog ich den Hosenstall auf und die
Hose fiel zu Boden. Jetzt stand er nur noch in Unterhose da.
„Leg dich hin, Catie", befahl Zac mir und ich tat es sogleich.
„Schön zu sehen, wie gut du auf mich hörst. Gut zu wissen,
dass nicht nur Alex so eine Kontrolle über dich hat",
murmelte er. Ich wollte gerade protestieren, da verpasste er
mir einen Schlag auf meine Brüste, die durch den Spitzen-
BH nicht zu übersehen waren. Ich sollte ihn fragen, was das
sollte, aber ich konnte nichts sagen, als er kurz darauf mein
BH runterzog und somit meine Nippel entblößte. „Siehst
du, wie sehr sich deine Nippel um Aufmerksamkeit sehnen?
Sie wollen von mir berührt und geliebkost werden, ist das
nicht so?", fragte er, während er sich über mich lehnte.
Seine Mitte nun direkt an meiner. Er beugte sich mit seinem
Kopf runter und leckte nun am ersten Nippel, während er
den anderen mit seiner Hand stimulierte. Immer wieder
entflohen mit leise Stöhner, während er immer wieder von
Nippel zu Nippel wechselte und diese saugte, oder zwirbelte.

Er wurde immer härter und ich immer geiler. „Fuck Zac,
du quälst mich", stöhnte ich aus. Er lächelte mich nur
gefährlich an und begann meinen Bauch entlang, Küsse zu
verteilen, bis er schließlich vor meinem Unterleib stoppte.
Er sah mir tief in die Augen, während er meinen Slip zur
Seite schob. Es sah so aus, als ob er mich um meine

Erlaubnis bitten wolle und sobald ich nickend zustimmte, hielt er sich nicht mehr zurück. Er riss mir den Slip mit einem Mal runter und positionierte sein Gesicht vor meinem Eingang. „Sag mir, wenn's dir zu viel wird", waren seine letzten Worte, bevor er nun komplett abtauchte. Seine Zunge fuhr kreisende Bewegungen um meine Klit.

Holy Shit, fühlte sich das gut an. Wo hatten die Jungs nur so etwas gelernt? Ich stöhnte ein wenig lauter und er fuhr einen Finger in mich hinein. „So schön feucht und dass nur für mich. Aber egal, wie schön sich das jetzt für dich anfühlt und wie sehr du beginnst loszulassen... du wirst nicht kommen. Verstanden?" Was hatte er da gerade gesagt? Ich durfte nicht kommen? „Was meinst du mit, ich darf nicht kommen?", fragte ich entsetzt. „Genau das, was ich gesagt hatte", antwortete er nonchalant auf meine Frage und setzte seine Tortur nun weiter vor. Er leckte und saugte an meiner Klit und fickte mich nebenbei mit seinen Fingern. Ich war bereits nach kurzer Zeit dem Ende nah und spannte mich an, um bloß nicht zu kommen. Ich weiß nicht, wieso ich auf Zac hörte, aber ich tat, was er sagte. Und verfluchte sowohl ihn, als auch mich dafür. „Zac... hör auf... ich bin fast so weit", stöhnte ich stattdessen. Ich war kurz davor, von der Klippe zu stürzen, da sah er an mir hoch, tief in meine Augen und lachte leise vor sich hin. Die Vibration fuhr durch meinen gesamten Körper und ich musste wirklich an

mich halten, nicht sofort zu kommen. „Gutes Mädchen",
lobte er mich und kam wieder zu mir hoch. Er küsste mich
leidenschaftlich und verlangend und währenddessen ließ ich
meine Hände an ihm hinunter wandern, bis sie an seiner
Boxer stoppten. Ich ließ meine Hand hineinfahren und
nahm seinen steinharten Schwanz in die Hand. Ich wollte
ihm dasselbe antun, wie er mir. Ich hatte schonmal von
diesem *Tease& Denial* gehört, hätte mir aber nie ausmalen
können, wie bösartig so etwas sein kann. Leider konnte Zac
bereits meine Gedanken erraten, denn er schlug meine
Hände weg und zog seine Boxer komplett aus, ohne den
Kuss zu unterbrechen. Gleich war es so weit. Gleich würde
ich mit Zac Fitzgerald schlafen und ich freute mich darauf.
„Sei eine brave kleine Bitch und blas mir doch einen. Ich
möchte wissen, wie es ist, deinen niedlichen vorlauten
Mund zu ficken." Er legte sich nun neben mich. Ich sollte
angeekelt sein. Ich sollte ihm eine knallen für diese Aussage,
aber was ich auf jeden Fall NICHT machen sollte, ist genau
das, was er mir gesagt hatte.

Ich war nun zwischen seinen Beinen, beugte mich runter
und nahm seinen Schwanz erst in die Hand, fuhr an diesem
auf und ab, mit unterschiedlichem Tempo und Druck. Dann
beugte ich mich noch weiter runter, bis meine Lippen seine
Eichel berührten. Ich leckte genießend darüber und Zac sog
die Luft zischend ein. Dies war für mich der Startschuss, ihn

nun vollständig in meinen Mund gleiten zu lassen. Zentimeter für Zentimeter, während ich mit meiner Zunge an ihm rumspielte und daran saugte. „Fuck Catie", stöhnte er auf und seine Hand verfing sich in meinen Haaren. Er ballte seine Hand zu einer Faust und hielt damit ein ganzes Büschel meiner Haare fest. Ich dachte erst, er würde mir die Kontrolle überlassen, doch das war nur zum Schein. Er stieß jetzt mit seiner Hüfte immer härter in meinen Mund, sodass mir ab und an die Luft zum Atmen fehlte. Aber es störte mich nicht, im Gegensatz, es machte mich nur umso feuchter. Ich stöhnte, während er mich immer härter in den Mund fickte. „Du machst das so gut", lobte er mich und sein Griff wurde immer stärker, bis er mich urplötzlich zu sich hochzog und mir einen tiefen Kuss gab. „Jetzt setz dich auf meinen Schwanz und reite mich, wie meine persönliche kleine Hure, verstanden?" Ich nickte und ließ mich kurz darauf auf seinen Schwanz gleiten. Ich stöhnte ob des Gefühls seines Schwanzes in mir. Ich hatte bisher nur mit einem Mann Sex gehabt, aber verdammt. Er war nicht ansatzweise so gut bestückt. Ich spießte mich immer weiter auf ihm auf und konnte das Stöhnen nicht mehr unterdrücken. „Du machst das so gut, Engel. Du nimmst ihn so gut in dich auf. Verdammt fühlst du dich geil an. So eng, so perfekt, wie für mich gemacht", lobte er mich und ich wurde knallrot. Ich war es nicht gewöhnt, Dirty Talk

395

beim Sex zu haben, aber verdammt, was hatte ich nur verpasst?

Zacs Hände fanden meine Hüften und er schob sich mit seinen immer wieder gegen meine. Und mit jedem Mal traf er den einen, bittersüßen Punkt immer und immer und immer wieder. Mein Hüllen waren nun komplett gefallen und ich bewegte mich auch immer schneller und immer begieriger. „Küss mich", sagte Zac und ich beugte mich zu ihm runter und küsste ihn. Zacs Bewegungen wurden langsamer, sensitiver und so auch meine. Der Kuss war leidenschaftlich. Aber nicht, wie zuvor, nur von Lust getrieben, da war was anderes. Etwas verletzlicheres. Zac schlang dir Arme um meinen Oberkörper und trieb sich immer weiter in mich hinein. Man hörte im ganzen Raum das Geräusch von aufeinander klatschender Haut und unserem Atem. „Was machst du nur mit mir?", fragte mich Zac plötzlich und sah mich mit glasigen Augen an. „Was meinst du?", fragte ich überrascht. „Geh auf alle Viere, ich möchte dich noch tiefer spüren", sagte er, anstelle mir auf meine Frage zu antworten. Ich nickte und tat, wie er sagte. Ich ging auf alle Viere und drückte meinen Rücken durch, während ich meinen Kopf aufs Bett ablegte. Zacs Hände fanden meinen Arsch direkt, er strich fürsorglich darüber und plötzlich spürte ich einen harten Schlag auf meiner Arschbacke und stöhnte. „Schau, wie dich das anmacht, mein Engel. Es turnt dich an, wenn dir jemand die Kontrolle abnimmt und dich behandelt, wie eine kleine Hure. Weil du genau das bist, oder? Du bist meine kleine Hure, oder?" Ehe ich antworten konnte, drang er tief in mich ein. Seine Bewegungen waren anfangs noch quälend langsam, doch dann drang er immer schneller und unkontrollierter in mich ein. Und auch ich ließ mich komplett gehen. Ich kam jeder seiner Stöße entgegen. Er packte schließlich meine Arme, machte sie hinter meinem Rücken zusammen und stieß immer schneller in mich hinein. Ich war nun vollständig von ihm eingenommen. „Komm für mich, komm auf meinen Schwanz. Machst du das für mich, mein Engel?", fragte er und ich spürte, wie sich in mir plötzlich ein Knoten löste. Mir wurde immer heißer und dann ließ ich los und so wohl auch Zac, denn er stieß noch einmal ein letztes Mal zu und versank dann vollständig in mir.

Anschließend zog er sich wieder aus mir heraus, aber nicht, ohne mich in seine Arme zu ziehen. Der Geruch von Sex und Schweiß lag in der Luft, vermischt mit unseren Parfümen. Zac hatte beide Arme fest um mich gelegt und die Augen zusammengepresst, als bräuchte er gerade dringend einen Rettungsanker. Nach einer gefühlten Ewigkeit öffnete er seine Augen wieder. Das Grau seiner Augen drang förmlich in mich ein und ich bekam

Gänsehaut unter seinem Blick. „Ich glaube, ich habe noch nie Worte, wie „wunderschön" für die Beschreibung von Sex benutzt, aber verdammt, das war es, mein Engel", sprach er nun und mein Herz begann zu rasen. Er nannte mich noch immer „mein Engel" und es gefiel mir. Direkt fühlte ich mich noch geborgener. Ich hatte noch nie zuvor einen One-Night-Stand. Und wahrscheinlich auch noch nie so guten Sex... „Kann ich nur zurückgeben", antwortete ich grinsend. Dies brach auch Zac zum Schmunzeln, er beugte sich vor und platzierte einen Kuss auf meine Stirn. „Danke, dass du diesen gesamten Wahnsinn mit mir durchgestanden hast", flüsterte er und ich hätte schwören können, dass ihm dabei eine Träne herunterfloss. „Selbstverständlich", flüsterte ich zurück, beugte mich vor und gab ihm einen leichten Kuss auf ebendiese Wange, auf der ich die Träne gesehen hatte. „Wollen wir uns abduschen gehen?", fragte er. Ohja, eine Dusche hatte ich dringend nötig. Und da fiel mir auch direkt eine andere Sache ein. „Zac... wir haben kein Kondom benutzt...". Zacs Augen wurden größer, als er dies realisierte. „Shit, Ich habe noch nie das Kondom vergessen. Lass mich raten, du nimmst die Pille nicht?", fragte er mich nervös. „Nein... Ich tracke nur meine Periode. Wir sollten sicher sein. Mein Zyklus ist bisher immer regelmäßig gewesen", beschwichtigte ich ihn. „Ich würde dir ja anbieten, die Pille danach zu kaufen, aber ich denke, das möchtest du dann wohl auch nicht nehmen?" Schlauer Junge. Ich schüttelte den Kopf. Auf einmal grinste Zac: „Und solltest du doch schwanger werden, ist dies der beste Weg, meinen Vater zur Ruhe zu bringen. Dann führt nämlich kein Weg daran vorbei, dich mit mir unter die Haube zu bringen". Ich sah ihn geschockt an, doch er kicherte nur. Ach ja, ... sein Vater... „Zac...", begann ich nun in einem ernsteren Ton, „warum hat dein Vater dich geschlagen?" Er sah mich ertappt an, schloss seine Augen und als ich sie das nächste Mal öffnete, loderten diese. „Er war der Auffassung, dass ich nur nach seinem Mund reden solle. Wenn ich dies nicht tue, dann sieht er es als seine Aufgabe, mir zu zeigen, wer in diesem Haus als Einziger etwas zu sagen hat." Ich betrachtete sein Gesicht und sein Auge schwoll immer mehr an. Ich konnte einfach nicht verstehen, wie man seinen eigenen Sohn schlagen konnte. „Es tut mir leid." Ich vergrub meine Hand in seinen Haaren und zog ihn näher an mich heran, um ihn einen kurzen, aber bestimmten Kuss zu geben. Als wir uns lösten, strahlte er. „Vielleicht sollte ich mich häufiger von meinem Vater schlagen lassen, wenn ich danach jedes Mal so von dir empfangen werde." „Haha, bitte nicht. Also, wie war das nochmal mit duschen?", lenkte ich vom Thema ab. Er stöhnte auf, löste sich dann aber aus unserer

Umklammerung und stand dann auf. Er hielt mir eine Hand hin.

„Gemeinsam".

Nachdem wir gemeinsam duschen waren, gingen wir wieder ins Bett. Die Müdigkeit war nun geradezu erschlagend und so dauerte es nicht lange, bis ich in Zacs Armen in einen tiefen Schlaf abdriftete.

Kapitel 33- Zac

Als ich aufwachte, hörte ich Caties leises Schnarchen. Süß. Ich hatte noch nie eine Frau schnarchen hören. Na gut, wenn ich ehrlich zu mir selbst bin, hatte ich auch noch nie eine Frau nach dem Sex neben mir schlafen lassen. Wie hätte ich da jemand schnarchen hören können?

Bei Catie hatte ich schon mehrfach Ausnahmen gemacht. Ich dachte an gestern Abend und musste grinsen. Die Kleine war so perfekt. wie für mich gemacht. Die Glücksgefühle, die mich mit einem Mal überströmten überdeckten selbst die Schmerzen in meinem Gesicht. Mein Vater hatte mich übel zugerichtet. Er hatte mich in sein Büro gerufen, um mir zu sagen, dass ich meine Freundin „züchtigen solle". Sie habe eine viel zu große Klappe und keinen Respekt. Ich hatte mich geweigert und daraufhin flog auch schon seine Faust in mein Auge. Ich nahm es hin, denn alles war besser, als so zu werden wie er. Genauso böse, genauso skrupellos. Ich war vieles, aber ich war kein Frauenschläger. Außerdem wollte mein Vater mir noch einmal Emilia ans Herz legen.

Sie sei doch so perfekt. *Ja ist klar, wer's glaubt. Perfekt als Herrscherin über die Hölle. Ich würde mir die Alte garantiert nicht antun.* Da würde ich eher Catie heiraten.

Fuck, wo kam denn dieser Gedankengang her? Mein Blick richtete sich wieder auf Catie. Sie sah so engelsgleich aus. Ich dachte an mein falsches Liebesgeständnis am Esstisch. Aber war es wirklich falsch? Oder redete ich mir das bloß ein? Ich war mir nicht mehr sicher, ob ich es nicht doch erst gemeint hatte. Ich hattee noch nie eine Frau wie sie getroffen. Auf der einen Seite war sie so unschuldig, so süß... und auf der anderen war da dieses Feuer. Und der Sex... Ich würde lügen, würde ich behaupten, dass es mir nicht gefallen hatte. Allmählich kam Leben in sie hinein und sie drehte sich zu mir um. Als sie mich erblickte, strahlte sie geradezu. „Guten Morgen mein Engel", sagte ich und zog sie zu mir heran, um ihr einen kurzen, aber bestimmten Kuss zu geben. Überrumpelt von meiner Aktion, riss sie kurz die Augen auf und murmelte mir einen guten Morgen zurück. Wir waren nach wie vor nackt und meine Morgenlatte meldete sich sofort wieder zu Dienst. Da wir so nah aneinander lagen, konnte sie es gewiss auch spüren. „Was hältst du von einer kleinen Runde Morgense..." Ich konnte meinen Satz nicht zu Ende sprachen, da meine Zimmertür plötzlich aufging. Meine Mutter stand dort in aller Frische und sah geschockt zu uns, bevor sie sich die Augen verdeckte und sich umdrehte. Dennoch blieb sie im Zimmer und sagte: „Ich, oh Gott Kinder, tut mir leid. Ich wusste nicht, dass ihr... Ich wollte euch fragen, ob ihr Lust darauf habt, mich in den Club zu begleiten. Wir könnten dort brunchen, eine Partie Tennis spielen und am Abend Cocktails schlürfen. Ich wollte dort mit meiner neuen Schwiegertochter angeben." Noch immer mit dem Rücken zu uns gedreht, erwartete sie eine Antwort. Ich stöhnte auf. Eigentlich wollte ich heute Nachmittag wieder nach Harvard fahren. „Du entscheidest", sagte ich an Catie gewandt. Sie warf mir einen fiesen Blick zu, grinste dann aber. „Selbstverständlich Mary, aber es wäre besser, wenn Zac die Cocktails auslässt, sonst schaffen wir es heute Abend nicht mehr zu unserer Reservierung in der Oper." Reservierung? Oper? Ich sah sie entgeistert an. „Oper? Du hast wirklich guten Einfluss auf unseren Zac, er wollte vorher nie in die Oper gehen. Nun denn, dann machen wir uns heute einfach einen schönen Tag und Zac begleitet uns, um unsere Taschen zu tragen, was sagst du dazu?" Meine Mutter war jetzt wohl völlig durchgedreht. „Das klingt wirklich wundervoll", antwortete Catie grinsend. Jaja du kleine Grinsebacke. Ich griff unter der Decke nach ihrer Brust und drückte zu. Dann ließ ich meinen Daumen über ihren Nippel fahren, nur um dann auch dort ordentlich zuzudrücken. Catie sah mich finster an und diesmal war ich derjenige, der grinsen musste. „Schön, dann erwarte ich euch in einer Dreiviertelstunde unten", sagte Mom bevor sie, noch immer mit dem Rücken zu uns, die Türe schloss.

„Was soll das?", fragte mich Catie garstig. Verdammt war das heiß. „Ich könnte dich dasselbe fragen. Aber nun beenden wir doch einfach, was wir davor begonnen hatten, was sagst du?" Ich zwinkerte ihr zu. „Zac, deine Mutter hat uns beide gerade fast erwischt. Wir wollen doch nicht riskieren, wirklich dabei erwischt zu werden. Außerdem bin ich nicht mehr in Stimmung!", ermahnte sie mich, während meine Hände nun auf Wanderschaft gingen. Ich fuhr zwischen ihre Brüste, den Bauch entlang, bis ich an ihrer süßen Pussy ankam und einen Finger eintauchte. „Ganz schön feucht für jemanden, der nicht in Stimmung ist." Ich küsste sie auf den Mund und stemmte mich über sie. „Sag, dass du mich spüren willst, Catie. Bettel darum. Ohne deinen Konsens werde ich nichts machen." Meine hungrigen Augen fuhren ihren Körper entlang und ich beugte mich runter zu ihrem Nippel, um ihn in den Mund zu nehmen. Catie stöhnte, schien sich aber zu weigern, mir die Bestätigung zu geben, nach der ich so verzweifelt suchte. Als ich mich von Nippel Nummer eins löste, widmete ich mich nun dem zweiten. Ich liebte Brüste und ganz besonders Caties. Als ich meine Hand auch noch um ihren Hals legte und zudrückte, war es dann um sie geschehen. „Fick mich Zac." Mehr brauchte ich nicht. Ich drehte sie auf den Bauch und drang dann von hinten in sie ein. Dieses Gefühl von mir in ihr war so berauschend, so fesselnd. Ich wollte es nicht mehr missen. Immer tiefer drang ich in sie ein. Sie krallte sich am Bettlacken fest und riss sich zusammen, nicht allzu laut zu stöhnen. Und dies spornte mich nur umso mehr an. Meine Stöße wurden immer härter. Ich zog mich teilweise komplett zurück, nur um mich dann wieder eiertief in ihr zu vergraben. Ein Schlag auf ihren Arsch reichte, um schon ein Abdruck meiner Hand zu Hinterlassen. Sobald meine Hand auf ihrer Haut landete, stöhnte sie laut auf und ich spürte sie noch feuchter werden. Ich zog sie an ihren Haaren zu mir hoch und fickte sie immer härter, immer tiefer. Wir waren nun Haut an Haut. Sie war gefangen. Meine eine Hand schloss sich um ihren Hals und die andere wanderte zu ihrer Klitoris. „Stöhn für mich mein Engel und komm. Lass dich fallen, ich werde dich auffangen", knurrte ich ihr ins Ohr. Und tatsächlich dauerte es nicht lange, bis sich die Wände um meinen Schwanz zusammenzogen und Catie mit einem spitzen Schrei kam. *Gutes Mädchen, das gesamte Haus soll wissen, dass du mein bist.* Der Gedanke und die Kontraktionen ihrer Pussy ließen mich dann auch über die Schwelle fliegen. Ich vergrub mich bis zum Anschlag in ihr und ließ mein Samen in sie fließen. Irgendein dummer Urinstinkt setzte nun ein und so bis ich ihr leicht in den Hals, nur um dann an der Stelle zu saugen und zu lecken, bis da ein Mal entstand, welches alle deutlich erkennen und deuten konnten: Catie gehörte mir. „Du fühlst dich so gut an, verdammt. Warum haben wir das nicht schon eher gemacht?" Sie kicherte nur, soweit es natürlich klappte, mit meiner Hand um ihren Hals geschlungen. Ich ließ sie los und stand vom Bett auf. Vor ihr stehend reichte ich ihr meine Hand. „Los, wir müssen aufstehen und uns anziehen, Mutter ist sehr penibel, wenn es um Pünktlichkeit geht." Sie nahm meine Hand und stand auf. Doch sobald sie vor mir stand, wurde sie plötzlich blass. „Zac, ich muss wenigstens dein Sperma abwaschen, es läuft mir das Bein hinunter." Diese Aussage befriedigte meinen inneren Primaten. „Tut mir leid, keine Zeit. Ich hoffe, du hast etwas tennisartiges dabei, ansonsten kannst du dir bestimmt was im Club leihen." Sie sah mich mit zusammengekniffenen Augen an. Sie wollte protestieren, schien sich dann aber der Zeit bewusst zu werden und stapfte dann zu ihrer Tasche, aus der sie sich Unterwäsche und Alltagskleidung zog. Nicht zu extravagant, aber genau passend, um Aufmerksamkeit zu erregen.

Sie bemerkte, dass ich sie anstarrte, also fragte sie mich: „Was? Habe ich was im Gesicht? Oder laufe ich noch aus?" Direkt sah sie an sich herunter. Ich musste lachen, fasste mich dann aber und sah sie ernst an. Ich setzte mich aufs Bett und beobachtete sie weiter. „Nein, alles gut. Ich habe nur gerade festgestellt, dass du die perfekte Freundin bist.

Und du passt sehr gut zu uns, ähm ich meinte, zu mir." Und ich meinte jedes Wort ernst. Es war schon zu spät, als ich sie das erste Mal bei mir schlafen ließ. Schon in dieser Nacht hatte sie mein Herz erobert. Ich musste nun wirklich ehrlich zu mir selbst sein: ich war verliebt. Aber sowas von. Es hatte eine Weile gedauert, bis ich das Gefühl zuordnen konnte, aber nun war ich mir sicher. Ich liebte sie und ich wollte, dass sie mein wird. Aber ich wollte noch etwas anderes. Etwas... unkonventionelleres. Ich wollte, dass Romeo und Alex sich auch endlich ihrer Gefühle ihr gegenüber eingestanden. Und sie sich auch ihrer Gefühle für die beiden. Egal welcher Natur diese waren. Es lag etwas in der Luft zwischen uns Vieren. Und ich würde alles dafür tun, dass dieser Knoten endlich gelöst wird.

Catie errötete und sah kurz weg. „Willst du dich nicht auch mal anziehen? Wir müssen runter!", drängte sie mich nun. Ich stöhnte genervt und stand auf. „Wenn es denn sein muss." Ich stand auf und ging zu meinem Kleiderschrank. Da fischte ich eine schwarze Chino und ein schwarzes Leinen Sommerhemd heraus. Dies kombinierte ich noch mit schwarzen Leder-Loafern. Ich wuschelte mir kurz durch die Haare und kämmte sie dann nach hinten, nur damit dann direkt wieder zwei Strähnen nach vorne fielen. Ich hatte aber keine Lust auf Haargel, deswegen beließ ich es einfach dabei.

Catie hatte mich die ganze Zeit im Auge und verzog dann ihren Blick zu einer Grimasse. "Was ist los?", fragte ich sie belustigt. „Ihr Männer benötigt echt gar keinen Aufwand, um gut auszusehen." Ich schmunzelte auf ihre Aussage hin. „Du auch nicht." Und ich meinte es ernst. Sie rollte nur mit den Augen. „Komm, wir müssen los", erinnerte sie mich. Ich wollte gerade nach ihrer Hand greifen, da meldete sich ihr Handy mit einem lauten „PING". Sie fischte es aus ihrer Tasche und wurde blasser, nachdem sie die Nachricht überflogen hatte. „Was ist los?", wollte ich wissen. „Es ist nichts, nur eine Spamnachricht", meinte sie darauf. Aber ich glaubte ihr nicht.

Fünf Stunden und mehrere Partien Tennis später, waren Catie und ich bereit zur Abreise. Ich muss ehrlich sagen, dieses Mädchen hatte ein Talent im Tennis... und im Schauspielern. Meine Mutter war hin und weg von ihr und ließ nicht ein einziges Mal einen Satz über Emilia fallen. Ich liebte es, wenn meine Pläne aufgehen.

Wir verabschiedeten uns noch von meinen Eltern und stiegen dann ins Auto, welches einer unserer Bediensteten wieder vorgefahren hatte. Mein Plan stand nun. Ich würde alles dafür tun, dass sowohl die Jungs als auch Catie akzeptierten, dass wir alle zusammengehörten.

Kapitel 34- Alex

Die Winterferien würden in zwei Wochen beginnen. Meine Adoptiveltern erwarteten, dass ich dieses Jahr zu Silvester nach Russland kam. Ich hatte so gar keine Lust darauf, neun Stunden in einem Flugzeug zu sitzen, aber ich hatte leider keine Wahl. Während ich auf dem Sofa saß und nach Flügen suchte, stieß Romeo dazu. Wir lebten jetzt seit zwei Wochen in unserem „Feriendomizil", welches aber auch der Ort war, an dem wir unsere Geschäfte erledigten. Wir hatten mehrere Geschäfte am Laufen: die Arena, den Club und Drogen. Und bei allem hielt Romeos „Ziehvater", Rodrigo, seine schützende Hand über uns. Warum wir das machten? Weil wir gelangweilte Wichser waren. „Wo ist Zac?", fragte ich.

Zac war ein wenig später mit zu uns gestoßen, da er über Thanksgiving bei seinen Eltern war. Ich fragte mich, warum er sich das überhaupt noch antat. Jedes Mal kam er mit einem blauen Auge nach Hause und war dann wochenlang niedergeschlagen. Dieses Mal war aber irgendetwas anders. Er kam gut gelaunt nach

Hause, trotz seines blauen Auges, und war danach auch nicht wieder in sein Loch gefallen. Romeo und ich hatten es nicht hinterfragt, da es uns einfach nur gefreut hatte, dass es ihm gut ging.

„Zac ist gerade unterwegs. Er meinte, er müsse noch etwas vom Campus holen", antwortete mir Romeo schulterzuckend. „Ach übrigens Alex. Die neue Lieferung kommt morgen Abend. Ich habe Rodrigo schon Bescheid gegeben und er schickt uns ein paar seiner Jungs vorbei." Gut zu wissen. Ich nickte und konzentrierte mich weiterhin auf die Buchung der Flugtickets. Beim nächsten Mal nehme ich einfach den Vorschlag meiner Eltern an und lasse einen unserer Angestellten für mich buchen.

Romeo setzte sich nun neben mich auf die Couch und schaltete den Fernseher an. Wir saßen eine ganze Weile gelangweilt auf dem Sofa und sahen uns irgendeinen Cartoon an, bis wir hörten, wie die Eingangstür aufging. Romeo wollte gerade zu seiner Waffe greifen, als wir Zacs Stimme hörten: „Halloooooooo, jemand zu Hause?" Ich rollte genervt mit den Augen und rief zurück: „JA!" Ich hörte Schritte, aber es waren nicht nur Zacs Schritte, die ich da auf dem Boden hört. Nein, Er hatte eine Frau dabei, denn das Klackern von Highheels war durch den gesamten Raum zu hören. Wen hatte der Vogel denn jetzt schon wieder angeschleppt? Oder... könnte es Catie sein? Romeo und ich tauschten Blicke aus, wir dachten offensichtlich dasselbe. Auch beinahe gleichzeitig setzten wir uns auf und sahen zur Tür.

Zac kam zuerst rein, sah uns an und lachte los.

„Alter, ihr sitzt ja so da, als hätte euch der Schuldirektor ins Büro geholt." Während er lachte, betrat auch die zweite Person den Raum: Catie.

Unsere kleine Prinzessa sah heute wieder hervorragend aus. Sie trug ein trägerloses, rosa Sommerkleid und weiße Highheels, deren Schnüre sich um ihre Waden schlangen. Ihre Haare hatte sie sich mit einer Klammer hochgesteckt. Sie sah sich unsicher im Raum um und schenkte Zac, der nicht aufhören konnte zu lachen, einen genervten Blick. „Zac, was machen wir hier?" „Dasselbe könnte ich auch fragen, Zac, was zur Hölle macht SIE hier?!", stimmte nun auch Romeo mit ein. Ich lehnte mich jetzt einfach nur zurück und beobachtete das Geschehen. „SIE ist hier, weil ich ihr vertraue", gab Zac zurück. „Kommt schon Jungs, habt nicht so einen Stock im Arsch. Sie wird hier schon nichts kaputt machen", hing er noch dran. Romeo hob seine Augenbraue, sagte aber nichts weiter dazu. „Wir gehen schwimmen", informierte Zac uns. Klar, die zwei Wasserratten schwimmen. Aber in Zacs Aussage befand sich dazu noch eine unausgesprochene Aufforderung. Wir sollen dazu stoßen. Er dachte doch nicht wirklich, dass diese Durchgeknallte uns an sich ranlassen würde? Ihr „Verhör" im Club sollte doch gezeigt haben, was sie wirklich von uns hält.

Zac und Catie verließen das Wohnzimmer, um zum Hinterhaus zu gehen, wo sich unser innenliegender Pool befand. Romeo und ich sahen uns beide verwirrt an. „Ich glaube, jetzt ist er mittlerweile komplett durchgedreht", sagte ich an Romeo gewandt, sobald die Beiden außer Hörweite waren. „Sollten wir?", fragte er mich. „Da brauche ich vorher einen Shot, die Frau hat solche Stimmungsschwankungen", sagte ich trocken. „Wir nehmen einfach die ganze Flasche mit", schlug Romeo nun vor. Keine so schlechte Idee. „In einer halben Stunde am Pool".

Eine halbe Stunde später standen Romeo und ich beide vor der Pooltür. Ich hatte den Tequila und er für jeden ein Bier. Ich stieß mit einer Hand die Tür auf und fand Zac und Catie, wie sie, nun ja... um die Wette schwommen? Ich hatte ehrlich gesagt mit einem anderen Anblick gerichtet, aber gut, damit konnte ich mich auch arrangieren. Romeo und ich stellten die Getränke in unserer Loungeecke ab und ich schaltete Musik ein. Erst sobald die Musik spielte, wurden wir bemerkt. Catie hielt inne und sah erschrocken zu uns auf. Dann drehte sie sich zu Zac und zog ihre Augenbraue hoch. „Dein Ernst?" Er sah sie grinsend an und antwortete: „Ich weiß nicht, wovon du redest" „Jaja ist klar, ich habe dich durchschaut Zachary Fitzgerald." Schlaues

Mädchen. Ganz ehrlich. Sie war bisher die Erste, die hinter seine Fassade blicken konnte. „Ach komm schon. Sie werden schon nichts machen. Ich sorge dafür, dass sie sich benehmen", beschwichtigte Zac sie. Romeo neben mir schnaubte belustigt auf. „Um uns brauchst du dir keine Sorgen zu machen, aber vielleicht solltest du die Wildkatze ein wenig im Blick behalten. Nicht, dass sie wieder durchdreht." „Ach und das kommt ausgerechnet von Mister Unschuld?", gab sie schnippisch zurück. „Ich habe mich schon entschuldigt, im Gegensatz zu dir!", verteidigte Romeo sich nun. „Oh, du armer, unschuldiger kleiner Junge. Soll ich dir Taschentücher besorgen, damit du dich ausheulen kannst, oder gehts auch so?" Das war der Moment, an dem Zac und ich beide nicht mehr an uns halten konnten und wir loslachten. Romeo stattdessen griff nun zu einem Bier und öffnete dieses. In einem Zug trank er es aus. In der Zeit schwamm Catie zur Leiter und stieg aus dem Wasser. Das Wasser perlte ihren wohlgeformten Körper hinunter. Sie hatte seit unserem Stranddate ein paar Kilo zugenommen, aber das änderte nichts an der Tatsache, dass sie nach wie vor perfekt war. Jetzt gab es nur noch mehr zum Anfassen. Ihr Haare waren trotz ihres Duttes nass geworden, weswegen sie ihre Haare löste, sodass sie in Wellen über ihre Schultern fielen. Ihr blauer Bikini löste in mir Erinnerungen an unseren gemeinsamen Tag aus. Wie sie unter mir lag und stöhnte, als ich sie leckte. Wie sich ihr Körper immer mehr zu mir bewegte und sie sich komplett hatte gehen lassen…

Kurz darauf verließ auch Zac den Pool. Beide liefen zu Romeo und mir hinüber. Sie wirkten irgendwie so vertraut miteinander. Noch vertrauter als sonst. Irgendwas war in der Luft. Da war doch irgendetwas vorgefallen. Ich konnte es spüren. „Alex, jetzt schau doch nicht so böse drein, lächel doch mal", ermahnte Zac mich. Ich hatte die Angewohnheit, böse zu schauen, auch resting bitchface genannt. Ich versuchte, ein Lächeln aufzusetzen und schnappte eines der Biere, öffnete es und hielt es Catie hin. Sie nahm es sofort entgegen und dann öffnete ich mir selbst eines. „Kriege ich keins?", fragte Zac gespielt gekränkt. „Du hast zwei gesunde Hände, du kriegst das selber hin, Großer", mischte sich Romeo mit ein, der es irgendwie geschafft hatte, sein erstes Bier direkt runterzukippen. Catie ging ihm unter die Haut. Das konnte jeder Blinde erkennen. Zac griff schmollend zu dem übergebliebenen Bier und öffnete dieses. Dann hielt er es in die Runde zum Anstoßen. „Was nun?", fragte Catie. „Wir können uns ja alle in die Lounge setzen und noch einmal ein Spiel spielen. Was hältst du davon?", schlug Zac mit einem verschmitzten Lächeln vor. Catie kaute auf ihrer Unterlippe rum und dachte nach. Gott, wenn sie weiterhin darauf rumbeißen sollte, würde ich den Job übernehmen.

Ich konnte mich immer weniger in ihrer Gegenwart kontrollieren. Sie nickte schließlich und lief in die Richtung der Lounge. Zac und ich folgten ihr, Romeo blieb aber stoisch stehen. „Komm Romeo und nimm den Tequila mit", forderte ich ihn auf. Er schnappte sich die Flasche, öffnete diese und nahm einen tiefen Schluck daraus. Dann erst begab er sich in die Richtung der Lounge und setzte sich Catie gegenüber, während Zac und ich zu ihren Seiten Platz nahmen. Sobald alle saßen, warf Zac einen Blick in die Runde und grinste zufrieden vor sich hin. Wie saßen kurz schweigend da und tranken unser Bier, bis ich mich schließlich räusperte. „Alsooo, spielen wir Wahrheit, oder Pflicht, oder etwas anderes?" „Wie wäre es mit Pflicht, oder Shot?", fragte Zac zurück. Catie sah ihn erst schockiert an, doch dann legte er einen Arm um ihre Schultern und sie willigte ein. „Nun denn, dann beginne ich, ich nehme Pflicht, Catie was soll ich machen?", fragte Zac an sie gerichtet. Sie sah sich im Raum um und grinste dann. „Wie wäre es, wenn du dich für meinen Lapdance revanchierst?" Zac sprang sofort auf und bat mich um ein Liederwechsel. Das Lied begann und so auch Zacs kleiner Tanz auf Caties Schoß. Er schnappte sich ihre Hände und ließ diese über seinen Körper fahren. Ich schüttelte nur den Kopf und lachte über den Anblick. Das Lied endete und so auch Zacs Offenbarung seiner Tanzkünste. Catie applaudierte begeistert, ihre Wangen rosig. Süß. *Süß? WTF Alex? Was für süß?* Gott, ich musste dringend mal wieder jemanden flachlegen.

Die Stimmung war großartig. Wir spielten nun schon eine ganze Weile und jeder von uns musste schon verrückte Sachen machen, nur Romeo nicht. Der klammerte sich nur an seinen Tequila.

Spielverderber. Catie war wieder an der Reihe eine Pflicht zu erfüllen. „Catie", sagte ich, „setz dich auf Romeos Schoß und entschuldige dich bei ihm", forderte ich sie auf. Sie sah mich ungläubig an, stand dann aber auf und lief auf Romeo zu. Sie sah aus, wie eine Raubkatze, die sich ihrer Beute annäherte. Dann setzte sie sich auch schon auf seinem Schoß, die Beine zu beiden Seiten seiner Schenkel. Sie sah ihm tief in die Augen und auch er starrte zurück.

Beide schienen sich ein Blickduell zu liefern.

„Estutmirleidsollteichdichverägerthaben", ratterte Catie mit einem Mal hinunter, ohne auch nur Pausen dazwischen zu machen. Romeo sah sie belustigt an. „Wie war das nochmal? Ich glaube, ich habe das nicht ganz verstanden...", forderte er sie heraus. „Fein. Es tut mir leid, falls ich deine Gefühle für irgendeine Art verletzt haben sollte", wiederhole Catie, diesmal deutlicher. „Schon besser Kätzchen und jetzt entschuldige dich noch mal richtig bei mir", forderte er sie nochmal auf und kam ihrem Gesicht immer näher. Sie sah

417

ihn unsicher an, entschied dann aber, sich hinzugeben. Sie presste ihre Lippen auf seine und seine Hände umgriffen sofort ihren Arsch. Ich sah überrascht zu Zac, dieser grinste aber nur. Kann mir doch keiner sagen, dass er das nicht geplant hatte. Ich sah nun wieder zu Romeo und Catie und sah, wie er sie immer weiter auf seinen Schoß drückte. Dann löste er sich und lächelte sie siegessicher an. „Und genau das nenne ich eine richtige Entschuldigung." Catie rollte mit den Augen, schlug ihm auf die Schulter und stieg dann wieder von seinem Schoß herunter, um sich danach wieder auf ihren eigentlichen Platz zu setzen. „Wenn ich mich nicht täusche, hast du Alex auch viel Mist an den Kopf geworfen. Wie wär's, wenn du dich auch bei ihm entschuldigst, Kätzchen", entkam Romeo. Caties Augen formten sich zu schlitzen und sie zeigte Romeo den Mittelfinger, bevor sie sich dennoch in Bewegung setzte und nun auch auf meinen Schoß krabbelte. Ich spürte die Wärme von ihr auf mich überströmen und der Duft ihres Parfüms, vermischt mit dem Chlorwasser stieg mir in die Nase. Meine Hand schoss direkt zu ihrem Nacken und ich zog sie zu mir heran. Kurz bevor sich unsere Lippen trafen, wisperte ich: „Du bist heute ein gutes Mädchen, oder Prinzessa?" Ich wartete keine Antwort ab und schloss sofort die Distanz zwischen uns. Ich küsste sie, wild und ausgehungert. Zum Teufel mit der Selbstkontrolle. Meine

Hände fanden ihre Hüften und ich drückte sie instinktiv näher an mich ran. Sie war knapp über meinem Schritt und ich ließ sie sich draufsetzen. Sie riss die Augen auf, löste sich aber nicht aus unserem Kuss. Aus den Augenwinkeln bemerkte ich nur, wie Zac nun aufstand und auf uns zulief. Bei uns angekommen, legte er seine Finger an ihr Kinn und zwang sie, ihn anzusehen. „Ich will dich, Engel. Sie wollen dich. Warum vergisst du heute nicht deine Regeln und lässt endlich deine Gefühle entscheiden? Wovor fürchtest du dich?" Er sah ihr tief in die Augen und sie war mittlerweile tiefrot angelaufen. Auch Romeo stand nun auf und stellte sich hinter sie. „Ich will keine Schlampe sein", antwortete sie mit zittriger Stimme. „Schlampe? Wer hat was von Schlampe gesagt? Männer werden auch nicht verurteilt, wenn sie es mit mehreren Frauen treiben, also warum solltest du dafür verurteilt werden? Wir haben nur ein wenig Spaß. Und wer weiß, vielleicht entdeckst du ja ganz andere Seiten an dir. Lass dich gehen, Engel" Noch während Zac den letzten Satz sprach, beugte er sich weiter zu ihr hinunter und küsste sie intensiv. Man merkte genau, dass dies nicht der erste Kuss der Beiden war. Aber wer war ich, um darüber zu urteilen? Stattdessen hielt ich noch immer ihre Hüften und dirigierte sie immer weiter auf meinen Ständer, den man nun deutlich unter der Badehose erkennen konnte. Romeo legte ihr die Hände auf die

Schultern und begann sie zu massieren. Dann beugte er sich runter und verteilte einzelne Küsse auf ihrem Hals. Sie reagierte sofort darauf, indem sie den Hals ein wenig mehr freilegte. Sie löste sich wieder aus dem Kuss mit Zac. „D...das ist n...nicht richtig", stotterte sie, während sie sichtlich um Kontrolle kämpfte. „Sieh mich an, Prinzessa. Schau mir in die Augen", forderte ich sie auf. Sie sah mich an und ich strich ihr eine verlorene Strähne aus dem Gesicht. „Schließe deine Augen. Streiche für einen Moment alles aus deinen Gedanken und konzentriere dich im Moment nur auf deinen Körper. Auf die Gefühle, die in dir hochkommen, wenn du uns küsst und wenn du von uns angefasst wirst.", wies ich sie an und strich ihr über die Brüste und ließ meine Hand weiter runterfahren. Doch ich ging nicht weiter als bis zum Bund ihres Bikinis. Ich wollte ihren Konsens für das, was ich mit ihr vorhatte. Catie steckte heute voller Überraschungen, denn sie tat genau das, was ich ihr gesagt hatte. Ich setzte also meine Erkundungen weiter fort, während Romeo ihr weiterhin half, sich zu entspannen und Zac dabei zuschaute und so aussah, als hätte er Geburtstag. Also im Ernst, wenn er sonst immer so ein Strahlemann war, dann war er jetzt eine Diskokugel. „Darf ich tiefer gehen, Prinzessa?" Sie nickte und meine Zurückhaltung war nun vollends verschwunden. Ich fuhr in ihren Bikini hinein, bis runter zu ihren Schamlippen. Ich ließ einen Finger in sie tauchen und spürte direkt die Feuchte, die sich dort bereits angesammelt hatte. „So feucht. Du willst uns alle, oder? Du willst uns alle spüren?", fragte ich. Sie riss die Augen auf und trotz dessen, dass sie den Kopf schüttelte, glänzten ihre Augen vor Lust. Romeo entfuhr ein kehliges Lachen. „Hör doch auf zu verleugnen, dass du so etwas, wie menschliche Bedürfnisse hast, Kätzchen. Zeig uns, wie wild du sein kannst. Wir wollen dich auch alle und wir teilen gerne." Um dies deutlich zu machen, drückte ich sie wieder auf meinen Schritt, während Romeo sich von hinten an sie drückte. Sie warf Zac einen Blick zu und sah, dass auch er einen Ständer hatte. „Wenn wir das hier tun, wenn ich das hier zulasse, darf niemals jemand davon erfahren, kapiert?", fragte sie, um Fassung ringend. „Was immer du willst, mein Engel", erwiderte Zac.

Kapitel 35- Catie

Ich war am Arsch.

Ich wusste tief in meinem Innern, dass es nicht richtig war, mich darauf einzulassen. Aber einmal in meinem Leben wollte ich mal nicht nach den Regeln leben. Ich wollte mich frei fühlen, ich wollte fliegen, auch wenn ich wusste, dass dies mit einem Absturz enden würde. Ich wollte es. Hier und jetzt. Mit allen dreien. Ich spürte ihre Erregungen und auch ich war erregt. Und WIE ich es war. Alex hatte es mal wieder geschafft, mich mit seiner Stimme einzulullen. Zac war meine Stütze und Romeo entfachte ein Feuer in mir, welches ich vorher noch nie gespürt hatte. Alle Drei riefen in mir Gefühle hervor, die ich vorher nicht kannte. „Zolotaya, wir brauchen deine Erlaubnis, andernfalls werden wir nicht weiter gehen", erinnerte mich Alex. Ich atmete tief durch und nickte. „Ihr habt meine Erlaubnis." Plötzlich legten sich Alex' Hände unter meinen Po. „Halt dich gut fest", sagte er und stand mit mir in seinen Armen auf. „Wohin gehen wir?", fragte ich, unsicher, ob ich das wirklich wissen wollte. „An einen Ort, an dem es sicherlich bequemer sein wird", erhielt ich nur als Antwort. Romeo und Zac folgten uns, als Alex, mit mir in seinen Armen, die Schwimmhalle verließ. Wir liefen durch den Gang, bis er vor einer Tür zum Stehen kam. Romeo ging vor und öffnete diese und mir fielen die Augen aus dem Kopf. „Ihr habt doch nicht im Ernst auch hier eine Folterkammer?", fragte ich ungläubig und verzog das Gesicht. Alex schmunzelte nur. „Das ist nach wie vor KEINE Folterkammer." „Ich werdet mich nicht an einem Ort ficken, an dem ihr schon andere Frauen gebumst habt!", stieß ich aus. „Keine Sorge, hier war bisher noch keine Frau drin. DU wirst die Erste sein, mein Engel", beschwichtigte mich Zac, der meinen entsetzten Gesichtsausdruck gesehen hatte. Ich beschloss einfach nicht länger darüber nachzudenken und es auf mich zukommen zu lassen. Überprüfen, ob seine Aussage stimmte, konnte ich ja sowieso nicht. Alex trug mich quer durch den Raum und ich konnte an der Wand so einige... Utensilien für Sex erkennen. *Lieber Herr im Himmel, lass sie Gnade mit mir haben.* Alex setzte mich nun auf dem Bett ab und entfernte sich von mir. Alle Drei standen nun vor mir und sahen mich mit lusterfüllten Augen an. „Du bist wunderschön, Catie", sagte Zac nun. Ich errötete und biss mir auf die Lippe. Da trat Alex auch schon an mich ran und presste seine Lippen auf meine, nur um mir dann in die Unterlippe zu beißen. Als er sich zurückzog, sagte er: „Ich hatte mir geschworen, dass wenn ich noch einmal mitbekomme, wie du dir in die Lippe beißt, ich den Job für dich übernehme. Ich möchte, dass du dich jetzt mittig auf

423

das Bett legst und dort wartest, hast du das verstanden Prinzessa?", fragte er nun. Ich nickte und tat, wie gesagt. Ich sah, dass Alex sich daraufhin entfernte und zu einem Schrank ging, aus dem er etwas rausfischte. Daraufhin kam er mit einem seidenen Band und Handschellen wieder. „Darf ich dich ans Bett binden und deine Augen verbinden?", fragte er mich um Erlaubnis. Wahnsinn. Er nahm es wirklich ernst und das bestätigte mich nur nochmal in dem Gefühl, richtig entschieden zu haben. „Ja", sagte ich. „Gut, aber vorher, Romeo, könntest du Catie bitte von ihrem Bikini obenrum befreien? Der könnte sonst stören und das wollen wir nicht, oder Prinzessin?" Romeo wartete meine Antwort nicht ab und stieg zu mir aufs Bett. „Hmmm, so gefällst du mir am besten, Kätzchen. Uns komplett ausliefert und willig", merkte er an, bevor er mich küsste. Seine Hand fuhr meinen Arm hinunter und wanderte dann zu meinen Brüsten. Er ließ eine seiner Hände in meinen BH schlüpfen und drückte zu. Währenddessen küsste er mich weiter und drückte seinen Schritt gegen meine Mitte. „Fuck, fühlst du dich gut an. Deine Haut ist so weich", murmelte er heiser in unseren Kuss hinein. „Genieße es, solange du noch kannst", stieß ich aus und sah ihn herausfordernd an. „Oh, das werde ich." Mit einem Ruck drehte er mich auf den Bauch und öffnete meinen Verschluss. Er strich mir die Träger von den Armen und dann ließ er seine Hand über meinen Rücken streifen, bis hinunter zu meinem Arsch, welchen er kurz massierte, und daraufhin fühlte ich einen stechenden Schmerz in meiner rechten Pobacke. „Das war für deine Sticheleien", flüsterte er mir ins Ohr. Daraufhin riss er mich wieder herum und schnappte sich meine beiden Arme, um sie über meinen Kopf zu strecken. „Alex, wärst du so freundlich?", fragte er an seinen Kumpel gerichtet. Dieser kam sofort zum Bett, beugte sich kurz zu mir hinunter, um mir einen Kuss auf die Lippen zu geben. Daraufhin fesselte er meine Arme ans Bett und ich war nun komplett bewegungsunfähig. „Gutes Mädchen, du machst sehr brav mit", lobte er mich und ich errötete sofort. Es sollte mich anwidern, so etwas von einem Mann gesagt zu bekommen, aber es spornte mich nur noch mehr an, genau das zu tun, was er von mir verlangte. Romeo befand sich immer noch mit auf dem Bett und auch Alex war mir sehr nahe. Aber der einzige Mann, der mir wirklich Sicherheit verschaffte, stand etwas entfernt und sah zufrieden zu. Alex kniete sich jetzt neben Romeo aufs Bett und strich mir über die Innenseite meines Oberschenkels, während Romeo sich um die andere Seite kümmerte. Meine gesamte Haut prickelte und ich war überwältigt von den Emotionen, die durch mich hindurch strömten. „Lass dich gehen Kätzchen, wir werden dir nichts antun, nichts gravierendes zumindest." Und mit einem Mal zog er mir auch den Bikini runter. Ich lag nun komplett entblößt und gefesselt vor ihnen. Es war unangenehm aber auch gleichermaßen anturnend. „Schau Alex, wie feucht sie ist. Sie ist bereit für uns", Romeo sah mich mit hungrigen Augen an, während er sprach. „Wir sollten Zac den Vortritt lassen, er hatte bisher am wenigsten von unserer kleinen Prinzessa", antwortete Alex. *Oh, wenn sie wüssten...*

Nach dem Wochenende hatten Zac und ich beinahe jede Situation genutzt, um übereinander herzufallen. Aber spannend, dass er seinen Jungs nichts davon erzählt hatte, wo sie doch... Ich verwarf den Gedanken wieder und konzentrierte mich auf die Situation im hier und jetzt. Zac lief nun auf mich zu und auch seine Augen glänzten vor Erregung. Romeo und Alex machten ihm Platz auf dem Bett und während er lief, öffnete er die Knöpfe seiner Badehose und schob sie sich dann von den Hüften.

Doch wider Erwarten, kam er nicht zwischen meine Beine, sondern setzte sich auf meine Brust, seinen steifen Schwanz auf und ab fahrend. „Mund auf, mein Engel." Und ich gehorchte. Er ließ seinen Schwanz in meinen Mund gleiten und als er merkte, dass ich mich allmählich daran gewöhnt hatte, fing er an, meinen Mund zu ficken, wie er sonst meine Pussy fickte. Hart und ohne Zurückhaltung. Ich musste ab und an würgen, aber er hörte nicht auf und irgendwann blieb auch mein Würgen aus. Ich fühlte mich, wie benebelt, vor allem, als er auch noch eine Hand auf meinen Hals legte und zudrückte. „Fuck, du machst das so gut. Du und dein perfekter Mund. Fuck, Catie", stöhnte er dazwischen und es erregte mich nur noch stärker. Auf einmal merkte ich, wie sich zwei Arme um meine Schenkel schlangen. Kurz darauf spürte ich, wie jemand mit seiner Zunge über meinen Eingang fuhr und stöhnte mit Zacs Schwanz in meinem Mund auf. Zacs Bewegungen wurden immer schneller, so auch die Zunge, die nun immer wieder gegen meine Klitoris drückte. „Komm, Prinzessa, lass los", hörte ich Alex sagen, das hieß dann wohl, dass Romeo sich gerade zwischen meinen Beinen befand. In mir baute sich der Druck immer weiter auf, ich stand kurz davor, zu explodieren, doch urplötzlich entfernte sich die Zunge von meiner Klit. Und in genau diesem Moment, spritzte Zac mir in den Mund. Ich hatte keine andere Wahl, als alles zu schlucken, was er mir gab. Er stieg wieder von mir herunter und kniete sich neben mich auf das Bett. Ich nutzte die Chance und sah direkt zu Romeo. „Warum hast du aufgehört?", fragte ich ihn frustriert. „Süß, wie willig und frustriert du bist, aber so einfach lasse ich dich nicht kommen. Dafür hast du uns alle zu lange warten lassen, da kannst du jetzt ebenso lange auf deinen Orgasmus warten." Er klang beinahe, wie ein trotziges Kleinkind. „Du Arsch", spie ich ihm entgegen und erntete dafür einen leichten

Schlag auf meine Brüste von Alex. „Gute Mädchen nehmen solche Wörter nicht in den Mund, Prinzessa." Ich sah ihn böse an und ihm entkam ein kaltes Lächeln. „Wie war ihr Mund, Zac?", fragte er Zac. „Perfekt. Willst du auch mal?" Alex antwortete nicht, sondern öffnete nur seine Schwimmhose und holte seinen Schwanz heraus. Er sah mir tief in die Augen. „Mach dich bereit, Prinzessa." Er kniete sich neben mein Gesicht und fuhr mit seinem Daumen über meine

Unterlippe. „Wie lange ich darauf gewartet habe." Und drang mit seinem Schwanz in meinen Mund ein. Im Gegensatz zu Zac, fing er nicht gleich an, meinen Mund hemmungslos zu ficken, sondern ließ seinen Schwanz in einem steten Rhythmus rein und raus fahren. Nur aus den Augenwinkeln bemerkte ich, wie Romeo zu einer Kommode rüber lief und ein Kondom rausholte. Er öffnete seine Hose, stieg heraus und streifte sich das Kondom über. Sein Blick fiel nun auf mich. „Du weißt nicht, wie sehr ich das genießen werde." *Oh nein, du weißt nicht, wie sehr ICH das genießen werde.* Er lief wieder zum Bett und positionierte sich zwischen meinen Beinen. Dann stieß er in mich hinein. Mit einem Stoß erfüllte er mich komplett und für einen Moment stockte mir der Atem. Ich hatte noch nie mit mehr als einem Typen gleichzeitig Sex und nun lag ich hier, in irgendeinem komischen „Safehouse", in irgendeinem sehr fragwürdigen Raum und trieb es mit drei Typen gleichzeitig. Alex behielt seinen stetigen Rhythmus und Romeo passte sich dem an. Verdammt, warum fühlte es sich so gut an? Es war doch so falsch… „Wo bist du mit deinen Gedanken, Engel? Entspann dich, lass dich fallen", beschwichtigte mich Zac, der wohl mitbekommen hatte, dass etwas nicht stimmte. Warum konnte er mich so gut lesen? Ich nickte, soweit es mit einem Schwanz in meinem Mund funktionierte und entkrampfte mich wieder. Alex legte nun doch Tempo zu, Romeo hingegen beließ es bei den sanften Stößen, die mich immer mehr an den Rand des Wahnsinns trieben. Er spürte wahrscheinlich, dass sich bei mir wieder ein Orgasmus anbahnte und legte seinen Daumen, auf meine Klit. Kurz bevor ich kommen konnte, veränderte er aber sein Tempo und nahm seinen Daumen wieder weg und stieß nun härter in mich rein. Ich gab einen frustrierten Ton von mir. „Ich habe dir gesagt, dass du nicht kommen wirst, nicht, ehe ich nicht bereit bin, dir einen zu geben, Kätzchen." Meine Augen füllten sich ein wenig mit Tränen, die Alex aber direkt wegwischte. „Ich finde es heiß, wenn du weinst." Mit einem letzten Stoß vergrub er sich in meinem Mund und kam. Ich schluckte auch sein Sperma instinktiv. „Daran könnte ich mich gewöhnen", sagte er, beugte sich runter und gab mir einen langen Kuss. Als er sich löste, beugte sich auch Zac zu mir runter und küsste mich. Beide massierten meinen Körper, während sich Romeo immer tiefer in mich trieb. Sein Daumen landete wieder auf meiner Klit und direkt baute sich der Druck wieder auf. Nur diesmal hörte er nicht auf, sondern machte genauso weiter. Ich krallte mich in seinen Arm und kam so heftig, wie noch nie zuvor. Und auch er schien seinen Höhepunkt erreicht zu haben. Er zog sich aus mir und gab mir einen flüchtigen Kuss auf die Stirn, ehe er aufstand und zu einem Mülleimer lief, um sein Kondom runterzuziehen. Dann lief er wieder zur

Kommode und holte ein neues hervor, welches er Alex zuwarf. „Du bist an der Reihe." Die Aussage hätte man auch sehr negativ auffassen können, tat ich aber nicht, stattdessen sah ich Alex nur bewundernd an, dessen Geschlecht wieder stand, wie eine eins. „Wir spielen jetzt ein Spiel Prinzessa, ich fange an dich zu ficken und verbinde dir dann die Augen. Zac und ich werden dich dann abwechselnd ficken und du wirst uns verraten, wer gerade in dir steckt, verstanden?" Oh Gott, das meinte er doch nicht ernst. „Und wenn ich es nicht schaffe?" „Wenn du es nicht schaffst, bestrafen wir dich." *Danke für die Erläuterung, du Arsch.* „Okay." Stimmte ich zu. Warum ich zustimmte, wusste ich auch nicht so recht. Aber ich hatte einen Vorteil: über die letzten Wochen hatte ich genug Zeit, um zu wissen, wie sich Zac in mir anfühlte, egal ob mit, oder ohne Kondom. Ich habe mir seine Anatomie einprägen können. Alex zog sich das Kondom über und löste mich dann aus den Handschellen. „Dreh dich um, rutsche ein Stück nach hinten und knie dich hin. Gesicht runter, Arsch hoch!", orderte er nun an und ich tat, wie er sagte. Kaum war ich auf allen Vieren, stieß er in mich hinein. Ich stöhnte überrascht auf , bewegte mich dann aber seinen Stößen entgegen. „Verdammt Prinzessa, du bist so feucht und so eng", stöhnte Alex, während er in sanften Stößen immer wieder in mich glitt. Mit einem Mal glitt er aus mir hinaus, beugte sich vor und legte mir die seidene Augenbinde um. Alles wurde schwarz und ich war nun gezwungen, auf meine anderen Sinne zu vertrauen. Jemand glitt von hinten wieder in mich hinein und ich konnte es erst nicht zuordnen. „Und Kätzchen? Wer ist es?", fragte Romeo. *Also übernahm er jetzt die Moderation, witzig.* „Immer noch Alex", stieß ich stöhnend aus, während derjenige hinter mir, sich immer tiefer in mich hineintrieb. Anscheinend lag ich richtig. Wieder zog er sich aus mir heraus und ich spürte, wie Zac und Alex sich bewegten, doch ich wusste nicht, ob sie nur so taten, als würden sie die Plätze wechseln, oder ob sie es wirklich taten. Alsbald drang wieder jemand in mich ein und gemischte Gefühle überströmten mich. Es war Zac, definitiv. Meine Instinkte verrieten es mir. „Zac", stieß ich aus und wurde daraufhin stärker in die Matratze unter mir gepresst und die Bewegungen wurden immer schneller. „Richtig mein Engel", flüsterte Zac in mein Ohr und umfasste meine Brüste mit beiden Händen. Er umkreiste meine Nippel, während er sich immer tiefer in mich drang. In mir baute sich ein heftiger Orgasmus auf, doch Zac zog sich plötzlich aus mir heraus. Wieder waren Bewegungen auf dem Bett und Alex glitt nun in mich hinein. Es war definitiv Alex. Er hatte eine Art sich in mir zu bewegen, als würde er jede Zelle meines Körpers dazu bringen wollen, sich ihm voll und ganz hinzugeben und jeden seiner verbalen und nonverbalen Befehle auszuführen. „Alex", stieß ich aus. „Правильно, моя принцесса (richtig meine Prinzessin)." Anfangs wirkte Alex noch kontrolliert, als würde hinter jedem Stoß ein Ziel stecken, doch alsbald schien er immer mehr die Kontrolle über seinen Körper zu verlieren. Er packte mich so stark an den Hüften, dass ich davon sicherlich blaue Flecken bekommen würde und schob meine Hüfte immer mehr zu sich heran. Sein Schwanz zuckte in mir und zeigte mir somit, dass er kurz vor seiner Klimax stand. Und ich hatte recht, denn er drängte sich immer weiter in mich hinein und kaum mit einem lauten Stöhnen. „Shit Prinzessa, du hast es echt drauf", sagte er, drückte mir einen Kuss zwischen die Schulterblätter und zog sich aus mir hinaus. Doch es war noch nicht vorbei, denn Zac füllte mich kurz darauf vollständig aus. Er griff in meine

Haare und zog mich an diesen näher zu sich ran, während er in kurzen, starken Stößen immer mehr in mich vordrang. „Gott, ist das geil. Du bist immer noch so feucht, wie am Anfang." Er schlang seine Arme um mich und hielt mich an Ort und Stelle, während er immer tiefer in mich drang.

Unsere Stöhner wurden immer lauter und seine Bewegung war immer fordernder und verzweifelter. Seine Hand wanderte zu meiner Klitoris und dann war's um mich geschehen. Mein gesamter Körper zitterte, ich stöhnte laut und meine Wände zogen sich um Zacs Schwanz herum zusammen. Auch Zac kam und presste mich noch näher an sich- falls das überhaupt noch möglich war. „Du gehörst uns", flüsterte er mir ins Ohr und entfernte mir daraufhin die Augenbinde. Müdigkeit durchströmte mich und mein Körper wurde schwach. Meine Muskeln fühlten sich überanstrengt und mein Kopf leer an. „Ich bin müde", sagte ich und spürte, wie meine Augen zufielen, sobald das Adrenalin meinen Körper verlassen hatte. „Alles gut, mein Engel, lass dich fallen." Meine Augen fielen nun komplett zu und ich merkte nur noch, wie ich auf die Arme genommen und irgendwo hingetragen wurde.

Als ich aufwachte, war es dunkel draußen. Ich lag alleine in irgendeinem Bett, welches aber eindeutig nicht das war,

in dem ich zuvor mit den Jungs war. In dem Raum lagen auch meine Klamotten. Ich entschloss
mich, nicht länger zu warten und zog mich schnell an.

Als ich kurz darauf die Treppen runter lief, hörte ich Stimmen aus dem Wohnzimmer. Ich blieb kurz an der Tür stehen und lauschte. Ich hörte Romeo fragen: „Wer hat denn jetzt die Wette eigentlich gewonnen?" Dies war mein Einsatz.

Ich stieß die Türe auf und drei geschockte Gesichter sahen mich an. Ich lächelte. „Ich habe gewonnen". Der Schock breitete sich noch weiter aus. „Was schaut ihr so? Wenn ihr das nächste Mal über eure dumme Wette sprecht, dann achtet auch bitte darauf, dass dies niemand mitbekommt", gab ich nonchalant von mir. „Wann haben wir... am Strand. Du hattest gar nicht geschlafen?", setzte Alex an. „Zehn Punkte für Ravenclaw. Du bist ja ein richtiger Schlaumeier. Ich weiß schon seit Monaten, dass ihr eine Wette am Laufen hattet, ich hatte nur auf den perfekten Moment gewartet, es euch zu offenbaren. Dieser scheint wohl jetzt zu sein. Machen wir es nicht schlimmer, als es ist und gebt mir die Autoschlüssel", forderte ich und streckte meine Hand aus. „Du kleine Schlampe, einen Scheiß werden wir tun", fing Romeo an zu toben. „Oh doch, das werden wir. Sie hat die Wette fair gewonnen", mischte sich nun auch Zac ein. Seine Miene ist zu Stein geworden. Ich sah ihn verwirrt an. Er und ich wussten beide, dass er der eigentliche Sieger dieser dämlichen Wette war, aber warum sagte er dann nichts? Die Jungs kramten in ihren Taschen und hielten mir die Schlüssel hin. Ich lief erst zu Alex, der mich einfach nur böse anstarrte, dann zu Zac. Ich nahm ihm die Schlüssel aus der Hand und sah ihm in die Augen. Für ihn tat es mir am meisten leid. Ihn mochte ich auch wirklich und ich wusste, dass er mich auch mochte. Dann kam ich bei Romeo an. Gerade, als ich im die Schlüssel aus der Hand nehmen wollte, griff er nach meinem Arm und zog mich zu sich ran. „Das ist noch nicht vorbei du kleine Schlampe!", spuckte er mir entgegen und ließ mich dann wieder los. „Fick dich, Romeo", zischte ich und nahm auch seinen Schlüssel an mich. Auf dem Weg nach draußen, drehte ich mich nochmal um und sagte: „Meinen Bikini lasse ich hier, als Andenken, ciaoooo." Ich schnappte mir auf dem Weg nach draußen noch eine Flasche Vodka von einem Tresen. Draußen angekommen, sah ich mich um und fand letztendlich das, worauf ich gehofft hatte.

Ich hob den fetten Stein auf und stolzierte damit auf den ersten Wagen, Alex' Wagen zu. Kaum stand ich davor, warf ich den Brocken durchs Fenster, dass es nur so schepperte. Ich öffnete den Wagen, holte den Stein wieder, ohne auf die Scherben zu achten und tat das bei jeder einzelnen Scheibe.

Dann schüttete ich die Hälfte des Alkohols ins Innere des Wagens.

Dasselbe wiederholte ich mit Romeos Wagen.

Zufrieden mit dem, was ich vor mir sah, fischte ich mein Feuerzeug aus meiner Umhängetasche, sowie meine Taschentücher. Eins nach dem anderen zündete ich an und warf es in die Autos. Nach und nach wurde das Feuer stärker, also wurde es höchste Zeit abzuhauen. Ich öffnete Zacs Wagen, stieg ein und fuhr los. Ich sah gerade noch im Rückspiegel, wie die Jungs rausstürmten.

Zufrieden kramte ich meine Zigaretten raus, zündete eine an und nahm einen tiefen Zug. Fuck tat das gut.

Rache konnte so süß sein.

Epilog- Catherine/ Romeo

Catie:

Die Weihnachtsferien waren rum und jetzt ging der Ernst des Lebens wieder los. Keiner von den Dreien hatte sich noch einmal bei mir gemeldet. Aber ich wusste, dass es noch lange nicht vorbei war. Ich wusste, dass es noch ein Nachspiel geben würde. Aber ich war vorbereitet, ich war stark ich... Zwei Arme schlangen sich um meinen Körper.

„Hallo meine Süße, hast du mich vermisst?" Ich erstarrte. Es war Daniel.

Romeo:

Du kleine Schlampe. Wenn du im Ernst glaubst, dass du damit davonkommst, dann täuschst du dich gewaltig.
Beim nächsten Mal bin ich an der Reihe und ich werde dich das Fürchten lehren.

Warte es nur ab, bis wir uns wiedersehen.
Es wird mir eine Ehre sein, dich zu brechen.

Vielen lieben Dank fürs Lesen.
Eine Fortsetzung wird folgen...

In der Zwischenzeit könnt ihr ja gerne mein Social Media abchecken. Dort teile ich regelmäßig neue Veröffentlichungen und Infos zu meinen Büchern mit.

TikTok: @katja.a.sakher
Instagram: @katja.a.sakher

Du bist noch nicht bereit, die Reise mit Catie, Zac, Romeo und Alex zu beenden?

In „**I hate (loving) you**", findet ihr ein kleines Easteregg zur Fortsetzung von „El Fuego", „**La Tierra: du erdest uns**".
Dort könnt ihr Blair und Blake dabei verfolgen, wie aus Rivalen, Liebende werden können... Wenn da nicht die eine Party gewesen wäre....